本书由国家社科基金重点项目"太平洋岛国研究（15AZD043）"、
山东省重点新型智库建设试点单位"聊城大学太平洋岛国研究中心"资助出版

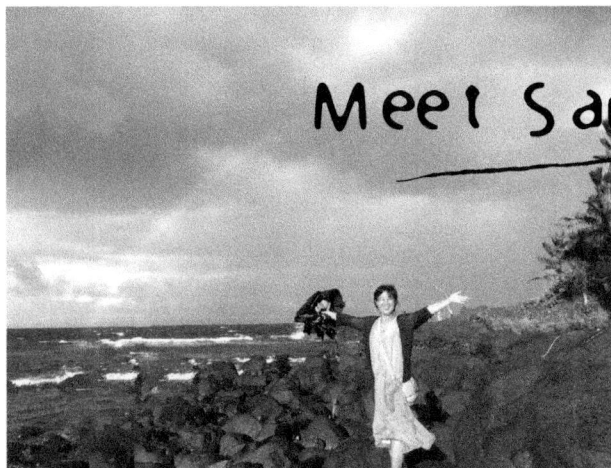

Meet Samoa

遇见萨摩亚

隋清娥　著

中国海洋大学出版社
·青岛·

图书在版编目（ＣＩＰ）数据

　　遇见萨摩亚 / 隋清娥著 — 青岛 : 中国海洋大学
出版社, 2019.7
　　ISBN 978-7-5670-2411-3

　　Ⅰ. ①遇… Ⅱ. ①隋… Ⅲ. ①中国文学—当代文学—
作品综合集 Ⅳ. ①I217.2

　　中国版本图书馆CIP数据核字(2019)第219485号

出版发行　　中国海洋大学出版社
社　　　址　青岛市香港东路23号　　邮政编码　266071
出 版 人　杨立敏
网　　　址　http://pub.ouc.edu.cn
订购电话　0532-82032573（传真）
责任编辑　王　晓
装帧设计　祝玉华
照　　排　光合时代
印　　制　北京虎彩文化传播有限公司
版　　次　2019年12月第1版
印　　次　2019年12月第1次印刷
成品尺寸　166mm×240mm
印　　张　19
印　　数　1~1000
字　　数　296千
定　　价　58.00元

如发现印装质量问题，请致电18600843040，由印刷厂负责调换。

序

陈德正

　　南太平洋岛国萨摩亚虽然是个蕞尔小国，却享有"南太天堂""波利尼西亚心脏"的美誉。这里，灿阳白云，鸟语花香；这里，星朗月明，人清夜安；这里，密林清水，景美色妙；这里，轻歌曼舞，民淳风朴。

　　2012 年 9 月，聊城大学成立了国内第一个独立建制的太平洋岛国研究机构——太平洋岛国研究中心，由此，萨摩亚进入了"聊大人"的视野。2017 年，孔子学院总部（中国国家汉语国际推广领导小组办公室）同意聊城大学与萨摩亚国立大学共建孔子学院。2017 年 11 月 20 日，聊城大学原校长蔡先金教授与萨摩亚国立大学校长索欧（Fui Asofou So'o）教授正式签署共建孔子学院执行协议。2018 年 2 月，聊城大学文学院老师隋清娥被中国国家汉语国际推广领导小组办公室派往萨摩亚国立大学担任汉语教师，她是聊城大学派往萨摩亚国立大学教授汉语的第一位教师。2018 年 9 月 10 日，由聊城大学与萨摩亚国立大学合作共建的萨摩亚国立大学孔子学院正式揭牌成立，隋清娥成为萨摩亚国立大学孔子学院的第一位汉语教师。

　　在萨摩亚期间，隋清娥完成了萨摩亚国立大学孔子学院的汉语教学工作和中国文化宣传任务。不仅如此，她还用两幅笔墨写作：一幅笔墨是体现其学者本分的，表现在对文学研究论文的写作上；另一幅笔墨是彰显其文心诗性的，表现在多篇文学作品的创作上。现在，这些文学作

1

品以"遇见萨摩亚"为题结集出版，这是一件很有意义的事情。作者用文学的笔法，整合了自己在萨摩亚的所见所闻及所思，建立了要表达的萨摩亚世界，并带领读者经由萨摩亚世界抵达了作者自己的世界。笔者作为聊城大学"太平洋岛国研究中心"的主任，在为研究中心学人频频发表优秀学术成果而自豪的同时，又为中心研究人员创作出南太平洋岛国题材的文学作品而喜悦与骄傲。

《遇见萨摩亚》一书题材独特、新颖，其中的文章全是作者在萨摩亚工作期间所写，内容也全与其在萨摩亚的工作、生活及所见所闻有关。因为依凭的大都是萨摩亚的社会现实，进入文中的社会生活也大抵是一组组完整的萨摩亚的生活材料，生活的环境又是萨摩亚的环境，自然风光和文化表现也都是萨摩亚独有的，人物情节也是萨摩亚化的。即使有些作品写的是作者的童年经验和故乡往事，但产生和表现主题的基础也是萨摩亚，是萨摩亚的生活和场景催发作者去重组童年经验呈现故乡往事。学者张厚刚评价说："《美属萨摩亚一日行》是国内第一篇美属萨摩亚游记。"岂止此篇，书中绝大多数文本记叙和描写的内容，都是萨摩亚题材。而以文学的形式表现萨摩亚，作者大抵属于国内文坛的第一人吧。所以，《遇见萨摩亚》成为迄今为止国内作者以萨摩亚为题材创作的第一部文学作品集！

因有萨摩亚生活与工作的经历，《遇见萨摩亚》的作者就拥有了他人没有的题材优势。其实，令作者入迷的是萨摩亚题材本身，又不只是萨摩亚题材本身，作者借萨摩亚题材书写出独特而美好的风光，表现了有趣而别致的文化，传达了深刻而普泛的思想。这些都是令人向往与痴迷的。作者以辛苦写作，给读者讲述了万里之外的南太平洋岛国萨摩亚的故事，在还原场景的同时，讲出了趣味，讲出了智慧，讲出了美！

《遇见萨摩亚》中的作品绝大多数属于非虚构式的写作，但这些作品都写出了意义。秦牧在《拾贝·核心》中说："在丰富的生活之中，靠什么来摄取题材、提炼题材呢？靠思想。"众所周知，大千世界每日资讯无数，芸芸众生总是熙熙攘攘，这些非虚构的现实一旦进入作者笔下，一定要经由作者的思想，必须提炼出人文意义。《遇见萨摩亚》中不仅有自然美景、至真性情、渊博知识，而且蕴含着深刻的人生哲理和丰富的生活智慧，其中诸多篇章寓情于景，景中含情，大都蕴含丰富的意义。像散文诗《遇见萨摩亚》和《萨摩亚，带不走的你》表达的是对萨摩亚的热爱，而《萨摩亚的云》《萨摩亚的海》和《萨摩亚的自在自然》等篇则是对萨摩亚自然风光魅力的刻画和描摹，在写景中抒发作者热爱自然、赞美自然的真性情。至于《印象翁总》则通过对萨摩亚华商翁维捷突出性格的描画，褒奖美好人性，赞美奉献精神；《安全缆上的海鸥》则通过对美属萨摩亚的华商黄强华的奋斗历史的简略描写，歌颂奋斗人生，赞扬坚韧、进取品格，褒奖热心公益的美好品质。因为作品中所描写和记录的故事都是真实的，所抒发的情感也是真实的，故能够打动读者的心。

《遇见萨摩亚》的文体是多样化的，有散文、小说和诗歌。诗歌中有旧体诗词，有现代自由诗。在写作时，作者注重技巧的运用。比如像《伞》《安全缆上的海鸥》等篇章中有戏剧性的场景，这些场景都达到了艺术真实的境地。作者注重记录细节，让细节说话，达到读之不忘的地步。《萨瓦依环岛游》《漂洋过海来看我》和《萨摩亚雨中即景》等文章中就有大量的细节。作者还综合使用多种修辞手法，尤其擅长运用比喻艺术。《遇见萨摩亚》中的许多篇章都体现出作者的语言功力，优美、细腻、精到、灵动。王彬彬在《欣赏文学就是欣赏语言》中说："最高层次的欣赏者，目光则始终专注于语言。""实际上，小说的思想、情感、心理、风景等方方面面的问题，都可归结为语言的好；方方面面的好，都可归结为语言的好；方方面面的坏，都可归结为语言的坏。"从语言的角度品评《遇见萨摩亚》，学者杜季芳的读后感知极为准确："读《遇见萨摩亚》，不仅跟着隋老师游遍了萨摩亚，而且充分领略了文学语言的魅力。作者娓娓而谈而又不枝不蔓，语言自然流畅，清新而又灵动，具有沁人心脾的韵味和感染力，直击读者的心灵！"

《遇见萨摩亚》作为文学作品，有纪实又不完全以纪实为己任，是文学却也不完全以文学性为追求。其中的文本以真实的故事和情感打动人；其中的文本又因诸多文学手法的运用而颇具风格。这些颇具风格的作品将鲜为人知的遗世独立的萨摩亚世界介绍给了世人！

笔者曾有亲历萨摩亚生活的经验。因笔者所在的聊城大学"太平洋岛国研究中心"出版了《列国志》之《萨摩亚》，笔者对萨摩亚的政治制度、风土人情、华人华侨的创业历程等有所了解，及至 2018 年 8 月下旬去萨摩亚参加由聊城大学和萨摩亚国立大学联合举办的"第三届太平洋岛国研究高层论坛"，跟萨摩亚有了亲密接触，在走马观花中惊艳于萨摩亚原生态的自然风光，感慨于萨摩亚神奇的传统文化。现在，读《遇见萨摩亚》中的诸文，心中的萨摩亚经验被作者灵动清新的文字唤起，曾见过的景象、感受的文化与作者描画的场景和图像发生碰撞、交融，于是，产生了情感共鸣和心灵共振，仿佛再一次游历了萨摩亚，不禁欣欣然如酷热时痛饮了冰镇饮品！于是，为之作此序。

2019 年 4 月

人生，突然的拐弯（自序）

隋清娥

　　人生就像一条河流，一流几十年，流出自己的速度、自己的宽度，流出自己的规律。我的人生就是一条河流：少年家贫，发奋读书，20世纪80年代初上大学，毕业后在高校教书做科研，不惑之年晋升正高职称，继续教书育人、科研练己。本以为人生的河流就这样平缓向前，直至最后断流，谁知在"知"了几年"天命"后，突然有一个出国教汉语的机会摆在了面前：萨摩亚国立大学急需一名汉语老师！因我所在的大学在那里建立了孔子学院，国家汉语国际推广领导小组办公室要求我校选派人员，而学校一时却很难派出人去。因为从事的是中文专业教学工作，因为有20年的对外汉语教学经验，因为有吃苦耐劳的品性，因为有正高职称，因为身边没有需要照顾的老人和孩子，于是，我成为不二人选。经过一番心灵鏖战和现实波折，2018年3月，我只身一人奔赴万里之外的萨摩亚。我的人生河流突然拐了一个弯！

　　我的人生拐弯，让认识我的几乎所有人都觉得唐突和无法理解，多数人认为我此行很疯狂！有得心应手的工作，有温馨舒适的生活环境，一把年纪了，去那么个遥远的、土狭民寡的地方，图什么？面对人们的探寻和质疑，如果说我是受"诗与远方"的蛊惑，想去看看那远方的"远"到底有多"远"，听的人会认为我矫情！如果说我有一颗"律动的心"，厌倦了万事一成不变、一切按部就班，想看看自己年过半百后还能不能

5

原驻萨摩亚大使王雪峰先生及夫人童新女士，与在萨摩亚的中国教师一起

开始一种新的工作、适应一个崭新的环境，听的人会认为我脑袋"进水"了！如果搬出学校领导"临危受命"的话，说我是为学校分忧，为对外汉语教学和中国文化传播做点贡献，做"海上丝绸之路"的追梦人，听的人会认为我唱高调！不必解释。不解释。

踏上萨摩亚的土地后，我的工作得到了中国驻萨摩亚大使馆领导的支持，得到了萨摩亚国立大学孔子学院外方院长和人文学院领导的帮助，而当我的生活遇到困难时，援教老师（我所在的大学受教育部委托，已经往萨摩亚派了三批援教老师）总是施以援手，热情相助。

但作为一条河流，拐弯前对要流经的区域的"地势""温度"没有多少了解，提前做的材料功课跟现实的出入又太大，所以，突然拐弯后的我就像一棵突然连根拔起的树，在陌生、贫瘠、季节单一的萨摩亚生存，呼吸，聆听，观察。工作之时，摸着石头过河，在相当于国内20世纪七八十年代的教学环境中，历练自己；工作之外，肉体搏击现实，精神寻找港口。自己这条拐弯后的河流，跌跌撞撞地流动起伏在萨摩亚的绿色中。

因为突然孑然一身，我被失眠熬煎，也被"爱别离"折磨，在小国大学的无限空旷里，有广大的寂寞和无穷无尽的孤独，在一分一秒的日月中，心像被虫啮般难受，像被雨打般凄惶，像被飓风扫荡般凌乱。

可是，来萨摩亚是我自己的选择。选择了就必须为自己的选择负责：我必须自己做自己河流的摆渡人！

做自己河流的摆渡者，驾一叶扁舟，越忽宽忽窄的河道旋涡，看或大或小的浪花拍石，在寂寞绸缪、孤独绝望时，小心掌舵，全力控速，把自己活成生命的风景线。

于是，把平时每一个寂寞的日子过得忙忙碌碌：读书、备课、学英语、上课、参加校内外的中国文化传播活动、写作。忙到累，就一个人出去溜达一会儿，抬眼看看不远处的山，看看天上变幻多姿的云，看看高高低低的树，看看面包果上的面包果，看看楼梯口高大的芒果树上成串的小芒果，看看大大小小的花，看看草坪上追逐的狗儿和寻找虫子的长脖子鸟。周六，坐援教老师的车去阿皮亚买东西或者跟着援教的曲老师和崔老师出游。我们的出游大致有两个方向：一是游泳，二是爬山。因为天热，住平房的曲老师、崔老师去海里游泳纳凉。我不会游泳，但曲老师、崔老师怕我一个人寂寞，每次都邀我同去海边。他俩游泳，我在海边发呆，或者捡岸边礁石表面和缝隙里的海螺，或者看彩色的大海。爬山是我的爱好。在2018年9月之前，我经常跟着曲老师、崔老师还有乔老师去爬瓦艾阿山，呼吸新鲜空气，欣赏自然景色。晚上，追求"Just be happy"的萨摩亚人常常狂欢，处处音乐喧天，人人开怀大笑，我默默关上百叶窗，在屋子里备课写作。自从乔老师把他电脑里的一些电视剧拷贝给我后，我对付失眠的办法就是看剧了，一部《麻雀》被我看了N遍，也因此知道了一个帅得不要不要的男演员李易峰。周日，一般在家。扫一遍地，洗一洗衣服，做一些让自己happy的事：反复听几首已经下载到手机里的歌曲，在音乐的婉转和激越里，百转着柔肠，不敢北望家乡；或者熬一锅粥、包几十个饺子，试着熬出从前的味道、包出家乡的感觉；或者站在阳台上望北面的大海，心中弥漫着遥远的海的思念；或者下楼去楼东稍开阔的草坪上站一会儿，原地转圈，东西南北看一遍，再抬头看白日流云，低头看萎落在地的九里香花瓣、狗牙花花瓣和枝头盛开的木槿花朵、山牵牛花朵，在蚊子的大部队聚集起来之前撤退回屋；或者，在微信群里，找个单纯的人聊会儿天儿；或者遥控国内的研究生，问问他们的生活近况，督促督促他们的论文写作；或者强迫自己坐在广大的安静中，敲敲文字，写点儿随笔。到了晚上，因为害怕，一般都是待在楼上。偶尔，确定了前后门锁都已上好，就下楼到院子走一走。从楼梯口到西门是二十七步，从西门到楼梯口是二十七步，我一趟一趟地走着，天上的繁星闪烁着，天上的云彩变换着。

就这样，我把寂寞孤独的萨摩亚日子过成了充实的回忆。

在回忆中，聊城大学派往萨摩亚援教的五个老师和已在萨摩亚一所小学教了一年多汉语的刘老师以及九月份到达的萨摩亚国立大学孔子学院中方院长和一同前往任教的老师给我的帮助是温暖的音符。他们是我萨摩亚夏日的树荫，为我送来清凉；他们是我萨摩亚困境中的天使，助我在无所措手足时；他们是我在萨摩亚遇见的风景，亮丽了我萨摩亚的旅途。他们是历史学院的石莹丽博士、曲升博士，数科院的张丽梅博士、乔立山博士，理工学院的崔守鑫博士，外国语学院的梁国杰博士、柳锦副教授，孔子学院总部公派汉语教师、北京的刘秀莲老师。在萨摩亚，我们患难与共，结下的友谊，永远让我怦然心动。

哦，还要感谢我的前任汉语老师、西安石油大学的蔡高红老师。我俩虽未谋面，但在国内的蔡老师对在萨摩亚的我有问必答、有求必应。蔡老师的心灵纯净得似萨摩亚的白云，蔡老师的心胸宽阔得似萨摩亚的大海。

这本《遇见萨摩亚》是我在萨摩亚工作与生活的一部分痕迹，是我的萨摩亚日子的记录，是我的人生河流流经萨摩亚时的自然的流动姿态。

在萨摩亚，我建了自己的微信公众号"投影太平洋的云"。这本小册子里的大部分文章，我都在公众号里发表过。现在，我将其结集，是人生态度并不决绝的体现。过去的时光虽然过去了，但过去时光里那些非常规性的经验感受、那些异国他乡见识到的奇异风习、那些留驻萨摩亚期间的独特而普泛的悲喜哀乐，无疑已经变成耐咀嚼的回忆了。回国了，看山、看云、看树、看近处的花、看远处的海的闲暇机会不多了。人生的萨摩亚之旅成为一段追不回来的光阴。在那里时，我数着天过日子，一边埋藏，一边留恋。对萨摩亚，我还没有完全了解，但我的所闻所见证明：我的萨摩亚之行，值得！人生遇见萨摩亚，何其幸也！而我人生河流的这一次拐弯，拐出了弧度，拐出了宽度和亮度！

是为序。

2019 年 3 月 6 日于聊城

◎
诗歌篇

◎
小说篇

遇 见 萨 摩 亚

Meet Samoa

散文篇

遇见萨摩亚

人生会有许多遇见。

遇见相识的人、不相识的人；遇见相熟的地方、不相熟的地方。

人生的很多遇见是在预见中或在策划中的。

但人生是一场未知目的地的旅行。很多时候，我们并不知道会遇见什么，而且，遇见的常常是意外。

遇见萨摩亚，在我，绝对是人生的一个意外。

从前，并不知道萨摩亚的存在。因为需要，我被中国国家汉语国际推广领导小组办公室派到萨摩亚国立大学教汉语，生命与萨摩亚不期而遇。于是，二〇一八年三月十六日，经万里征程，我飞赴萨摩亚，开始了独自应对陌生环境、独自工作和生存的全新的人生阶段。

从前，灵府中，萨摩亚是一个虚无。来到萨摩亚，遇到一个有实感、有质地的存在。

遇见萨摩亚，就是遇见了惊艳。不是惊艳于它的面积之微、人口之寡，而是惊艳于它的自然环境的原始、自然、自在和自由。这一切凸显了一个"美"字：美的云、美的山、美的海、美的自然。很美的一切就是一场证明，证明我幸运地遇见了"一带一路"上的一颗珍珠。

遇见萨摩亚，就是遇见了一种异质文化。从中华文化一下子跌入具有波利尼西亚传统文化特点的萨摩亚文化，心理的震荡之大可想而知。从饮食到服饰、从宗教到文学、从体育到舞蹈、从普泛现象到一般社会心理，萨摩亚的文化因素与文化表现，无不考验和挑战着我已然形成的文化结构、文化心理和思维模式。萨

萨摩亚的海

摩亚文化就像萨摩亚雨前的风，温热而强劲，拒绝不了，阻挡不住。从短暂的文化"休克"中醒过来，欣欣然张开眼，捕捉和思考萨摩亚人一言一行的文化含义，是我的当务之急。不培养敏锐的文化意识，就不能真正悟出萨摩亚人"哈哈"大笑的缘由和深意，就不能在这处处回荡着"Don't worry! Just be happy"之声的国度里生存。当然，我让萨摩亚的文化之风吹拂我心间，却也不会忘记我永远不变黄色的脸！在萨摩亚，在认识与接纳萨摩亚文化的过程中，我教授汉语、传播中华文化。当国家关于中萨关系的决策需在人文交流领域落实时，我以自己的实际行动尽了个人的微薄之力，为此，作为"海丝"追梦人的我倍感骄傲！

遇见萨摩亚，就是遇见温暖的友情。从前国内同一个大学里的陌路人，因了萨摩亚而患难与共，声气相求，瓦艾阿山见证了我们一日千年的友情。从前想不到会认识的人如同天边目力不及的星星，踏上萨摩亚这座桥梁，遂广结良缘，与驻萨华人医生、华人教师、华商和华人后代成朋为友，相处乐融融；跟萨摩亚同事求同存异，把手言"分享"；教萨摩亚学生"a、o、e、i"，琅琅读书声诵出桃李之情。萨摩亚太阳的热情蒸发不了满满的桃花潭水的深情，天空的湛蓝与"潭水"的碧绿是相映成趣的！

遇见萨摩亚，也是遇见了自己。海子说："生命中有很多东西，能忘掉的叫过去，忘不掉的叫记忆。一个人寂寞，有时候，很难隐藏得太久，时间太久了，人就会变得沉默，那时候，有些往日的情怀就找不回来了。"萨摩亚经历会成为我人生的记忆，因为在这里，我找回了往日的情怀。换言之，遇见萨摩亚，也是对真我的遇见。在国内，曾经在认识各种人时迷失过。在萨摩亚这全新的世界里，我重遇了那个真我：那个不浮躁的我，那个有些诗意的我，那个勤奋的我，那个不物质的我，那个善于反思的我，那个淡泊而不乏进取精神的我。这是我在萨摩亚最有价值的遇见啊！这些我，被我书写在介绍萨摩亚的篇章里，被我抒发在由萨摩亚引发的与故乡家国相遇的情愫里。遇见萨摩亚，发现从前渴望去远方，其实是渴望找到一个回到内心的地方；遇见萨摩亚，知道从前想去踏遍千山万水，其实是期望找到一条回归真我的道路。看着萨摩亚满世界常开不败的鲜花，突然不再执着于生命的花开或花败；感受萨摩亚人原始本真的世俗生活，突然不再计较爱的温柔或粗粝。在用文学重温旧时光、感受现实人生时，关注的是真性情真感情。人间真情，永远似萨摩亚的海水般多姿多彩，永远值得纪念与留恋。

遇见萨摩亚，真的是一眼万年。"于千万人之中，遇见你要遇见的人。于千万年之中，时间无涯的荒野里，没有早一步，也没有迟一步，遇上了也只能轻轻地说一句：'你也在这里吗？'"张爱玲笔头回旋着幸运与偶然的音符，恰似我与萨摩亚不期而遇的缘分。遇见萨摩亚，是命运的安排；赞美萨摩亚的美好，是我无法控制的冲动！今生算是与萨摩亚"永结无情游，相期邈云汉"了。

今生遇见萨摩亚，何其幸也！

我在等着跟你们聊聊

今天是我来萨摩亚的第四天。今天是二〇一八年三月二十日，星期二。

现在是十二点，这是萨摩亚时间。中国北京时间是早晨六点。

国内的亲朋好友，你们醒了吗？

我在等你们醒来，等着跟你们聊聊。

我亲戚中的晚辈可能都还没醒。有他们的父母操持早饭、打理家事，他们只需上班或打工，挣钱养活自己。这个点，善于熬夜打游戏看视频的"80后""90后""00后"，一般都在酣睡。

我的同事D女士必定还没醒。孩子上大学了，早饭一般不做，七点起床，上班路上找点吃的即可。六点醒了干啥？我有不少这样的妹妹般的好同事，估计现在她们都还没醒。

我的学科好兄弟Z老弟肯定还在梦乡里斟酌论文的结构和用词。诗歌是Z老弟的朋友。为了这朋友，Z老弟可以通宵达旦地伺候着。常常，天有微曦，Z老弟才疲惫地倒在床上。六点，恰是他入梦之时。

我的爱人可能还没醒。一起生活了三十多年，我的好处之一是能让他早晨起床洗漱后坐下即吃饭，由此，爱人早晨起不太早。这两年，爱人跟我"学"添了一个"毛病"：睡前看手机。我要求他晚上十一点必须放下手机。不知道我不在家他能不能做到。如果晚睡必定晚起，晚起必定不做饭，不做饭必定以上班路上路边店的烧饼或羊汤充早饭。现在才六点，他可能还在睡梦中。

……

国内的亲朋好友们，我在等你们醒来。

你们醒了，我想跟你们聊聊。

可是，你们醒了，我能跟你们聊吗？

我的孙子可能已经醒了，他姥爷跑步估计还没回家，他姥姥在为他准备早餐。今天是周二，我孙子不会有起床气，因为今天要照常上幼儿园。今天晚上是他盼望的时间段，因为晚上要去学习画画。我孙子会自己爬起来，弱弱地或响亮地喊姥姥，姥姥听见，放下手里的活儿，来指导他穿衣服，或者他穿衣服时，助他一臂之力。然后，下床洗漱，然后吃饭，然后穿鞋子穿外套，背上书包去幼儿园。我亲家的早晨，就像打仗一样紧张，我怎么可能拉着她，让她开微信视频，让我孙子跟我聊天呢？

我的妹妹可能已经醒了，已经起床做饭了。她得骑电动车去邻村上班，不能睡懒觉。她忙着生存，我不能在这个时间段打扰她，跟她聊天。我发现，我在这里，再也不可能跟她微信视频"煲粥"了。六个小时的时差，把我们姐妹的图像联络化为泡影。

我的师妹X可能醒了，正给上五年级的精灵般的女儿准备早餐。六点半，要叫女儿起床，要应对她的起床气。我想，早晨应该是这一天师妹最紧张的时刻。我不可拉着她闲聊。

我的朋友D女士可能醒了。我知道她每天早晨都是五点半起床，起床先下楼打太极拳。生活规律化的D女士，坚持一年三百六十五天早晨打太极拳。我想跟她聊聊，但她不可能握着手机打太极。

我的驴友L姐一般五点半就醒了。但L姐每天早晨都要散步，锻炼她自己的身体，并给她的宝贝狗狗放风。L姐散步，狗儿紧跟，这是花园小区早上的一道风景。L姐散步虽然拿着手机，但一般都把手机调到震动上，她也不可能一边疾步快行，一边回复我的微信"骚扰"。

我的领导师弟今天也醒了。因为九点五十七分时我给他微信留言，汇报我到萨摩亚后的情况，他竟然在十一点零五分回复了。那是国内时间的早晨五点多，说明领导师弟在六点前醒了。他wechat我，说他失眠了。想想他有要做的学术课题，有一堆要处理的公务。我留了几句言，就不跟他说了，让他再睡一会儿觉吧。不然，这忙碌的一天如何应对过去？不是少年了，健康为大！

......

国内的亲朋好友们，你们各有各事。

你们醒来，我也不可能跟你们聊啊。

突然觉得，我真的逸出了从前熟悉的世界，似乎与国内的世界不再有联系。六个小时的时差，我好像是水桶中被舀出又被泼洒出的一瓢水，好像被切下丢弃的一小块年糕，好像大合唱群里被剔出不用的唯一一个人。总之，我不再是从前的集体中的一分子了。我感觉好像联系不上别人了，别人也联系不上我了。

怎么办？敲键盘吧，把此时此刻的心情记录下来。然后，将这些文字斟满孤寂之杯，像喝萨摩亚的Vailima啤酒一样，干了吧！

萨摩亚的声音

　　萨摩亚的晨梦依然在隆隆的汽车声中中断，剪草机也来吵闹，"嗡嗡"呻唤。这些巨大的声响压抑了鸟儿、狗儿还有壁虎的叫声。这是我来到萨摩亚的第五天。睁开眼，看看表，刚过七点，国内才是后半夜一点。但也不早了，该起床了。假如正常上班，我也该吃早餐了，因为萨摩亚国立大学也是八点上班的。如果我的课是安排在上午第一节，这个时间还不起床，岂不误事？可尚处在适应环境期限内的我夜夜失眠。失眠是因为倒时差，是因为巨大的汽车声响，是因为狗吠，是因为风雨声，是因为鸟鸣，是因为壁虎叫，是因为……啊呀，主要是因为萨摩亚的声音呀。

　　在萨摩亚，声源很多，这些声源震动产生的声音多种多样。以我几天的萨摩亚生活感受发现，萨摩亚空气中的声音不少于七八种。

　　萨摩亚的声音之一是汽车声。萨摩亚虽然工业不发达，却是汽车王国。不过，据说多数萨摩亚人开的车子都是日系二手车，他们自己不怎么爱惜，极少保养，萨摩亚的路况又不太好，所以，行驶在路上的车子发出的声音比较大。我住的房子在学校西边靠公路处，恰在路边的上坡地段，车子经过，司机必须踩油门。油门一轰，"嗡嗡"声与车轮碾过路面的"隆隆"声同时响起，轧得躺在床上的人神经都颤动，心脏都骤然加速。我住在这里的第一天适逢周五。据说，周五之夜，萨摩亚人是要狂欢的。这一晚，汽车的"隆隆"声几乎响彻整个夜晚。每隔一两分钟，就会有一辆车来碾压初来乍到的我的脆弱的神经和敏感的心灵。于是，这一晚，我彻底失眠。

　　萨摩亚的声音之二是狗声。萨摩亚是一个多宗教的国家，多数人笃信基督教，几乎家家养狗而从不食狗肉，萨摩亚狗很多，但种类不多，体型较大，类似于国内的土狗。走在路上，不时与流浪狗不期而遇。我曾忧患过萨摩亚缺乏狂犬疫苗。但志愿者老师告诉我，出门开车，不必惧狗。退一万步讲，即使被狗咬了，也不用担心，咬了就咬了，萨摩亚从来没有人得过狂犬病，说明萨摩亚的狗不携带狂犬病毒。新西兰也没有狂犬疫苗，说明人家新西兰的狗也没有狂犬病毒。哈哈，这种推理安定了我的心。在我来萨摩亚的第三天，决定伸出触角触摸这个新世界时，我一个人走出屋子去萨摩亚中学找乔老师。一路上，我与好几条流浪狗擦肩而过。我屏气敛声，狗们似乎也对我没兴趣。但这并不说明萨摩亚的狗都是哑巴。萨摩亚的狗在夜晚发出的声音，是萨摩亚夜晚空中旋律的主要和声。据说，狗能听见高达五万赫兹的超声波，而人被超声波扰攘会痛苦不堪。萨犬夜吠，或因车经过，或因人经过，或因猫经过，或什么都不因为。今年是农历狗年，大家都祝人狗年"旺旺"，可身在"汪汪"身影随处可见、夜晚"汪汪"不断"汪汪"的环境中，人得有多大定力方可"旺旺"啊？！我初来头两晚，因为紧张，因为焦虑，对声音特别敏感。每有车过，"汪汪"声此起彼伏，连绵不断。车声与犬声的二重奏让我把睡眠丢到了太平洋里。

　　萨摩亚的声音之三是雨声。每年的十一月至来年的四月是萨摩亚的雨季，我由国内的初春一下子跳进萨摩亚的夏季，又由中国北方的干旱地区来到多雨的萨国，真正沐浴在频繁的雨中了。雨季的萨摩亚白天只有两种天气状况：不是骤雨急至，就是阳光灿烂。而夜晚必定下雨，不下的话，必定是天老爷玩得忘乎所以，忘记下了。萨摩亚下雨时，没有中国北方夏季降雨时的电闪雷鸣。但当夜晚大雨滂沱时，各种交通噪音和社会噪音终止，满世界都是"哗哗哗"的雨声、"呜呜呜"的风声和风吹铁皮屋顶、玻璃窗子时发出的"喔喔喔"声以及屋外树木摇动的"啪啪啪"声。每当这首由大自然为主奏手合成的旋律响起时，我就"穿越"到元朝，变成听雨而眠、听雨不眠的黄镇成。

　　萨摩亚的声音之四是壁虎叫声。你听说过壁虎会叫吗？你听到过壁虎叫吗？我在国内没有壁虎会叫的动物知识。来萨摩亚的第一晚，就被壁虎叫唤吓着了（第二天，志愿者老师告诉我那是壁虎叫）。这几晚，壁虎发声成为稳态的声音存在。壁虎的叫声不好模拟，类似于"吱吱吱""咯咯咯""咔咔咔"，反正不优美。

壁虎每次叫唤大约持续两三秒，叫声不间断，听不出什么规律。与汽车响声和夜犬吠鸣声比，壁虎声音并不大，但因壁虎在室内叫，在窗外叫，甫一入住的住客还是会被惊着啊。

萨摩亚的声音之五是鸡叫声。我现住在萨摩亚首都阿皮亚。阿皮亚没有北京的高楼大厦、车水马龙，没有北京的繁华摩登、熙来攘往，这里尚处在农业文明中，表现之一是不少人家养鸡。公鸡播种做首领，母鸡下蛋孵小鸡。母鸡下蛋"咯咯哒"几声后识趣地禁口，公鸡打鸣却一日多次。国内民间有谚："春三遍，夏四遍，冬天一夜叫八遍。"萨摩亚只有夏季，我也不知道公鸡一天叫几遍，反正不论是夜晚还是白天，鸡叫声不断通过空气传到我耳中。我知道，半夜鸡叫是鸡在张扬个性，而与鸡为邻的失眠者就只能"闻声兴叹"了。

萨摩亚的声音之六是鸟声。在萨摩亚，不必像林语堂那样清晨躺在床上才能听到婉转美妙的鸟声。在这里，从清早到傍晚，无论是在房间里还是在室外，到处都听得到这天上的音乐，"啾啾唧唧""溜溜滴滴"，声音或柔和或激烈，或响亮或低沉。可惜我缺乏鸟类知识，辨不出哪种声音是哪种鸟发出的，只是在交通噪音充斥耳朵时，能闻听这稳态的自然之声，心旷神怡啊！

哦，萨摩亚的声音，最该提到的是人声啊。萨摩亚的物质条件并不好，但萨摩亚人的幸福指数很高。他们有自己的精神信仰，满足于上帝和大自然的赐予。他们能歌善舞，生活在音乐的世界里。乘飞机到达萨摩亚的每一个游客，在严格的安检处，看到出口处的几个小伙子弹着唱着，心情会有些许放松。在海边，常有萨摩亚人放着音乐，席地坐聊或唱。上周六晚上十一点半，对面Magiagi小学操场上突然乐声大作，年轻人随乐唱笑闹叫，持续两个钟头。Magiagi小学每天早上八点四十五击鼓集合升国旗，升旗仪式后，学生们回到教室先放声高歌。我想，一个民族的成员动辄随乐欢歌起舞，必定心情舒畅吧。萨摩亚人在封闭场合说话的音量都比较小，但他们喜欢三五成堆地聚集在店外、路边、树下等开放的空间聊天。他们低语却高笑，乃至于爆笑——像孩子般的毫不掩饰地爆笑！爆笑，是因为开心吧。要不怎有"开怀大笑"之说呢？我西边那座楼前的木座椅旁，天天坐着几个人。他们聊什么，坐在二楼客厅或一楼木座椅旁的我听不见，但他们的爆笑不断惊得我转过脑袋看，有人的笑声与周星驰经典的"哈—哈—哈"声极其相似。我纳闷：他们笑什么呢？他们怎么那么开心呢？

哦，你看，萨摩亚就是个声音的国度啊。

今天是我来萨摩亚的第五天，我了解并理解了萨摩亚的声音。这个四周被太平洋包围的岛国，假如没有自己强大的空气声，如何抵挡太平洋日夜翻涌的拍岸惊涛？在我看来，无论是天籁之音、自然之声（如各种鸟鸣各处狗叫，如风声雨声，如壁虎夜鸣）的乐音，还是扰攘生客的交通噪音（如汽车轰鸣之声）、社会噪音（如夜半放节奏强烈的音乐），都是在萨摩亚人民抵御外部世界得以生存过程中自然而然形成的。这空中的音乐与地上的鲜花巨树共同组成萨摩亚人的生活环境。汽车的轰鸣不是美妙的音乐，公鸡壁虎等的半夜鸣叫也扰人清梦。萨摩亚有美好的自然环境，也要允许人家有声音方面的白璧之瑕。萨摩亚的声音的确一定程度上给我这孤客带来了惊扰和烦恼。但我能不让汽车半夜三更经过？我能捏住狗嘴不让它们发声？我能制止骤雨急至时风婆婆的摇扇和老龙王的喷嚏？我能挑断雄性壁虎的声线禁止它们用发声的方法求偶或威吓敌手？我能制止萨摩亚人的开怀大笑？不能，不能也！我能做的，就是心平气和地尽快适应它们。这些声音和声源是我两年工作期间的环境存在。我与这环境相伴，声音是这环境的个性体现。试想，没有狗叫声，汽车经过岂不单调？没有车声，这里岂不寂寂无声？来点声音打破听雨眠的孤客孤独之夜的沉寂吧！试想，没有壁虎，我房内房外岂不聚蚊成雷？我该感谢壁虎让我不被蚊子亲密接触，而雄壁虎不发声求偶，何来后代繁衍？不发声威吓敌害，如何生存？试想，没有风雨，哪来萨摩亚万物的随风而长、繁茂茁壮？哪来风雨之后丽日的娇艳、白云的丽靓？试想，没有乐音鸟声，人类如何感受大自然的灵动鲜活？如何安抚焦虑心灵、镇静神经？而假如没有喧哗的人声，这蕞尔小国就成了山也寂寂水也寂寂的真空世界，那岂不凄清旷廖？好吧，好吧，萨摩亚的声音，我与你们和解！

突然想起梁实秋先生的《雅舍》，心境豁然开朗。梁先生游心于物外，不为外物所役。我在萨摩亚，必须不为声音所累，因为，情暖心宽无恶声！

萨摩亚第一次：逛鱼市

今天是我来萨摩亚的第九天。

昨天跟曲老师、崔老师联系好了，今天早上七点，他们来接我去鱼市。明天下午，石老师的爱人和女儿会到达萨摩亚，我们要以萨摩亚特色美食招待与惊艳他们父女俩。

早晨五点半就醒了。昨晚并未进入深度睡眠，不过，醒醒睡睡的，少了前几晚的烦躁。在床上磨蹭到六点十分，起床洗漱，并以一个苹果和一片面包做早餐。六点四十五，下楼打开大门，静候二位帅哥来接。

第一次去鱼市，心里有些兴奋和期待。萨摩亚的早晨七点，天还有些黑呢。两位老师准时来到我家。十分钟后，到了鱼市外面的我们已经很难找到停车位了。看到两个交警，虽然他们穿着裙子，但辨识度还是很高，因为他们套的马甲跟国内交警的一般无二。

停下车，我跟着两位老师逛鱼市。萨摩亚的许多设施和场所都是中国同类事物的微缩版。鱼市转不了三四圈就转完了，目测大不过一个标准篮球场。在国内，鱼市的特征之一是腥气冲天，阿皮亚鱼市的鱼腥味儿并不重。在一个只有四万人口的城市里，鱼市里聚集的人流可称得上熙熙攘攘了，但与国内的节假日或周末的同类场所相比，尚未达到摩肩接踵、水泄不通的状态，这对于害怕拥挤、不爱凑热闹的我来说，基本算是最佳状态，逛起来感觉很舒服。因为打算以传说中的大龙虾惊艳石老师的爱人和女儿，所以我们先找龙虾。今天鱼市摊位上的龙虾并不多，且价值不菲。萨摩亚鱼市上的物品是没有恒常价的，价高价低完全受物品多寡和供求数量决定。来自国内沿海城市的曲老师有经验，他主买，费用我们三人平摊。曲老师问价，装海鲜入袋，大学者游刃有余，我在一边跟着转悠。我们买了两条龙虾，五十塔拉。我们又去买金枪鱼。我还是看"007系列"电影中的一部才记住金枪鱼这一鱼种的，平时从未吃过。曲老师挑了一片，四十塔拉。他又买了七八条小一点的鱼，可惜我不知道鱼的名字。我感兴趣的是看各种各类的鱼。在萨摩亚鱼市里，有的鱼体型很大，目测有二三十斤，摆在摊位上，像一条中等身型的羊躺在那里。要是我们有大锅，要是我们会烹饪这种鱼，要是我们有很多人吃，我们就花二百塔拉，买一条试试了。我把眼睛从那大鱼上挪开，去拍那些彩色的鱼。曲老师又买了鹦鹉鱼和石斑鱼。石斑鱼号称"美容护肤之鱼"，在国内，价格极其昂贵！鹦鹉鱼很好看，好看到不忍心对它动手。买好了海产品，我们又去逛相邻的食品蔬菜类摊位。我见到了萨摩亚的传统食材"Talo"，极似国内的荔浦芋头，买了一堆。

在萨摩亚，不管是在超市里还是市场上，都极少见到交易的必备品——秤。凡物品交易，一般以堆或件（条、袋）计价。比如，苹果五塔拉一袋（里面有三个苹果），黄瓜六塔拉一袋（里面有三四根老黄瓜），大面包十塔拉一个，"Talo"十五塔拉一堆（一堆七八个），大龙虾二十塔拉一个，金枪鱼四十塔拉一片，等等。这样的交易简单透明，不用太费脑，我喜欢。如果萨摩亚的物品不那么昂贵，我的心情就会更愉悦了。

除了螃蟹，萨摩亚鱼市里的其他海产品都不是活的，买后越早放进冰箱越好。我们的客人明天下午到，这些食材要到明天晚上下锅，所以，我们不敢多在市场盘桓，必须赶紧打道回府，请龙虾、金枪鱼入冰箱冷冻室。回家的路上，不时看到路边有走着去教堂的萨摩亚人。他们中有些人穿着白色衣服，萨摩亚人去教堂是必须盛装而行的。有祖母模样的女人领着三个穿白色连衣裙的女孩。女孩的年龄依次为六七岁、八九岁、十二三岁。或者，那不是祖母，是母亲也未可知。萨摩亚成年人的年龄不太容易从外貌上判断出来。这个队伍里的女孩子一个个都文静地走着，个个小仙女似的，而祖母或母亲则是庄重严肃的。哦，亏得这是几个女孩子，要是男孩子，我就会瞬间想到我的孙子，那我岂不瞬间泪崩！

不大一会儿，我被两位老师送回了NUS住处，时间是八点十五。

萨摩亚的云

萨摩亚是个风光旖旎的岛国。

来萨摩亚，重头戏就是看自然景色。在自然美景中，除了看海，就是看云了。在萨摩亚，你会遇见最美的天空，因为萨摩亚的天空中有美丽的云。

云，本是一种自然现象，本是一种物质存在，但在萨摩亚，云彩具有醉人的功能。可以说，云彩是生活在萨摩亚的人仰头即可看到的诗意。

萨摩亚的云是常态化的气象现象，也就是说，萨摩亚天天有云，一天二十四小时里都有云。即使下雨的时候，也往往是西边下雨东边云，或者是西边有日东边雨，而日出必定伴着云彩。在国内，我所生活的鲁西北的那座城市，如果哪一天高天悬白云，或哪一天晴天驻团云，朋友圈里一定会发生"云主题"大狂欢，各种图片、文字与视频，晒着适逢美景的兴奋，抒发着遇见意外的喜悦。这说明，在我们那里，不知从何时起，蓝天白云成为稀罕的气象现象！萨摩亚的气象并不复杂：雨季不是晴天就是下雨；旱季，不是下雨就是晴天。雨，在萨摩亚是最常见的，一天数次雨，雨延续的时间一般都不长。雨一停立马晴天，晴天的气象"标配"是艳阳、白云。所以，云在萨摩亚也是最常见的。云的常态化与萨摩亚的特殊地理位置有关。萨摩亚将近十个岛屿的陆地面积加起来才两千九百三十四平方千米，从首都所在的乌普卢岛到最大的萨瓦依岛，坐轮渡得一个多小时的时间。这说明，萨摩亚是个被海洋包围的国家。萨摩亚在南纬十几度，离赤道近，光照充分而强烈，海洋也不断为大气提供水分，太阳光把地面的水分加热使其上升，陆地与海面上的自然上升的气流悬浮在空中，就成为肉眼所见的云。萨摩亚的物质文明并不发达，但萨摩亚人的幸福指数很高。自然美景的存在是他们人生幸福的缘由之一。他们认为，上帝赐予他们美好的自然环境，让白云天天来看望他们的身体，来陶醉他们的心灵，为什么不快乐呢？

萨摩亚的云变化神速且变换多端。我在美国看过云，去年也在青海柴达木盆地看过云。但这些地方的云似乎都没有萨摩亚的云变化迅速，仿佛有一个魔术师在操控着天空。不管是白天看云还是傍晚看云甚至晚上看云，也无论是站在山顶上看云还是在海边看云或者是在我的住处的阳台或上班的路上看云，不管是看太阳将升前的云还是月亮悬天时的云，或者是看新雨骤停后的云，变化的是云的形状、色彩、动态、高低及大小，不变的是云的存在、云的美妙。刚刚头顶还只有丝丝缕缕的淡淡白云，像扯细了的轻纱，又像神仙画家飘过天庭留在碧空的印痕。不大一会儿，轻拢慢涌来的云朵汇聚出大片大片的云，有的似大朵新摘的棉花，白软轻柔；有的似活泼的小兽，通灵活泼；有的像仙女的衣裙，轻曼漂浮。它们连成片，起起伏伏的，似乎是神仙在扯着有褶皱的白色锦缎抖动着。

八月十二日那天，我们去"Lanoto"国家公园看火山喷发后形成的湖泊（我们称其为"天池"）时，我看到了涌速极快的云。我们坐在山顶凹下的湖边不大的木看台上，看满天轻柔的、灰白的云迅速流动。那云像快马似的飞奔着，像得了加急令要迅速聚齐到将军麾下的兵士一般飞奔着，像正被后潮涌推着的巨浪大潮似的飞奔着。我们仰望着，似乎听到了"得得得"疾走的马蹄声和"轰轰轰"迅涌的大潮声。那份着急、那份紧张，引发观云人的心潮起伏与翻动。而不过十几分钟，这一阵流云消散，碧空如洗，一团一团的新弹的棉花般的白云，连成云山聚拥在那儿。云朵倒映澄波中，仿佛惊鸿照影，神奇曼妙。

八月十三日是萨摩亚"父亲节"假期。这天傍晚，我在校园里散步。校园的流浪狗们不知道去哪里过"父亲节"去了，很难得地消匿了踪影。整个校园里寂寂无声。是新雨之后，走过那棵香满校园的九里香树，一群鸟儿迅疾起飞，机缘巧合地形成一种"人声鸟儿飞起速"的意境。我心绪本不佳，是天上的云抚慰了我的寂寞与失落。我在无语中，目光追索着那雨后的蓝天白云。时间是傍晚六点多一点儿。但见四面八方的云棉絮般、轻纱般、锻绫般、人像般、野兽般地簇在这里那里的瓦蓝色的天空中，真正是万千姿态，无奇不有。我不想一人独享这等美景，就拍图现场直播给即将来NUS与我并肩战斗的L老师。我把六点十一分的云拍给她看。到六点二十八分，在手机即将没电而准备回家时，我冷不丁瞧见西北方向已经青灰的暮云层里挤升出来的几坨红云。对，是红云！是惊艳了我的红云！我转过身，在东南方向的教学楼后连绵的山顶上，一大朵云燃烧成一大团火云苗，上方似乎还蔓升着火苗的余劲儿。这般奇幻景象，让我喜出望外，赶紧抓拍，我要抓拍下这份罕见与奇妙。这阵红云显现不过两三分钟的时间，刚够我拍照发图给L老师。我回屋路过那棵与桂花树有相似之处的九里香树时，心绪里加了些许王维《鸟鸣涧》的成分："人闲桂花落，夜静春山空。月出惊山鸟，时鸣春涧中。"

在萨摩亚，满天都彤云密布的时候基本没有。当一阵风动，树叶沙拉作响时，这必是要下雨了。但是，抬头望天，也只有头顶的这一处天空布有黑灰色的云，稍往远处看，云彩是灰色的、青色的，缝隙里有不规则形状的蓝天做底子，再远处，就是连绵的白色的云山了。将身体转半个圈，往北面的海那里望，所见的是祥云朵朵，甚是神奇缥缈。

萨摩亚的云，真真是醉人的云哟！

现在，萨摩亚的云，已然是我的好朋友了，看云也是我的日常了。我在房间里备课写作，抬头就能看到窗外的云彩；我去教室，不必抬头，远处的云彩进入眼帘。最妙的是，蓝天白云常常将路旁汽车的前挡风玻璃和后备厢盖的玻璃当成镜子和摄像头，像爱美的女子走过各色橱窗必定驻足弄姿一般，把艳影荡漾在玻璃镜子里，把蓝色的宁静高贵及白色的纯洁超俗定格在玻璃镜头里，让路过的我，忍不住驻足看那玻璃里的美景，再仰头寻找那蓝天上的美景。我高兴时，对云畅笑；我郁闷时，望云浮想。我从云中看到了自己，我让云朵慰藉与鼓励着自己！

我一般不从科学角度来理解萨摩亚云的多姿多彩与变换无穷，我更愿意从诗意的角度来理解这因地面水汽上升迅速与活跃、海水潮动频繁而出现的奇妙与美好的自然现象。

看到萨摩亚的云，有两种情况，一种是文思泉涌、走笔如飞地描摹出这大自然的美妙与美好；一种是傻眼了，只觉得好，不知道该用什么语言表达，有一种"云彩在天空中，人在地面上"（冰心《繁星·四十二》）、震撼竟至无言抒怀之感。我属于后者。

遇见萨摩亚

我喜欢萨摩亚的云！

喜欢萨摩亚的云，不仅仅因为萨摩亚云的自然与美好。其实，现在，萨摩亚的云，已然是我生命意象中的一个了。每个人都会有自己的生命意象。"香草"是屈原的生命意象之一，"野草"是鲁迅的生命意象之一，"云"是我的生命意象之一。在国内，喜欢看云的我欣赏的是云的飘逸和美丽，向往的是云般的自由和闲适，寄意云彩的是思人怀远之情。我曾把元代王冕《墨萱图》中的"慈母倚门情，游子行路苦"诗和《战国策·齐策六》中的"女朝出而晚来，则吾倚门而望，女暮出而不还，则吾依闾而望"之言以及唐杜甫《客堂》之二的"老马终望云，南雁意在北。别家长儿女，欲起惭筋力"杂糅在一起，创造了一个表达一己生命情结的词语：倚门望云。从前，我的母亲盼我假期回去，常有倚门望云之情状；后来，我的儿子外出求学，离乡去国的，我对儿子的思念就常常借助于倚门望云之举来表达了。现在，我成了一朵偶尔飘在太平洋上空的云，成了一片临时驻足萨摩亚天空的浮云，云便成为我现阶段唯一的生命意象了！这一意象的隐喻意蕴或象征意蕴显然比在国内时丰富、深厚了。思儿看云、忆夫看云，而我的夫也在家里忆妻看云。有时候，望着天上的一片白云，那片云是遗世独立的，仿佛在萨摩亚的我，突然，那片白云变了形，换成一只猫的样子，而呆呆的我的心像被猫爪挠着一样。我"怅望云天，泪下点点"，白云孤寂，恰似看云的我一样惆怅。看到变化多端、飘忽不定的云彩，又会突然想起"浮云游子意，落日故人情"，游子孤客，魂断天涯之感油然而生。陶渊明说："云无心以出岫，鸟倦飞而知还。"我倦了，我想归去，但我必须把我的萨摩亚历程坚持到底！这时，我再看云，"云"就是我的理想，在这"悠然远山暮，独向白云归"（王维《归辋川作》）的萨摩亚，我"坐看云起处"（王维《终南别业》）时，过眼的不都是云烟，浮想联翩的还有纵横的意气，是那种与蓝天相依的渴望，是那份与日月相伴的心愿！

我这朵偶尔飘在太平洋上空的云，何尝不是萨摩亚天空中的一朵自然隐逸、渴望谱写多彩多姿人生篇章的深情的云呢？！

（本文发表在《时代文学》2018年第6期上）

萨摩亚傍晚的云

萨摩亚的海

　　萨摩亚是个被南太平洋包围的岛国。洋靠近陆地的地方是海，所以，萨摩亚其实是个被海包围着的国家。在萨摩亚，几乎一切都跟海有关。唯一的国际机场修在首都阿皮亚的海边。唯一的港口建在阿皮亚的海边。唯一的城市公交总站设在阿皮亚的海边。首都所在的乌普卢岛和最大的岛屿萨瓦依的公路都是环海而修，小岛马鲁鲁岛没有公路，但沿沙路、草坪和林中小径衔接而成的路走一圈，等于围着岛子转一圈，这路还是依海而成，随海赋形。其他岛屿没去过，本来那些岛上也大都没人——没人还是因为海的阻隔，居住不便。萨摩亚热带雨林气候的形成自然与海洋密切相关。萨摩亚的传统手工艺品树皮画的作者喜欢在树皮上画乌龟等海洋生物。萨摩亚的木雕作者更热衷于海洋题材，他们将木料雕刻成各种海洋动物如海豚、海龟、海鱼、螃蟹等的样子，栩栩如生。萨摩亚的主要公共部门如移民局、教育局、旅游局等都建在海边，经营红火的商业区也在阿皮亚的海边。

　　网上说，旅游业是萨摩亚的主要经济支柱之一和第二大外汇来源。来萨摩亚看什么呢？要说萨摩亚的自然风光，必定跟海有关。萨瓦依岛上的风洞是萨瓦依最吸引游客的景点，它在海边；乌普卢岛上的巨蚌砗磲、苏瓦海沟、各处海水里的多彩珊瑚也令游客流连忘返。但如果你是从海岸线漫长的中国踏足萨摩亚的游客，要看海，你不用去这里去那里，在萨摩亚的任何一个岛屿的任何一处可停车的地方停下车，眼前就是一望无际的大海，就是一处美轮美奂的景象。可以说，萨摩亚最出众的风景就是它随处可见、无处不美的海景。

　　我不是"萨摩亚通"，毕竟来萨摩亚才两个多月，但我已经深深爱上萨摩亚的海了。性秉爱水，又嫁给海边人做媳妇，我对大海从不移情别恋，论景必先提海，

萨摩亚的大海

觅美总去看海。站在海边，永远心潮澎湃，情不能已。但中国毕竟太大了，我生活工作的地方离最近的海边城市东营还有三百多公里，离故乡青岛和婆家日照都有五百公里左右。所以，要三天两头与大海亲密接触，无疑是痴人说梦。来到萨摩亚后，天天看海的梦想变成了现实。因为去阿皮亚商业区采购，驱车或乘车都得从海边经过。不去商业区，我天天去办公室。站在萨摩亚国立大学人文学院所在的教学楼的二层，往北展眼，树木遮挡不住，大海如在眼前，甚至连大海的颜色都能看清，甚至连大海是涨潮还是落潮都能判断出来。

在我们的援教队伍中，曲老师和崔老师喜欢去浅海游泳。他们租住的平房太热，想凉快凉快无处可去。在国内，基本上每个人都会有自己的体育爱好。在萨摩亚，曲老师想打乒乓球无场所无对手，崔老师想打篮球无场地无队友。好在他们有共同的爱好——游泳，游泳让他们与萨摩亚的海形成亲密关系。退潮后的萨摩亚的海，多处都是天然的游泳场。二位老师常去畅游，既纳凉也锻炼身体。我不会游泳，但请求他们去时带上我。于是，在这个群体中，三个亲近大海的人形成了"铁三角"。常常，二位老师在海里纳凉、游泳，我在海边看景、发呆。

我清楚地记得，我第一次去海边是在三月十八日那天。那是我来萨摩亚的第三天，那时，我正因为失眠、丢护照、独居恐惧等原因，陷在焦虑乃至绝望情绪里难以自拔。下午四点多，我跟着曲老师和崔老师到了阿皮亚西北的一处海边。我因为不会游泳，就在海堤上溜达。萨摩亚这片区域的海边竟然没有几个人！所以，这海堤就约等于我家的海堤。我在溜达时，只有一个白人在海堤上跑步，经过我身旁，打破了我一个人听大海心跳的节奏。当然，溜达，是溜达在阳光下。被晒蔫了，就坐在一棵诺丽果树下的海堤上发呆。也不是真的发呆。这么好的海景，人怎舍得让精神停留在"呆"的状态中呢？我是坐着呆看海景。萨摩亚的海真是美得无与伦比。整个海面平荡无垠，自然无际。纵目远眺，云朵缝合海天，海天一色，深蓝色的海面上，一处一处的白浪涌起又消失。阳光照射海面，目光到哪里，哪里就波光粼粼。收回目光，眼前的海水是淡蓝色的，清澈透明。天上朵朵白云倒映水中，近岸的浅水处，叫不上名字的小鱼儿摇头摆尾，欢快地游动。防波堤与海水相连的石头上，三三两两的螃蟹在寻觅佳偶，稍有声响，便迅速溜进石缝。跳跳鱼也在水石相接处练习跳跃，煞是活泼、自由。在国内，我也算是见过海的人，但第一次与萨摩亚的海近距离接触，获得的全是经验之外的意外。我兴奋地站起来，远处，曲老师和崔老师正在大海的怀抱里畅游。我向着大海伸开双臂，想放开喉咙唱一曲与大海有关的歌，以纾解几日来的郁闷和压抑。搜肠刮肚地想，也就会三首：张雨生的《大海》里有一个伤情的故事，不适合这意境；娃娃的《漂洋过海来看你》吟咏一个"道阻且长"的爱情故事，不合辙，我来萨摩亚不是为看谁，也不是为了爱上谁；唯有《大海啊，故乡》最能表达我此刻的心情。虽然这里是萨摩亚，不管它！于是，我对着大海反复唱那几句："大海呀大海，就像妈妈一样。走遍天涯海角，总在我的身旁。"唱着唱着，我就觉得，萨摩亚的海真的像我的母亲一样。轻柔波动的海水就像母亲安抚我的软语轻声，清晰倒映在水中的白云就像母亲的脸庞温暖深情。微风吹散了我的五音不全，海水听到了我的情感饱满。

我正痴迷着，扭头间，不知何时，几米外多了两个萨摩亚人。他们在微笑着看我。我不好意思地坐下，低头看着礁石上密集的海螺。这一看，又有新发现。海堤冲海这面的石头上有许多海螺，是我婆家人所说的那种辣螺。这些辣螺，密密地挤在一起，个头都不大，大点的，都是自己爬到螺少的某一处，静静地吸附在石头上。所以，石缝或石面上零零星星的都是个头大的海螺，一个挤一个的，都是小海螺。这是为什么呢？从生物学的角度上讲，大的个体，必定是有了更健壮的体魄和抵御外部世界的经验和能力，才能远离群体而独活。从心理学的角度看，独处者往往内心强大，头脑冷静，心绪平和，明晓自我价值。我更愿意从文学的角度理解它们，我问它们：你们独自远行，是要去寻找诗和远方，像我一样吗？海螺无语，只有海水轻轻波动。我抬眼眺望西北方，那是我祖国的方向，那是我亲人所在的方向。而我当初决定来萨摩亚做游子，就是选择诗和远方。在远方，在萨摩亚的海边，萨摩亚海的美丽令我陶醉。我认为萨摩亚的海就是一首蕴意丰富的诗啊。既如此，我还有什么苦闷和抑郁的呢？在大海的面前，所有的不适，都会随着时间的流逝而消失的。海螺从小到大，也是由抱团的群体中的一个，到独处的强大的一个啊！于是，我对着大海改唱张雨生的《大海》："如果大海能够带走我的哀愁，就像带走每条河流，所有惶恐的梦，所有流过的泪，我的悔，请全部带走。"我告诉自己，要坚强，要振作！萨摩亚的海，是治愈系的妙景之最啊。

遇见萨摩亚

后来，我们去萨瓦依岛，去马鲁鲁岛，也数次驱车环绕乌普卢岛。不必下车近看，就是只从车上看，萨摩亚的海也令人心醉神迷。好多处海面的海水，在阳光的照射下，呈现出多种色彩。有的地方的同一片水域，因为光线作用，因为云彩投影，因为海底火山石颜色的差别，水面的色彩成块状或条状，颜色多类。有的是深蓝色的，有的是浅蓝色的，有的是粉紫色的，有的是灰白色的，有的是深绿色的，有的是浅绿色的。大自然的鬼斧神工，令人惊叹。任你是调丹青高手，也难在一块画布上画出这么多的颜色而不失其和谐美与艺术美。说萨摩亚的海是彩色的海，一点都不夸张。

复活节期间，我们去环游萨瓦依岛。在那里，我很幸运地看到了海上圆月出和旭日升。那天晚上，我们住在"Jet over hotel"里。大概晚上八点左右，一轮新月冉冉升起。新月由初晕到跳出海面，再到皓月悬半空，也不过半个小时。而这一晚是中国农历二月十五的月圆之夜，我在万里之外的异乡海边，亲眼看到了这轮新月的升起过程，并在朗月悬在斜上方天际时，坐在椰树下赏月。衬着皓月的天空是浅蓝色的，皓月映照下的海水是深蓝色的。月亮在水面铺出一道宽两三米的粼粼银光，一直铺到我脚下。微风吹拂，银光轻轻摇荡，摇荡得夜的四周更寂静了。明月、海水、沙滩、椰树、鲜花意境撩人。在明明皓月、寂静环境里，思乡之情悠然而生。我坐在连椅上望着月，听着歌，感受着作为过客的幸运。是啊，人生代代无穷尽，今年我幸见海月。海月年年都相似，白云一片去悠悠。因为调节好了心情，我看明月，全是诗意；月光映我，我是诗意。此时，在长空与皓月下，最适宜做哲学沉思，体会天地与人生的关联，赞美自然的永恒与伟大，感慨人生的短暂与人类的渺小。

第二天早晨六点多，我拉开窗帘，窗外正有一轮太阳在海上升起。我狂奔下楼。楼与海不过十几米的距离，我嫌自己脚步慢，怕太阳不等我，一下子升高。站到海边，只见天水相接处的太阳刚露出小半边脸。这脸透着不耀眼的红，温馨得恰似婴儿的面庞。因被一片云彩遮面，加上是初升，太阳还没有多大的亮光。此时，四周极为安静，听得见的只有早起鸟儿的轻啼音和永恒海水的拍岸声。不久之后，太阳一纵一纵地跳出大海的束缚，漫天是醉人的霞光。随着太阳一点一点升起，其亮度也一点一点大起来，直至大得刺人眼目，我只能从巨大的椰树叶子的缝隙里去看它。我看到橘红色的霞光围绕着一轮旭日，旭日外是浩瀚无比的浅蓝色的天空、一大朵一大朵的白云，旭日之光照射在一望无际的浅绿色的海面上，微风吹过，海面上泛起了一道金色的波纹，这波纹一直延顺到我眼前。好一副让人痴迷的彩色图卷，好一派令人留恋的大好景象，我生何幸！在萨瓦依的"Jet over hotel"住一晚，既在海上月升的美妙里痴迷，又在海上日出的壮观中沉醉！

　　其实，在萨摩亚，想看圆月初升，不必专门去某一个地方，你只要在阴历每月的十五、十六日晚上，去萨摩亚的任何一处海边，都会沉醉在我在萨瓦依岛的"Jet over hotel"里看月亮的安谧娴静、清新自然的意境中。你想看日出，那就更方便了，早起一点，来到海边的某一处，静候日出就可，保证能观赏到美丽壮观的海上日出，保证有诗意涌上你的心头。因为在萨摩亚看日出，如同看月升一样，都有构成无穷的诗意空间和唯美意境的形象体系：高大的椰树、四季常开的鲜花、寂静的氛围、纤尘皆无的环境。当圆月和红日跳出海面的那一刻，你仿佛能嗅到生命律动的韵味；当月色和日色渐渐由红转白、月光和日光渐渐由暗转亮时，你好像能应和生命活跃的节奏。小国萨摩亚的海上月升与日出，调和出的是灵动和谐、雄伟壮阔、华丽壮美的意境啊！

　　四月二十九日，我和乔老师一家陪从新西兰来的 Apple 一家逛乌普卢岛南部。临近中午，我们去"Return to Paradise Resort"吃饭。听听这美妙的名字——回到天堂度假村——就醉了！在中国三亚的亚龙湾，各大高档宾馆建得离海边都不远，只要入住，宾馆随时有车免费送客人去海边。而每个宾馆在海边都有相应的入住宾客的大致活动区域。但萨摩亚的海边宾馆那是真的建在海边，宾馆的院子跟海连成一体。"Return to Paradise Resort"的空间似乎更大，因为附近只此一家度假村，所以，在这里真的感觉仿佛到了天堂。度假村大厅里的每一张桌子上都放着几朵鲜花，我随手拿起一朵别在发边。大厅边上还有一张乒乓球桌子。院子里有游泳池，有高大的椰子树和其他奇花异树，有五六个法雷，有白色沙滩，沙滩边上有七八张躺椅。萨摩亚旅游的好处是，任何景点和食宿大都是人少寂静。这一天，来"Return to Paradise Resort"的人不超过二十个，这里面还包括我们八个人。我们在这里逗留了三个多小时。大家先是去水里玩，乔老师带着换上泳衣的妻女，到水深处看珊瑚；Apple 不会游泳，就一会儿在沙滩上徜徉，一会儿到水里流连；

萨摩亚的海

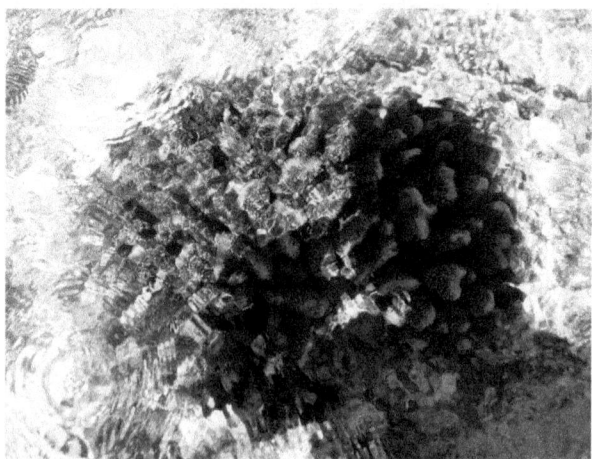

红珊瑚

Apple的先生是媒体人，忙着拍海景视频和照片；我也是"旱鸭子"，就寻找"旱鸭子"的乐趣。我先是在黑青色的礁石缝里捡单齿螺和芭蕉白翼翅螺，在浅水里捡红珊瑚石和白珊瑚石。捡了一会儿，就放掉海螺，又扔掉珊瑚石，去追逐两只大的寄居蟹，追上后，给它们拍了照又放掉它们。太阳晒人，怕什么？礁石硌脚，怕什么？看海的乐趣无穷无尽。况且手头有手机，还需不断地拍近处彩色的海水、拍远处的海浪、拍更远处的海天一色。在这片可以放飞心灵的广大的海域里，仅仅是浅水区的彩色海水就如梦如幻，让你不知是在人间还是在天堂。这片海域的水特别清澈透明，浅海水域里的游鱼在我的腿边游来游去，摇头摆尾轻灵活泼，它们背上的花纹清晰可见。天上的云朵倒映水中，这一片的水域就是白色的；那一片水域的上方是蓝天，水就是蓝色的。云影天光，幻映着彩色的海水。太阳高悬，空中杂尘全无，海水清澈。于是，蔚蓝色、草绿色、淡紫色、青白色、青蓝色、浅绿色，就那么界线不明又各色鲜明地呈现在我们面前。远处涌过来的海浪堆成一排白雪线，宛如钱塘江的一线大潮，推到近海，势头减弱，只能拼尽余力将余威以浪的形式碰撞我的腿，最后将白色的泡沫丢到沙滩上。而远处，又一排海浪堆成白雪线，向着近海处涌来。再远处，就是一色之海天了。玩累了，我们去一个法雷里，服务员已把我们预定的午餐摆到桌上了。我们喝着椰汁，品着比萨，听着鸟鸣，看着海浪。饭后，孩子们去海边玩沙子，我们几个人移到另一个法雷里，面朝大海坐着，看海潮逐渐涨起，谈人生升沉起伏。海鸟在彩色的海面上盘旋，椰叶在和暖的微风中摇动。沉醉的我们，被"Return to Paradise Resort"的海迷惑，不知今夕是何夕。

啊，萨摩亚的海，你的美，就这样既怡情又畅神，令人迷醉。每一个与你亲密接触的人，都有不虚此行、不枉此生之感！

萨瓦依环岛游

萨摩亚人过复活节是有公共假期的。二○一八年的复活节假期是从三月三十日到四月一日，从上一个周五到下一个周一，共四天。我们也沾光跟着休假四天，真爽！

正是石老师的爱人仓先生和女儿仓小仙女不远万里来萨摩亚探亲期间，石老师策划的萨摩亚体验项目之一就是萨瓦依环岛游。石老师邀"战友们"同往。乔老师探游过两次了，有些审美疲劳，就不同行了，但他自告奋勇，一大早开车送我们去码头，又早早去码头等候，接我们回家，让我们享受到贵宾般的待遇；曲老师、崔老师要为他们七月份来探亲的妻儿（女）提前考察萨瓦依岛旅行的交通路线、食宿位置、景点分布等情况，欣然接受邀请；我是乐群之人，又是热衷出游者，自然是欣然应邀、怡然同往了。如此，我们一行六人，三月三十一日（周六）进行了萨瓦依环岛游。我们先去海边看风洞，之后去走高空悬索桥，看大脚印，然后去凭吊教堂遗迹，再下溶洞，并在中国援建的农机站前拍照留念，接着去看大海龟，去参观一座宏伟富丽的教堂，最后找宾馆住下，并去码头旁一家中国人开的超市加餐馆的地方吃饭（我们的中国胃很是难为了我们的同胞），最后回宾馆休息。这一天的环岛游，与以往游历相比，景色自然都是以往未曾见识的，让我们连连惊叹的，除了景色，还有一路上未曾有过的感受和体验。

风洞大美

萨瓦依岛是萨摩亚两大主岛之一，但我不知道其面积几何，"度娘"亦不知。在我看来，萨瓦依岛说小不小，我们驱车环岛用了将近一天时间；萨瓦依岛说大也不大，驱车环岛一圈也就用了不到一天的时间。论风景，萨摩亚处处是风景。萨摩亚有中国北方人普遍向往的风光：美丽多姿的大海、多样常绿的植物、蓝蓝的天、白白的云、清新的空气、自然的环境。首都所在的乌波卢岛处处都是这种风光。我们这些外来客其实就天天生活在风景区里呢。而此番我们要去萨瓦依岛看的是乌波卢岛没有的景点。这些景点与中国国内的同类景点相比，只能算是微缩版和简略版，景色大都称不上独特与壮观。比如，高空悬索桥在中国的诸多风景区都存在，算不上稀罕；大脚印的民间传说虽奇妙浪漫、夸张神奇，但与多似海滩细沙的中国传说相比，大脚印的传说显然给不了我们太大的震撼；有许多喀斯特地貌区的中国有太多的溶洞，与之对比的，萨瓦依岛的那处溶洞真的几乎不值一提；我们都不是教民，不太懂教堂建筑的文化含义，所以，看教堂也是走马观花，只是在那处一九九〇年被海啸毁坏的教堂的残垣断壁前，我们感慨自然的巨大破坏力和人类与之抗衡时的无能为力；在国内倒是极少见到大海龟，但见了海龟本尊，除了曲老师抱之、仓小仙女摸之而与之亲密接触外，其他人都没有童真举动和太多迷恋。

最令我们激动与兴奋并大加赞美的是萨瓦依岛的风洞景观，它让我们驱车找了好久。是啊，美好的东西从来就不是唾手可得的，美妙的景色也不是轻而易举就能亲近的！风洞名为阿嘹法风洞，因位于塔加村，也叫塔加风洞。我把风洞照片发给国内朋友看时，有朋友问："什么是风洞？"是啊，什么叫风洞？我原来也不知道。在"360引擎"里搜索，头几条都不是介绍自然景观"风洞"的。可见，国内多数人是不知道世上还有一种叫"风洞"的景观的。塔加风洞其实是海岸礁石长期被海水侵蚀，连接海底和熔岩岩石的地方被掏空，而岩石本身又有孔洞，这样，上下相连，在火山熔岩组成的海滩上，就出现一些孔洞。每当海浪冲撞岩石，就会挤压空气成风，将海水挤压进孔洞中，海水就会被挤压得瞬间从洞里蹿升，伴以巨大声响。海浪愈大，吹动的海浪升起得就愈高（有的海浪可以高达二十米），撞击的声音就越大！我们可都是第一次见识此等自然奇观，自然人人赞叹！每当"轰——轰——"声起时，大家就会闻声而呼。胆大的曲老师更是逐风而进，想着与风洞近距离接触！连仓小仙女都顾不得大太阳的暴晒了，尽情留恋着每一个风洞、惊呼于每一次喷涌！大家也迎向奋涌的浪花，奔跑着，欢呼着，

风洞

拍照，摄像。每一声不亦乐乎的惊呼都呼出初识风洞的欢欣喜悦，每一次淋漓酣畅的喊叫都抒发出幸遇风洞的震撼兴奋！而每一次海浪拍岸，每一束瞬间喷涌而起的浪花，都让我浮想联翩又感慨万端！在大自然的鬼斧神工面前，人类唯有惊叹、唯有赞美了！而且，有此等壮观美妙的景象，人类怎么还能动辄以"巧夺天工"来妄自尊大！我们每个人都庆幸自己的幸运——能在萨摩亚遇见此等美轮美奂之景，能在记忆的仓库里存储如此壮观完美之象！我们的音乐家仓先生只看了一会儿，就坐在岸边的法雷里沉思了。我们聚拢后，他给我们讲自然力量的伟大和人类的渺小，讲得颇有玄机和哲理，我不禁暗暗叹服！

乘车之趣

按照石老师的计划，这次我们乘轮渡到萨瓦依岛后，就去租车点租车。但是很不巧，我们去了两个租车点，车子都租罄了。按照我的思维，租赁车辆的车行该有不同型号的多辆车子啊。实际情况是萨瓦依岛每一个车行的车子也就十辆八辆的。万般无奈的石老师急中生智，给农业援助队的刘队长打电话求助。人在乌波卢岛的刘队长爽快地答应了石老师的请求，派了刘技术员（我称呼他为刘老师）当司机来陪我们做环岛游，这就一下子解决了我们的交通问题。刘老师开着一辆新皮卡来了。皮卡是美国现代牛仔文化的象征，很炫很酷的车子！据说，在萨摩亚，只有富人才开得起皮卡车。这辆皮卡是从国内运来的，其售价不菲。这件事，让我们很感动，我也第一次见识了海外中国人的互助友爱。只是，这辆双排座皮卡车的驾驶室只能乘坐四人，而除了司机，我们就有六个人。曲老师、崔老师决心以肉身与曝日抗衡，当仁不让地跳进敞开式货箱，要像萨瓦依岛人一样，做一日萨瓦依岛上"拉风"的中国人！旅游者都知道，不管在国内还是国外，游览景点的时间其实都不长，长长的时间都是用在去往景点的路上。在寻访景点的路上，曲老师、崔老师要经受萨瓦依岛大太阳的考验了！刘老师启动皮卡车后，经验丰富的仓先生马上感觉出了皮卡车所具备的轿车的舒适性与皮卡车动力的强劲性。刘老师是音乐发烧友，车子甫一启动，车载音乐随之开启，放的是他下载的音乐。车里开了冷气，舒适得很。石老师一家三口加上我坐在车里。我们吹着冷气、听着音乐看迎面而来的弯曲之"我们家"的公路（因为极少有车驶过，公路好像是我们自己家里的）及公路边的鲜花绿草与行人，讲着笑话拍下窗外一闪而过的原始自然的景色：大大小小的法雷、一片一片的椰树、一棵一棵的面包果树、一处一处的草场、一群一群的牛儿，天空蓝得耀眼，云彩白得透亮。不过，我们的快乐持续了不长时间，就都心有戚戚焉：看看车外高悬的大太阳、看看大太阳下毫无遮拦地"沐浴"在日光下的曲老师、崔老师的约等于光头的脑袋，我们的欢笑声里掺杂了许多怜惜与不忍，人人开始自我责备：为什么他们在太阳下曝晒而我们在冷气里幸福？石老师真是个"super woman"，关键时刻总是有诸葛亮式的聪慧与机智。她建议让曲老师、崔老师坐进驾驶室的后排座，她自己则与爱人仓先生共坐副驾座。于是，在看完风洞、车子驶出不久，随和的湖南帅哥刘老师就停下车子。我们齐声招呼二位"拉风"者快进驾驶室，但这两位少壮派却拒绝了我们的建议。他们说自己现在很舒服，"拉风"的感觉很爽！车子重新启动，曲老师、崔老师继续"肉搏"萨摩亚的当头大太阳！我们坐在驾驶室的人则继续于心不忍着。等到了悬索桥景点时，我们下了车，先看他们二人。二人明显没有了半个多小时前的亢奋，曲老师的白脸白脖子白胳膊明显变了色，裸露的胳膊有些红肿。崔老师的肤色虽然变化不是那么明显，但太阳公公对他的"舔舐"与对曲老师是一样的，并不因其姓氏笔画多就更轻柔。虽然在体验悬索桥的高险时，二位老师都开心快乐，但再上车时，他们不再留恋"拉风"的酷爽。他们向货箱告别，向大太阳投降，乖乖进了驾驶室。这样，仓小仙女、我、曲老师、崔老师，我们四人前后错综地坐在后排座上。因有冷气轻抚，自然没人觉得炎热和烦闷。石老师先是坐在驾驶座和副驾驶座之间。只见她歪着身子、低着头，类似于坐火车卧铺的上铺，看起来就很不舒服，我们后排座的人心里也不舒服。因为从悬索桥到大脚印景点的距离较近，石老师不舒服的坐姿引发的我的内疚之情持续的时间不长。再上车时，石老师换了坐处和坐姿：她与爱人仓先生共坐副驾驶座。虽然夫妻俩都很苗条，但副驾驶座其实是为一个人设计的啊，再苗条的两个人加在一起也比一个人占用的空间大。所以，并排坐着是不可能的，我们聪明的"Super woman"石就干脆不假思索"毫无顾忌"地坐在了仓先生的一条腿上。她把仓先生的一条腿坐麻了，就换坐在仓先生的另一条腿上。好在有音乐为二位减压，有笑语叫两人分心。在长长的路上，在狭窄的副驾驶座位上，石老师和仓先生的夫妻"恩爱秀"自然、生动、活泼、有趣！我抓拍了一张二人"撒狗粮"的照片，并辅以标记：二〇一八恩爱新秀法——副驾夫抱妻！我想：这场发生在特殊场合特殊时段里的"恩爱秀"，会让秀者铭心刻骨，也会让我们这几个观众永生不忘。等我们都老了，坐在摇椅上看夕阳时，我们还会提起萨摩亚的这场夫妻"恩爱秀"的！

萨瓦依岛上没有城市，乡村社会的节奏是缓慢的，当地人就告诉我们说：阿皮亚的生活节奏，"嗖嗖"的；萨瓦依的，slow！这是萨瓦依人的思维和识见。不过，萨瓦依的慢节奏倒是可以从法雷里聚众聊天爆笑的人们和路边行走绝不匆忙的人身上体现出来。在车上，我们隔窗看到的法雷很多。看到一闪而过的众多法雷，我突然想到一个中国与萨摩亚文化的差异点来，那就是，"家徒四壁"这个成语在这里是用不上的，因为法雷根本就没有墙壁。我把这个想法说给大家，大家哄笑。我决定以后不教萨摩亚学生"家徒四壁"这个成语，免得人家产生丰富联想，以为我嘲笑他们的传统建筑！跨文化交际就是要处处注意、处处讲究啊！

宾馆成仙

按计划，我们要在萨瓦依岛住一晚。我们住的宾馆叫"Jet over hotel"。在萨摩亚，看景点不必人挤人，住宾馆不必提前预订。我们五点到"Jet over hotel"，轻松定上了房间（第二天吃早餐时发现，除了我们六人，只有五六个人在吃早餐）。办好手续进入房间，第一感觉是除了洗手间与床分布一、二楼有些不方便外，其他方面真的没毛病。最主要的，这是典型的海景房啊！房间与阳台间隔着推拉门。推开门，站在阳台上，左前方是隔海可见的山峦，茂密的绿色掩映着红色或白色的屋顶；正前方和右前方是浩瀚无垠的太平洋，太平洋洋面是蔚蓝色的，极目远眺，蔚蓝色的海水与浅蓝色的天空上下连接，自然和谐。对面大海与房间的距离约十米，遍植青草、椰树、杂花树，还有泳池与沙滩。因为急着去吃饭，没时间去感受海之美景，我匆忙中拍了几张照片。吃过饭，也就是八点左右吧，在码头那里就看到一轮新月冉冉升起，只可惜隔着码头候船大厅这座建筑物，怎么也拍不出海上生明月的图像。赶紧回"Jet over hotel"。我直接奔向海边，拍那海上生明月的美图。遗憾的是我没有看到海上明月初升的景象，看到的只是悬在半天的一轮皓月。但这已经很幸运了。这一天是农历二月十五，十五是月圆之夜，我在万里之外的异乡海边，亲眼看到了这轮悬在斜上方天际的满月。此时，

遇见萨摩亚

衬着皓月的天空是浅蓝色的，皓月映照下的海水是深蓝色的。皓月在水面铺出一道宽两三米的粼粼银光，一直铺到我脚下。微风吹拂，银光轻轻摇荡，摇荡得夜的四周更寂静了。在这皓月、海水、沙滩、椰树、鲜花组成的意境中，我自己仿佛有片刻成仙之感，但易伤感的我马上回到现实中：我这是在异乡的土地上啊。明明皓月，寂静环境，思乡之情悠然而生，于是，泪崩。于是，我点了几幅海水月升的图片、配上"海上生明月，天涯共此时"的文字，发在微信圈里了。假如不是曲老师、崔老师的到来，我可能还会继续伤感下去。我告诉崔老师："看这月亮，我想家了。"崔老师说："谁不想家？但有啥法？还是做些高兴的事吧。"也是哈！想家，但现在回不去，就向他们学习，做自己喜欢的事吧。二位老师下海游泳去了，我坐在连椅上听歌曲。石老师一家人都很疲累，回房间睡觉了。是啊，仓小仙女从英国飞回国内，再由北京与其父亲一起飞来萨摩亚，时差还没完全倒过来，就连轴转地惊呼在萨摩亚的美景中，不累倒是铁人了！我听着歌，望着月，感受的是作为过客的幸运。后来，曲老师和崔老师也坐下来感受这大自然的美妙。我们这三个缥缈的过客就被拢在轻纱般的月光里了。这个季节的萨摩亚，白天不是暴雨骤至就是朗朗晴天。晚上，海边没有炎热，有的是温暖的海风，和海风吹拂着的椰林和花树，还有月下闲谈的三个人，恰好适应了李白《友人会宿》的诗意："良辰宜清谈，皓月未能寝。"后来，曲老师去平台的躺椅处，在长空与皓月下做哲学沉思，体会天地与人生的关联，赞美自然的永恒与伟大，感慨人类的短暂与渺小。我仿照大圣悟空，肉身留在原地，灵魂出窍跳出三界才发现，在三人月下谈天说地的构图里，似乎有一股仙气袅袅着。第二天早晨六点多，我拉开窗帘，窗外正有一轮太阳在海上升起。于是，我顾不上跟其他人聊昨晚的那次小地震（昨晚经历了我来萨后的第一次小地震，感觉床铺晃动了几下），冲下楼，去海边拍日出。只有十几米的距离，我嫌自己脚步慢，怕太阳不等我就一下子升高。站到海边，只见天水相接处的太阳刚露出小半边脸。这脸透着不耀眼的红，温馨得恰似婴儿的面庞。因被一片云彩遮面，加上是初升，太阳还没有多大的亮光。此时，四周极为安静，听得见的只有早起鸟儿的轻啼音和永恒海水的拍岸声。不久之后，太阳一纵一纵地跳出大海的束缚，漫天是醉人的霞光。随着上升高度一点一点增加，太阳的亮度也一点一点大起来，直至大得刺人眼目，我只能从巨大的椰树叶子的缝隙里去看它。我看到橘红色的霞光围绕着一轮旭日，旭日外是浩瀚无比的浅蓝色的天空、一大朵一大朵的白云，旭日之光照射在一望无际的浅绿色的海面上，微风吹过，海面上泛起了一道金色的波纹，这波纹一直延顺到我眼前。我生何幸！在萨瓦依的"Jet over hotel"住一晚，既在海上月升的美妙里痴迷，又在海上日出的壮观中沉醉！哦，现在回忆，仿佛还像在做梦，仿佛还像在仙游！

　　四月一日，我们离开"Jet over hotel"，离开萨瓦依岛，乘上午十点的轮渡回乌波卢岛。在回来的轮船上，曲老师晕船，吐得天昏地暗，而崔老师和我束手无策。我感叹：再强大的躯体也有虚弱之时。轮船靠岸，乔老师接上我们，把我们一一送回家，我们的萨瓦依环岛游结束了。在今后长长的人生中，回忆起这次出游，我想，每个人都会怦然心动吧！

萨摩亚第一次：包饺子

今天是四月十九日，周四。

正值萨摩亚各中小学假期之时，在中小学任教的几个中国老师，除了刘老师、崔老师，其他人都去邻国斐济和瓦努阿图考察风土人情与地理文化了。

上周，一个中国同胞给了点儿韭菜，一直没舍得吃——在萨摩亚，韭菜是极为珍稀的蔬菜。今天没课，我决定中午邀刘老师、崔老师来包饺子吃。

早饭后，洗了韭菜，和了面。给刘、崔二位微信留言：咱们中午吃饺子吧。二位老师很愉快地接受了我的邀请。我让他们来时带着擀面杖和煮锅。

我知道两位老师的假期还有"余额"，刘老师在家种菜，崔老师在家修改论文。而我一个人的日子，清闲散漫。除了工作必须认真，其他事都不给自己压力，试着向萨摩亚人学习，凡事Just be happy！在等刘、崔二位老师来时，我磨磨蹭蹭地洗了两件衣服，有心无脑地听了一会儿英语。之后，打开电脑，敲敲文字，整理整理心情，不时站起来，喝水、看窗外、听鸟啼。感觉韭菜量少，怕不够，就撇下电脑里的情节去剁白萝卜，又剁了一点猪肉，准备包韭菜虾仁鸡蛋和猪肉圆葱萝卜两种馅儿的饺子。大家想吃啥就吃啥。

这是来萨摩亚后第一次自己动手包饺子，有些小兴奋。又因为不是自己一个人吃，有些小紧张。好在面和得不硬不软，鸡蛋炒得不老不嫩，韭菜切得不长不短。禁不住给自己点个赞！因为不是美食家，平时咸淡不论，咸点淡点无所谓；因为不是美食家，从来佐料不拘，味重味轻都能吃，所以，要把调馅儿这光荣而艰巨的任务留给刘、崔二位。于是，我把各种菜盛在器皿中，等着他们来再调制。

天上依然悬着萨摩亚的大太阳，外面依然不时有"隆隆"车声。我去厨房续茶水时，发现一个奇怪的现象：厨房窗户上有一群绿头苍蝇在飞舞。它们此起彼伏地往钢丝纱窗上冲撞，想冲到里面。我很纳闷。踮着脚看窗户外面，看是否有吸引蝇们的东西存在，没有。我又转着圈看厨房稀稀拉拉的物品，确定没有臭鱼烂虾可以吸引专以尸食为主的绿头苍蝇，只有家用厨具、切好的韭菜、炒好的鸡蛋、剁好的肉馅儿，一切都显得极其清疏。正在我百思不得其解时，处在前意识中的几句话上升到意识层面。前几天，石老师说到有个同胞种了韭菜却少有人吃，我建议去割来包饺子吃。要知道，在国内，这时节正是吃韭菜饺子的大好时光。春初新韭一扎，鸡蛋两个，虾皮一把，包出的饺子，那叫一个清香可口！但石老师说，在萨摩亚，包韭菜饺子容易招来绿头苍蝇。哦，在国内，我常割自家院子的韭菜包饺子，未曾注意到韭菜对绿头苍蝇会产生巨大的魅力。萨摩亚有很多与中国不同乃至截然相反的地方，看来，蝇活中国与蝇生萨国，习性不同，水土异也。

十点半，崔老师拉着刘老师来了。刘老师和我一样，是国家汉办派到萨摩亚来的汉语老师，她在 "Vaitele–Uta Primary School" 教小学生汉语，北京人。刘老师安雅热情、勤快利落。崔老师在 "Leifiifii College" 里教中学生数学，是我在国内并不认识的同校同事，人很热心能干。刘老师是带着她地里的韭菜来的。于是，崔老师洗韭菜，刘老师切韭菜，我又炒了两个鸡蛋。因为只有三个人，我准备的馅儿多了。我们决定中午只吃韭菜馅儿的饺子，下午去爬瓦艾阿（Vaillima）山，回来再包萝卜馅儿的饺子。在加盐时，想起听到的一个小笑话——援教队员与农业组组员一起包饺子，农业组组员都是湖南人，不经常吃饺子，由援教老师调馅儿。结果，"打死卖盐的了"。吃了饺子后，有人回家喝了两壶水。我没吃上这顿饺子，想象不出到底有多咸。但我想"推卸"加盐责任，于是，我让他们二人往馅里加盐，但谦逊的崔老师和温婉的刘老师非让我做主不可。说实话，我来萨摩亚的时间短，还没完全掌握萨摩亚食盐的脾性，没有计算出萨摩亚食盐与国内食盐添加用量的比例来。在推卸责任不成的情况下，抱着宁淡勿咸的态度，我给两种馅儿加了盐。刘老师切圆葱，崔老师调拌猪肉萝卜馅儿，我在客厅揉面，切面剂子，擀皮儿，一气呵成。本来嘛，包饺子是我的特长。现在这个季节，在国内，正是我大展包饺子身手之时。自家院子里的面条菜、韭菜、香菜，都可成为饺子馅儿。不夸张地说，在用具齐备的情况下，我一个人包三个人吃的饺子，基本上半小时就能搞定。在这里，缺东少西，我们居然也能像模像样地包饺子，自己先就醉了！刘老师、崔老师调好馅儿后，我们仨都动手包。我包饺子是两手一攥，刘、崔老师是一个风格，都是细心捏边儿。这样，我们包出了两种形状的饺子：我包的是鼓肚的日头样饺子，刘、崔老师包的是委婉的月牙形饺子。我们都感叹今天吃饺子有些奢侈，因为每个饺子里还有半个虾仁！在萨摩亚，对我们而言，吃顿青菜几乎是"土豪"行为，吃顿韭菜鸡蛋虾仁饺子，我们自己先就感叹生活得铺张了，看我们这点儿出息！

我提前准备了一盘木瓜、一盘黄瓜当菜，又拍了几瓣蒜，加上酱油醋当蘸料。煮饺子时，我发现没有漏勺，将就着吧。锅太大，加的水太多，感觉很没数。屡次揭开锅盖，看在热水中游泳的小白燕般的水饺，心里暗暗祈祷：你们一定要扛住这水深火热，千万别自己挣开衣裳！可能我的祈祷管了用了吧，反正我关火的时间刚好，煮出的饺子没破皮的，全都熟了。饺子煮好后，我们小心盛盘。终于，三大盘饺子上桌了。开吃！果然有点淡。没关系，我们有蘸料。就着蘸料大快朵颐。吃的不是饺子，吃的是异国他乡战友合作的圆满，吃的是海外游子思乡情浓的滋味。

我们吃饺子的餐桌安在客厅靠西窗的地方，我是冲窗户而坐的。我发现，我们在津津有味地吃饺子，原来在厨房窗户外逗留的绿头苍蝇都转移了阵地，聚集到与餐桌相距两米的西窗外。它们"嗡嗡"地吵闹着，飞起来落下来，撞击得钢丝窗纱"啪啪啪"响，似乎是发泄分享不到美食的愤怒。哦，难道绿头苍蝇也懂得分享文化？

中午，崔老师回去休息，刘老师在我这里聊天儿。因为同庚（我虚长几个月），因为相同的经历，因为相同的家庭人员结构，我们相见恨晚，相谈甚欢！三点半后，崔老师来，我们仨去爬瓦艾阿山。瓦艾阿山并不高。我们抄近路上去，选远路下来。上去下来用了不到两个小时。五点多，我们回到NUS，开始包萝卜馅儿的饺子。爬山前煮的大米粥刚刚可以喝。饺子煮好后，我们喝着粥，就着咸菜吃饺子。饭后，我们去NUS校园散了一小会儿步，摘了两个椰子回来（嘘——别让别人听见）。晚七点十五分，送刘老师回家的崔老师驱车离开——萨摩亚又一个闲散而充实的白天已经过去，我打开电脑，准备写作。想起今日行为，忍不住发了个朋友圈说说：因陋就简包出的饺子，满足了游子的胃口。望西北，故乡路，遥远漫长，故人可安祥？！看来，饺子总是与故园文化相关，忍不住长泪两行。

　　这是我来萨摩亚后第一次自己动手包饺子，也是第一次与刘、崔二位老师合作包饺子。是故，志之。

萨摩亚逆向思维

亏得我还有逆向思维的素质，凡事常常求异，进行理性的辩证思考。但饶是如此，来到萨摩亚后，我还是为自己的思路不够开阔而汗颜。因为，我常常在一些现象出现时诧异，在一些事情发生后震撼！渐渐地，我明白，来萨摩亚的每个中国人不能只陶醉在蓝天白云、青山绿水的纯美中，还要适应这里的自然环境和人文环境，不然，是不能在萨摩亚生活和工作的。而为了适应萨摩亚的一切，我们必须经常动用逆向思维来思考问题，来接受存在着的现实。

一个国家、一个民族在衣食住行上体现出的共同性，在本民族人眼里，是正常的，也是本然的。而在被另一种文明浸润的外来者的对比的眼光里，迥然相反之处几乎无处不在。这时候，就需要动用逆向思维，对出现在眼前的现象或事件从相反方向寻找其产生的原因和成立的条件，会产生豁然开朗的新鲜感，于是，疑虑和困惑消失，思维得以拓展，人生经验得以累加。在萨摩亚，只要你不断运用逆向思维，就会遇见和听见很多有趣之事！

在穿戴方面，中国人着装讲究场合化，遵循国际着装的TOP原则：公司职员着职业装，白领公务员着正装，运动员赛场着运动装，所有人休闲场所着便装，居家着家居服。中国人还讲究着装的搭配：男性穿西装必得穿皮鞋，女性打扮得很淑女就不会穿人字拖，而且，衣服鞋帽的款式、色彩也需协调。就色彩而言，身上穿戴的颜色一般不会超过三种，冷暖色彩搭配合理、协调。当然，时髦人士追求着装的时尚化、混搭化，个别标新立异者喜欢非主流着装。不管怎样，在现代中国，女人穿裙子天经地义，男人穿裙子就会被看成不正常——"小沈阳"舞台上穿裙子纯是制造噱头和搞笑。中国古代女人喜欢戴花，现代女性喜欢戴一些发饰，但都讲究得体、大方、时尚。在萨摩亚，人们的着装基本上跟中国人"唱反调"的。比如，萨摩亚全民穿裙装，不分性别、不分年龄、不分地位！总理出席活动穿裙子，校长在毕业典礼上发表演讲穿裙子，警察执勤也穿裙子。在正式场合和专业场合，萨摩亚人都穿长裙而不是普通长裤。在一些公开场合，比如教授或老师或学生做演讲时，比如人们去参加葬礼或婚礼时，是忌讳穿短裤或牛仔裤的，要穿正式的裙裤和正式裤装。萨摩亚人称正式的裙子为"伊法伊塔加"，普通裙子为"拉瓦拉瓦"。所以，穿裙子属于萨摩亚人的正式装扮。不管穿什么衣服，萨摩亚人的脚上一般都是人字拖，极少见穿其他鞋子的人。不少人干脆打赤脚。前几天跟一个朋友去吃西餐。据说，我们去的是阿皮亚最好的西餐店。里面的两个服务生小哥体型健硕，但服务细致耐心。他们穿的应该是工作服：上身是衬衣，下身是裙子，但他俩都赤着脚。小哥走起路来，大脚丫子啪嗒啪嗒的，五个脚趾张开几乎呈小扇面状。昨天我去上课，迎面走来一个男同事，他拿着一叠纸慢慢腾腾地走过来，脚上光着，连人字拖都没穿！他可是大学老师啊！我对萨摩亚人的装束理念惊诧之余，用逆向思维思考，能考虑出合理性。中国人穿得出众而不张扬，不夸张闪亮，体现的是中国人的低调、谨慎、内敛的性格，这更多是与中国文化有关。萨摩亚人的着装与自然环境和文化都有关。萨摩亚属于热带雨林气候，一年到头都是夏天，天天炎日当空，雨季一天数场雨，旱季也常常降雨，而且鲜花盛开、处处草地；萨摩亚人崇尚个性追求自由。这一切自然的与人文的原因叠加，自然形成萨摩亚人着装的张扬、混搭与自由。在这里，穿裙子自然比穿长裤凉快、随意。穿皮鞋不仅热，而且几乎天天与雨水打交道，也太费鞋，所以，在我们看来不登大雅之堂的人字拖，在这里"遍脚皆是"，因为穿着方便、随意、自由。萨摩亚人穿的衣服色彩艳丽、明媚、夸张、闪亮，自然界有什么颜色，他们就以服装颜色与其应和，而且，萨摩亚人服装的色彩混搭风浓，桃红陪葱绿，紫红陪咖色，应有尽有，似乎穿什么都好看。在中国，只有女人讲究头饰的陪衬作用。在萨摩亚，女性喜欢带花，一些男人也常在耳边别一朵花。这花，可以是从商店里买来的塑料材质的装饰花，也可以是随手从路边采摘的鲜花。戴什么花，完全凭自己的心愿。

在饮食方面，"土里刨食"是中国俗语，即使在耕种方式现代化的今天，很多人离开土地进了城，但中国人仍需要以土地为生。我们吃的东西大多数是从土里长出来的。中国目前可耕地面积仍然相当可观。在萨摩亚，土壤里的石头极多，目测至少有百分之五六十，因为这里的岛屿是火山岩浆喷发凝固而成的，所以，这里的土地固然也能长出塔罗（大芋头），但萨摩亚人寻找食物的眼光更多时候是盯向空中——往树上寻找果腹之物。这里，几乎家家都种有面包果树。因为是热带气候，岛上适宜椰子、香蕉、木瓜、杧果、菠萝、可可等的生长。这些植物大都是以树的样式呈现，萨摩亚人仰头从这些树上可以觅得充饥和解渴物品。

与食物有关的是食物烹饪问题。过去，中国人做饭以柴草为燃料。现在，多数中国人用电、天然气、煤气、煤等充当燃料，但经济欠发达区域的老百姓仍以柴草为燃料煮饭。我们这些"60后"的人，在用上了电和天然气后，很怀念童年在农村以柴草助燃烧出的大锅饭的香味和纯味。而萨摩亚人用什么做饭呢？萨摩亚有电，但是萨摩亚的电很贵，一般人是不可能用电来做饭的；萨摩亚也有煤气，一些人用煤气做饭，但煤气也比较贵；萨摩亚有不贵的东西可做燃料，那就是山上的枯枝败叶，但不知道为什么，极少有人去捡来做饭。我来萨摩亚的时间不长，却经常在傍晚时分闻到空气中有烧东西的味道。我四处望望，会发现某个地方有烟升起，那是萨摩亚人在用石头做饭。在阿皮亚的民俗村里，在乌普卢岛的农村里，我都亲眼见到了萨摩亚人在石头堆里烤塔罗和面包果，甚至烤乳猪、烤鱼等。萨摩亚人用劈柴给一堆大小不等、圆凸不均的火山石加热。等石头热了，他们把塔罗、面包果或包好的鱼什么的埋进去，盖上湿的塔罗叶子或其他植物的叶子。大约四五十分钟后，自然清香的食物就烤熟了。石头可以反复使用，可以经年累月地使用。一家人有那么一堆石头，再有少许引火的木柴，做饭燃料问题就解决了。难怪萨摩亚人那么快乐，他们的生活材料来得容易，他们的民性又很淳朴、物质欲望不强，怎么能不happy呢？可在中国，你见谁用石头做饭来着！

中国人的饮食结构是以植物性食物为主，而以动物性食品为辅。所以，国内各个城市里的大小超市或菜市场，蔬菜水果琳琅满目，品类之多，绝对晃花你的眼，而且价格低廉，有的时令水果蔬菜的价钱低得常常让我为菜农担忧（网上说，今年国内的荔枝丰收成灾了）。我们去超市买回各种蔬菜水果，回家进行各种炒炖调煮，饱肚且有营养。到了萨摩亚，民众也是主要以植物性食物为主，他们吃大芋头，吃面包果，吃米饭。他们也吃肉，主要是鸡肉；他们也吃鱼，但如果不是自己去捕，一般人也吃不起。由于土质问题，加上饮食习惯问题，萨摩亚超市里的蔬菜很少，价格自然贵得离谱、贵得让人倒抽冷气——也是被超市食物间的冷气冻得倒抽冷气（萨摩亚的电很贵，但是公共场所的冷气开得超冷）。除了土豆、圆葱的价格尚可外，青椒、西红柿等蔬菜的价格高得令人咋舌。那天，在超市里看到蘑菇的价格是每千克七十点七塔拉（一塔拉等于两元五角人民币）。手机拍图发给国内亲朋看，差点吓晕小胆的人！网上说，萨摩亚盛产香蕉、椰子等，但由于春天台风的破坏，现在的香蕉等数量少，价格也极其昂贵。这样一来，我们的食物结构也发生了相应的变化。除了米饭、面包外，我们会买点肉和鱼，蔬菜和水果就较少购买了。我们几乎跟各种水果绝了交，跟西红柿、青葱等青菜说过"再见"了！

在国内时，人们呼朋引伴地去饭店"大吃二喝"一顿，点一桌子菜，吃掉一半，剩下不少。在萨摩亚，人们很节约粮食，饭店吃剩了的饭一定打包。当然，他们去饭店吃东西，一般也不会剩下，多数人也很少去饭店。中国人谁吃别人的剩饭？多数萨摩亚人不会嫌弃剩饭。别人吃剩了的饭菜，他们得到了会很开心地吃掉。有一次，我和一个朋友去吃西餐。我把吃剩的牛肉和薯条打包带着。走到电梯口时，一个萨摩亚人跟我要。我因为来萨摩亚不久，不知道这里的情况。我问在这里工作了五年多的朋友："他为什么要去我的剩饭，他不嫌弃吗？"朋友告诉我："不会，萨摩亚人不会嫌弃你的剩饭。他们可能很少能吃到这种食物，你给他，他会很高兴的。"我顿时心生怜悯。

我们知道，人情世故，是人与人之间相互联系的一种生存关系，有时通过吃也能体现出来。在中国，新同事来了同事欢迎，老同事走了有领导同事送行。接风洗尘、送行祝福，都会去饭馆喝酒吃饭。来萨摩亚，你得用逆向思维来适应这里的习惯和风俗。在这里，去新单位工作，是要带礼物给同事的，或者要请同事吃饭。出去旅行了，回来最好给没出去的人带回礼物来。调走了？好！走前，请同事们吃饭。我的同事回国回来时，都会给萨摩亚同事带烟、巧克力等礼物。去年离职的一个志愿者老师，临走时请教研室的同事吃饺子。我第一次参加学院会议时，一个萨摩亚同事告诉我，下次来给老师们带中国食物吧，这是萨摩亚的custom。我就从中国餐馆订了二十个盒饭，送给大家吃。而就吃东西的场所而言，

萨摩亚的传统建筑——法雷

在中国，一般情况下，食物是不能带到工作场所吃的。但是在萨摩亚，我看到国立大学的老师经常带着各种食物进办公室与同事们分享。有一次，我煮了饺子，带到教室，给staff们讲完汉语后，请大家品尝真正的中国食物——饺子。平时，我自己包给自己吃，常常是有质有量；一旦专门包给别人吃，不是面和软了，就是盐放多了。这次给同事们带的饺子，烹制水平只达到我平时水平的百分之八十吧，但同事们在教室里吃得津津有味，大家边吃边赞不绝口！

在居住方面，中国人讲究住房的坚固、厚实，要保暖要隔音能保护隐私。但在萨摩亚，不少人就住在只有屋顶和柱子而没有墙体的"法雷"里（萨摩亚语里估计没有"家徒四壁"这个成语，因为"法雷"根本就没有四壁），人们不太注重保护隐私，也不惧怕各种嘈杂的声响。而非法雷的房子的墙面都是薄薄的，因为年均温度二十八摄氏度，不需要保暖。在中国，有钱人将豪宅建在海边。多少人梦想着能有套海景房啊！不能在海边，那就在江边、河边、湖边。总之，千方百计地要与水为邻，有附庸风雅者自诩是乐水的智者（当然，附庸风雅比附庸粗俗好）。半山腰或山顶上的房子（如河南山顶上的郭亮村）里，居住的都是穷人。可是，到了萨摩亚，我们尽情享受海景房的美好时，早来萨摩亚的中国朋友告诉我，那些住在半山腰的房子里的人，才是富人。这当然不用百思即可得到正解：因为这里四面环海，老龙王打个喷嚏能引发海啸，小龙王咳嗽一声能引发地震。我来萨摩亚三个月，就发生了好几次地震，六月十六日晚上的那次震级达到5.6级。在萨摩亚，最可怕的自然灾害是地震引发的海啸。所以，逐水而居不是上策，居住在半山腰、居高临下才可防海啸导致的水患！但是，萨摩亚普通民众的生存难题是手里缺钱，让他们在海边建个简陋的法雷或许不难，要去半山腰买地盖房就难于上青天——"孔方兄"在哪里呢？萨摩亚虽然经济落后，但基本上家家有车。半山腰里的富人家更是有皮卡之类的高端车（在萨摩亚，据说，有钱人才开得起皮卡车）。富人们出入家门，油门一踩，轰轰隆隆，尽管路况不好，但哪里有房子，公路就修到哪里，一般比较胖的富人也不用步行爬山，车子可以直接开进院子里。

人活着要有房子住，人死了要有坟墓睡。中国的坟墓都是在村外郊外。《说文》中说："人所归为鬼。"在中国人的观念中，鬼与人的死亡紧密相连，人死后魂灵不灭，变成了鬼，鬼神崇拜是虽难登大雅之堂但却具有强大的生命力的民间信仰。在民间信仰里，无论鬼魂是善灵还是恶鬼，它们只要与生者产生联系，不管是在梦里还是生活中，生者的态度都是坚决拒斥。所以，人们畏惧鬼魂。人们采取与鬼魂隔绝的行动，比如烧纸以取悦于鬼魂。当烧纸不能奏效时，人们对鬼的态度就变强硬，会通过驱鬼的方式将之拒于门外。各地驱鬼仪式多种多样。无论怎样，生者表达的对死者强烈的拒绝和决裂态度是非常明确的。所以，中国人死后是被埋在公墓或私家墓地里的，这坟墓一定与活人的生存区域相距甚远，生者与死者是隔开的。但是在萨摩亚，你真的要用逆向思维来认可的现象是，多数萨摩亚人死后，被家人葬在自家院子里——坟墓在院子里。活人可以在坟墓周围活动，可以在墓顶上玩耍、睡觉。我是唯物主义者，但当我住在"La Rosa"小区几天后，发现对面仅仅一路之隔的人家院子里富丽堂皇的建筑是坟墓，而孩子们就在坟墓里外玩耍时，我真的是很吃惊、很震撼啊。后来，看多了，就见怪不怪了。及至在马鲁鲁岛上看到两个壮汉躺在一座墓顶上酣然大睡时，我的心已经很平静了。就这个问题，我专门请教过我的萨摩亚同事Setope Sooaemalelagi。他告诉我，家庭成员被埋在家门前的原因有几个：一是家人愿意亲近已故的亲人，希望总能感受到他们（最近逝世的家人）的精神；二是土地原因，人们将已故的家人埋在自家院子里，既证明这土地是他们自己的，也说明萨摩亚人的自由，没人可以对此指手画脚；三是萨摩亚人的手头没有太多的钱，葬礼要花很多钱，要买大量食物，办各种手续，丧主接受礼物但必须回馈礼物，必须购买棺材，必须支付牧师交通费用和主持费用等，如再购买昂贵的墓地，大多数萨摩亚人是无法负担的。这就是大多数人将他们已故的家人埋在院子里的原因。

关于行的问题。中国人多车多，虽然交通法规很严格，但很多在国外开车多年的人，回国都不敢轻易动车，因为中国的司机太能抢、钻、超了。行车时，车不礼让车、车不礼让人的现象比比皆是。似乎每个人都要争分夺秒地去创造财富，似乎每个人都有十万火急的事情。其实，可能是晚上玩游戏睡得晚，早晨起晚了怕耽误上班打卡，所以就拼命往前超车，一路上拼命按喇叭。在国内，听司机按喇叭，听出的是催促、不耐烦甚至是谩骂。到了萨摩亚，你就真正能体会到被礼让的温馨、礼貌和善意了。萨摩亚司机基本都遵守交规，弯道让直行，车辆让行人。他们不鸣喇叭、极少超车，行车循序渐行、按部就班。有时站在街头想过马路，正犹豫着，一辆车停下来，吓自己一跳。赶紧逆向思维，这是在萨摩亚啊，人家司机礼让你了，你还不赶紧走？于是，赶紧小跑着过去，还不忘朝车里的胖司机挥挥手表示感谢。当然，国内文明礼让的司机也比之前多了。

在国内城市的草坪花丛中，经常看到"小草微微笑，请你绕一绕""只在花前陶醉，不让花儿憔悴"之类的人性化警示语。随意踩踏草坪、随手摘下花朵，都是不文明的行为。可是，在萨摩亚，公路上不能有草，溪流里长不住草，建筑物里不适合长草，除了这些地方，其他地方就都是草坪，似乎满世界都绿草茵茵，抬眼望处处是鲜花朵朵。走路，很多时候不是不能踩草坪，而是必须在草坪上行走。萨摩亚的道路，绝大多数是双向两车道。相向而行的车辆，一边只能有一辆。多数公路的一边，修有窄窄的人行道（也是狗行道），只有一边有哦。道路窄，人行道窄，出行不开车的话，你就得躲着汽车，所以，就需要踩着没有人行道的草坪走。有时，我看到路上三三两两的萨摩亚人慢慢吞吞地走着，就替他们担心，万一被哪个喝了酒的"二把刀"司机（萨摩亚不查酒驾）神志恍惚地撞上，可怎么得了呢？不过，萨摩亚司机开车是很文明的，车速一般不快，而且礼让行人。所以，萨摩亚人敢在路旁闲庭信步，我就不敢，总怕哪辆车子朝我横冲直撞过来，所以，总是在草坪里行走。反正，在这里，踩草坪没有罪，还有功——踩了，草长得慢点，省得剪了。而萨摩亚的学生下课或放学后，基本上都是在学校院子里奔跑打闹或打棒球、橄榄球什么的。也就是说，普通人的运动也在草坪里进行，而不是去健身房。同样是草，生在中国和生在萨摩亚，命运截然不同啊。而在萨摩亚，花的种类其实并不多，而且大多数花都是单层的，很多都是五瓣。但因长在热带雨林气候的萨摩亚，可以常年盛开，没有秋败冬歇。萨摩亚的女人有带花的传统。随手掐朵花别在发间，或只是摘朵花把玩，不算缺乏社会公德。哈哈，你看，你不逆向思维，还真不行呢！

中国人步履匆匆。除了城市里退休遛弯的老人，除了农村冬天东墙根儿晒太阳的老人，其他人走路都不会慢慢悠悠地闲庭信步。你在北京海淀区早晨的大街上，看到的都是插着耳机、拎着早餐、匆匆忙忙赶地铁的人，似乎时间都不够用，好像都急着去拼搏。但萨摩亚是慢节奏的国家。这里没有铁路，自然没有高铁的风驰电掣；这里没有高速公路，自然没有限速120公里的交规。这里的人走路大都很慢。萨摩亚人大都身材高大、体重可观，又都穿着裙子和人字拖，不少人走路四平八稳，甚至一步三晃。即使在雨中，萨摩亚人照样走得慢条斯理、不慌不忙，成心跟雨较劲儿似的。有时，我站在楼上看雨中的萨摩亚人，心里真替他们着急：还不快跑！还不快跑！这是中国思维。换换思维，就理解了萨摩亚人为什么在雨里闲庭信步了：雨随时会下，随时会停，跑，还没到家，雨停了，跑得气喘吁吁，不划算！再说，雨又不凉，淋淋，正好凉快凉快呢。跑，跑出一身汗，得不偿失。再说，胖子的行动瘦子怎么能理解——走路都累得慌，跑得动吗？

　　写到这里，姑且停下。其实，我来萨摩亚的时间还短，接触的人也不多。该文不是概括萨摩亚的文化特征，我只是写下我的观察和感受。这个世界很大，这个世界有不同的民族，这个世界存在着不同的人生行为和人生方式。我们遇之，是幸运，不必生"文化休克"之心。在差异面前，我们打破自己的思维定式，不妨来个逆向思维，宽容地看待、接受、尊重、欣赏，才能在跨文化交际过程中，让自己的心智更成熟。

萨摩亚的自在自然

自在自然是自然的组成部分（人化自然是自然的另一个组成部分）。

自在自然是无人类活动干涉、各种自然要素相互作用呈现的原生态的环境。判断众多有生命的动植物如林木花草、飞禽走兽和一些无生命的物体如风雨雷电、日月星辰等是否属于自在自然，是看它们的存在是否为人类活动所干涉。

在国内，人们更多接触的是人化自然，但在萨摩亚，原始、自然、茂盛的自在自然依然存在。原始是原生态的，不加人为干涉的，是自由的；原始意味着天然，天然是卢梭所论的"自由"的第一类别。自然亦自由，因为没有约束，自然界万物生长，靠太阳、靠风雨、靠地力，茂盛着的也是自由。因此，自由与原始、自然、茂盛是相互依存、互为根基的关系。自由，在我看来，是萨摩亚的自在自然的突出特征！

学界对"自由"内涵的界定多达两百多种。让思想家和专家们去自由言说和辩论去吧。我不从政治哲学和社会学的角度去谈论自由的含义，也不从心理学角度去挖掘自由的深奥。我只是以自己的所见为线条和颜色，画一幅萨摩亚自然环境的图画。这幅图画鲜活了人类的一个愿望：在自然环境下自由生存！

一

萨摩亚自在自然山水图画的基础颜色是绿色，植物是图面的远处物象。

在萨摩亚，许多植物的成长与生命是不受约束的，它们的生命是自在自然的产物。在阿皮亚的我，工作之余，会外出考察或观光。我看到，除了用于美化庭院的植物属于人化自然的组成部分外，萨摩亚的山区或公路旁边，呈现出自在自然样态的植物比比皆是，它们的生长呈现自由状态。

因为英国作家罗伯特·斯蒂文森的缘故，我常去爬萨摩亚著名的瓦艾阿山。在通向山顶的路旁，各种植物完全呈现自然自由的状态：树木杂然，高大的乔木和低矮的灌木共处一方天空之下，各种藤生植物无序地攀附在它想依靠的树身上。笔直的树木直插云霄、挺拔巍然，弯曲歪斜的树则让人恨树不直腰。有的树木主干倾斜，有的干脆倒地不起。它们粗细无均，高低参差，种类不一，颜色各异。高大的酸角树间，宽大叶子的野生塔罗（芋头）和各种杂草生存得无拘无束，高矮肥瘦全依本性，铁线蕨附壁而生得随处可见，长短宽窄都显本能。野塔罗壮硕地绽放生命的活力，杂草花自由地开出个性的艳丽。走在山路上，常见路旁或林间的一棵或几棵树，可能是台风或虫蛀的原因，不知什么时候倒了。倒了也就倒了，没有人在意，就那么横在树与树之间或斜依在别的树上，而它的枝干横着，枝头却依然绿意盎然，树根处，新的树芽已颤颤巍巍地迎风送雨了。生——死——再生——再死，自然的进程就这么演绎着。有的树干上长满了厚厚的苔衣，有的长出了璎珞般的树发，它们横斜出古怪却自由的样态。站在葬有斯蒂文森的瓦艾阿山顶往对面眺望，但见为丛林覆盖的群山连绵起伏，郁郁葱葱。如果哪处上方水汽充沛，则云雾与树头缠绵；如果哪处上方艳阳高照，则林顶光亮葱绿；如果哪处上方有当头云彩，则下方树林必有阴影，于是，几团色彩灰暗的林梢与亮光的林头巧妙地拼接成色彩斑斓的图画。

我也去考察过"Lake Lanoto'o National Park"。这个湖泊也在山上。在未曾拔高的平缓地带的杂草丛生的小径旁边，一棵彩虹桉树巍然挺立。我左顾右盼，只看到这一棵彩虹桉树！无人欣赏它树身的炫目之美，它就那么美丽、自由地站在天地之间。半路上，几棵野红蕉寂寂地生长着，硕大的叶片伸展着，似乎想遮住它殷红如炬的果实。虽然野红蕉的花朵、果实等都有毒，但它们首先是天地间自由生长的自然生命。我们对它们的枝叶、果实进行审美，惊叹它们令人痴迷的美丽。但是，我们的惊叹与它们何干？在我们没有看到它们之前，它们就只是几棵自由的野红蕉而已，呼应的是车尔尼雪夫斯基的判断：自然中的美是无意识的。在即将登顶的陡峭处，一蓬依兰花依附在野塔罗的大叶子上，独自散出芳香。它的花色、它的花型、它的花香，都是自在的、自然的，也是自由的！

彩虹

在通往"Ma Tree"的原始古野的小路上，在通往黑沙滩的林间崎岖小路上，我们屡屡感叹萨摩亚植物的自然、原始与自由。我们看到各种树木盘根错节、相离相依，粗壮的须几人合抱，纤细的不过手指粗。有的树笔直地茁壮向上、直插云端，有的树不知何时掉了树头，树干旁逸出多根枝条。高大的树木往往与天竞高，方圆两三米内无其他杂树。而与藤蔓植物生死相依的树，有的很高大，有的则不太高大。身材苗条的树木周边一般密集着其他杂树。树身高低粗细，树色红绿灰黑，一切都是原生态的、自然的样子，也都是自由的样子。在通往黑沙滩的路上，我们遇见一棵高山榕。这棵高山榕高约十米，直径七八米，因为其直径几厘米以上的气生根有若干条，遂形成独树成林的景观。在国内，凡独木成林的高山榕必定被开发成旅游观光点，必定有趋之若鹜的游客对其评头品足。但在萨摩亚，这颗高山榕只与天地共生，只与周围的万物和谐。它日夜听着海涛拍岸，鲜有人目睹其真实面容。它就那么被日月抚慰着，被风雨长养着，生成它本能的貌态，长成它想长的样子。它被我们发现了，它不喜；它不被任何人关注，它不悲。

它自然着它的本性，它自由着它的本我，盎然繁茂成这片原生态的森林植被。看着它和它所在的原始密林，哈代小说《无名的裘德》中的话涌上我心头：

> 残缺的心，跛足的灵魂，
>
> 在城市沉闷压抑，
>
> 我走进这一片森林，
>
> 如同进入荫蔽之地；
>
> 幻想森林间的寂静
>
> 能提供受伤的舒适——
>
> 摆脱了人世间的动乱，
>
> 大自然是温和的慰藉。

哈代的渴望，不也是许多人试图远离社会、回归大自然怀抱的希冀吗？

二

鸟是我画的萨摩亚自在自然图画的近处物象，是有动感的物象。

我们知道，萨摩亚岛屿是由火山喷发而成的。与中国相比，萨摩亚的动物物种并不多。这里的原始密林里没有什么大型食肉类走兽和飞禽。据说，萨摩亚的山区和密林中是基本没有蛇类存在的。我的学生Anni说，萨瓦依岛上有蛇，数量极少——我做过两次萨瓦依环岛游，但都没见到蛇的真容。我们见到的只有地上的蜥蜴、蜗牛之类的爬行动物和林间飞翔的鸟儿。这里，我就说说萨摩亚的鸟儿。我不是动物学家，不知道萨摩亚原始森林里有多少种鸟、有什么名字的鸟，只知道萨摩亚的国鸟是齿嘴鸠，但没见过本尊。我也知道有一种波利尼西亚果鸠叫卢皮鸟，会发出"咕咕"的叫声，我爬瓦艾阿山时经常听到卢皮鸟叫。不过，在萨摩亚，我分明还听到过"咕咕"叫声之外的多种鸟叫声。

鸟儿都是自然的精灵，是自由的化身。

萨摩亚的首都所在的乌普卢岛中部有绵延的山脉，山上植被保持天然状态，有各种树木花草。萨摩亚的多数建筑和公共设施都是环岛而建，绝大多数建筑的空间除了双向两车道和单条人行道外，其他地方就是草坪。草坪的角落或中间或主人认为合适的地方，都栽有面包果树、杧果树、香蕉树、柠檬树、木瓜树、杨

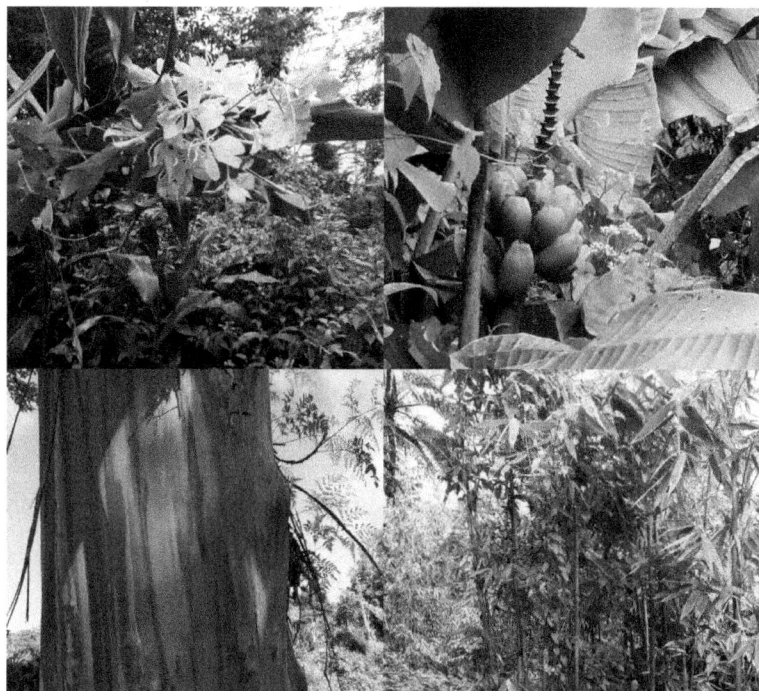

"Lake Lanoto'o National Park"路上的彩虹桉树、野红蕉、依兰花和竹子

桃树、可可树和各种花树。俯瞰萨摩亚,就是一幅绿意盎然的山水画。因为树木花草多,且基本都是自然自在的生长状态,鸟儿就有很多。萨摩亚常年天空碧蓝,白云一大朵一大朵的,期间,各种鸟儿在自由飞翔、自由欢唱。

我的住处在NUS的House Two的二楼。这楼的院子里有一棵木瓜树、两棵杧果树,还有棕榈树、栀子花树、龙血树、见血封喉树、朱槿树、榕树、朱蕉、鱼尾葵树、番木瓜、竹芋、变叶木、蒲桃树等,草坪上还有一些叫不上名字的小花草。树多草密的地方,必定是鸟儿的乐园。我与鸟儿共处在这片区域里。有时候,我在屋里备课,一只鸟儿在窗外的杧果树枝间轻巧地跳跃,"嘀嘀哩哩"地欢唱。我抬头看它,它似乎发现了我,小脑袋歪了歪,跳到另一棵枝头上,继续"嘀嘀哩哩"着。可能"嘀嘀哩哩"得烦了吧,一耸身,一展翅,一掠彩色就飞落在南边那颗面包果树上,"嘀嘀哩哩"叫一阵子,一会儿又转移阵地,拍拍翅膀飞到北面的那颗朱槿上"嘀嘀哩哩"一阵子。抬眼看,对面小学校舍后的树木的高枝间,不断有鸟儿在飞翔,它们或鸣唱着飞过,或静静地飞过。放远视线,几公里外有连绵的山，山上山下，遍布原始植被，里面基本没有人迹，那里更是鸟儿的天堂。

我去爬瓦艾阿山时，一路上，随处可见高大的酸角树与附壁而生的铁线蕨。除了林涛、瀑布与山泉声响，充盈耳朵的就是鸟儿的声音。萨摩亚人口稀少，愿意爬山的人，据我几个月的观察，大概也就一二十个人。爬到瓦艾阿山顶，如果抄近路的话，也就八百米，远路也不足两千五百米。因为人少，空山不见人，但见路边鲜花开，但闻林间鸟语响。置身其中，即身处"自在娇莺恰恰啼"的意境中。

做一只萨摩亚的鸟儿是很幸福的。它们不用担忧食物，除了各种树木花草上的虫子是天然的美食，各种水果也足以果腹。木瓜、杧果等成熟后的第一品尝者永远都是鸟儿们。它们不知道偷猎的枪声是何种声响，它们没见过顽皮孩童射杀的弹弓和各种诱捕的器具的形状，因为这里没有人对鸟的味道有品尝的欲望。鸟儿在萨摩亚可以自由自在地生长。我认为，萨摩亚的鸟儿应该是这片土地上最幸福的物种。在蓝天白云下，它们自在地鸣啼歌唱。它们用歌声歌唱自然对它们的厚爱，用歌声婉转出鸟类的幸运和愉悦！

说萨摩亚是一个鸟语花香的国家，一点都不夸张。

三

萨摩亚的自然山水也是我所画的自在自然图画中能让人打开通感的视觉形象。

行驶在环岛路上可见，萨摩亚的海岸线非常曲折。除了港口，萨摩亚无一处海域有过多的人工痕迹。萨摩亚没有海水养殖，海产品都是从深海捕捞来的；萨摩亚没有人工海滩，即使像白沙滩这样的旅游景点，也只有经营者建在海边的法雷，没有其他人工建筑。萨摩亚各岛的海岸线、海滩、海水，一切都是它们原初的样子。去萨摩亚的海边看海景，潮涨潮落，就是太阳和月亮能控制得了，人胜不了天。涨潮时各处海域不同种类的海螺、岩石上成群的小跳跳鱼、石缝里的大大小小的螃蟹、浅水区的黑色野生海参和带条纹的透明游鱼，各自依从生命的规律，出生、成长、死亡，自然地存在着，毫无人工痕迹，是原初的，也是自在自由的。

萨摩亚是个多山的国家。在乌普卢岛，除了瓦艾阿山的一些地方有人工修筑的台阶外，其他的山基本未曾开发。从山根或在环山公路行驶时，透过车窗，但

瓦艾阿山路

见两边山峦连绵起伏，林木茂密原始，几乎见不到人为的痕迹。山，永远都沉默着，但植被是群山的服装，打扮出充满生机的山峦；鸟儿是群山的喉咙，咏叹出自然古朴的山音。山间还常有瀑布长流。虽然没有"飞流直下三千尺"的磅礴气势，却也不失其湍急独特的魄力。与中国的多数瀑布相比，萨摩亚的瀑布奇特在自然和原始。萨摩亚的乌普卢岛上有一些天然瀑布，雨季水丰，旱季水少，水多水少全由天定。有的瀑布无人管理，在某处山上自在流泻；有的瀑布虽有人管理，但管理者不做人工干预，瀑布愿意怎么挂在川上就怎么挂，愿意流多少水就流多少水。像瓦艾阿山的瀑布，就是山间河流顺山势由高往低、一路奔流时，在高与低的落差间形成的，它们是萨摩亚季节变化的最好证据。雨季，几处瀑布流量大，远远就能听到"哗哗哗"的水流声；旱季，河流变细，瀑布几近消失，喜瀑者常扼腕叹息。其实，真的不用叹息，不必遗憾，十一月雨季到来，不用几天，瀑布又会重新奔流跌宕出瓦艾阿山的鲜活与灵动。

在萨摩亚，日月星辰空气、海洋山川河流以及与它们关系密切的各种动植物，就这样呈现为自在自然的状态。萨摩亚人崇拜、敬畏自在自然，他们心平气和、怡然自得地与自在自然和谐相处，在自由的自然环境下以自己的言行诠释萨摩亚国歌《自由的旗帜》里的关键词：自由！

萨摩亚的"和解"

早晨起床，进厨房准备一个人的早餐。自然是先到水龙头下冲盘子、筷子。不是昨晚懒惰到不洗碗筷，而是知道这一个晚上，碗筷可能被蚂蚁蟑螂们"光顾"过。一瞅水槽，哇，有东西在蠕动！大水槽底部的边沿有一团蚂蚁，它们在我昨晚刷锅遗漏的一小片炒茄子上聚会。这一团蚂蚁的后援扯着一条黑线，延伸到水槽上的台面，又往上延连到窗台，平行着从窗台往左约延续四十厘米，下移，隐于装修粘贴的木板与墙体的缝隙里。这缝隙一定是延伸到地面的，而蚂蚁的巢穴就在地面那里。我这里是二楼。这么看来，蚂蚁从蚁巢到达二楼厨房的水槽，其距离之遥远，大概相当于我从中国来萨摩亚吧？再看小水槽，哇，底部有一只油亮的、黄色的、比大花生米还大的"小强"在爬！

"唉，你们真是！"我叹着气，摇摇头，转身去拿水壶烧水。水开了，我提着壶，心里先对着蚂蚁团道歉：对不起了，不是我要戕害你们，是我没办法请你们走。以后，我一定注意洗净所有餐具与水池，不留一点油迹、菜迹和饭迹，不吸引你们的子孙或兄妹来冒险。现在，咱们就生死两别了，你们去见你们想见的谁吧！道完歉，我将热水倾注到蚂蚁团上，蚂蚁们瞬间萎缩、死亡。我又将热水倒向"小强"，虽然也不忍看到它迅速地魂飞魄散，却"心狠手辣"而无丝毫歉意。

我自己都惊诧于我现在见到蚂蚁和"小强"们时态度的淡然和超然、对付措施的及时与到位。我本是有轻度密集恐惧症的人，我本来也没见过活体"小强"。换言之，见了这些东西，我本来是很害怕的。

第一次被蚂蚁"拜访"，还是在我到萨摩亚的第二个晚上。在国内做准备工作时，已在萨摩亚工作了一年多的L老师让我给她捎点蚂蚁药来。我想，萨摩亚能有多少蚂蚁，还值得从国内网购药物？虽然这样想，还是买了五盒。来后的第二天上午，乔老师带我去阿皮亚换塔拉、办手机卡、买东西。下午，我发现丢了护照。晚上室外风雨大作，我在广大的"空虚"中焦虑与恐惧地准备上床睡觉时，发现床上有不少蚂蚁。这怎么可能？我怀疑自己看走了眼：床是学校新买的，床上铺的是学校新买的床单，怎么会有蚂蚁？我用手指碾压着仿佛碾压不尽的蚂蚁，从狂乱到精神崩溃。我的床很窄（只有九十厘米宽，类似于国内二十世纪八十年代杂货市场上出售的席梦思床），我都嫌窄，蚂蚁们上来做啥？我虽然孤寂，却并不欢迎蚂蚁爬上床与我共眠！我在辗转中熬过了一个不眠之夜。到天亮，我还在广大的"虚无"中彷徨着疑虑与无奈：这二楼以前没住过人，蚂蚁虽善爬高，也不必如此热情地来拜访我这天涯孤客吧！它们知道我的孤寂与惶恐，但它们与我的亲密接触，越发让我感觉到彼时彼刻的孤寂与惶恐啊。我知道蚂蚁最喜欢去厨房巡视。但在初来乍到的几天里，或许由于食物少，或许因为油水少，我的厨房里倒是极少见到蚂蚁。不过，不久后，厨房窗台底部出现了蚂蚁黑线。我诧异于蚂蚁的爬高能力，我可是住二楼啊！当然，二楼对竭尽全力、有永不放弃精神的蚂蚁来说，还真不是不可攀附的高度。之后，无论我怎样清理灶台和水槽，总是有蚂蚁在厨房里出入，床上也常看到那种带黏性的蚂蚁，甚至电灯管下还有飞蚂蚁。

第一次见"小强"其实也是第一天住进来时。那天晚上我进洗澡间，看到地面上有积水（我不知道是下水道轻微堵塞所致），上面漂着一只大花生米那么大的小动物，我不知道是什么，垫着纸捏走它时心里很不舒服，手指头似乎触着了可怕的东西似的。我听住在平房的志愿者老师说，他们房间里常有蟑螂出入。我以前只是知道蟑螂这种动物，没见过活体蟑螂。我还跟他们说，我屋子里没有蟑螂。他们不信。在他们看来，身处盛产蟑螂的萨摩亚，蟑螂不会放过谁！果然，连续几天，我在卧室、洗手间里发现像大花生米那么大、身体扁长的油黄色的动物，其移动速度极快，有的还能飞。我不敢相信是蟑螂，也不太敢对行动迅疾的它们下杀手。我在心里祈祷着不要是蟑螂。有一天早晨，我又在水槽里看到一只。我下了狠心要置它于死地，我忍着恶心，拧开水龙头，放水流冲它，想把它冲进排水口里。但是它实在太大。无奈，我找了张废纸，折叠好按在它的身体上。等到估计它被我杀死了后，我拍了个图，发在"援教"群里，问战友们这是什么。战友们告诉我，此乃"小强"也。后来，我就经常在房间里尤其是在厨房里看到体型大小不一的蟑螂了。

来萨摩亚后，厨房常见蚂蚁，房里时有蟑螂。这些经验之外的经验，每每考验着我的心理承受力。

不仅如此，在住房内，还有其他活物被我陆续发现。

蚊子。来萨摩亚之前，我知道萨摩亚常年夏季，蚊子二十四小时都在活动。来了之后，我很幸运地住在了NUS拨给孔子学院的楼房里。这样，房间里的蚊子相对较少，少到可以不挂蚊帐，但这不意味着蚊子在我房间里绝迹了。在国内也常被蚊子咬，但在萨摩亚被蚊子咬了，是有得登革热的危险的。志愿者老师中就有人得过登革热。而没有亲临萨摩亚，是不知道自己是不是有登革热免疫力的。所以我带来好几瓶防蚊药、好几种止痒药。在国内，蚊子咬了起个包，痒一会儿就好了。来萨摩亚后，被室内的蚊子咬了，也是起包，痒，就是痒的时间比在国内被咬痒的时间长得多。皮肤因痒而抓挠得长期红肿，最后要落下暗红色斑块。

马陆和蜈蚣。有一天，我想学习萨摩亚人，在房间里也打赤脚。我刚踢掉人字拖，让木地板的温凉气息沁入脚底，一扭头，发现有一个长约寸许的黑黄色小动物正快速爬行。我追过去一看，这小家伙长条形的身下全是腿，原来是千脚虫马陆。我赶紧穿上拖鞋，从此在房间里再不敢打赤脚。当听乔老师说他父亲被蜈蚣咬过时，我还想："谅你蜈蚣也爬不到我这二楼上吧！"不曾想，有一天，我炒菜前，拿起围裙往头上套时，冷不丁发现胸口处卷曲着一只大蜈蚣，吓得我魂飞魄散。我才知道，"蜈蚣不会爬到二楼上"只是我的美好愿望和一厢情愿而已！

壁虎。壁虎固然是益虫，但它的长相实在不敢恭维。在国内时，我就害怕这东西。有个叫中平的诗人写过一首短诗《壁虎》："面目狰狞／专灭蚊蝇／做了好事／从不吱声。"中平不知道，萨摩亚的壁虎是"吱声"的，而且"吱"的声并不美妙。在房子里，我经常在关门时发现门上有只小壁虎，拉开碗橱时发现内壁上有一只壁虎，拉窗帘时窗帘上面爬着一只壁虎。壁虎骤然出现在眼前，心脏每每"砰砰"地快跳半天。

蜘蛛。国内也有蜘蛛，家里偶尔也会发现一只半只的蜘蛛。因为打小受母亲"进家的蜘蛛是喜蛛"观念的影响，从没被蜘蛛吓着。况且家里的蜘蛛一般都是灰色的小蜘蛛。但在萨摩亚，有一天早上，我发现卧室的墙上赫然趴着一只黑色的大蜘蛛。它支棱着长腿，一副凛然防御的架势。我被吓住了，除了拍个照，不敢打它，只在心里央求它：蜘蛛蜘蛛，我不伤害你，你快点离开我的卧室吧，求你啦。过一会儿看看，它还在那里，我再求它一遍。等到求了四遍后，再看墙壁时，它不见了，不知道爬到哪里去了。从此，我拿卧室里的每一样东西，都会捏着一角，先抖擞好大一阵子。

小飞虫。有一天晚上，援教战友们来NUS聚餐。饭菜摆上桌后，却见有小飞虫舞动，有的在菜盘上"嘤嘤"着，煞是恼人，我不知道为什么会有这些东西，往上看，灯管周围更多。后来，又发生了几次较大规模的飞虫在灯管周围起舞或往灯下的饭食上俯冲的"事故"。最讨厌的是，有时只要卧室里开了灯，不大一会儿，床上就有一层小飞虫。它们种类不一、大小不一，都在那里爬啊爬的，让人生恨。我不得不清理床单，要是有漏网之虫，我躺到床上，必定被咬。

刚开始发现这些与我同处一室的小活物时，我委实不能心态淡然与安然。首先，见到蟑螂时，我心生恶心、拥堵等不适感。其次，我心有疑问、埋怨和不平：为什么住人的地方有这么多非人的活物？为什么我要天天受蚂蚁、蟑螂们的困扰？再次，我心里紧张焦虑，因为这些东西除了壁虎外几乎都是害虫，是我健康的潜在危险。我老觉得这屋子不是我一个活物住着，因为我从心里不愿意接受除我之外的其他活物，见到它们心态自然难以安然与淡然。比如，对蚂蚁。蚂蚁虽然有药用的价值，但除了制药人，谁会对侵入室内的蚂蚁心有欢喜？据说，蚂蚁还有食用价值。《礼记》记载："蚳醢以供天子馈食。"陆游《老学庵笔记》载《北户录》云："广人于山间掘取大蚁卵为酱，按此即所谓蚳醢也，三代以前固以为食矣。"古人用蚂蚁卵做酱，但那是古人，谁爱吃谁吃去！我恳请蚂蚁离我远点！第一次在床上看见蚂蚁，我满腹疑问与恐惧。及至看到蚂蚁或在厨房活动，或在床上活动，有污染食物之虞，有叮咬肉体之痛，有轻度密集恐惧症的我自然对它们深恶痛绝。

不过，住的时间长了，我知道萨摩亚不光有蓝天白云、新鲜的空气和彩色的大海，还有物质文明不太发达的现状，自然在室内还有我不喜欢的蚂蚁蟑螂飞虫们。那天我给L老师送蚂蚁药，才知道她为什么要蚂蚁药了。L老师租住的小区外观很美，住房布局也合理，客厅与厨房一体。但因是平房，厨房灶台与水槽设计成直角样式，上面有吊橱，操作台下有柜子。就是在这块区域里，蚂蚁线有两三条，蚂蚁们源源不断，来来往往。L老师是个勤快的人，室内很洁净，但是蚂蚁们仍然在她的厨房墙壁碗柜和操作台面上自由出入。她用过热水浇烫的方法，但浇之不尽、烫之不净。L老师与蚂蚁斗智斗勇甚至大战，都除之不尽。"蚂蚁之患"是L老师生活的主要困扰。我的志愿者朋友们告诉我，他们的屋子里不仅有蚊子、蟑螂、蚂蚁，还有蜈蚣。不少萨摩亚人住在法雷里。这种房子只有支撑的柱子而没有墙壁，怎么能少了蚊虫呢？有些萨摩亚人就在原始林地里的法雷地上睡觉，法雷周围尽是葱茏草木，里面也一定少不了蟑螂蚊虫、蚂蚁蜈蚣等小动物。

与室内小动物们相处时间久了，我的心理慢慢地产生变化：这所房子是NUS拨给孔子学院的，我是第一个住进来的"人"。这说明我并不是这房子的"原住民"，对这房子的"原住民"而言，我是"入侵者"。我没住进来前，人家蟑螂、蚊子、壁虎等动物们就在这里繁衍生息了，我第一次见到的那个死蟑螂，显然是"祖宗"级的。那我有什么理由埋怨和不平呢？从大范围而言，热带雨林气候的地区必定潮湿，适宜于蟑螂、蚊子、蚂蚁、壁虎、马陆、蜈蚣的生长。人家萨摩亚没有毒蛇、没有豺狼虎豹的，难道还能不让人家有蟑螂、蚂蚁、蚊子、蜈蚣吗？想想多数住在法雷里的萨摩亚人，人家不也得跟蟑螂、蚂蚁、蚊子、蜈蚣和谐共处吗？

我猜，是不是老天知道我一个人住个大房子，难免孤单，派一些活物来与我为伴吧（但是老天，我宁愿孤寂，也不愿意被蟑螂恶心、被蚂蚁困扰、被蚊子叮咬、被蚰蜒吓唬、被飞虫骚扰啊）。

现实摆在这里，我得在这房子里生存下去。我不接受这些小动物们，似乎说不过去。

好吧好吧，你们在这里生活吧。小动物们，我与你们和解。不过，我得跟你们签订一个契约：咱们互不侵犯——你不犯我，我不犯你；你若犯我，我力所能及地犯你！

于是，我告诉自己，该有点洁癖。不能仅仅满足于每天拖一遍地，不能仅仅把肉菜什么的放进冰箱里，不能怕熏而不打药。于是，每天早晨洒扫房间，每天晚上"坚壁清野"地把所有与胃相关的东西塞进冰箱，每次进出都赶紧关门，每次上床都检视床铺，经常性地往角角落落里喷点药。而当有小飞虫留恋我的卧榻时，我点上从国内带来的艾灸条。我不想杀死它们，只希望飞虫蜘蛛什么的，能闻到味道避往窗外，不要与我有交集。

蚂蚁与人，是貌似强大和渺小的对比。蚂蚁与人各有自己的追求与生存目的。人看似强大，如果不能很好地与蚂蚁这样的弱者和谐相处，最终逃不脱被打败的规律。与它们和谐相处，有点难。我的原则：只要不往我的器物和食物上聚集，我就任由它们到处巡视。如果一定要赖着不走，那就对不住了！我忏悔——几乎天天早晨，我起床后做的第一件事是烧热水烫蚂蚁。没办法！我这里明明没有什么好吃的东西，但它们非做那不速之客，那么sorry，我没办法和解，只能如此了。但我在心里期望它们的家人不要前赴后继地来招惹我！

蟑螂，这种有着满嘴的恶心和臭烘烘的传奇的东西，尽管有油亮的外壳，但它们的生存就是在夹缝里食腐和制造更多的腐烂。最初与它们"狭路相逢"，我竟屡屡败北，因为它们是那么灵敏、那么进退自如，我有心理障碍，不敢下手捉它们，等到我找到垫纸，它们已经钻到更深的缝隙里了。有时候，蟑螂在一个平宽处，但我不敢打它们，也不敢拿脚把它们踩成齑粉。我承认，最初，我对蟑螂们没什么制约的好办法。当它们出现在水槽里，我只能撩水冲它们进排水口里，让它们在下水管里想办法逃生。不过，等我认识到这样庞大身躯的"小强"们进了下水管，有堵塞下水管的可能，被恶心着的我终于找到了对付它们的好方法——用开水烫。现在，如果有蟑螂进入我视线，那它必遭烫刑。对此，我不必忏悔！现在，虽然我这屋子里仍有这些无孔不入的肥硕的家伙们在钻营，但它们已经活得不那么滋润了。

我承认，我对蚊子没办法。好在，我的房间优于梁实秋的"雅舍"，基本没有聚蚊成雷的时候，只是偶尔有个把儿蚊子活跃着嗜血的欲望。当此时，我首先与其和解，并主动投降纳贡。我想，蚊子不就是要吸我的血去滋养卵巢以生育后代吗？又不是要我的小命！好吧好吧，吸吧，吸吧！一只蚊子需血量不大，早吸早去，吸的时候悄没声的，不要老在我耳边议论不休，咬我还咬得很有理似的。

对壁虎这"守宫食蝎"（《春秋考异邮》）的活物，我与之和解得最彻底。虽然它相貌丑陋，出没得鬼鬼祟祟的，但它们常常向蚊子发起毁灭性攻击，所以，没有它们，我房内房外就会"聚蚊成雷"，我得感谢壁虎让我不被蚊子亲密接触。雄壁虎半夜鸣叫扰我清梦，但我不能挑断它们的声线禁止它们用发声方法求偶或威吓敌手。我能做的，就是心平气和地与它们和平相处。所以，每当与壁虎不期而遇，通常是我迅速逃出它的视线，迅速逃进自己的心慌里。

你看，从心理上把蚂蚁、蟑螂、蚊子、马陆、壁虎、蜘蛛的活跃看成这所房子的特色和个性，就是作为主人的我对它们的接受，是防范意识强的人类与小动物的和解。当然，这"和解"里也有较劲儿，比如，我与蚂蚁、蟑螂的斗争就是一种较劲儿，是和解时的较劲儿，是在较劲儿中的和解。可能，小动物们会嘲笑与质疑我：嘻，你们人类！什么人类？！

不仅如此，来萨摩亚的四个多月来，我内心修筑的防御工事一点一点瓦解了。我用逆向思维思考现状，并以之指导生活与工作，慢慢地与物质现实在适应中和解了，与各种噪音在忍耐中和解了，与工作条件在因陋就简中和解了，与萨摩亚式分享文化在接受中和解了……

后记：就在我写这篇文章记录我跟蚂蚁、苍蝇、蟑螂、蚊子、小飞虫等和解的心路历程时，一天早晨，我的一个"战友"在睡眠中被蜈蚣咬了。两天后，我在睡眠中，被蜱虫咬了！这一咬不打紧，痛痒三个多月不愈，由此引发的皮肤过敏，直到年底回国才消停！

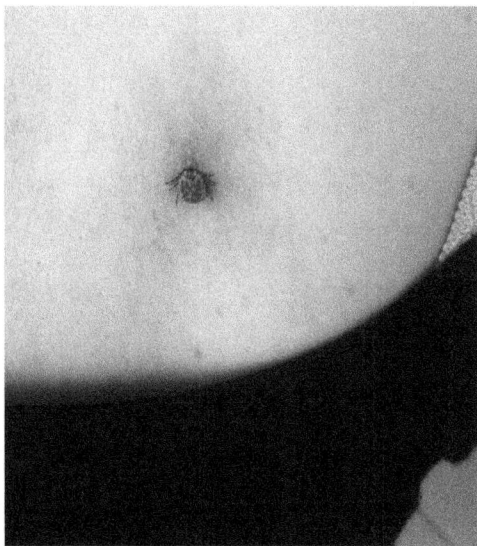

咬住作者后背不松口的蜱虫

萨摩亚雨中即景

下午四点。

刚刚还是丽日蓝天，白云团团，转瞬间，一大片灰云由海上飘聚到头顶，风陡然似平地而生，吹得树叶"哗哗啦啦"的，这是将下雨的预兆啊。看那枝条，带动着叶子东摇西摆着即将沐雨的兴奋。少数鸟儿在空中盘飞，多数鸟儿不作声了，它们像萨摩亚人一样没有冷的体会，但它们不愿意有湿嗒嗒的翅膀，不愿意有水淋淋的身体。它们躲到树叶下或房檐下，准备雨过之后再呼朋引伴，飞出生命的活力，唱出鸟儿的欢乐。

对面Magiagi小学早已放学。正在拍云彩的我看到Magiagi小学草坪上聚集了八九个男孩。一个孩子抱着橄榄球。我知道，这群男孩要进行橄榄球训练了。孩子们的年龄大致均齐，目测大都是十岁左右吧。橄榄球比赛对每方都有人数的要求，有七人制的，也有十一人制的，但无论多少人制的，这群孩子都组不成两个队。这块草坪又狭小，大约只有普通橄榄球场的三分之一。显然，他们不是要进行正式比赛，只是练习橄榄球、玩橄榄球。今天，他们可能放学后没什么家务活儿，老师又没布置作业——布置了也不想做，又闲得手抓南墙都不得——住屋Fale有柱无墙，就约好了来学校草坪练球，既锻炼身体，也巩固友谊，还消磨了时光。一个大男孩，目测有十五六岁，正站在草坪边吃东西。显然，他不是男孩们的同龄人，但他看到弟弟们要玩橄榄球，饶有兴趣地预备参加。他穿着lawalawa（裙子）和人字拖，一看就是个过路人。当他看到阳台上的我时，大喊"茶楼发"（萨摩亚语：你好），并几次朝我扬手。看得出，这是个热情率真的小伙子。

萨摩亚的中小学有 Sports day，中小学的男生大都爱好运动，很多男孩子爱好他们称之为 Rugby 的橄榄球运动。橄榄球为萨摩亚的国球，橄榄球运动是萨摩亚的主要体育运动之一，英式橄榄球和联盟式橄榄球在萨摩亚都很流行。截止到二〇一六年，人口不足二十万的萨摩亚拥有五千名成年球员以及一万多名青年球员。在世界性橄榄球大赛上，萨摩亚国家队都取得了骄人的成绩。橄榄球像萨摩亚孩子心爱的玩具，时刻都被惦记着，一有空就被抱起来带向练习场所。不过，今天的橄榄球练习可能不会顺利进行，因为要下雨了。我站在阳台上替孩子们担心。我站的地方与 Magiagi 小学的运动草坪中间隔着一条公路、一座院子。不过公路和院子加起来也不到二十米。所以，草坪上人的一举一动都尽入我眼帘。

头顶的云迅速由灰变黑，等到"唰啦"一声响，雨果真下起来了。因是初下，雨点大而稀疏，打到屋檐上发出"啪啪"的声响。树枝不再强烈摇摆了，天地间万物都被这雨滋润着。几只鸟儿不惧雨水，仍在低空中盘旋，而它们的兄弟姐妹或许正在树叶底发呆呢。我的目光穿过雨线观看对面，孩子们的 Rugby 运动刚刚开始，也就是说，孩子们刚刚进入奔跑、拦截、传球、接球的运动状态。他们看似对突然捣乱的雨没有感觉，劲头不减地活跃在雨中草坪上。草坪北边有椰子树和面包果树，他们可去树下避避雨，但他们没有；草坪南边和西边的教室伸出三四十厘米的房檐，他们可去檐下避雨，但他们没去。

我突然想起一首老歌《雨中即景》："哗啦啦下雨了，看见大家都在跑，叭叭叭计程车，它们的生意是特别好。哗啦啦淋湿了，好多人脸上都失去了笑，无奈何望着天，叹叹气把头摇。感觉天色不对，最好把雨伞带好。不要等雨来了，见你又躲又跑。"这直白而幽默的歌词道出了雨中无伞者的窘态和计程车司机的善良和淳朴。的确，在国内，下雨时用一把伞为自己撑一片晴空，是多数国人的思维定式。无伞被雨淋，湿了锦衣华服，塌了好看发型，不仅形象狼狈，还有生病之虞。哪怕只是下"润如酥"的小雨，赶紧撑起各类折伞，是多数国人尤其是爱美女士的常态化举措。萨摩亚人可不拿雨当回事。萨摩亚最寻常不过的天气现象就是下雨了。每年的十一月至来年的四月是雨季。雨季里，一天不下四五场雨怎对得起"雨季"这称呼？我猜，萨摩亚可能没有气象站，即使有也不必播报降雨消息。因为，头顶一块云飘过，就会有一场或大或小的雨。而云何时形成、将降下来的雨量的大小，都取决于太平洋洋流和散发到空中的水气结合的时机和强度，非人力能左右。既然雨像空气一样必不可少，顺其自然即可，何必劳神去防雨呢？所以，出门带把伞可不是萨摩亚人的习惯。下雨时，在路上疾跑可不是萨摩亚人的做派。下雨天，人家萨摩亚人照样闲庭信步，走得慢慢腾腾。多数人不会做任何的遮挡，个别人会扯下lawalawa顶在头上。萨摩亚人相信，这雨，可能就下一分钟半分钟的，伞还没撑起来就停了——干吗要撑？即使雨不停，反正下的也不是冷雨，天热淋淋雨，正好凉快凉快——干吗遮挡？再说，衣服淋湿就淋湿了，回家洗洗晒晒，光着膀子也可纳客送客甚至出门见客——带伞、撑伞的，多麻烦？！

现在，这帮在雨中玩橄榄球的萨摩亚孩子就是萨摩亚人不惧雨的代表，我因此而看到了一幕与歌曲《雨中即景》不一样情态的萨摩亚式的"雨中即景"。

我曾经在美国哥伦布市看过一场俄亥俄州立大学橄榄球队的训练式比赛，当时也只是坐在观众席上看热闹，并不懂比赛规则。直到现在我也不懂橄榄球的比赛规则。我自己也并不喜欢这项球类运动。想想看，一个队员抱着球跑，一群人拥上来，又抱又摔甚至蜂拥叠压的，"野蛮"而不雅观，真不知道当初是谁提议让这动作"合法化"的！今天，我的兴趣不是在橄榄球上，而是在雨中身手矫健的孩子们身上。

我正入神地看着孩子们，雨"哗哗哗"地下大了。那个大男孩果然出现在训练的队伍中。在一群快速移动的孩子中，他像羊群里跑着的一头小骆驼，很是显眼，因为他高大健壮，因为他穿着lawalawa。此时，我的房檐边缘流下的粗粗的雨线，斜擦着楼梯外延，发出"嚓嚓啦啦"的声音，而雨线砸在楼梯扶手面上，则发出"噼里啪啦"的声音，如古战场上催促士卒前进的鼓点。雨线击在草坪上，草坪草少处溅起一个个小水花。Magiagi小学草坪上已经有些泛白，但孩子们"嘿嘿嘿""哈哈哈"的笑声，不时传来。雨水早已淋透了他们，但他们仍然在快速移动。有两三个孩子干脆扒下湿漉漉的上衣，随手甩到一边。有个男孩一只手抱着球，一边跑，一边将一只手探到腋下。只见他一提拽、一缩头、一扬手，上衣划出一道抛物线，随之坠落到草坪边缘，而人继续嬉戏着传球，其动作一气呵成，毫不拖泥带水。他和他的伙伴们的脚步过处，水花四溅，一同溅起的还有飞扬的激情与少年的活力。我在惊诧之时，赶紧举手机拍摄这雨中之景。

这群孩子是萨摩亚原始自然的人与物的代名词，是体魄强壮的萨摩亚人童年体能训练场景的重现者。我们知道，橄榄球比赛对运动员的装备要求是很高的，可这群雨中运动的孩子体现的就是一个成语——因陋就简。他们没有头盔，没有运动服，没有运动鞋，多数孩子是赤着脚在奔跑，那个大男孩也是甩掉人字拖，带头狂奔。他们飞奔着拼抢、传球、抛球、触球……各种橄榄球动作，像模像样，一点都不因为雨的侵扰而潦草马虎，一点不因为足上无鞋而乱失章法。一开始，我还担心孩子们光脚会被擦伤或硌坏，但想起平时看到的Fale旁蹒跚、学步在火山岩碎石路面上的赤足小儿，悬着的心就放下了——担心是多余的。大多数萨摩亚儿童从小就光脚，早已练就了厚硬的脚底板，此处的草坪虽不平坦，但对他们而言，跑在上面已经如履平地了！看来，生活的原始自然和简陋素朴对人的成长是有磨炼和锻造的效用的。萨摩亚儿童的生活里没有精致和讲究，自然，也产生不出"豌豆公主"式的儿童。而Rugby运动要求参与者在力量、速度、耐力、爆发力、对抗力、敏捷性、协调性等方面都要过硬，所以，孩子的雨中运动足以练就好的体能和身体素质。萨摩亚人大都体格健壮，我知道原因了，原来是从小就锻炼，而且是风雨无阻地锻炼啊！

这群孩子是雨中奔跑的小马驹，是粗犷豪放的萨摩亚人的代言人。雨中的孩子们其实不是在进行橄榄球比赛，而是在游戏。因为他们一边跑，一边嬉笑。那个大男孩更是常常逗那些小队员们。他跑着跑着，突然一回身，让那些紧追着他的小队员猝不及防，一下子冲甩到草坪上，然后，他停下，笑着去拉小队员。或者，当他弓腰将球触地时，有的小队员一跳而起，爬到他后背上，他直起身子，也不恼，背着那孩子像背着猴子似的跑一阵，然后一侧身子，甩掉他，再接着跑。我在这边看着笑着，而他们的运动一直都是在嘻嘻哈哈中进行的。尽管身体被雨水淋透了，但他们始终欢快活跃，一如他们的长辈那样，无论在何时，都展露出波利尼西亚人的热情奔放、欢乐豪放。

这群孩子是雨中的小豹子，他们奔跑出萨摩亚人的生命活力和激情。在家庭和学校中，萨摩亚的孩子必须听命于长辈，大家庭中的任何长辈都有教育和教训儿童的资格，学校老师体罚学生也无人置喙。这种文化其实是会压抑个性的，所以，萨摩亚儿童在家里和学校里，都很听大人的话。一旦到了运动场，脱离了家长和老师的监控，孩子的天性完全得到释放，个性充分张扬开来，童年的活力和生命激情被展现得淋漓尽致。看，当一个孩子接到球后，另外的孩子便来"纠缠"他。有人来拉手，有人来抱腰，有人来拽脚，常常三四个人纠缠在一起。他们做出各种花式冲撞、防范，发出各种欢快的笑声，完全没有顾忌，丝毫不加压抑。他们的声音传得很远，以致瓦艾阿山间的卢皮鸟也停下"咕咕"声而歪头听向这边。他们的动作碰撞出激情的火花，与Manu Samoa（萨摩亚著名的国家橄榄球队）队员在世界级比赛中迸发出的激情相似。此时此刻，孩子们在运动中张扬出的力量美、个性美完全取代了他们平时在家长和老师面前表现出的低眉顺眼，站在楼上看风景的我情不自禁地为他们呐喊！

雨越下越大，世界变成白茫茫的一片。在视频里，孩子们都有些模糊了，但他们没有停止运动的迹象。他们继续传球、追逐、接球、碰撞，并一如既往地笑着闹着，只是这声音被骤雨闷着，似乎不那么脆响、不那么张扬了。而这边的我，隔着雨帘，仍能看到孩子们奔跑的身影，仍能感受到他们飞溅的激情。环顾周遭，这场雨中Rugby Training的观众只有我一个。我站在二十米开外的阳台上，为孩子们不惧风雨的劲头儿喝彩，为他们激情四射的表现喝彩！

莫言说："在没有电视前，人们的业余时间照样很丰富。"这说明，人们的业余生活丰富与否跟文明程度的高低没有必然的关系，人们的幸福指数高低也与物质条件的好坏没有必然的联系。目前，在萨摩亚，还有一些人没有手机，家里也没有电脑和电视，孩子也没有Pad什么的可看，但多数萨摩亚人的业余生活并不千篇一律。他们崇尚"Be happy"，会利用天时地利，让自己快乐幸福。仅就我所见，在运动方面，萨摩亚人的业余生活就是丰富多彩的。孩子们在海边冲浪、在浅海里游泳的现象，只要驱车在环岛公路上行驶，就随处可见。我们去爬瓦艾阿山，每次都会在山路上遇见数量不等的穿着人字拖的萨摩亚儿童和跑在崎岖山路上的萨摩亚成人。在不少乡村的法雷边，常有青年人在练习棒球、排球或橄榄球，有的运动像排球什么的还常常是男女混合练习。旁边，年龄小的人则三五一群地在做着同类练习。驱车外出时，我常常隔着车玻璃为运动中的萨摩亚人喝彩！NUS校园有两个大运动草坪，三天两头有校外的人来举行足球比赛，参赛者往往男女同队，而边上，孩子们兴致勃勃地玩橄榄球。在 NUS 的"GYM"里，晚间常常传出呐喊声、欢呼声，走去打听，知道里面在举行篮球比赛或有人在跳健美操。有一天傍晚，我们去看了半个小时的国家篮球队选拔队员的训练。而"GYM"旁边狭窄的草坪上，常有人玩橄榄球，他们玩得专注而投入。散步时，我常常被吸引得驻足观看。尽管我不懂橄榄球运动和板球运动的规则，看不出谁输谁赢，但看活跃的身影、听欢乐的笑声、感受萨摩亚人的朝气和激情，将萨摩亚生活审美化，可以消除我的萨摩亚寂寞，让我获得即时的快乐。萨摩亚人的业余运动就这样诠释了一个词：丰富多彩，显示了他们的生活理念：Just be happy！今天，这群在雨中练习橄榄球的孩子，是不放弃追求生活乐趣的萨摩亚人的一个缩影。萨摩亚人的童年就是这样度过的，自然、快乐而有意义。

正当我不断喝彩时，雨停了。雨一停，大太阳立马光芒四射，这是萨摩亚的气象常态。看看时间，四点二十二分。这次的雨下了约二十分钟。这是萨摩亚单次降雨时间较长的一次了。雨后，地面湿气上升，但被暴晒着的孩子却没有结束训练的迹象。我知道，几乎全部萨摩亚人都不怕淋雨，也都不怕太阳晒，我却是个怕雨淋日晒的主儿。今天，我的兴趣是在雨中观景上，心随景动。大太阳一晒，我还是躲进屋里去回忆雨中之景、去笔随心转吧！

萨摩亚的狗

在萨摩亚，狗"鼎鼎大名"。网上介绍萨摩亚的材料并不多，但是，与狗相关的倒有好几篇。

狗属于家畜。家畜一般是由人类饲养驯化且可以人为控制其繁殖的动物，如猪、牛、羊、马、骆驼、家兔、猫、狗等。在长期进化过程中，狗从祖先狼发展成为被人类驯化了的家畜，成为人化自然里的动物，为人类食用、劳役、取毛与皮、当宠物、做实验等。狗在被人豢养时，常常狗仗人势；狗成了丧家之犬，便活得有些凄惶了。

萨摩亚人喜欢养狗，而且几乎每家都养了不止一条狗。主人"昼驯识宾客，夜悍为门户"（苏轼《咏犬》）。假如你去萨摩亚人家，首先出来"迎接"你的就是几只狗。当然，"迎接"你可不一定是欢迎你，也可能是防范你、驱赶你。有时候，步行经过萨摩亚人家门口，"狺狺犬吠篱"（陆游《幽居》），狗会及时以吠叫警告你。小时候，我家曾养过狗；多年前，我曾写过论文《当代文学中的"狗"意象》，对狗的性情及其在文学中的象征意蕴是有所了解的。但在生活中，我万般怕狗：怕它张嘴咬我，怕它发声吵我，怕它排便烦我。像我这样对狗有心里阴影的人，见到萨摩亚人家的体型高大的狗，立马就腿打哆嗦，是最正常不过的事。所以，萨摩亚同事和朋友邀请我去他们家做客时，我大都因为忌惮狗而婉言谢绝。在萨摩亚，外国人假如打算步行出门，一定要想着带样东西，最好是长柄伞。长柄伞既可遮挡毒日头，也可当作防狗的武器。要经过人家门口时，必须老远寻找钢丝门或木栅门，看看门口是否有狗。假如有狗"门卫"，你得把伞倾斜到膝盖以下，将伞头对着门的方向，时刻防范狗"门卫"的突袭。萨摩亚的很多房屋是开放性的，只有住屋，没有门，草坪围绕着房屋，那草坪上就躺着或站着一两条乃至三四条狗。有一次，我们经过一个村子时，想下车参观这个村的教堂。教堂周围都是人家。从外面就能看到法雷里有躺着睡觉的人。正是下午五点多钟，按说不是睡觉的时间。人睡着，狗却醒着。我们刚把车子停在教堂前，几条狗就"呜呜"着朝我们冲过来，吓得我们赶紧逃进车里，摇上车窗，仓皇而逃。走出半里路了，仍然听到狗们追咬的声音，心也"扑腾扑腾"地跳个不停。当然，也有人家的狗，不是那么凶神恶煞的。比如七月份我们去Gogosina景区看瀑布。这景区隶属私人，主人有两三栋隔开的平房。景区门口收费房边草坪上的两只狗就与一般的萨摩亚人家养的狗不同。人家躺在草地上，根本不搭理我们，兀自在那里晒着太阳睡大觉，任由我们在它们身边溜达、拍照。其中一只狗仰面朝天，睡姿可爱。这说明这两条狗除了性情温和外，大抵是经常见到游客，对陌生人见怪不怪了，故领地意识不是那么强。或者它们已被主人警告加驯化了，知道来者都是游客，是财神，敬之犹不及，怎敢乱咬！

萨摩亚人家的狗，我时刻防范着，敬而远之。不过，对于不期而遇的流浪狗，我是不能逃之夭夭的，只能学着跟它们和谐相处了。

在国内，街上也有流浪狗，但数量不大。在萨摩亚，没有人伤害狗，所以，首都阿皮亚有很多流浪狗，几乎随处可见它们的踪影。我猜，阿皮亚流浪狗之多，堪称世界之最吧？

萨摩亚的流浪狗，其实常常处在饿肚子的状态中。萨摩亚没有那么多的食物，人们解决吃饭问题并不容易，狗们又不会上树摘面包果，不能下海去捉鱼，也没法刨出地里的"Talo"（芋头），就只有到处寻觅能填肚子的东西。萨摩亚人家的墙外，大都悬挂有离地约一米半高的垃圾篮。垃圾篮挂起来，就是防止流浪狗翻刨，防止满地都是垃圾。狗们虽然心恨人类"歹毒"，但也无可奈何。阿皮亚虽说是萨摩亚的首都，但市区也就那么大，所以，饭店也就那么几家，像国内那样随处可见的小吃店约等于无，自然也没有顾客吃剩的残羹可以让狗们分享。所以，萨摩亚的走动着的流浪狗从不仰头看垃圾篮，而总是平伸着脑袋往前冲，或者低着头找东西。我在学校里就常看到几只低着脑袋、伸着脖子、咻咻着鼻子、在草坪里行进的狗，它们一定是在寻找果腹之物，好可怜啊！

遇见萨摩亚

但萨摩亚的流浪狗，其实也很幸福。当我怜悯流浪狗食不果腹时，有朋友却说：做萨摩亚的狗，好自由啊！是啊，萨摩亚的狗，真的是自由啊。它们虽然常常食不果腹，但它们几乎拥有绝对的自由！萨摩亚人不食狗肉，狗们没有被烹煮之忧。萨摩亚的狗不携带狂犬病毒，所以，白天，它们到处溜达，愿意进小区就进小区，愿意进学校就进学校，没有人阻止，没有人驱赶。夜晚，它们愿意拉帮结伙就拉帮结伙，愿意独来独往就独来独往。在很多国人心目中，狗是等而下之的动物。所以，公共场所一般不允许狗进入。但在萨摩亚，流浪狗可以自由出入任何公共场所！在萨摩亚，我去过的公共场所里都有流浪狗。五月份的一天，我在阿皮亚的EFKS博物馆看木雕。在展览木雕作品的长廊里，我看到一只狗躺在一尊木雕旁边酣然入睡！还是在五月，我们去参加中国惠州援建萨摩亚文化中心和中萨友谊公园奠基仪式。活动主办方搭建了主席台和嘉宾帐篷。因为有萨摩亚总理和中国驻萨大使前来参加，场面比较大，负责安保的人也有一些。但在场地边缘，还是有几条流浪狗在好奇地看热闹。在我工作的NUS，流浪狗可以自由地在任何地方自由进出，包括教学楼。

萨摩亚的流浪狗之所以是自由的，是因为萨摩亚人能与它们和谐相处。在萨摩亚，人与狗和谐相处的画面，随处可见。NUS的AOA Building Hall（人文学院所在的教学楼）的一楼大厅东西大约长三十米，放置着十一组木制长桌和连椅。这些设施主要是提供给学生们用的。平时，他们在那里学习、聊天、等家长来接。周一至周五，这里基本都挤满人，流浪狗们在其间东走西窜，转来转去，没人理会。我几乎每次经过都会看到一幅画面：在某处坐满人的连椅旁，一条大狗静静地卧着，不知道是否听得懂学生们的欢声笑语。或者，十一处连椅上坐着的人都在忙着各自的事情，一条狗自东向西巡视一趟，或两条狗一前一后地追逐着跑过，没人驱赶。八月三十一日是NUS的"Samoa Culture Day"，从上午九点到下午两点，足球场上都有师生们的演出。因为全校停课，我也去看演出。科学系的节目是大合唱，中间穿插着小丑舞。一个指挥兼领唱站在队伍前面边指挥、边歌唱，二三十个合唱演员坐在台上晃动身子边歌唱。他们演唱的过程中，一只大黄狗悠然地从合唱团面前经过，步伐不疾不徐。观众里有大人物，也有普通人，但所有人都当这狗是空气。在典雅大气的艺术活动场所，走动的狗儿自然又自由！

它不必绷紧它的每一根神经，不必跌跌撞撞地前行，它可以目中无人！九月七日是NUS 的"Open Day"（大学开放日），AOA Building的中空位置搭建了演出台子，北面还支起了遮阳的巨型帐篷。这一天，萨摩亚中学的学生可以进入NUS参观体验。期间，主持人在台上激昂慷慨地演讲，狗们在人群里钻来钻去地凑热闹。有时，台上正有年轻人在热辣舞蹈，台下则有一条狗在东张西望。狗在这里不会遇上呵斥和暴力，人与狗相安无事。九月二十四日，我们在AOA Building Hall举办萨摩亚国立大学孔子学院庆祝二〇一八年中秋节活动。我们活动流程的最后一项是品尝中秋节食物——月饼（萨摩亚没有月饼，原计划由我烙饼充当。八月十四晚上，应华商翁维捷邀请，我们去DMC餐厅聚餐，欢庆戊戌年中秋节。征得翁总同意，我们顺来吃剩下的、DMC厨师烤制的月饼），吸引了一条黑花狗围着桌子转来转去。其实，即使没有食物，流浪狗们也会来凑热闹，没有被痛打的可能，没有遭驱赶的时候。狗在人群中穿插，是NUS的一景。在NUS工作期间，我发现，凡是室外活动，假如没有流浪狗出现，就极不正常。这极不正常的时候，我没见到。所以，NUS不仅是萨摩亚知识精英的聚集地，也是萨摩亚七八条流浪狗的自由王国。有时，在路边或在NUS的操场边，有流浪狗们躺着睡大觉。那"犬暖向日眠（白居易《犬鸢》）"的画面，真真令我等孤身在外的人感慨系之！

萨摩亚的流浪狗（也包括家养的狗）能自由活动，不受人类的伤害，它们何其幸运。但它们喜欢夜晚狂吠，这应是它们最突出的特点吧！在NUS，白天，流浪狗们在校园里巡视、散步、觅食、排泄、追逐；傍晚时分，AOA Building 前、Fale旁、足球场里或者随便某一处路旁，都会有一两条狗趴在那里，恹恹欲睡。我想，它们可能是在养精蓄锐吧。它们养足了精神，到夜深人静时（严格说来，萨摩亚的夜晚没有完全安静的时候），聚集起来大声吵闹，一点都不顾忌自己是在充满文化气息的大学里生活的动物，叫得毫无修养，一点文明都不讲，专门跟想睡觉的人作对。九月二十五晚，才来萨摩亚两周多的孔院院长发了一条微信朋友圈："萨摩亚时间近二十二点，屋外一群野狗狂吠，貌似干仗。如此数日矣。昨晚一条或两条狗跑到楼梯上狂奔，虽仅一墙之隔，吾确信门已锁好，安然入睡。萨摩亚的夜晚，一点不寂寞。甚好！"戴着耳塞睡觉的新院长颇得道家精神的深邃。我看到有熟悉人的留言，援萨医疗队的洪大夫留言说："还有夜猫，公鸡，壁虎，各种叫声。"是啊，萨摩亚的夜是不寂静的。在约旦费城大学孔子学院里任职的丁院长说："狗年旺旺。"萨摩亚的狗可不是只在狗年才"汪汪"啊！院长发朋友圈时，住在离院长十几米外的我正在编辑"声讨"流浪狗的朋友圈说说："NUS的七八条流浪狗，白天静悄悄的，到晚上，人想睡觉时，它们就开启狂吠模式。昨晚十一点，叫声大作，后半夜两点吵醒我，早晨五点多，彻底吵醒我。现在，它们引得附近村子里的狗也狂吠不已，叫声连成片，夹杂着狼嚎般的声浪，难道这是狂犬病发作了吗？"丁院长看到后说："它们在守护土地和心灵。"好吧，好吧，守护吧。我的一个学生对我深表同情，建议我用棍子打走它们。国内一个邻居养狗，建议我："喂喂它们，可能是饿了。"哈哈，满世界的狗都在叫啊，而且成宿成宿地叫，我如何喂它们呢？一个喜欢唱歌的朋友留言："萨摩和声，DOG之歌。"我现在已经修炼得拿狗叫当歌声了啊。萨摩亚的狗夜晚狂叫，让我梦里亦知身是客。

其实，在萨摩亚，不是只有NUS的狗及附近村子的狗们夜晚嘶吼，我在La Rasa小区居住过十几天，也是夜夜被狗吠困扰。

萨犬夜吠，或因车过，或因人过，或因猫过，或因别的狗叫，或因我不知道的原因。而它们叫得最凶时，大约总在发情期间。萨摩亚没有夏季，家庭豢养的狗和流浪狗的年龄大小不一，所以，似乎一年到头，阿皮亚到处都有狗在发情。在发情期，公狗们争风吃醋地追逐打架，强者和弱者都狂吠着各自生命的焦虑和饥渴，那具有极大的爆发力和穿透力的狂吠，常常咬碎阿皮亚人的甜梦。这一段时间，某一居住区的夜晚有狗们"吼声如雷惊天地，吞月不管世人惊"。那一段时间，另一区域的狗们在"夜静群动息"时，突然"隔林吠声如豹怒"。有一晚，失眠的我平静心绪，躺着专门听狗叫。就听到NUS校园里的某条流浪狗"喔喔喔，喔喔喔"地大吼，其他的狗"汪汪汪，汪汪汪"地和鸣着，我们西边几家住户里的一条狗则拖着长腔，"呕——"一声半天不停，音色颇似狼嚎。我很佩服这狗的大肺活量。听它叫，就像听人打长呼噜，你在旁边担心某一声呼噜累着他，我就担心这狗被自己的叫声累死。而它这一"呕——"，犹似领唱的开了腔，南边村子里的群狗"汪汪汪""呕呕呕""喔喔喔"地参与大合奏，巨大的声浪中夹杂着"哇呜""啊哇呜"的杂音。那连成片的咆哮声犹如战争年代敌机飞临时的警报鸣叫，鸟儿们和壁虎们都噤声不语。鸟儿有翅膀，可能早飞逃到瓦艾阿山去了；壁虎有足，肯定早躲进檐篷小洞里了。我无处可逃，只好咂摸这叫声的音色、音高、音长。这样的狗吠不已、满世界都在沸腾的现象，在萨摩亚到处都有，发生的频率极快。但你只听得到狗叫，听不到人半夜吆喝嫌弃狗叫。尽管夜间被狗们的叫声骚扰，但白天看到它们，人与狗各自相安无事。没有人会下套捉住狗们，也没有人会对自己生活区域里的流浪狗赶尽杀绝。

在萨摩亚，你见不到国内那么多种类的狗，也几乎见不到体型大小不一的狗，萨摩亚的狗都体型高大。但萨摩亚的流浪狗貌似彪悍实则温驯，因为它们没人势可倚仗。在国内，因为屡屡发生豢养狗和流浪狗伤人事件，而且国内的狗有携带狂犬病毒的可能，所以，不养狗的人对狗避之唯恐不及。萨摩亚人，几乎家家养狗，所以，他们不惧怕狗。我不是萨摩亚人，但像我这样敏感于声音的人，每天都与流浪狗共处一片蓝天下，对它们的态度也发生了转变：最初见狗便逃、闻声兴叹，现在视狗安然、闻声淡然。当然，被狗们吵得生无可恋的瞬间，也会忍不住腹诽几句。之后，也就罢了。

萨摩亚国立大学校园内随处可见的流浪狗

狗趣

生活中，我不养狗，因为我怕狗毛、怕狗叫、怕狗咬，怕外出狗在家无人照料，怕狗死去惹我伤心伤情。

现在，我住在萨摩亚NUS校园内。不管是去上课还是去办公室，或者晚饭后散散步，不碰上两三条流浪狗，绝对是不正常的——狗们又不开会，没有聚集起来不露面的时候。每每与狗们不期而遇，我赶紧祈祷它们：别靠近我，我没有好吃的，别咬我！时间长了，我发现，NUS的这些体型高大的流浪狗，虽然晚上叫得烦死人，但白天都挺温顺的。它们忙着觅食、闲逛、找朋友、谈恋爱、生育后代，没兴趣搭理我。如此，我对它们的态度发生了转变。以往遇见它们，我惊恐万状；现在与它们打了照面，我视若无睹。现在我还敢停下脚步举起手机给它们拍照片了，遗憾的是没办法发给它们看看。

我跟NUS校园的流浪狗成了"熟人"，常常见面。每一次见面都引我想起国内所住小区里的狗。在国内，我家前后左右的邻居大都养着宠物狗。虽然怕狗，但因邻家的狗多是散养，我便有很多机会接触到狗。在骑车或开车出门被狗追、下班回家被狗迎的频繁接触中，仔细观察和体会，不喜欢狗的我发现了很多与狗相关的趣味。

狗报信

我的西邻养过一条小白狗。我有些喜欢它，竟容忍它嬉戏着咬我的裙角或裤腿。虽然心里在求它：狗狗，千万别咬到我的肉！从这条狗被邻居收养，它就每天晚上给我报告儿子放学回家的信息。晚上十点二十到十点半之间，小狗都会大叫几声，我赶紧走向门边，就听到儿子的脚步声。在儿子上高一、高二时，每天晚上，只要狗叫声起，我就知道是儿子回来了，特别准。儿子上高三时，这条小狗不见了。从此，每天晚上十点开始，我就在客厅里等着儿子回来。在等待的过程中，竟做不成什么事。

哦，这还是十几年前的事了。现在，儿子在异国他乡，都为人父了，但我还常常想起那条小狗。

狗"自私"

后邻曾养过一条小黄狗。据《杂五行书》说，在狗类里，黄狗品质最好。但其实不然。这条小黄狗特别自私。从前我放在门外晾晒的鞋子鞋垫什么的，常常不见。后来侦察得知，作案者正是小黄狗。它把我们的东西叼到自己家门口。久而久之，只要不见了门外的小物件，我就到它家门口寻找，十有八九会找到。有时，我就"厉声"训斥它：狗儿，你再叼我鞋子，看我不打你！它"呕呕"叫几声，可能是自鸣得意吧。

后来，它自己被偷走了，不知被谁拴在家里了。

狗谈"恋爱"

前邻养了一条小花狗，取名笨笨。这是条公狗。

有一段时间，笨笨西邻家的男主人戏言笨笨在谈恋爱，对象是一条脖子上系着小铃铛的小白狗。据他观察，每当远处响起铃铛声时，躺在草地或门外狗窝里的笨笨会一跃而起，撒着欢前去迎接小白狗，然后，两条狗你啃我咬、你追我跑地亲热好长时间。小白狗走后，笨笨回到自己家门口（主人不让它住在屋里，它住在廊下），趴在草地上，无精打采。人引逗它，也不大搭理。

后来，笨笨死了。

有人说，它所爱的那条小白狗是条公狗。

狗仗人势

有个邻居养了一条叫"花花"的公狗。这条小狗没有太多的花花肠子，倒是一根筋地狗仗人势。哦，狗仗人势其实是狗的本性，我似乎没有指斥它的理由。这家伙狗仗人势到有时都令它主人尴尬的地步。当它独自在家时，任谁经过，它都懒洋洋地趴着，眼皮也不眨，悄没声的，乖得很。但只要主人一回家，这家伙立马变成一条凶悍的看家护院犬！任谁经过它家门口，它都是又叫又扑的，主人吆喝都不听也不停。有时，我开车刚出车库，离它家还有十几米远呢，它就冲过来，跳着脚冲我的车叫。等我摇下车窗跟它站在院子里的主人打招呼时，它更不干了，狂叫着几乎要拉开车门拽我下车！看那阵势，它主人的声音和笑脸都是它要牢牢守护住的东西，不能随便分享给别人。

现在，我离开家大半年了，不知这狗还在不？现在，我倒挺想见到它那张狗仗人势的狗脸呢！

狗有名

别人送给邻居家两条吉娃娃狗，很是可爱。我和同事散步时见了，问她狗的名字。邻居说，正在征集呢。随之说到两条狗的特点：一条好动，常叫唤；一条好静，总是沉默，好像有心事。我说，那就一条叫"呐喊"，一条叫"彷徨"。邻居说：可考虑。教古代文学的同事说：或者一条叫李白，一条叫杜甫。邻居说：也可考虑。教地理的同事说：或者一条叫海啸，一条叫死海。邻居说：也可考虑。过了些时日，又见邻居带两条小狗散步，问她狗有名字了吗，她说未定。我们又建议一番。再过些日子，又见邻居，但只牵一狗。再问名字一事，邻居说：太多好的建议，不知采用哪个了，干脆就叫狗狗吧。那么，另外一条呢？我们问。送人了。叫什么？我们好奇。也叫狗狗。

哦，这两条有名字的狗，这两条叫"狗狗"的狗！

萨摩亚 "Little Saints Funfair"

　　进入六月底，萨摩亚的大、中小学的期末考试告罄。大学生考完后，可以自由活动两周。七月九日入校注册，开始二〇一八年的第二学期。萨摩亚的中小学一年有四个学期。现在是第二学期的期末。期末考试结束了，老师也改完卷子了，但学校却没有放假。大多数学校本应在六月底七月初放假，但今年二月刮台风时，许多学校放了一周的假了。第二学期期末就要补上第一学期放掉的那个周，所以，多数学校第二个学期只有一个周的假期。据说，这一段时间，虽然多数学校仍开门纳学，但多数学生已无心上课，学校就组织各种活动。我住所对面的小学生们就不断地唱歌、运动等。曲老师和崔老师所在的学校也有各种体育活动。

　　六月三十日是周六，All Sainta Anglican School（圣天使学校）组织了Little Saints Funfair。在这所学校教汉语的曹老师邀请在Vaitele-Uta Primary School教汉语的刘老师和在NUS教汉语的我一同参加。

　　曹老师、刘老师和我是国家汉办派到萨摩亚来的汉语老师。曹老师、刘老师比我早来一年。曹老师来自西安，多才多艺，会打太极，会拉二胡，会书法。他在All Sainta Anglican School教汉语，一周有十几节课。在All Sainta Anglican School，汉语属于学校的Hobby Class，虽灵活但也意味着事情很多，所以，曹老师除上课外，还组织学生做早操、练太极拳、练书法等。来自北京的刘老师有着气死日头的白皙皮肤，人很温婉、娴静、耐心、热情。刘老师在Vaitele-Uta Primary School教汉语，每周上十二至十四节课，需参加学校晨会、集中及各科教研活动。

　　Little Saints Funfair只是All Sainta Anglican School组织的期末活动内容之一。

这个活动邀请参加的对象是学校老师、学生和学生家长及亲朋好友。参加者可在学校开设任何类型的摊位，售卖食物、植物、二手服装等，可将部分收入捐献给学校，也可捐赠给现场的孩子。学校认为这会是一个充满乐趣的日子，希望老师、学生带着所有家庭成员和朋友参与其中。刘老师和我就作为曹老师的朋友来参加这个活动。

早在周三晚上，曹老师就拉我去刘老师家商量周六活动事宜。刘老师准备了包饺子的材料——长豆角、猪肉、面等。我们三人一齐动手，和面、切馅、拌馅、揉面、揪剂子、擀皮、包、煮，一气呵成。在国内，饺子是最稀松平常的食物了。但在萨摩亚，分散居住着的老师平时凑合着过日子，缺东少西的，吃顿饺子相当于在国内吃顿大餐。我们一边动手包饺子，一边动口策划周六的活动。曹老师是leader，刘老师和我表示坚决听从命令、服从指挥。这次，我们把宣传中华美食作为我们活动的主题。

周五下午三点，曹老师开车来NUS，我们把大使馆给汉语教学点的二十多幅宣传图版搬上车，我又拿了几幅书法。曹老师拉我去All Sainta Anglican School布置周六活动场所。原来All Sainta Anglican School就在教育部旁边。这个学校只有一百五十多个学生。学校的规模较小，占地面积自然不大，教室只有一排。在最右首的那两间教室门外，已有曹老师张贴的对联。教室的黑板正中挂着一个大大的"福"字，窗台上有纸砚笔墨等。这是曹老师上课的教室。他打算把这里作为我们活动的场所。我发现教室里只有几张桌子，角落里有卷着的草席。曹老师说，学生平时上课，桌椅是不够的，只能坐在席子上。我第一次亲眼见到萨摩亚如此简陋的教学设施，心里很难过。教室外面与公路衔接处是一块大约有半个足球场大的略有起伏的草坪。曹老师说，有的老师会把草坪作为Little Saints Funfair场所。

周五上午，我包了五十个饺子，馅儿是猪肉圆葱黄瓜。我把饺子冻到冰箱里。下午，我又烙了冷水面和发面两种面的五香饼。

周六早晨六点十五，我起床。洗漱完毕后开始煮饺子。冷冻的饺子，煮的时候，一定要用凉水煮。因为包的时候就比较仔细，煮的也比较科学，所以，很庆幸地，饺子没有一个破皮露馅的。盛好饺子，我开始用电煎锅热五香饼。一切ok，时间是六点五十五分。曹老师说七点至七点半间来接我。七点十五分，曹老师来了。曹老师带的东西真不少，有炒面、爆米花、炸虾片、方便面等。曹老师是西安人，擅长做炒面。他炒的面，色彩搭配得真好，白色的面、橘红色的胡萝卜条、绿色的韭菜叶、黄色的炒鸡蛋。哈，看着就让人流口水。七点半，我们到了刘老师的住处。刘老师准备的食物是馅儿饼。我很佩服刘老师。要知道，我做五香饼时，把五香面、油、盐铺到面饼上，再把面饼拧成一坨，重新擀时，常常擀破表皮，挤压出油来。现在，刘老师是把馅儿包到里面，再把面擀成几层，馅儿就夹在里面而表皮不破，烙熟且烙得美观，这分明是一项技术含量很高的活儿啊！刘老师还带了剪纸及标明价钱的纸张。

七点五十分，我们三人到了 All Sainta Anglican School。这天的天气没有任何意外，是萨摩亚的大晴天。现在，太阳刚出来不久，还不是很晒。头顶白云一朵一朵的，似乎在探看着我们。我们仨在教室里转了转。这教室在斜坡上，门的方向背向草坪。俗话说，酒香也怕巷子深，所以，我们决定将中国美食摊位摆到草坪边上另一个教室的廊檐下。曹老师有个学生叫嘉宏，十岁左右，是中国人。他和他的同学帮着我们搬东西。我和刘老师布置摊位，曹老师说他还要回家取炒米饭。刘老师和我先把大大的中国结挂在大长方形窗子的正中央，立马，一股中国风扑面而来。在中国结的右边贴上"Welcome 欢迎"字样。因为这窗户有五扇，我们就在每扇窗户的下面挂上一幅主题为"时尚中国"的图版，并在桌腿前摆上图版，在廊阶下也摆上图版。这二十多幅图版组合起来，就把现代中国的教育、体育、艺术、生活等内容展现出来。我们把食物摆在桌面上，在桌边粘贴上曹老师写的"Chinese delicious"的横幅。布置妥当后，刘老师和我到草坪上看，感觉我们营造的中国文化气氛还是很浓的。曹老师带着炒米饭和水壶茶杯等东西回来了。他说，咱们不用着急，人还没有到齐呢，等着吧！

的确，在萨摩亚待一个周，就知道萨摩亚人的生活是慢节奏的。在我们布置摊位的过程中，陆陆续续的，一些人慢慢悠悠、拖儿带女地来了。在草坪的最北边，几个萨摩亚男人把整条剥了皮的牛架到了烤架上，旁边摆了几张桌子。一个男人在牛架旁边劈木头。不用说，今天现场最热气腾腾的食物是现场烤制的牛肉了。南面，一个萨摩亚妇女摆起了服装摊，挂起了"lawa lawa"牌子。看来，食客一时半会儿还不会来，而大太阳光已经洒向我们中国美食区域。我们遮盖好食物，便搬着小椅子到草坪树下的阴凉处等着。刘老师与我同庚，我虚长几个月。我们俩在等顾客的间隙里，聊各种话题，聊得投机而暖心。

在我们聊天等待的过程中，有人到外面的食品区域看图版，有人拍照。我们很高兴，赶紧去给他们介绍图版的内容。这所学校的一个女老师带着两个女人和一个大约三四岁的小女孩儿，在我们食品摊位旁边摆起了现场制作萨摩亚食物的摊位。她们摆了两张桌子，桌上放了一个较大的电煎锅，接上教室里的电。在教室门口，她们摆上另一张桌子，放置了面包、鸡肉肠、圆葱等。一个妇女剥圆葱并切成圈，另一个妇女现场油煎鸡肉肠和圆葱圈。如果有人买，她们就把鸡肉肠和圆葱圈夹到面包里。这几个人一直在张罗着，她们带来的小女孩就一直围着刘老师和我转来转去。其他人带来的孩子也在草坪上跑来跑去，有的孩子开始吃吃喝喝了。比如，嘉宏就开始吃虾片了，还很贴心地给我们送来冰镇椰子，让我们在不断出汗时感受到凉意。

大约九点钟，草坪上已支起了五个摊位，由北到南依次是烤牛肉摊、食品杂货摊、小饰品摊、二手衣物摊、充气式儿童游乐城堡。加上我们的中国美食摊和旁边的萨摩亚食品摊，今天的摊位共有七个。九点多，北面教室廊下的音箱响起萨摩亚风格的音乐，紧接着，活动开始。一个盛装的、漂亮的中年女士带着人们唱圣歌，之后，又有人用我们听不懂的萨摩亚语发表讲话。讲话结束后音乐不停，这是萨摩亚多数活动的特点之一。

曹老师跟他学校领导聊了一小会儿，然后告诉刘老师和我说，他们领导非常欢迎刘老师和我的到来，感谢我们的支持。

"中国美食"开张在活动开始的十几分钟后。一个萨摩亚小伙子买走了刘老师做的四个馅饼和我做的六个饺子。我们的第一笔生意挣了六塔拉。曹老师邀请我参加这次活动时，我以为就是我们现场做中国美食给萨摩亚人品尝，没想到是这种售卖活动！我自己包的饺子竟然卖出了钱，这是我的人生第一次。我挣的"第一桶金"是在萨摩亚，共三塔拉，相当于七块五元人民币，哈哈哈，好玩啊！到十一点半，我们带来的东西除了爆米花和炸虾皮，基本都售完了。可见，中华美食名不虚传啊！我的饺子应该是最受欢迎的，因为是最早卖完的。曹老师看生意不错，又回家做了炒面。到下午三点，所有的食物都卖完了，包括曹老师后来做的炒面。其他摊位的东西也基本售罄。三点半后，All Sainta Anglican School的Little Saints Funfair结束了。

参加一次Little Saints Funfair，我感触颇多。

"中国美食"最受欢迎。参加Little Saints Funfair的食品摊位有四个，我们小组营造的宣传中华文化的氛围最浓厚，带来的中国食物的种类也最多。而这一天，其实并不是人山人海，毕竟这个小学才一百五十个学生。不过，光顾我们摊位的人最多，我们的食物卖得也最快。本来嘛，要讲吃的，中华美食名不虚传，我们为中国食物受欢迎而自豪，我们为自己是中国人而自豪！作为中国人，热心参与All Sainta Anglican School组织的活动，既支持了这所学校，也宣传了中国文化。

食客很实诚、厚道、不挑肥拣瘦。来光顾我们食品摊的有两三个白人，有四个日本人（其中有我的对桌同事、NUS日本志愿者老师艾迪）。其他顾客都是萨摩亚人。我们食物的定价不高也不低，但是来买东西的人坦然接受，没有人讲价。尤其让我们感动的是，没有人对食品挑挑拣拣。其实，我们的饼有厚薄、大小，饺子也有个别因挤压而变形乃至稍有破皮，但是，每一个掏钱买食物的人，都是老老实实地等着，给什么就带走什么，全然没有国内普遍存在的挑肥拣瘦现象。

捐献是萨摩亚活动的常规内容之一。Little Saints Funfair活动刚开始不久，就有本校一个女老师拿着纸盒挨个儿募捐。曹老师是我们的leader，他让我们每人捐五塔拉。活动结束后，每个摊位都需要给学校捐款，我们捐出了收入的三分之一——二十塔拉。

萨摩亚儿童能歌善舞。大约十一点时，一个摊位的男老师组织现场的十五六个孩子做跳舞游戏，规则：音乐一响，大家跟着节拍跳，音乐一停，身体立马定住，定不住的算输，得自动下场去。萨摩亚的孩子都具有跳舞的天赋，都能跟着音乐舞动。虽然头顶是毒日头儿，但萨摩亚人哪有怕太阳的？这个游戏做了好长时间，大人孩子都兴致勃勃。后来规则越来越严，只剩下四个孩子还在草坪上跟着时响时停的音乐时舞时定。这四个孩子就是胜利者了。领跳的老师给他们发奖品。奖品为汽水类的饮料。在萨摩亚，汽水之类的饮料很受欢迎，价格不菲。

曹老师组织的活动很有趣味。曹老师的面食基本售完时，组织现场的孩子们比赛用筷子夹爆米花。夹到的爆米花归自己，还可以得到奖品——虾片。现场的小朋友们自然觉得有趣，七八个有着灵巧小手的孩子饶有兴趣地握着筷子，并不灵活地夹爆米花。有的人刚夹住一个，一不小心，爆米花掉到草坪上了。再夹，再掉。于是，大笑。游戏从头到尾，有的孩子夹了不少爆米花，有的孩子一个都没夹到。但是，大家都喜笑颜开，兴趣盎然。最后，曹老师把剩下的所有爆米花和虾片都送给了在场的孩子们。

会议欢娱化

今天上午十一点半，给Simanu上完汉语课后，我去办公室找教学秘书Fly。Fly是个年轻漂亮而热情耐心的萨摩亚女子，对我基本上是有求必应——当然，我也没有多求，我天生怕麻烦别人。Fly让我去参加NUS（萨摩亚国立大学）全体staff会议，时间是十二点，地点是NUS Fale（法雷）。虽然素来不喜开会，但因是NUS二〇一八学年第二学期的第一次全体教职工会议，也是我来NUS后第一次参加全校教职工会议，我的好奇心被激发了。于是，我回到住处放下东西，十一点五十出门，穿过NUS运动草坪，五分钟后到了NUS Fale处。Fale外面，有一个女老师在抽烟，很潇洒的样子。Fale里面只有十几个人。我拣了最后一排座位靠中间过道左边的第一把椅子坐下。

天正下着雨。这是萨摩亚一年中最冷的时候了，我穿着在国内夏末才会穿的长袖上衣和长裤，与众不同，因为萨摩亚老师的装束一如既往的是裙子配人字拖。

十二点已到，会议却没马上开的迹象。因为坐在最后一排，我可以随心所欲地东张西望。Fale有柱无墙，我可以看到来参会的三三两两的教职工不紧不慢地往Fale这边走来。有的人打着伞，多数人任凭小雨淋头，只管昂首挺胸地走路，看起来怡然自得，很受用的样子。

大约十二点十五分，会议开始了。会议主持人是一个挺年轻的女士，但我坐在最后一排，看不清她的长相。她先是让大家往前坐，不过，只有少数人响应她的号召，往前移动了几排，这其中就有Fly和人文学院的两三个同事。大部分人在会场中间往后的宽大椅子上坐得稳如泰山。整个会场显得头轻脚重。一个年长的男人，我猜应该是一个校级领导，领着大家唱圣歌。萨摩亚很多集体活动的开始，都是这个内容，而我并不会唱，就拿手机拍照。唱完歌后，女主持人快速切换萨摩亚语和英语，连珠炮般的讲话令我摸不着头脑，只觉得她放机关枪似的语速好玩儿。听她讲话，感觉她好像是要急着说完话去赶飞机似的。我看台下有人在笑。我猜她说的是请领导讲话的串联词。果然，那个男领导又开始讲话。反正我也听不大懂，干脆一心二用了：一边听会，一边给微信群里的萨摩亚战友现场直播会议实况，并及时获得他们的信息——他们的学校也在开会或聚餐。

我注意观察现场情况，偶尔一回头，发现在我左后方，不知什么时候，一个白人女老师和一个萨摩亚男老师坐在了那里。在我的右后方也坐了十几个人，其中有我认识的国际交流办公室的女秘书Noa。再往后看，在法雷边，有四五个老师竟然席地依柱而坐。我很诧异，他们为什么不到稍靠前的椅子上坐着，非得坐在水泥地上呢？外面在下雨，地上多潮湿啊！我参加过几次NUS人文学院的staff会议，发现staff都愿意往后坐，往离Dean（院长）远的座位上坐。学院唯一的教授Sina常常靠着院长，系主任Torise都坐在远离Dean的地方，而我却常常在离Dean很近的地方坐着，因为其他地方都被老师们坐满了。在国内参加学校会议时，虽然大家也有往后坐的习惯，但没有萨摩亚人那么明显。我不知道为什么萨摩亚大学的教职工们都那么喜欢往后跑。

于是，我把疑问抛给战友们。曲老师是"萨摩亚通"。他说，在萨摩亚，只有Matai才会靠着领导坐，年长的人也行。哇，这里面还有文化的原因啊。下次参加学院会议时，我一定离Dean远远的，虽然我的年纪不小了。曲老师还说，在萨摩亚，妻子的地位取决于丈夫！他说，我与Dean是同级，因为我爱人是正处级干部。哈哈哈！我不能按萨摩亚的这条文化原则做事，我还是听从内心召唤，再参加学院会时，找个角落"安身立命"吧！

男领导讲完话后，NUS的员工以部门为单位上台一一介绍自己，这是本次会议最重要的一项内容。好像先是校办（我不知道是不是这个叫法）的人自我介绍，因为副校长Cheri和另外三个女Staff先组队讲话。Cheri绝对是美女。不过，Cheri一定有白人的血统，因为她的皮肤跟一般萨摩亚人不同。Cheri身高一米八以上，穿着绿白相间的无袖连衣裙，露着香肩，右耳上方戴一朵黄花。我心里叹服，不愧是得过"萨摩亚小姐"荣誉称号的女子，人美又大方，做国际交流工作绝对得心应手！

Cheri 几人介绍完，主持人点部门的名字，点到哪个部门，哪个部门的所有与会人员上台介绍自己。大家都不长篇大论，但三言两语中却笑料频现，台下不断发出爆笑。国内高校的会议气氛都是严肃庄重的，讲话的领导不苟言笑，参会的听众正襟危坐。萨摩亚国立大学的会议气氛却颠覆了我的惯常思维。萨摩亚人追求人生快乐与个性自由，即使在全体教职工大会这样的场合里，也可以用语言制造笑料，听笑料的人也不压抑自己，想笑就大笑！他们的人生信条是Just be happy！他们就像Fale外的花树草木，想长成啥样就长成啥样；他们就像Fale上面的朵朵白云，想是个什么形状就是个什么形状。他们大都自由率性、真实可爱。

当主持人念"Faculty of Arts"时，Fly等人站起来。他们坐在靠边的位置上，站起来从边上往前走即可。Dr.Tuiloma坐在过道边上，必须往后走绕到边上，再从边上走到前面。她往后走时，看到坐在后面的我，一定要我也上台。好吧，我就跟她绕到最前面。我站在"Faculty of Arts"队伍的边上。其实，"Faculty of Arts"的staff并没有来全，至少Dean、Sina、Torise和Setope都没在台上。我没想到会有自我介绍这个环节，自然没什么准备。轮到我时，就说了五句话："Malofa! 下午好！My name is Sui Qing'e, I am a Chinese teacher.Thank you!"话少但绝对国际化，因为我用了萨摩亚语、汉语和英语三种语言。我说完，没有笑声，因为我的话并不幽默，却有掌声响起。我是学校里唯一的汉语老师。他们给我鼓掌，是对我教授的汉语科目的认可，是给孤身一人前来援教的我点赞（萨摩亚人重视家庭，他们一般不会撇家舍业地一个人到异国他乡工作），也是为友好大方、无私奉献的中国人加油。哈哈！

我走回后排，发现我的椅子被人占了，会场后半部分已没有空椅子，我只好往前移动了五六排，在会场中间过道左手的第一把椅子上坐下了。我的正前面没有一个人，大多数人在我后面。自我介绍继续进行。做自我介绍的人把话说得五花八门，我不能完全明白意思，但看台下的人们乐不可支，爆笑声连连。我估计今天这笑声能传到学校大门口！我跟着人们笑——傻笑，并不断拍照：拍又高又胖的人，拍红男，拍绿女，拍认识的人，拍不认识的人。

等到所有单位的人都做完自我介绍了，会议即进入尾声。主持人的串联词刚说完，萨摩亚风格的音乐响起，会议最后一项内容"惊艳"了我——全场随音乐跳舞！第一排的男领导和女副校长 Cheri 首先跳起来，其他人也跟着舞动。有的老师就在座位处扭动身体，有的老师走到两边空地上跳，后面的空地上，更是有人载歌载舞。NUS Fale 的气氛极为欢快、活跃。这是我第一次在大学全体职工会议上看到这样的会议内容，第一次感受到学校的会议也可以有这样欢腾的气氛！我先是惊诧，后是被震撼。音乐停止后，参会人员每人领取一份面包和一杯稠粥样的饮品作为午餐。

对我而言，这次会议的流程与内容是陌生化的。而大学全体教职工会议可以开得怡悦化、欢娱化，这是我在萨摩亚经验的又一个第一次，故记录下来。

依兰花，依兰花

生命中，总有接踵而至的东西触动我的灵魂。

与乔、崔两家一起去Lake Lanoto'o National Park寻景与"探险"。归途中的一簇依兰花惊喜了我，也触动了我的心灵！这是我第二次发现依兰花。

依兰花，听这名字，柔柔的、纤纤的，有香味，有风姿，有缠绵之意，有纯洁之情。

依兰花，是一种诗意的花朵；依兰花，是一个美妙的存在。

依兰花这个名字，我还是今年三月读《海洋·家园》中的小说《魂断依兰花》时知道的。

《海洋·家园》是二〇一五年《萨摩亚观察家报》组织的"史蒂文森短篇小说大赛"优秀参赛作品的结集。主编是萨维亚·萨诺·马利法，翻译是童新女士与中国驻萨摩亚大使王雪峰先生，中文译本由中国青年出版社于二〇一七年四月出版。

《魂断依兰花》在《海洋·家园》中是一个独特的存在。我是被作者雷阿尼娃·约阿内的底层情怀和作品的悲剧意味打动的。因为这篇小说，我知道了世界上有一个花种，叫"依兰花"。

感谢雷阿尼娃·约阿内，感谢文学！

记住了"依兰花"这个缘于文学的花种的名字后，我就想对"依兰花"刨根问底。

百度百科中这样介绍依兰花：依兰（学名：Canangaodorata，别名：香水树、依兰，拉丁名：Canangaodorata）是番荔枝科硬蕊花属的植物。原产于东南亚的爪哇、马来西亚、菲律宾。分布在印度尼西亚、菲律宾、缅甸、马来西亚以及中国台湾、广东、四川、云南、福建、广西等地，一般生于热带地区……其植株可提炼香精，是世界著名的"绮兰"香油，可制造高级香水。

"依兰树形状为小乔木，叶片为椭圆形，花片为狭良型，花朵颜色有黄色、粉红、紫蓝，精油为蒸馏花朵而得，以黄色花朵萃取之淡黄色精油最佳"，"依兰在马来西亚被称为'花中之花'，也被称为'香水树'。"依兰花的医学属性是平衡荷尔蒙、降低血压、抗痉挛、丰胸、护发以及舒缓慢性疼痛、厌食症等，故有显著的医用价值，对呼吸急促、心悸、性冷感、失眠、肤差、神经紧张、忧郁等均有治疗和缓解作用。

在电视剧《甄嬛传》中，擅于调制香料的心机女安陵容曾经巧用含有依兰的迷魂香，让皇上留恋与独宠她。安陵容式的女人生错了时代，假如生活在当下，她也许会成为植物学家或研制香水的大师，享有社会地位。最主要的是，她不必将聪明天赋和无穷心思全部用于讨好男人。现实中，我一直未亲眼见过依兰花的芳容。因为《魂断依兰花》属于"萨摩亚书写"，说明萨摩亚一定有依兰花，我就期盼着能在萨摩亚见到这种花的"庐山真面目"。

于是，每当工作之余外出，我总不忘寻觅依兰花。因为《魂断依兰花》中有塔拉的弟弟卢太爬到高树上采摘依兰花时被马蜂攻击摔下树惨死的情节，我以为依兰花会开在高大树木上，于是，外出坐在志愿者老师的车上，当目光在公路边的原始密林中一闪而过时，我总期盼着会有一棵高大的缀满黄花的依兰树来惊艳我、震撼我！

时光不负我，终于，我见到了依兰花。7月21日，我们一行人去看MA TREE。那一天，在通往MA TREE的原始静谧的密林小路上，为保证不被火山岩石和粗大缠绕的树根组成的崎岖蜿蜒的小路绊倒，我们需不断低头看路，我走在队伍的最前边。行至一半时，路中间有两朵被风吹雨打、正待零落成泥的依兰花进入我的视野。我赶紧捡起它们，并转着圈子寻找高大的依兰树，却始终未见。我让大家都闻闻依兰花醉人的香味，并给伙伴们介绍了依兰花。在我，巧遇依兰花是一个意外的收获，它让我加深了对《魂断依兰花》意义的认识。后来我知道，依兰花分为两种，一种是直立茎的，另一种是缠绕茎的。我见到的是第二种，属于热带的草本附生植物。

每一种心心念念的事物，一睹芳容后，或灵魂被深深触动，或有些微心动，不久即心情平复。在我，被触动的心灵总会泛起涟漪。

这涟漪中有第一次见到依兰花后的遗憾——遗憾我只是见到了两朵飘零的依兰花。

或许是为了给我一个惊喜，在返程的路上，一簇依兰花赫然悬吊着，摇曳着风姿，发散着美丽。

其实，是远远闻到了浓郁的香气，在四处张望中，不期然地，一棵伸到路上的巨大的"塔罗"（芋头）枝条上的一簇依兰花，迎面呈现了。怕我忽视了它似的，它就让依附的塔罗叶梗悬横在我们下山的仅可一人通过的杂草遮盖的所谓的路的上方。显然，这是缠绕茎的依兰花。我大呼小叫着通知伙伴拍照，并"好为人师"地给伙伴们介绍依兰花。伙伴们感谢我的"科普"之举，而我，主要想把偶遇美好与美丽的心情传递给同伴，试图让生活的诗意感染大家——大家的确感受到了！闻香，拍照，赞叹！哈哈！我得说一句"God forgive me"，因为我没有徐志摩"挥一挥衣袖，不带走一片云彩"的洒脱与高贵。我犯了很多人容易犯的过错，见了美丽据为己有——我摘了四朵依兰花！我的伙伴也摘了。啊，"God forgive us！"

小心翼翼地把四朵依兰花带回家，把两朵夹到《萨摩亚人的成年》这本书里，把另外两朵分别夹在两个本子中。这书和本子，将来，我是要带回国的。我知道国内有依兰花，但这是我的萨摩亚的"偶遇"和心动，是我人生中的萨摩亚经验的组成部分，也是我不断寻找美好与诗意的物证！

今天早晨，醒来后冲击心魂的是一股高贵而雅致的香气，香源是我合上的《萨摩亚人的成年》一书里夹着的两朵依兰花。坐在客厅桌边椅子上吃早餐，桌上笔记本中夹着的那朵依兰花也氤氲出淡淡的类似于夜来香、茉莉花与丁香杂合的香味。

依兰花，依兰花，"纯洁无垢"是你的花语，拒绝艳俗、清雅浓郁是你的香气。

我想到一个问题：依兰花是在20世纪60年代初才被我们国内植物科学工作者发现，发现地是西双版纳。现在，国内已有人工植培的依兰花出现。萨摩亚没有什么资源，物质文明并不高。萨摩亚的依兰花比较罕见，但萨摩亚的气候和土壤适宜于依兰花的栽培。为什么萨摩亚人不种植依兰花，以此增加收入，改善物质生活呢？

其实，我纯粹是杞人忧天。萨摩亚人有自己的生活理念，与其说是他们不会很好地利用资源，不如说是萨摩亚的文化让其民众知足常乐、随遇而安，他们不过多地向自然界索取。很多时候，萨摩亚人对所见物种没有功利之心和利用之意。他们愿意保持目前自然界的安宁与和谐。我等过客，操的哪门子闲心呢？

我们只需在有限的时间内，最大限度地去发现萨摩亚的美好与美妙吧！

从网上，我还搜到了用依兰精油可调制椰子油的信息。《魂断依兰花》的主人公塔拉，在夜总会前售卖依兰花，受到嫌弃他贫困而离开他的前妻露娃的嘲笑瞥视并被夜总会保镖驱赶时，愤怒地与保镖厮打而被保镖刺杀。塔拉在弥留之际，还心存着露娃还爱着他的一丝期盼！

露娃，不是一朵依兰花！

对依兰花，我虽有"刨根问底"的精神，却并未完全彻底地刨到根、问到底啊！

我更愿把依兰花只作为生活的诗意，美好地存在我的心中！

小说《魂断依兰花》

漂洋过海来看我

七点四十二分，我打开"豪宅"的门，走进满屋子的空寂中，这是二〇一八年八月四日早晨，地点是萨摩亚的NUS。

刚从阿皮亚机场一路披雨而回，本想问问爱人，雨有无耽误飞机起飞，却发现我的国内手机卡无服务了，于是，心凌乱在广大的空虚中。

满屋子的旷廖，爱人留下的痕迹似乎没有，可满屋子都晃动着那个一米七五的中年人的身影。橘红色的地板、米黄色的墙、枣红色的门，各自静默在自己的位置上，可空气中分明老是回荡着那山东普通话的音波。满屋子转圈，什么都无语；满屋子寻找，结果不过是确定这屋子里只有我一个人，我一个人！去阳台透过雨幕往北望，在灰暗的太空下，太平洋是那么浩阔与空旷，故乡就在浩阔与空旷的远方。去床上躺着，满脑子浮云游子意，魂魄追随归国人而去。窗外的鸟语、车声不断挤进空荡荡的大房子里，挤进我空虚的精神领地里，似乎在奚落我的孤单无依与失魂落魄。十点二十一分，有曲老师的微信进来：到楠迪了。于是，心雨与窗外急骤的雨共生。心房打湿了，是我一个人在无奈？

四个半月前，我腾云驾雾般来到萨摩亚，感觉一切都不真实，感觉自己的人生就是一个梦幻。而从七月十六日下午到今天清晨，满打满算，爱人的萨摩亚之旅，也不过逗留了十八天。这十八天，又是我的另一个梦幻。真应了秦少游《鹊桥仙》中的那句词——"佳期如梦"。与我同感的是曲夫人。当亲友团到来后的第三周的周一，意识到归期临近，在出行的车上，雅美如花的曲夫人向我屡屡慨叹：假期如梦！佳期如梦！

刚来萨摩亚时，本不理解志愿者石老师怎么一到假期就做空中飞人，来一次阿皮亚至聊城、聊城至阿皮亚的"万里大挪移"。我本因先尝过了旅途折腾之苦，不想让爱人也折腾一次，况且，国内的暑假开始，恰是萨摩亚国立大学第二学期的开学之时。忙碌着应对教学，焦头烂额的，爱人如来，如何陪伴？可等到一个人在NUS的"豪宅"里熬了两个月后，我终于明白，假如爱人暑期不来看看我，我的生活便没有了节奏性，我就不知道如何坚持下去！我也明白了，正是对温暖亲情的眷念与对美好家国的相思化成的动力，锻铸了石老师的钢铁意志，让她不惮于劳顿、不惧怕麻烦，即使要奔波三天，即使要南半球北半球、北半球南半球地做"万里大挪移"，也要在假期踏上行程！在国内，我本是别人眼中的坚强女人；到了萨摩亚，我性格中潜藏的脆弱因素彻底暴露。萨摩亚很美，萨摩亚人很热情，萨摩亚文化很独特，萨摩亚的同事很慷慨无私，但我还是遭遇了生命中不能承受的孤寂。这种孤寂折磨得我度日如年。在掐着手指过日子时，终于明白，蓝天白云等美好的自然环境中的孤客，品咂的游子意是多么苦涩和沉重。多少次，想插翅飞回国去，但是，教学重任在肩，理性必须战胜感性；国家重任面前，孤寂只是一片浮云！所以，六月初，在曲老师、崔老师网购家属来萨机票时，我匆忙中让爱人跟单位打报告、要护照等，由"操买手"崔老师帮忙买上了与曲夫人和曲公子、崔夫人和崔小仙女同行的、八月十六日下午到达阿皮亚的飞机票。

于是，曲老师、崔老师、我，同一所大学的六个教师中的三个人，有了共同的心情、共同的期待。

盼望着，盼望着，终于，七月份到了，我们的亲友团要来萨摩亚了。

为迎接亲友团，萨摩亚的三个"聊大人"做了物质与精神的双重准备。崔老师曾笑问："亲友团到来后，咱们要不要好好伺候？"他说："要是伺候得太好了，亲友们会要求咱们再待一年，好让他们有机会明年暑假再来一次萨摩亚的。"研究炸药爆炸的理学博士崔老师是个善于在生活中制造幽默的人，曲老师和我都知道，他不敢不好好伺候，不信，试试？哈哈哈！于是，我们去阿皮亚食品店购物，并于周日早上五点出门，去阿皮亚鱼市买海鲜。我买了龙虾，这是我来萨摩亚后第一次买这东西。曲老师、崔老师也买了平时极少问津的龙虾、金枪鱼等。

亲友团的队伍很庞大——曲老师的夫人和儿子、崔老师的夫人和女儿、我爱人，三家共五人。有趣的是，这三家五人关外关内地住着，相隔千里，本是素昧平生，却因了萨摩亚，而在二〇一八年七月十四日晚，同住进北京国际机场附近的同一家宾馆，又于七月十五日，搭乘北京飞中国香港的同一航班，在中国香港中转乘上中国香港至斐济楠迪的飞机，在斐济乘上飞往萨摩亚阿皮亚的飞机，于七月十六日下午三点半，一同到达阿皮亚。七月十六日下午四点，先是阳光少年曲公子走出来，之后，其他四人一起走出。我见到了传说中的胶东美人曲夫人与崔老师日常话语论点的最主要证据和第一注释、我佩服的理工女、知性的 Miss Feng 以及给聊城大学蔡先金校长戴过红领巾的崔小仙女，当然还有我比较帅气的爱人同志。

不舍得挥霍时间，因为大家都知道，人生有一段时间，夫妻父子父女们，经历的是一年只一度的相聚。夫妻们都成了"痴牛骏女"。崔老师的爱人和女儿晚走两个多周。所以，这次家人们漂洋过海地来看我们、我们"金风玉露"般的相聚，于曲家和我家，时长不过十八个白天、十九个夜晚。想起秦观的那首《鹊桥仙·纤云弄巧》，没想到，在二十一世纪的今天，我们这些现代人，把人生一个阶段的日子过成了宋朝人吟咏的样子。《鹊桥仙·纤云弄巧》中写夫妻相聚的词句是"柔情似水，佳期如梦"，在时逝似飞的萨摩亚假期里，我用我的视角，写下我们的如梦佳期。在我的视角里，有没有曲家、崔家的《鹊桥仙》呢？

一

在国内，爱人处在忙碌而规律的工作中，满脑子塞着的都是单位工作的目标和实施步骤，现在，一下子漂洋过海到了万里之外，单位的工作由别人有条不紊地做着。通讯的不方便、距离的遥远让爱人暂时脱离了原来工作环境的框架，似乎一下子空闲了，于是，我NUS的"豪宅"成为展示爱人居家特长的舞台。我二人"柔情似水"的"佳期"里，他在无工具的环境里帮我解决了"豪宅"存在的诸多问题。

首先，爱人解决了钢丝纱门闭合不上的问题。萨摩亚人不讲究住所的坚固性、私密性与安全性，NUS 的维修工自己是不是就住在大小 Fale 里，也未可知。所以，当初他们修缮这房屋时，就只关注木门是不是可以锁上，至于木门外的钢丝纱门能不能锁上、起不起到安全与防止蚊蝇进入的作用，就不是他们关心的事情了。

萨摩亚的Fale有柱无墙，有门不锁，萨摩亚人不会关注锁的牢靠度；萨摩亚的蚊子好像不怎么咬萨摩亚人，萨摩亚的房子貌似都没有纱门。而我，因为存有一份过客的心理，凡事得过且过，加上不太讲究生活品质和不愿意过多麻烦别人，也不把纱门关不上当成一回事。但是，安全意识强的爱人就很当一回事儿！他从建筑垃圾里找来一块水泥块，用楼下建筑工人丢弃的一把螺丝刀鼓捣纱门。鼓捣了大半天，终于鼓捣得纱门可以关上了。这样，我外出时，纱门可以闭合，爱人以后可以在遥远的故乡安下一份心了。

其次，爱人把盥洗间的折叠门修好了。我一来就发现这门推拉不动。我努力地修缮，没有效果，就接受它的状态了，反正盥洗间有一扇门，洗澡时，关上就行了。但生活讲究精细的爱人非要修理好它。于是，他"研究"了半天，不断推推拉拉，硬是徒手修好了折叠推拉门，并把推拉技巧演示给我。他说，这样开，这样关，水就不会飞溅到外面了。是啊，这个只有不到一平方米的刚能转开身子的洗澡间，我使用了四个半月。每次用完，都得拖净溅到外面地板上的水。爱人修好了，今后，我就少了一项家务了。哈哈哈！

再次，爱人与维修工合力疏通了下水道。我刚来时，发现厨房水龙头下水不急骤，而洗澡间的地上有存水，有一只大花生米那么大的死蟑螂飘在上面，我不知道厨房与洗手间的水都流到同一条下水管里。原来在国内时，家里器物和设施出现问题，大多是爱人出手自己解决，实在解决不了时，才找维修工。住到"豪宅"后，抱着得过且过心理的我并没把下水不畅当成一回事。这次，爱人来后的第三四天，就发现厨房洗菜盆下水不畅，他就动手拧下面的接头。我还怕他搞坏了，劝他不用管，坚持到堵死了再说。爱人不以为然。他去楼下折来树枝，又从建筑垃圾里翻出一根铁丝，又抠又捅的，还用了好几壶热水以冲烫粘在管道壁上的油腻。本以为没问题了。但第二天早晨做饭时，我发现下水不是不畅了，是基本不下了。爱人下楼找根源，判断是架在一楼墙外的下水管道存在南低北高的问题——水不可能从低处流向高处。于是，我去找维修工。后勤处派来一个帅气阳光的萨摩亚小伙子。小伙子到楼上看过后，开始到楼下鼓捣，爱人用不流利的英语和肢体语言跟他沟通疏通办法和操作步骤。两个人看起来合作得天衣无缝。大约半个小时后，厨房的下水通畅了，我对小伙子说了一堆感谢的话，并把爱人带来的六块巧克力送给他。小伙子高兴地走了。等我去厨房准备午饭食材时，却闻到了臭味。爱人找臭源，找到洗澡间——原来厨房里的水下去，流到一楼下水管的低处，聚集多了，顶起了北面高处连接的洗澡间的下水分管的水，于是，洗澡间地面上涌出两寸高的臭水，弄得我不敢再用厨房的水，而我十二点还有课。我跑着找回小伙子，告诉他新问题。小伙子态度真好，不急不躁的。爱人与他再一次联手，先告诉他不通的原因，再用热水冲洗，用长钢筋捅疏。他们楼上楼下、忙忙碌碌一个多小时，终于解决了洗澡间泛涌臭水的问题。但要根本解决问题，还需让一楼的下水管道变成南高北低。爱人建议他在南面的管道下垫块木板。小伙子说要"ask boss"。不过，两天后，我们发现南边的管道下，加垫了一块小木板。这样，下水道不通畅的问题终于解决了。爱人可以少为我今后的萨摩亚生活操一份心了。

爱人还想修修各个房间的灯，但灯们都不让他发挥特长，都好好的，亮着。他"望灯兴叹"了几次。

爱人还想修修各个窗户的玻璃，但玻璃们都不破不损的，都好好的，上下排列着。他"望玻璃兴叹"了几次。

其实，爱人在来萨摩亚之前，曾雄心勃勃地要来我的"豪宅"院子里种上青菜，解决我无菜可吃的问题。来了后，看看这石多土少的院子，想想工具一无所有的现状，瞅瞅地上趴着的小鸡蛋似的蜗牛和伸着脖子、在草坪上寻食的鸟，尤其是看到NUS这一排四栋建筑统一的楼层结构和统一种植的花草树木，于是，放弃了种菜的打算。临走时，爱人嘱咐我，青菜虽然种类少，但现有的几种，贵，也要买来吃！好吧，我就去跟再见了的青椒西红柿们约个会？

曾跟四大姑姐聊天。她说，"这回你好好伺候伺候我兄弟吧"。我说："姐姐啊，我一周工作日是五天，五天十八节课。因为是英语授课模式，我课下要花大量时间备课。你说，我怎么伺候你兄弟？"四姐说，"那就让我兄弟好好伺候伺候你吧"。爱人来萨摩亚，真的是伺候了我。从前，我不讲究饮食，不挑剔咸淡，很少把心思用在做饭上，多年来，亏了爱人的胃，练就了爱人的厨艺。在萨摩亚梦幻般的假期里，我去上课，爱人在家烙圆葱（这里没有普通的葱）油饼烙得面皮匀薄而松软脆香，炖牛舌炖得品相好看且味道上佳，煎小热带鱼煎得外酥里嫩而鲜美无比。他把金枪鱼切得薄薄的，把面条煮得香香的。我来萨摩亚后掉了的几斤肉，这十几天，全都重新贴到了身上。唉，如果不是条件不许可，我真想给国家打报告，让爱人来陪着我、伺候着我！

八月三日是周五，中午我有两个小时的初级汉语课。爱人主动请缨，要求去听我一节课。我知道爱人是去当"专家"的。好吧好吧。爱人跟萨摩亚学生用中文打招呼，在课堂上为我拍了照、录了像。下课后，肯定了我的课，并"吹毛求疵"地挑了点儿毛病并给予我正确的"指导"。

我NUS的"豪宅"里，没有电视可看，没有连接电脑的校园网络可用。当然，NUS的网络不畅，却比曲老师、崔老师居住的La Rosa小区的网速快，所以，晚上，爱人在床上用微信与国内同事沟通工作情况、与朋友交流生活内容。而我必须备课。我舍不得一个人在客厅桌子上查材料、将汉语翻译成英语，舍不得一个人挥霍星月流荡的时光，所以，我去床上，趴在爱人的旁边，看第二天要讲的初级汉语和中级汉语四节课的授课内容。窗外，有皎洁而撩人的月色，有晚宿而飞鸣的夜鸟。西边南边的群山静默恬淡，北边的大海律动着亘古如常的平平仄仄。

我们把NUS的一十八个家居日子过成了一首合辙押韵的《鹊桥仙》。

二

来萨摩亚，是必须去看那如诗如画的自然美景的。虽然我们的教学工作都很繁忙，我五天上十八节课，曲老师、崔老师也有很多课，还得参加学校的各项活动，但我们见缝插针地安排了密集的活动。萨摩亚不大，十八天够我们把它的美景走马观花地浏览一番。在快乐着自然风光和人文景观时，我们的假期飞逝而过。

七月十七日下午，曲老师开车拉着夫人Miss Zhang和儿子小曲、爱人和我，沿着乌普卢岛的东北海岸线兜风。五个人赏海景、看路旁人文景观、停车下海捡海螺。傍晚，吟而归。

七月十八日下午四点半，我下课后，跟着曲老师、崔老师两家人去看珊瑚。我不会游泳，只敢涉足水边，一个人嬉戏海水，爱人与其他六人都进入离海岸大概五六十米的珊瑚群边去观赏五颜六色、造型奇特别致的珊瑚。傍晚，尽兴而归。

七月十九日下午下课后，跟曲老师他们去游泳。爱人是海边长大的，对大海并不如痴如醉，但看到萨摩亚清净纯美的海水，游兴大增。

七月二十日下午下课后，四点三十分，我们跟曲老师一家人去看海。在海边，听海浪击岸，看游鱼游弋，沉醉于萨摩亚海水的多彩，感叹着人生缘分的奇妙。后来，我们去Gogosina看瀑布。虽然是旱季，瀑布水量不足；虽然跟国内的同类景观相比，Gogosina的瀑布只是微缩版，但飞瀑终年流泻，证明着自然的无限活力与生机。飞瀑下的河道湿润清澈，蜿蜒不知流向何方。水族动物螃蟹、小鱼们惊惧于我们这些不速之客的到来，迅速溜下河岸，钻进石缝或逃进水中。河流对岸是绵延的群山，高大的椰林和各种杂树相伴而生，自然自由、原始古朴。椰树影子倒影水中，清晰斑斓、和谐静谧。河流这边，在绵延的彩色植物、草坪间，有景区主人的两三栋隔开的平房。景区的两只狗是见过大世面的，它们才不像一般萨摩亚人家的狗那样见了生人就狂吠不已。这两只狗躺在草地上，闲适自如地躺着睡大觉，对我们不理不睬。即使我们在它们身边溜达，它们也懒得搭理我们，兀自酣睡。其中一只狗仰面朝天，睡姿很可爱。狗们的表现衬托出景区的静逸。景区也只有我们五个游客。要不是因为5塔拉的门票费，真感觉这景区就是我们自己家的。

七月二十一日是周六，我们都不用上班了。于是，这一天，我们七点四十分钟就出发，去看那棵MA TREE。通往MA TREE的密林小路逶迤崎岖却原始自然，脚下黑色的火山岩石和凸起的树根展现给我们不曾经历过的林间小路的样貌，旁边屹立千年的巨树会永远铭记我们一行八人的欢声笑语，而旱季白天较少出现的阵雨，打湿了我们的头发，却浇不灭我们寻访MA TREE的热情和与大自然亲密接触时的满腔豪气。于我，最难得的是在路上捡到了几朵依兰花。我是从小说《魂断依兰花》中知道这种花的。我让大家都闻闻依兰花醉人的香味。巧遇依兰花让我加深了对《魂断依兰花》意义的认识。一路上，崔小仙女蹦蹦跳跳，跃动着我们这些成人的童心；曲公子既有少年的稳重，也不失年少的纯真（虽然一米八多，还只是个大孩子啊），他不轻易发声，偶尔出言，必定显出个性与魅力，倒显得我们这些成年人尚存稚气。一个活泼少女，一个稳重少年，夹在一帮成人中，鼓动起成年人的朝气和生气。于是，拍照的不停地抢镜头或"偷拍"，感叹自然魅力的一惊一乍而不停地仰天长啸！我是第二次观赏MA TREE了，但我仍然与其他人一起，感叹大自然的奇特，赞美生命力的强悍。看完MA TREE，沿原始古朴的小路返回，我们驱车于十一点到达Return to Paradise Resort。在这里，大家的活动内容是品美食，看游鱼，看珊瑚，看彩色的海，在彩色的海水里游泳。或者去沙滩躺椅上坐着或躺着感受海风的温存，倾听海浪的细语。或者看远处的白色海浪线的聚涌和消失，看近处绿色的海浪如何被白色的海浪侵袭和包围，或者就看看高大的椰树和椰树上方的蓝蓝的天、白白的云。总之，在这里，我们跳出俗世的约束，不关心人类，不去思考生命的意义，不焦虑未完成的那篇论文的价值。我们就放空心思，慢下节奏，安闲地享受这人间天堂般的自然美景。

七月二十二日，周日，我们九点出发，到码头租一条小船去马鲁鲁岛。这一天，海上风平浪静，小船平稳前行。我们步行环岛一周，感受马鲁鲁无车、无路、无猪、无狗的朴拙自然、安静闲适。沿岛的海岸上，有很多椰子蟹洞，洞里蛰伏的大小家伙们特别灵敏机警，任我们怎么逗引都不出来。我们都感叹马鲁鲁岛居民生存的无功利，也知道这里的人happy的标准并不是钱的多少。马鲁鲁岛上没有一家小吃店，我们将自带的面包饼干充作午饭。吃饭时，我们讨论马鲁鲁人的价值观。假如在其他地方，这样的地方一定会有特色小吃馆，里面一定有椰子蟹出售，一定人声鼎沸，而马鲁鲁人不要那样的生活。他们自豪于海岛的安静与纯粹，他们愿意就这样天长地久地生存下去。想到那些氤氲着浓重的商业气息的大小景区，我们唯有一声叹息。

七月二十五日下午，课后三点半，我们去爬瓦艾阿山，去山顶拜谒大文豪斯蒂文森墓。同行者：乔老师和小乔、曲老师一家三口、崔老师一家三口、爱人和我。小乔和崔小仙女活泼可爱，一路上，她们蹦蹦跳跳，跃动着的身影似山间的麋鹿，她们欢乐稚嫩的童声像林间的鸟啼。少年曲公子成为笑在最后而笑得最美的人。他以实际行动证明，没有克服不了的困难，只要坚持，胜利的曙光会照亮每个人的前程！山顶上，不止我们几人。累了的休息，渴了的喝水。不累的拍照、观景。乔老师童心大发，如同某种动物，轻捷迅速地爬上一棵大树，试图"欲穷千里目，更上一层楼"。这一天，山顶上的蚊子获得了渴饮中国人血的机会。喂饱了蚊子，又研究了斯蒂文森坟墓的铭文之后，大家顺远路下山。瓦艾阿山虽然高仅四百米出头，但在这天然大氧吧里，不仅鸟儿的哩哩鸣叫悦人的耳、甜丝丝的醉人空气清人的肺、原始自然的葱茏绿意新人的目，最快人心胸的是与爱人同行、与友人相携，同攀萨摩亚最著名的山。将来我们回国后，会永远留恋那一幅画面：冠者七人、童子三人，畅笑于路，风乎顶台，浴手足于山下清流，咏而归！

七月二十六日晚，我们相约去看萨摩亚传统舞蹈表演。这一晚，我们通过舞者的肢体语言见识了萨摩亚的传统文化，演员的火舞表演尤其震撼人心。

七月二十八日、二十九日是周六、周日，老司机崔老师开着乔老师家的车，拉着他妻子女儿、曲老师一家人、爱人和我去萨瓦依岛。萨瓦依是萨摩亚最大的海岛。从乌普卢岛码头乘船前往，需一个多小时。七月二十八日，我们八人清晨即起，五点五十出发，九点多到萨瓦依。我们先去Joe Over Resort放下行李，然后驱车去看风洞，再去看大海龟。风洞名为阿喽法风洞，因位于塔加村，也叫塔加风洞。塔加风洞其实是由于长期被海水侵袭，连接海底和熔岩岩石的地方被掏空，而岩石本身又有孔洞，这样，上下相连，在火山熔岩岩石组成的海滩上，就出现了一些孔洞。每当海浪冲撞岩石，就会挤压空气成风，将海水挤压进孔洞中，海水就会被挤压得瞬间从洞里蹿升，伴以巨大声响。海浪愈大，吹动的海浪升得就愈高（有的海浪可以高达二十米），撞击的声音就愈大！我们的亲友团成员都是第一次欣赏风洞美景，而第二次见识风洞的我发现今天的风洞很给力，涌浪喷起的高度比复活节期间我们见到的更高、轰鸣的声音也更撼人心魄、跌落的浪沫蔓延的区域也更大！想想大自然的鬼斧神工与无限魅力，我们唯有欢呼欢呼、惊赞惊赞而已！

离开风洞景区，我们去看大海龟。曲公子和崔小仙女还是孩子，他们欣悦于可与大海龟亲密接触。三个成年男人曲老师、崔老师和我爱人也童心大发，一定要抱抱海龟，一定要与海龟同游一把！下午，我们回到Jet Over Resort。晚上六点四十一分，海上月亮升起。这一次，我们选择在复活节期间住过的宾馆下榻，就是为了观看海上月亮和太阳的升起。而这一天恰好是农历十六。十五的月亮十六圆！虽然萨瓦依海边的蚊子毫不留情地咬我们，让我们每人腿上胳膊上都是大疙瘩，但人生能有几次在这么绝美的海边看着纯净美妙的月亮升起？29日早晨六点四十二分，朝阳出现。早早等候的 Miss Zhang、Miss Feng、崔小仙女和我，捕捉到了太阳升起的绚烂与壮美，崔小仙女更是见到了"灿阳"！在我们这一行人中，

萨摩亚的珊瑚

喜欢拍照的是 Miss Zhang 和我。我俩在 Jet Over Resort 院子里的花树和海滩旁拍了很多照片。Miss Zhang 人美图靓。不管在现实中还是在镜头里，她都甜雅温秀。我陶醉在大自然的美景面前，也痴迷于美景美人交融而成的和谐美好的画面中。

八月一日，星期三，曲老师没有课，我调了课，我们用一整天非休息日时间陪亲人们去看 Tu Sua Oceanthench（崔老师的夫人和孩子还要多住两个多周，所以，他们另有安排，不与我们同往了）。Tu Sua Oceanthench 俗称苏瓦海沟，因外形似心，又称心形海沟，有爱情的寓意。它由两个互相通连的天坑组成，邻海的大天坑里面的水瓦蓝透明，水位会随着海水涨退发生变化。喜欢游泳的人愿意在这浮力甚大的海沟里，享受漂浮水面的惬意或潜入水底的刺激。而进入海水洞穴后是一个可供游客上下的窄窄的爬梯，要想进入水中游泳，先得克服恐高心理，从这几乎垂直的仅可供一人上下的梯子爬下去。有喜欢冒险的人直接从顶台梯子顶端一跃入水。海沟顶端周围遍布花草树木，景色优美安适。十几处木质的古朴的 Fale 依海而建，可在里面休息，享用美食。坐在 Fale 里，就能俯视海浪的气势磅礴。顺着爬梯下去，便可更近距离地欣赏海洋美景。我们买票后，刚到里面的心型海沟边，就见一个黑上衣、红裤子的女子站在标有 "Tusua" 的大石头上拍照。她看我们过来，就用中文跟我们打招呼。于是，我们聊起来。一聊得知，这女子是墨西哥人，中文名字是盖雨萍。盖雨萍懂英语、汉语、西班牙语等，热情开朗、聪明健谈。她从 2015 年开始学汉语，曾在北京师范大学学过中文，目前在美国。因为研究中国 "一带一路" 问题而来萨摩亚调查萨摩亚华人历史。这一说，曲老师还碰上同行了。于是，大家报名字、拍合影、加微信。之后，曲老师及曲公子、爱人下到洞穴里游泳。Miss Zhang 和我在上面给他们拍照。他们游得很酣畅。Miss Zhang 和我各自快乐着自己亲人的快乐！等到他们三人游尽兴了，上岸去 Fale 中，我们吃饭聊天，然后下去近距离看海拍图。萨摩亚的海有共同的特点，都洁净多彩，涨潮时都汹涌澎湃。回来的路上，经过白沙滩，曲老师一家人和我爱人下海游泳，我在白色沙滩上漫步，心泰神宁地消遣着惬意和舒适：观赏他们拥抱大海或被大海拥抱的自在，看其他游客在海水中嬉戏的身影，感受海滩细沙的温柔松软，用手机拍拍浩渺的大海、海中的游客、海岸成排的 Fale、Fale 后的椰树、椰树上的蓝天白云、蓝天白云缠绵着的浪漫。

八月二日上午，崔老师拉着我爱人与他一家人一起去看木雕。我因为有课而未曾一同前往。

萨摩亚人的生活是慢节奏的，而我们的假期时间短，游赏风光只能在课余或休息日进行，自然显得节奏紧凑而快捷。我们抓住点滴时间，不舍得浪费，可时间还是像捧在手里的萨摩亚的海水，尽管我们努力并拢十指，但它还是从指缝间一点一点地流走了。流走的是时间，流走的是漂洋过海才有的如梦佳期。

三

目前，在萨摩亚，来自聊大的工作人员有六人。从前，大家各不相识，相识是在萨摩亚。而这份萨摩亚的缘分里，自然少不了聚会的因素。友朋相聚，友情盎然。七月二十七日晚上，我们齐聚到乔老师家。我们一行连家属共九人，加上乔老师家五人，共十四人。这次萨摩亚聚会堪称有聊大志愿者老师和汉语老师以来规模最大的一次，可辛苦了乔家阿姨，又蒸鱼，又蒸龙虾，又烙饼，又炒菜，忙得不亦可乎。我们自恃晚一辈，尽情地说说笑笑，放肆地吃吃喝喝。石老师牌兴甚浓，买了扑克，先开局打牌。等到酒兴阑珊时，牌兴正浓，又开局打将起来。

《论语》开篇有云：有朋自远方来，不亦乐乎？萨摩亚华商翁维捷就是一个实践夫子之语的热心人。他"乐乎"的方式有邀人游岛、请人聚餐。翁老板曾邀我们同游过黑沙滩、白沙滩和海沟，这次我们人多，不好意思叨扰他。八月二日，翁老板助理买婷联系我，说晚上翁老板邀我们几个老师及家属们去海岛饭店吃饭。翁老板是萨摩亚成功的华商，人热情有趣。凡国内来人，翁老板只要知道了，就必定会安排美丽的"遇见"。其实，翁老板是萨摩亚铁打的营盘，而我们都是流水的教师，我们的家属与翁老板在萨摩亚红尘里的美丽的遇见，酝酿的可能是永不相见的缘分，但豪爽的翁老板很好地诠释了"一片冰心在玉壶"，也释放了"海内存知己，天涯若比邻"的美好期盼。

八月三日晚，大家齐聚NUS"豪宅"，包饺子为即将归国的曲夫人、曲公子和我爱人送行。一种做法一旦成为一种习俗，变成人们的集体无意识，也就成为一个民族共同体共存的文化心理了，譬如，出行吃饺子，就是我们国人的文化表现之一。为了吃上韭菜饺子，石老师拉着崔小仙女和曲公子去农业组和翁老板烟厂割韭菜。我在家里和好了面，并准备了牛肉胡萝卜馅。我两点下课。四点钟后，大家齐聚NUS的"豪宅"，一齐动手，切肉馅、切韭菜、包饺子、煮饺子。曲公子、崔小仙女、大乔、小乔组成以曲公子为首的一群孩子，打小牌、做游戏、吃冰激凌。石老师、乔老师、曲老师、曲夫人、崔老师和我们夫妻二人组成的成人组，喝起送行酒，唱起抒情歌，抒发难忘今宵、难忘萨摩亚的缱绻深情。能干热情的丽梅老师、崔夫人和我煮完饺子后，也加入吃喝聊唱的群体。想起雁将北飞，我心无限感慨；想起人生别离，曲夫人也心潮起伏。

四

从前在家里，我把爱人定格为我人生的后盾，定格为无所不能承受的坚强。我的眼睛长在前面，看不到后面的他。当初决定来萨摩亚时，只为机会于我而言来之不易，不抓住，就不会再有挑战人生的机会了。懂我的人说我有勇气，但懂我的人毕竟不多。在民间话语里，我们这些远行者都是出门挣钱的人，或是家庭生活不幸福的人。到了萨摩亚，在NUS孤独寂寞的日子里，我更多想到的是我出门在外人生地不熟、举目无亲的艰难，所以，在起初与爱人视频聊天时，我放任自己情绪，不讲理地跟他哭诉，却没想到他于繁忙紧张的工作之余，回到空荡荡的家里，面对冷锅冷灶，孤枕长夜地品味孤单与清冷的心灵之痛。从2006年儿子上大学起，我俩在异乡相依为命。突然有一天，我拍拍屁股走了，留他一个人守家，这对他也是不公平的。所以，这次萨摩亚相聚，我们单独相处时有了面对面的沟通与交流。在几家人相聚的闲暇里，爱人和在国内独自照顾儿子中考的曲夫人会诉说他们守家的艰难与不易，释放半年来的心理压抑与情绪焦虑。我想起一首老歌中的两句歌词：生产队里开大会，诉苦把冤伸。来萨摩亚的人尽情倾吐，平平仄仄的；在萨摩亚的人用心体会，唯唯诺诺的。相聚而谈，恰似萨摩亚每日的熹微晨光，瞬间就会进入光明。多次交流沟通，我改变了看法，并能从对方的立场上，体会他的心痛，感受他的酸楚。世上再美的景致，也要和最亲的人一同欣赏；人生最大的幸福，是与最爱的人互相慰藉。朝夕相伴就是天长地久，而爱人和我这对相聚在萨摩亚的"痴牛骏女"，更希求今后的日子都像此日此夜一般永远长好。我想，曲老师和崔老师两对人间佳偶一定人同此心、心同此理吧。

八月四日，在阿皮亚Faleolo机场，雅美的曲夫人带着儿子、我爱人，三人三个背包三个拉杆箱，一起辞别阿皮亚，要漂洋过海地回国去。李商隐说，"相见时难别亦难"，说的就是我的心情。看着漂洋过海来看我的爱人的背影，想着他漂洋过海回国后我们各自独居的孤寂岁月，我心中涌动着被抛弃的伤感。曲夫人屡屡回头看曲老师，她是在心里跟她"抛舍"在萨摩亚的"帅锅"说对不起，还是恨不能拉着她的"帅锅"一同登机而去？我不知道。但世间人，在依依惜别时，谁不是恋恋不舍？

回来的路上，从机场到NUS，雨一直在下。有几段路，雨下得很大，下成了离别的意象。我坐在曲老师的车上，想问问雨，别意与你谁更冷；扭头看彩色的海，想问问太平洋，别意与你谁更多？

回到NUS。旱季白天多日未下的雨，今天下个不停，下成我萨摩亚人生的意象！在对雨痴迷时，秦少游的《鹊桥仙》再一次在脑海里显现。此时此刻，只有它能抚慰我伤感的心灵了：

纤云弄巧，飞星传恨，银汉迢迢暗度。金风玉露一相逢，便胜却人间无数。

柔情似水，佳期如梦，忍顾鹊桥归路。两情若是久长时，又岂在朝朝暮暮！

文学，害我

现在是星期五下午四点零三分，在萨摩亚的NUS。

往北看（在南半球，看日需往北望），太阳刚过头顶。楼下装修的工人已经下班了，哗响了一天的 House Two 安静下来；对面的小学早在三点钟就放学了，喧闹了一天的"芳邻"宁寂下来。在屋里备课的我累了，站起来活动活动，开门到东南阳台上站着，看NUS的南半区。上个周，NUS的考试季结束，现在学生们放假了，办公楼和教学楼前只有数目不多的车子，车子的主人或是在开会，或是有别的教务之事。偌大的校园，人影子不见几个。两条校园流浪狗和一只校园流浪猫在人文学院教学楼前的草坪上溜达着它们的无聊和安适。这教学楼不同于国内的一幢一幢的教学楼样式，它是连成一体的、环形的、中空的、东西与南北各长约二百米的建筑群，呈现东北低、西南高的样态。环形教学楼的楼与楼之间距离不等、高低不均，相对方向的楼高楼形也都不对称，都是依地形大小选择建设的位置、高低和体积的大小，一切顺遂天然，有些拖拉延宕，但不乏和谐之美和清雅之美。这建筑群的每一幢楼都是两层，墙体都是白色的，楼顶都是红色的。楼与楼的间隙里，露出的是山头。或者说，连绵的山是这楼群的靠山和背景。楼房错落有致，山头蓊蓊郁郁。楼顶、山顶上是瓦蓝瓦蓝的天空。天空上，这一大片那一大群的，是形状不规则的白得闪人眼的云彩。站在二楼往北望，浩渺的大海伸向远方，近海岸处白墙般的潮头清晰可见。楼与楼之间的地上，满是绿茵茵的草坪，各种高低错落的树木在天地之间展示着它们的生机和活力。

两个女人走到我楼前十几米外的木连椅边，坐下，聊天，说笑，高声喧哗出心中的欢快和生命的自然，却也打破了我看景的静谧。于是，我转身回屋，穿客厅，开西门，出屋看西边的景色。西边的山上，灰黑色的云彩覆盖着白云，但是遮得并不严实。灰黑色的云彩像技术不高的弹棉工弹出的大棉絮，厚薄不均地贴在大朵大朵的白云之下；又好像笨妇人擀得不均匀的薄饼，东一个眼、西一个洞地露出白云的底色。风吹进西窗，吹着西天要下雨的讯息。但因云彩只是薄薄的一层灰黑，我判断这雨是下不大的，说不定就是一阵太阳雨。在雨还未降落到西山顶上时，看西山无语，呈现着静穆之美。山其实渴望雨的滋润，山其实渴望着风的恋爱。山顶的黑灰云和穿林的雨前风都想与山拥抱或融入山中，但山无言也无语。山明白，风再温柔，都只是命运里该有的一种转瞬即逝的爱抚；雨再亲密，都只是大自然安排给它的一场逃脱不开的相遇。我突然想到，我不就是山顶上的一片云吗？我不就是一阵雨前风吗？我这云缘何飘到了萨摩亚的山头？我这风因何吹向了南太平洋边？我这云何时重降万里之外大西北的山头，我这风哪日"山一程水一程"（纳兰性德《长相思·山一程》）地吹回我的家园？想到家园，看看自己，似乎"我已经变得不再是我，可是你却依然是你"（刘欢《千万次地问》）。于是，柔肠婉转纠结。于是，潸然泪下。

这是第多少次，我自己一个人，扶栏站成一幅触景生情的忧伤的图片？

有人说，你一个人住着"豪宅"，条件多好！你上下班不必开车，校门口有周一到周六进城的公交车，多方便！你怎么还总想家呢？你怎么还泪水不断呢？我说，怎么能不想家？你看，那云叫人想家，那草叫人想家；闻鸡鸣想家，见野狗想家；看树树里有家，望山山中有家；北往尤其想家，家国就在西北。人便叹息：唉，不懂你啊！我反复自问：我的莼鲈之思，是无病呻吟，还是"围城"心态？我想明白了，他人之所以能在此地长留，除了生存能力强大、性格坚强外，生命中受浸润的资源与我相异，自然会有与我不同的思乡程度、深度和广度以及表现。在我，学习并教了四十年的文学，假如放逐了文学，我的脑袋就空空如也了。萨摩亚的景致自然自在，具有纯粹的美，屡屡震撼我，但我很难陶醉其中，因为所有的景致都是我心中家国情怀和思乡意蕴的客观对应物，都只是引发我浓郁的思乡之情、诱我产生归乡冲动的"象征的森林"。或者说，每一种景物都唤出我文学记忆中的一个意象，都撞击我文学心灵中的有形的本质。看到它们，记忆中的每一个意象的文学意蕴和隐喻情感轻而易举地就左右了我的心情，自然就见物不是物、见景只伤情了。突然明白，都是文学让我满眼所触皆为伤怀之景、怀乡之物。情动于衷，自然形之以言、动辄泪涌了。啊，啊！都是文学害了我呀！

威廉·华兹华斯说："我与所看到的一切交流，它们不是远离我的无形本质，而是紧密相连。"受华兹华斯影响的中国现代作家郁达夫在小说《沉沦》里，让在日本留学的主人公"他"逃避或陶醉在大自然中。我却不能！我全情投入备课、上课与写作中，却总难彻底陶醉在萨摩亚的自然美景中。我就像一片油花，很难完全融进萨摩亚这个海国的水里去。大自然的美景，总是串联起无数的文学意象，总是唤起"才下眉头却上心头"的家国情思。

比如抬头看云。云本就是我的生命意象。萨摩亚的云很美，形状和颜色都千变万化。可我总是"怅望云天，泪下点点"（徐志摩《哀曼殊菲尔》）。白云孤寂，恰似看云的我一样惆怅，我也不过是一片偶尔飘在南太平洋上空的云。来萨摩亚前，多数人疑惑已在"云无心以出岫，鸟倦飞而知还"年龄的我为何孤身万里出行萨摩亚。除了临"危"受命为校分忧外，是一种对远方的向往、一种"在路上"的心态集成一股"气"，让我千万里地追寻，追寻成一片驻足萨摩亚天空的浮云。看瓦艾阿山顶的云悠游自在，我也想"众鸟高飞尽，孤云独去闲。相看两不厌，只有敬亭山"（李白《独坐敬亭山》），但充溢心房的是"浮云游子意，落日故人情"（李白《送友人》），是"山川云雾里，游子几时还"（王勃《普安建阴题壁》）的感伤，当"思家步月清宵立，忆弟看云向日眠"（杜甫《恨别》）时，我就是一片思乡念国的游云了。

比如仰头望月。萨摩亚的月亮，无论在哪里看、无论什么时候看都美轮美奂。晚上，每当备课写作累了，我就去阳台上站一会儿（我一个人，不敢下楼或在校园里走动着看月），每次都能看到或圆或缺的月亮。不管是新月如钩的上弦月，还是如轮如镜的大圆月，在我眼里都不是纯粹的自然物象。在孤灯长夜里，南半球的月亮怀的永远是北半球的相思。于是，见残月怜己孤单一人，看圆月憾己不得团圆，遂对月兴叹着无数个月亮意象，"海上生明月，天涯共此时"（张九龄《望月怀远》）；"月儿弯弯照九州，几家欢乐几家愁"（南宋民歌《月儿弯弯照九州》）；"露从今夜白，月是故乡明"（杜甫《月夜忆舍弟》）。每一次"举头望明月"，必定"低头思故乡"（李白《静夜思》），思绪驰骋回故园，想起共享一轮明月的家国亲人。不是不明白"人有悲欢离合，月有阴晴圆缺，此事古难全"（苏轼《水调歌头·明月几时有》），但每一种月相的形态及变化，都引我欲乘风归国，以至于白天看到飞向斐济方向的飞机，每每泪崩。月亮本无情，但洒落在文学作品中的月亮意象沉淀成生命中的思归意蕴，引我"望月兴叹"。

比如散步看花。奈瓦尔说，"每一朵花都是向自然敞开的灵魂"。每一朵花也都是向我绽放的相思之物。我的院里院外，一年四季开着六七种花。它们是大红色的木槿花、明黄色的鸡蛋花、橘黄色的蟛蜞菊、紫色的牵牛花、粉色的红月桃、黄红色的黄蝉花、红色黄色的龙船花、浅黄色的九里香等。其实，萨摩亚的花远没有国内的花多样化，花的种类少，且每种花都只有五个或六个花瓣，而且大都是单层的。但它们一年到头姹紫嫣红着、争奇斗艳着。我本可以在"桃花流水杳然去，别有天地非人间"（李白《山中问答》）的萨摩亚享受这万里之外的自然、自由和安宁、从容，任"一人花开，一人花落"（顾漫语），可事实是，看到每一种花，我都会"感时花溅泪，恨别鸟惊心"（杜甫《春望》），都会生出"花自飘零水自流。一种相思，两处闲愁"（李清照《一剪梅》）的感慨，于是，"泪眼问花花不语，乱红飞过秋千去"（欧阳修《蝶恋花》）。其实，我院里院外的花儿大多不是我国内经验世界里的花种，它们有各自的美丽和花语，但在很多时候，它们在我眼中就只有一个集合名字——花。我与每一朵花的交流并非双向。我不是与龙船花交谈"争先恐后"获得胜利的技巧，也不是聆听山牵牛"顽强向上"过程中的心得。我在与花交流时，心灵自动屏蔽了"花"意象的多种象征意义，只凸显了"丁香空结雨中愁"（李璟《浣溪沙》），怎一个"愁"字了得！威廉·华兹华斯说："我与所看到的一切交流，它们不是远离我的无形本质，而是紧密相连。"花是"一切"中的一个，"紧密相连"的只有伤怀。我生命中的萨摩亚花朵，朵朵都是开向家国的望乡花啊！

比如低头看草。在长年是夏的萨摩亚，遍布公路和建筑物之外土地的都是草，满世界都是绿油油的青草！十二个月里，触目所及都是引人乡思的草意象！"青青河畔草，绵绵思远道"（汉乐府《饮马长城窟行》），将主角置换成我，将诗句置换成"青青眼中草，绵绵思远方"，满世界的连绵不断的青草如同我的思念一样绵绵不断。于是，本是我童年生命意象的青草成为我萨摩亚生活里的一个客愁意象。因了"青青草，迷路陌"，我把周邦彦的《应长天》手抄到日记里，草的繁多正道中我归途难觅、思人怀远之情。常常，在孤寂里，"草色烟光残照里，无言谁会凭阑意"（柳永《蝶恋花》），"满院落花帘不卷，断肠芳草远"（朱淑真《谒金门·春半》），于是，长吟方干《思江南》："昨日草枯今日青，羁人又动故乡情。夜来有梦登归路，不到桐庐已及明。"一遍又一遍地吟，一遍又一遍。一串又一串的泪洒落青草，湿了青草，一片又一片！

萨摩亚多雨。有时候一天下五六场雨。雨潮湿了我一颗驿动的心，不禁生"滞雨长安夜，残灯独客愁。故乡云水地，归梦不宜秋"（李商隐《滞雨》）之心，有"一夜新秋风雨，客恨客愁无数"（朱敦儒《如梦令·一夜新秋风雨》）之感。雨是萨摩亚的甘霖，却是我心中的苦雨。

萨摩亚多鸡与狗。鸡鸣狗吠，声声入耳，是生活的细节，也是生活的常态。但只有在家乡，人才能从"狗吠深巷中，鸡鸣桑树巅"（陶渊明《归园田居》）里听出田园生活的美好啊。每当傍晚，我一个人踟蹰在只有我一个中国人、有时可能也只有我一个人的校园里时，一条趴在草坪的流浪狗会瞬间让我泪奔，因为我就是这条流浪狗。我知道"曾以为的归宿却全成过渡"（《流浪狗也有乡愁》），自由的追求付出了孤寂的代价。啊，多么想念那个温暖的窝啊。厌倦了，厌倦了做一条自由的流浪狗，不如归去，不如归去！

萨摩亚有座有名的山——瓦艾阿山。去爬山，在山路上听鸟叫，生出"愿为双黄鹄，高飞还故乡"（《汉乐府·步出城东门》）的心思；站在山顶，"遥知兄弟登高处，遍插茱萸少一人"。于是，向着北方，引颈，发呆，痴迷，只差"化为孤石苦相思"（刘禹锡《望夫石》）了。

萨摩亚有美妙的海。去看海，看游鱼，看海鸟，羡慕它们的自由与各种美好，但海水的"去不断，来无边"（欧阳修《千岁秋》）却也勾起我无尽无休的思乡之情。于是，坐在海边，向着北方凝视，发呆，痴迷，以致于"望极蓝桥，但暮云千里。几重山，几重水"（张先《碧牡丹》）地"惆怅此情难寄"（晏殊《清平乐》）！

夜深沉时，一梦突醒，在刹那间，恍惚着，想不出自己是在哪里。梦里不知

遇见萨摩亚

身是客，梦醒犹疑在故乡！于是，辗转着无数个不安静的夜晚。望着心中的星空，知道这里没有我的"春江花月夜"。一直迷恋"在路上"的我，突然想念我们的夜晚："当水洼里破碎的夜晚／摇着一片新叶／像摇着自己的孩子睡去／当灯光串起雨滴／缀饰在你肩头闪着光，又滚落在地"（北岛《雨夜》），哦，雨夜里有我们年轻时候的光华。而今，"共剪西窗烛"的岁月静好，化为萨摩亚雨夜的殷殷期盼。在每一个"愁多知夜长"（汉佚名《孟冬寒气至》）的时刻，都只能任雨滴敲打着轻薄的屋顶，任屋顶敲打着漫长的雨夜。

而那些雨前一定会刮的风，那些不是因季节而飘落的叶子，总是让我忍不住落泪，总是让我不由得想家。"南风吹归心，飞堕酒楼前"（李白《寄东鲁二稚子》），只有南风才能把我的思念吹向北风，于是，我爱这萨摩亚的南风。"胡马依北风，越鸟靠南枝"（无名氏《行行重行行》），古人将"北风"特殊化、意象化得特别适合我这现代人的心情，我就是大约两千年前无名氏吟唱的那匹"胡马"，此时只依恋那来自北方的风，那来自故乡的风。在萨摩亚，最怕向北看的我最渴望北风的吹拂；最怕在北海岸看到北飞的飞机的我，北望故园路漫漫，"双袖龙钟泪不干"（岑参《逢入京使》）。在万里之外的魂，原来永远依恋着故园啊！

黑格尔说："在艺术里，感性的东西是经过心灵化了的，而心灵的东西也借感性化而显现出来了。"我的萨摩亚生活不是艺术，但在我的萨摩亚生活中，山、雨、风，鸡、狗、鸟、海、夜、月等分明是走入我灵府的意象，是"现实心灵化""心灵现实化"了的山、雨、风、鸡、狗、鸟、海、夜、月！我明白"枯寂是一种趣味"（梁实秋《旅行的乐趣》），但咀摸"趣味"时，却达不到梁老先生的那种境界；我知道"孤独是一种不言自明的存在"，但在长期的独处过程中，并不歌颂生存意义上的孤独，因为"只有神仙和野兽才受得住孤独"（梁实秋《旅行的乐趣》）。我在枯寂中对月长思，我在孤独中望海漫想。

我知道，我的无限联想吟咏出的单一又复杂的心情，在别人看来，纯属无病呻吟。我是一只流浪狗，我的心思不求人人都懂。人多"我见青山多妩媚"（辛弃疾《贺新郎·甚矣吾衰矣》），谁能"料青山见我太多情"？他人眼中的自然可能无所谓伤怀之美，但别了熟悉的场景，走在路上，发现许多自然意象成了自己的人生伤怀意象，于是，见嘉树美云不思驻而思归，见大海扬波不思留而思去。说到底，是因为从心灵上离不开你。离不开你，我的家国；离不开你，我的亲人！

　　这篇叫《文学，害我》的文章真难写，区区几千个字，我竟写写停停了两个多月。写到今天止笔，以为可以释放胸间情结。殊不料，情结因文而愈发浓重。只好寻找古人的诗句来结束这篇文章。哎，明明知道文学害我，却仍离不开文学。找到很多文学作品，现抄录一首诗，如下。

长相思·其一

【唐】李白

长相思，在长安。

络纬秋啼金井阑，微霜凄凄簟色寒。

孤灯不明思欲绝，卷帷望月空长叹。

美人如花隔云端！

上有青冥之长天，下有渌水之波澜。

天长路远魂飞苦，梦魂不到关山难。

长相思，摧心肝！

　　唉，人在他乡国，焉能不思归？思归不得归，焉能不憔悴！

　　　　　　　　　2018年7月26日动笔，2018年10月5日完稿于NUS"豪宅"

由虎须想到的

读莫言。

在《檀香刑》《藏宝图》等小说中，莫言屡屡写到一根虎须，写到与一根虎须有关的传说。在传说中，真正的虎须通体雪白剔透，谁得到它，叼在嘴里，即可看出身边人的本相是哪种动物。换言之，这是一根能看出人的本相的虎须。

这虎须的作用是不是与"照妖镜"很类似？

其实，不必幻想什么虎须。人世间，利益就是这根"虎须"。这根"虎须"不必叼在某人嘴里，它无处不在。在看似温情脉脉的人际关联中，只要利益像浪潮般涌来，这根"虎须"就会在人世间晃动，人身上兽的贪婪、凶狠与无耻，就会剥现毕露出来。

不是吗？《今日说法》里屡屡报道的兄弟姐妹们交恶、法堂补刀桥段，不正是遗产补偿之类的现实利益的驱使吗？

不是吗？职场上的造梯断梯、利用弃用情节，不正是奖金升职等现实中利益的推动吗？

在利益这根"虎须"还在天外飘摇时，兄弟姐妹们多么融洽亲密，白领蓝领们多么互助友爱，多么同舟共济！

看来，世间就是一个大舞台，谁都是演员，谁都是观众。你天天在看戏，也天天都在演戏。

不必争人性本善还是本恶，谁也不是天使，世间没有神仙；一旦恶魔驻心，撒旦即控行为。

但不管性善性恶，世间该有的是一些人人都应珍惜与遵循的情谊、道德、底线和公平的法则啊！可是，很多时候，你会看到情谊被漠视，道德被嘲笑，底线被突破，公平被践踏！不经意间，你会感受正义被邪恶嘲笑、美好被丑陋替代、温情被鬼气驱走的无奈与愤怒！除非你出离执念得了菩提，否则，你呼唤的温暖、美好、正义、公平，有时候，是那么遥远与缥缈！遥远得如同站在太平洋的此岸遥望彼岸；缥缈得如同雨后瓦艾阿（萨摩亚著名的山）山顶的茫茫云雾。

只因为，世间利益的"虎须"，无处不在！

生活随想

清晨览镜，倏然发现，头发已有一尺半长。想：去年此时，我尚属短发之人。一年间，头发竟然长了一尺？想：这辈子，就长了一头好头发了。年少家贫，一点营养全给了头发，个子没有头发长得快。现在，中年人的智力衰退，英语单词记了N遍仍然记不住，就期盼：头发啊，你慢点长；记忆力啊，你慢点衰退。知道这期盼属虚妄，还是期盼，是不是很可笑！

傍晚在NUS校园独逛。偶一抬头，见二楼窗下一物甚熟悉：海尔空调！竟是吾家空调品牌！竟跟我家家电同一"出身"！思其初至，簇新华瞻；观其现状，黯然沧桑。物犹如此，人何以堪？

黄昏时分，一个人在校园里散步。教学楼侧草坪上，有一黑狗蜷伏。萨摩亚字典里没有"寒冷"一词，狗们无冻害之虞。但萨摩亚食物并不丰富，狗们肯定有饥饿之忧。萨摩亚的流浪狗，总让我心生悲悯。但我也羡慕它们的自由无羁。今天看到这只趴在草坪上的流浪狗，我却瞬间泪奔。我自己就是一只流浪狗。萨摩亚大多数流浪狗都是以草坪为家，我有家，却在外流浪！这一晚，孤枕独卧听骤雨，一寸柔肠一寸结！

昨晚两点十八分时，萨摩亚发生五点六级地震！我竟然没明确意识到！昨晚只是听到奇怪的声音，以为是占墙为王或争风吃醋的大壁虎发动了别样的战争，那音响是战斗的号角或呼唤爱人的绝唱！这是我来萨摩亚三个月以来发生的第二次地震。上一次是复活节期间。那一次地震很轻微，我在萨瓦依岛一个宾馆里失眠着，所以，明显感觉到了地震。这一次的震级不小，我竟在懵懂中。前几天，每天早晨四点多醒来，中午无眠。我生物钟的规律是，熬得自己身体受不住时，睡眠调节器会自动调节，给我一晚好觉，以蓄备体力迎接下一轮失眠的挑战。这次地震巧在昨晚发生，而那时我睡着了。还真亏得睡着了，不然，下半夜的觉就肯定被吓得太平洋里去了。而一挨枕头立马进入黑甜香梦中的人，哪里能理解失眠人的痛苦呢？

在家压缩自己的论文。把约一万五千字的文学研究论文压缩在一万字以内，是什么感觉？好在只是割自己的肉，不是剔自己的骨！设若要伤筋动骨，干脆自杀得了。哈哈！把一万五千字的文章硬生生减去五千字的过程，生动演示了一个来萨摩亚后体态暴瘦的"战友"的体型演变线路：由圆润女人变成骨感美人！

从电脑屏幕上抬起眼，西窗上方，一只鸟儿单足立在那里，歪头动尾的，煞是轻俏！我摸起手机，打开相机，想拍下这生灵俏动的一瞬间，谁知它一展翅，飞了。它不是发现我要拍它而害羞离去。它肯定是觉得在窗户上方的侦查没有什么收获，厌了，倦了，就飞向下一个目标地。是啊，这里既找不到飞进室内的孔洞，也没嗅到爱侣留下的味道，还没有可以品尝的美味。为什么要长久停留？鸟儿动、停本乎自然，落、飞张扬自由。看鸟的人把鸟驻的瞬间当作美，而这美瞬间即逝，无以把握。其实，世间的很多美，只是自然、自为的存在，像头顶的云，那变化的美，美在变化，却也变化得你难以完全把握；像昨天去大使馆路上看到的瓦艾阿山间的雨雾，那缥缈的美，美在缥缈，却也缥缈得虚幻，太阳一出，立马散尽轻纱般的诗意。哦，既如此，则顺遂自然，任其存在或消失吧。不必扼腕叹息，更不必捶胸顿足。能做的是，及时把握这稍纵即逝的美；立马感受这赏心悦目的景。在萨摩亚，将约百年前朱自清提出的"刹那主义"和叶绍钧认可的"入世的刹那主义"人生观，作为指导自己生活的观念之一，将萨摩亚的片段人生"审美化"，益莫大焉！

小杂感

人，能干是好事。在自己的领域里大展身手，获赞无数。把手插进别人的领域，指手画脚，就讨厌了。

自谦没有过度时，自信过头讨人嫌。有的人，自信过度达自恋状态。此种人用自恋掩饰自己的不足，强撑着一颗虚荣的心。须知，人美好，不必自夸；自夸，十之八九不美好！至于把他人的奉承话当真，以之为自傲且自恋的证据，则愚蠢至极。

邀功的人，用邀功夸大自己的卑劣，膨胀着无数欲望的念头。

不要以为这个世界上的好处自己都应该得着。自己活好，也要让别人好活。

太关心他人，就侵犯了人家隐私；对他人不予闻问，则是冷漠性情的表现了。

有的人认为自己是人生舞台上的好演员，凡事都做戏，这是无知和傲慢的表现。要知人群中眼力好的观众不乏其人。

有的人，需要别人时，说春风送暖的话，摆春阳和暖的脸；不需要别人时，说数九寒冬的话，摆冷若冰霜的脸。

在现实人生中，宁可被人讥为无才，不可落人无品口实。

人，性格多重属正常，只展现弱点者为坏人，只展现优点者是好人。

要在意别人对自己的评价，也别太在意别人对自己的评价。

谁都不是万能的。在一个群体活动中，人人发挥一己才能，鼎力相助，才有星多天空亮的美妙！

人后多说人好话，人前表扬人要态度真诚。

别人是自己的镜子。别人的优点照出自己的不足，当以之为榜样，奋起直追；别人的缺点反射别人的不足，当以之为教训，改正己误。

有的编辑斧正作者的文章，可以把古典家具"正"成马扎儿，会将饺子"下"成面条儿，能把花生"炒"成瓜子儿。

有一种冲动，是创作的冲动；有一种反抗，是绝望的反抗；有一种嘲讽，是反讽的嘲讽；有一种美丽，是丑陋的美丽。

人生三境界：人家做了一件事，是不合情理的。我想：你怎么会这样？你怎么可以这样？你怎么老这样？你什么时候可以不这样？着急、伤心、愤懑甚或绝望，此境界一也。人家觉得自己做得没错，诡辩其立场与我不同。我转念：你一直就这样，你现在已经这样，你常常这样，求同不成你就这样吧。无法、无奈、无语，此境界二也。人错了还责备我，着急于我怎么这样。我退步：你要这样你就这样吧！我不要求你非得像我这样！无关原则之时之事我可以像你那样！宽容、释怀、愉悦于是快乐，此境界三也。退一步真的海阔天空，忍一时果然风平浪静！山在远方，我命令：山，你移过来！山不动，默然傲然屹然！我投降：你不移来，我过去！我有腿你无足，你不就我，我就你！

在无秋的国度里，思秋

看到同事穿着风衣在国内飞机场拍的一张照片。我恍然，国内已是秋天了！我在常年夏季的萨摩亚，对季节竟然不再敏感，似乎忘记了国内季节有秋以及冬春了。

这一刻，因了这张照片，我在这无秋的国度里，禁不住思念起秋来。

我思念充溢在我的前庭后园里的秋啊。

秋来了，我会敏感于早晚凉人的温度，翻箱倒柜地找出开衫套上。某一个没课的上午，我会在书桌前翻阅材料，累了，抬倦眼注目窗外的秋意。

秋阳，正晒在邻家的东墙上，亮光光的。杜仲树醒了，在我四米外摇摆着枝头，似乎想告诉我夜间的绿梦。

于是，下楼去自家小院里巡视巡视。夏日花园里蚊子猖獗，纠缠如厉鬼不分昼夜。秋风入院后，不必被雌蚊子围追堵截了，爽！

柿子树在病患缠身的日子里，依然顽强地挺立，无私地奉献出聚集一春一夏力气结出的果实。吃一个柿子，品尝繁忙人生中的一些甜蜜。

来自胶东老家的黄瓜品种，在鲁西的土地上开花结果。只是，在秋日，黄瓜放慢了生长的速度。自然是不能违背的。人，很多时候不必存有人定胜天的念头。

白菜和萝卜正当季节。我知道它们那点绿的心事。几只蝴蝶飞来，吻它们几下。阳光的抚摸是对它们实现美梦的鼓励。

秋天是收获的季节，秋天也是播种的季节。秋日里菠菜、油菜、雪里蕻的种子，刚撒下两天，小芽儿伴着秋窗雨声从土里钻出来，承受秋阳的抚慰，把希望黏附在蝴蝶的轻翅上，到处盈盈飞舞。

石榴还没张嘴。它在心里笑着。石榴树下的几棵蒲公英，开着灼灼黄花，开出一个个小小的金黄的秋阳。

看那根蛇豆角，竟然长一百六十多厘米。蛇豆角本被种在没有阳光的贫瘠的西墙角处，但它一路高歌，张扬着生命的活力，呈现出勃勃的生机，竟然结出了多根长长的果实！我每每抬头看它，感受"晴空一鹤排云上"的秋之疏旷，顿生我命在秋乃亦有秋之幸。摘下它们，看它们竖起来比我还高，我笑了又笑。秋季的蛇豆角，以其活力温暖着中年读书人悲秋的心怀！

哦，对了，有一年，我家院子里还种了佛手瓜。那年正月，我们回了趟老家。老屋虽在，母亲已逝。母亲生前精心种植的佛手瓜，被弟弟留了种子继续种植。临走时，我带回了母亲喜爱的佛手瓜种。老公耐心细致地保管着，"五一"期间种到了地里。在老公的精心培植下，佛手瓜秧子上开出小花并长出了瓜儿。到秋天，佛手瓜旺长并结果。我们吃上了佛手瓜。佛手瓜有降血压的作用。我母亲生前患有高血压。一辈子不知道爱惜身体的她，竟然在晚年特意种植了佛手瓜。她种的瓜，被我带到几百里之外旺盛成窗外爬上阳台的一道风景，而母亲已经走了八年了！

看那棵花椒树。记得有一年秋天，花椒树上缀满了花椒粒。炒菜时，将几粒花椒扔到油里一炸，香气弥漫厨房，沁人心脾的是生活的芳香。花椒这个小小的精灵，被人们赋予了许多含义，表达美好的情感和对幸福生活的美好希冀。比如，花椒被看作多子多福的象征，《唐风·椒聊》云"椒聊之实，繁衍盈升"；花椒还被人们视为高贵的象征，《荀子·议兵》之"民之视我，欢若父母，其好我芳若椒兰"表达的正是作者的清高心志和尊贵品性，《陈风·东门之枌》之"视尔如荍，怡我握椒"亦表达诗人洁身自好的高尚情操。多子多福，顺其自然；高贵，此生不会与我结缘；倒是洁身自好，我自认做到了，我会永远葆有这份高尚的情操。

前庭后园是文人的古典梦幻。我没有前庭后园，却在前院后室的现实中，常常摘几朵金银花，沏一壶绿茶，当秋阳正好、秋风尚未扫落叶时，一个人坐着品那壶茶，在忙碌的人生中寻一丝惬意与闲适，在秋季的年华里觅一份自得与快乐。

唉！我叹口气，默默收回痴迷的心。

我知道，身处树树无秋色之萨摩亚的我，刚刚在白日里，做了一个秋天的梦。

中秋谈吃

明天就是戊戌年中秋节了。这个中秋节，我将在萨摩亚度过。

忆起中秋节，我的记忆首先定格在四十多年前的故乡生活里，然后才慢慢往现在延伸。可见，童年经验是怎样长远地影响一个人啊。

现在回忆往事，没有老舍等人挥之不去的"饿"字咬啮啮心房，我是莫言笔下胶东的那批"地瓜小孩"中的一个，生在可以吃饱饭却渴望吃"好饭"的年代。我的童年、少年都是在东莱之地度过的。那里的"好饭"无非白面制品和平时难得一吃的食物。因此，肉、馒头、包子、饺子、面条、烙饼、鸡蛋等，都是我们心目中的"好饭"。这些"好饭"大抵都是在过年过节时才吃得上，平时的主食是地瓜。十一二岁后，我家的主食变成了玉米面饼子。一点都不夸张也不撒谎地说，当年，我考大学的动力就是能天天吃上白面馒头！几十年过去了，我仍然不能拉开心理距离看待地瓜和玉米，不矫情地说，现在，我看见地瓜和玉米面饼子仍然想哭！

在东莱，别人家的中秋节吃什么，我不知道。我的思绪总往一种东西上定格——芋头。不过，我家乡的芋头跟萨摩亚的大芋头（塔罗）不同。萨摩亚的芋头是巨无霸式的大芋头，我小时候吃的都是小个儿的芋头。

小时候，芋头在我的老家可是好东西。它富含蛋白质、钙、磷、铁、钾、镁、钠、胡萝卜素、烟酸、B族维生素、皂角甙等，极富营养价值，既是蔬菜，又是粮食。

不记得生产队的地里种过芋头，但基本上家家户户都会在自留地里种一畦。没有人告诉我芋头好在哪里，但一年难得吃一回，说明农人对它的看重。那时候，芋头最重要的用途是喂孩子。四十多年前，我老家农村断了奶的孩子是没有奶粉之类的东西可吃的。农家孩子多（数量不少于现在的萨摩亚家庭），自然也不金贵，家长一般不会把家里那点麦子面拿出来给孩子吃，那是过年过节时来亲戚，做给亲戚吃的；或者自家盖房子、起猪圈、垒锅台垒炕时，给瓦匠木匠吃的，小孩子就吃芋头——现在我知道，芋头的营养价值似乎并不低于面粉和牛奶。还不能自己咀嚼的小孩子需要吃妈妈或奶奶嚼过的——那时候，基本上没有姥姥看外孙外孙女的，看孩子的任务基本上属于奶奶——姥姥是别的孩子的奶奶，姥姥自然要看自己的孙子孙女。妈妈或奶奶估计着孩子该饿了，就拿着几个芋头说：来，吃"把儿"了——我老家喂小孩都是用子芋，形状像勺子把儿，故对小孩子说时就叫"把儿"——这当然是东莱方言了。妈妈或奶奶将芋头剥皮后，放进自己的嘴里嚼，嚼到差不多烂了时，就吐到食指上，抹到孩子嘴里，有的人干脆嘴对着孩子的嘴，吐一部分到孩子的嘴里，孩子便吧嗒着嘴咽了下去。今天的人总是批评那时的人们不讲卫生，但那时的老百姓食不果腹，哪里会有那么些个讲究。祖祖辈辈都是这么过来的，小孩子还不是一茬又一茬，生龙活虎的？有几个像现在的孩子那样动不动就感冒，就住院，就挂吊瓶？记忆中，童年的小伙伴几乎都是百病不侵的！妈妈或奶奶喂孩子时，假如旁边有条小狗或有个四五岁以上的孩子，小狗和孩子都会眼巴巴地看着妈妈或奶奶的嘴——我母亲喂我小妹时，我就是旁边那个吧嗒嘴的小孩儿。假如旁边有个妈妈或奶奶的同龄人，看着妈妈或奶奶蠕动的嘴，会开玩笑说：别走后门哟。意思是，不要趁着嚼芋头喂孩子时，将芋头通过喉咙咽进自己的肚子里去——食物匮乏年代的玩笑也带着鲜明的时代痕迹。

我家只有我父母是劳力。父母一天工都不敢不出，一年挣的工分也分不上多少麦子。家里是轻易吃不上白面饽饽（馒头）或面条饺子的。芋头就是我童年记忆里的"好吃"的食品。而我们一家一年可以正儿八经地吃一次芋头的时候就是八月十五中秋节这天晚上。

中秋节下午，我奶奶用玻璃片或碎碗片刮去芋头的皮，将芋头一切两半，切上够一个猫吃的那么一点肥肉，先放一勺花生油炝炝锅。那点金贵的花生油在锅底"兹拉兹拉"得差不多时，我奶奶才把那点儿肥肉片扔到油里炼炼，等到肥肉片要卷不卷时，将切好的芋头倒进去翻炒一会儿，加上小半锅水，放上木撑，上面搁上高粱杆篦帘子，篦帘里放上地瓜或玉米面饼子，盖上高粱杆做成的锅盖儿，然后坐下烧火。等到锅盖缝里冒气了，奶奶将粗火改成细火，把芋头慢炖一会儿。有经验的奶奶估计着芋头熟了，地瓜饼子也熥透了，就停止续柴草，而灶边的柴草其实也烧完了。于是，奶奶扶着锅台站起来，拍拍波拉盖（膝盖）上的土，拿起笤帚扫地。不大一会儿，父母亲干完农活儿回了家，我也做完了我该做的拔葱、拾草、挖野菜、扫院子、关鸡舍之类的农家老大应该做的事情，将长条饭桌放在院子里，摆上七个矮凳子，弟弟妹妹们也聚过来，七手八脚地帮着摆凳子、放碗筷。一家人齐聚到饭桌旁。虽然母亲和奶奶先是将地瓜或玉米面饼子什么的摆上桌，但我们四个孩子的关注中心却不在这些吃食上。这是中秋节的晚饭啊！得与平时不同啊！果然，母亲会将为过节买来的月饼拿出来。我大学毕业前，每年过中秋节，母亲会提前买两斤月饼，每斤四个。一斤是用来还人情的，邻里间你家送我家一个月饼，我家再还你家两个（我母亲一辈子是个贫穷的大方人，人家送一个月饼来，她必得还人两个，所以，那一斤月饼在晚饭前就被她送出去了），温情友善。另一斤用于我们一家七口人的中秋节。我家七口人，没有分开的迹象（父母当时想不到我会成为他们放飞了的风筝），昂贵的月饼，在我家，吃不出团圆之意——我们的家庭字典里没有"分别"两字。我们吃月饼就是为了打打"馋虫"，有了月饼也算过了中秋节。我母亲拿出那用油纸包着的月饼，先给奶奶一个，再把剩下的三个，每个切成两半，父亲、母亲、我、弟弟、大妹、小妹，刚好六人，一人半个。我满足地接过我的半个月饼，小口小口地品滋味。大妹不馋，也惜物，有时会放起自己的月饼，留着以后吃。我们吃过月饼后，奶奶用铁饭盆盛上多半盆炖芋头，我们赶紧抢着吃。这芋头既当饭也当菜，里面有点肉，还有油，滑滑的、香香的、甜丝丝的，比我现在在超市里买的芋头不知道好吃多少倍。而那时，我们只吃这炖芋头，没有人再动地瓜或玉米饼子。我们顾不上叽叽喳喳了，每个孩子都像饿死鬼转世，筷子对准芋头，夹起来放进嘴里，狼吞虎咽后，再去夹另一块。我奶奶不断"呵斥"我们："慢点吃，慢点吃，锅里还有呢！"寡言的父亲端着碗，怜惜的眼光被偶尔抬头的我捕捉到了。而母亲则一会儿站起来给奶奶倒水，一会儿去炕席底下找报纸给妹妹擦鼻涕。不能不佩服我奶奶做饭的心中有数，我们吃得饱饱时，锅里也不再有剩余的芋头了。

芋头有多种做法与吃法。可用水煮、可放锅里蒸，可用微波炉烤，也可切成片或块，加酱油先小炒一下，然后加水炖熟。我小时候，奶奶只炖过、煮过、放在灶火里烧过。记忆里，可以美美地吃到肚子里的就是八月十五炖的味道鲜美的芋头。那样好吃的芋头，我有差不多三十年没有敞开肚皮吃过了。

离开老家后，上学、工作、结婚、生子。人生按部就班的，生活从买一双筷子一个碗起步，芝麻开花节节高，在一个五六线城市里，一个"凤凰男"和一个"凤凰女"竟然有了室内简洁的大房子和价钱极菲的小车子，自然也有了中秋节吃肉吃水果吃月饼的日子。可是，一年一年的，肉不香了，水果也不吸引人了，至于月饼，想都不想了。唯一想念的就是芋头。现在，我知道芋头蒸熟了可以蘸着白糖吃，可以涂上奶油或调味酱吃，都极好吃；也可以蒸熟、捣烂，调以足够的食油、糖、炒熟的芝麻豆粉等，用勺子挖着吃。有时候兴起，我会去超市买来芋头。有一年中秋节，我特意买来芋头，按照我奶奶当年的做法炖它们。但拿起筷子尝一口，无论如何也吃不出小时候中秋节一家人围桌儿啖芋头的那种酣畅淋漓的劲头儿和那种热乎乎的、香甜软的滋味了。

那一副农家小院里一家七口人围桌大吃炖芋头的画面就永远定格在记忆中了。

那时的天上一定有碧蓝的天幕，一定有圆圆的月亮，月亮一定是清爽靓丽的，但没人会想到赏月，还未吃上"好饭"的生活里没有闲情逸致和诗情画意。童年的中秋月就那么为我空亮了十八年。而替代皎洁月亮照亮我人生路的竟然是那个园园的铁盆里的滑溜溜的、香喷喷的芋头！

黄瓜瓢

柳老师上课去了，今天我做午饭。吃啥呢？拍了两下脑袋，我决定午饭以木耳黄瓜鸡蛋汤佐面包片，中萨合璧。木耳是从国内带来的，黄瓜鸡蛋是在超市买来的。我拿出前天买的黄瓜。这是我来萨摩亚后买到的最嫩的一袋黄瓜。萨摩亚人卖东西一般不用秤。他们大都是把东西装成一袋一袋的，拿到市场上卖。这袋黄瓜有三根，价值五塔拉（萨摩亚现在是旱季，蔬菜便宜一些了。到了雨季，雨水太多，蔬菜不怎么结果，一袋黄瓜卖八九塔拉）。我抽出一根又粗又长的。萨摩亚人没有卖小而嫩的黄瓜的习惯——土地少，挖掘累人，种植不易。这黄瓜的体积让我好奇，我拿出软尺量量，哇！这黄瓜竟然长十三点五厘米，直径有三点五厘米。我从中间剖开它，里面的种子细密地排着，证明它还不甚老。我小心地剖出一半黄瓜的瓜瓢，美美地吃了下去，也没给柳老师留点儿，该打！

其实，我剖、吃黄瓜瓢时，灵魂已遨游去了我的故乡，与我血肉相连的地方。在那里，有我一家人吃黄瓜瓢的日子，有慢生活里的忧伤、期盼和快乐情感。

故乡在莱西，故乡的黄瓜一般长半尺多，两头一样粗，翠绿色的，吃起来脆生生的、甜丝丝的。剖开来，可见稀疏或密实地排布着极细小的瓜种的瓜瓢。瓜瓢吃起来清新软甜。一般而言，黄瓜越嫩，黄瓜瓢越好吃；黄瓜老成"黄金棒"（家乡人对黄色的老黄瓜的称谓），黄瓜瓢就苦中带辣，不好吃了。

从小我就喜欢吃黄瓜瓢。

但年少时，我很少能吃到黄瓜瓢。

年少时的事，发生在四十多年前的农村人民公社时期。那时，我家的黄瓜瓢一般先给奶奶吃。分到我手里的，可能只有一条瓜瓤的四分之一或五分之一。

我奶奶是个不幸而又幸福的女人。说她不幸，是因为爷爷六十岁出头就去世了。说她幸福，是因为她的后半生里无气恼之事。她活到了一百零一岁，无疾而终。爷爷奶奶有四个儿子，但奶奶一直与小儿子一家人生活在一起。最初，小儿子去烟台工厂做工，她与小儿媳相依为命。这小儿子就是我父亲。后来，奶奶用眼泪哭得父亲放弃了在烟台造锁总厂的工作，回家务农。再后来，父母有了我和我的一弟两妹。从我记事起，我奶奶就在家里拾拾掇掇忙东忙西，不肯闲着。在饮食方面，奶奶有两个爱好：一是爱吃黄瓜瓤；二是爱吃糖。记忆中，母亲刚剖出的黄瓜瓤永远都先递给奶奶，剩下的才会分给我们。

那时，土地属于集体，各家只有一点儿自留地。大沽河区域的老百姓一般不会在巴掌大的自留地里种黄瓜、西红柿这类瓜果，那太浪费了，或者说太奢侈了。父老乡亲们一般都在地里种地瓜、花生、土豆、芋头、大葱、豆角等。地瓜是农家的主食，花生榨油，土豆、芋头既当饭也当菜，大葱豆角自然是蔬菜。初夏，黄瓜成熟了，但轻易进不了我家。常常，奶奶做好晚饭，吩咐刚放学回家的我说："大嫚，去拔几根葱去。"我就去离家半里多地的自留地里拔一把葱，顺便挖半篮子斧子苗、马齿苋或灰灰菜什么的，带回家喂猪。所以，夏天我家佐餐的菜基本上都是大葱。只有来了亲戚需招待或家里有什么事需要请客时，我母亲才会抠索出几角钱，去村里菜园买几根黄瓜，调凉菜招待客人。开席前，如果坐在炕上的是男客，陪着聊天的则是父亲；如果是女客，则由奶奶陪着。母亲掌灶炒菜，或者奶奶坐在蒲团上烧火，或者我坐在蒲团上烧火。母亲把洗好的黄瓜一剖为二，挖出黄瓜瓤后，将黄瓜切片入盘，加酱油，加盐，调制好，端上炕桌招待客人。瓜瓤是不进盘的。奶奶爱吃黄瓜瓤，我也爱吃，我弟弟妹妹们也爱吃。母亲总是先递一条给奶奶，然后会把另一条切成几份，分给我们四个孩子。如果奶奶在炕上陪着客人，母亲会把一条黄瓜瓤放进锅台旁的碗里，等客人走了，再给奶奶吃。印象中，没见母亲吃过黄瓜瓤。我也没问她爱不爱吃黄瓜瓤。拿到分给我的黄瓜瓤，顾不上手里是否有泥或土，赶紧塞进嘴巴里，甜丝丝的，软津津的，真好吃。但因为只有一点点，馋虫往往刚被勾出来，就没有什么再喂它了。那时候，我常常想，什么时候，我能坐在饭桌前吃黄瓜瓤，一次吃个够呢？

一九八三年，我上大学离开家。那一年，胶东农村的土地分到了各家各户。从此，我家的经济条件慢慢好一些了，黄瓜不再那么金贵了，奶奶能经常吃上黄瓜瓤了，我弟弟妹妹们自然也吃得多一些了。而我离开家后，就再也吃不上黄瓜瓤了，因为我读书、工作之地的黄瓜都是刺黄瓜，基本上没有瓤。

我奶奶的嗜糖习性，从医学角度看，应该是不利于健康的。但奶奶是个长寿之人。她炕头的窗台上，一年到头放着一个罐头瓶子，里面盛着白砂糖。晚年时，奶奶一天到晚安安静静地坐在炕上。她常常打开瓶盖，挖一口白砂糖含在嘴里，慢慢品味。青岛大姑回家看她，总是塞给她点儿糖块；我回老家时，给她捎的礼物也是糖块；我父母从外面得到点糖块，也总是带回家给她。坐在炕上的奶奶会收好，时不时拿出一块来，慢慢剥掉糖纸，含在嘴里化。这一坐一化就是十年八个月。十年来，我大妹协助母亲照顾奶奶。大妹出嫁后，小妹接班，负责往炕上给奶奶端洗脸水，端饭菜，端奶奶需要的所有东西。等奶奶用完再端下来。家里吃黄瓜时，妹妹就把母亲剖出的黄瓜瓤送到炕上，递到奶奶手中。一九九三年，一百零一岁的奶奶在睡眠中离开了她的儿孙们。

奶奶有一群孙子孙女，大概只有她小儿子的四个孩子知道她喜欢吃黄瓜瓤吧！

今天中午，我用黄瓜做菜汤。我是先剖出瓤来吃了的。剖瓤吃瓤的前前后后，我想起了爱吃黄瓜瓤的勤劳喜静的奶奶，想起了早逝的厚道善良的父亲，想起了一辈子没跟奶奶红过脸的母亲。现在，我写下这些文字，以纪念奶奶，纪念父母，也慰藉天涯游子的孤寂心怀。

好吃不过饺子

今天是星期天。

盯着电脑，看电子版的《莫言文集》，看到眼涩颈麻时，站起来，去厨房溜达溜达。倒杯水，拉开冰箱检视检视。看到几个圆葱头，想：冷冻室里还有一片猪肉，中午包饺子吧。于是，和面、切圆葱、切肉，不到半小时，准备工作做好了。端着水杯坐回电脑桌前，继续跟莫言泥沙俱下的文字纠缠。十一点半，等到身心再次疲累时，柳老师和我将一起包饺子。包好煮好，大约该是十二点。到时候，我会冲着十米外的萨摩亚国立大学孔子学院楼喊一声："梁院长，来吃饺子喽！"这样，孔子学院的三个人在萨摩亚便吃上中国风味儿的饺子了。

"好吃不过饺子"是我的饮食理念之一。在国内时，一年记不清会吃多少次饺子。尤其近些年院子里种了面条菜、韭菜什么的，它们长得蓬蓬勃勃，正好充作我包饺子的菜料。在没有课的日子里，我常在读书备课疲累时，将和面切馅儿包饺子作为活动筋骨放松自己的最好方法。常常是上午八点到九点半读书，九点半左右下楼休息时，将准备工作做好，再上楼工作一个多小时，十一点半下楼包煮饺子。饺子煮好，再切点香菜盛到碗里，加上虾皮、紫菜，淋点儿香油、撒点盐倒点醋什么的，倒上煮饺子的汤，讲究原汤化原食。饺子上桌，汤上桌，筷子放好，下班的人进门了，一瞅饭桌，淡淡地说一句："又吃饺子啊！"似乎吃饺子是这个小天地里的饮食常态。于是，打开电视，调到中央电视台一台，雷打不动地就着央视"午间半小时"吃饺子，或者是就着饺子看央视的"午间半小时。"

"又吃饺子啊！"同样的话，是儿子的口吻，语调里带一丝"嫌厌"。这是差不多十几年以前，饭桌上有饺子时家中那个"85后"的态度。儿子小时候并不锦衣玉食，但因我将饺子当作美食，经常端到三口人的饭桌上，给不讲究吃的儿子带来饺子不过是普通饭食之一种的感觉，吃多了便不觉得饺子是好东西。这真是一代人有一代人的饮食观啊。后来，儿子外出求学，吃的是学校餐厅和公司食堂里的中餐西餐，不知道会不会想念十七岁前家中饭桌上常见的饺子。现在，家里的常住人口只有两个"60后"了。当那个"60后"男士淡淡地说一句"又吃饺子啊"时，儿子"又吃饺子啊"的话就响在我耳边；当两个"60后"津津有味地大啖水饺时，我就猜那个想吃中国食物的"85后"吃着超市买的速冻水饺时的表情和感受。

"什么时候吃饺子呀？"小时候，我常常这样问奶奶，问母亲。"五更里（年三十晚上）吃"，奶奶说；"过年吃"，母亲说。于是，就盼啊盼啊，盼着快快到年三十，盼着天天过年！终于，年三十到了。三十中午，父亲、弟弟和大爷、三大爷及堂兄弟们去祖坟那里，放几挂鞭炮，告诉老母老母（家乡人称呼先人为"老母老母"，"母"读如四声但略轻）要过年了，请老母老母骑马回家过年。老母老母回了家，父亲在北墙上挂上有先人姓名的族谱，族谱下是供奉祖宗的桌子，桌面上摆着贡品，桌子两头点着两盏长明灯。三十下午，母亲和面，奶奶剁菜切肉，准备晚上包饺子。母亲总是和两个面团，一个是用麦子磨成的表面（精粉）和的，一个是用麦子的里面（掺了麸子的面）和的。从颜色上看，表面和的面包出的饺子是纯白色的，里面包的饺子颜色发暗，我们叫黑饺子。我看见那个黑面团心里就不甚舒服，就产生了不敢问出口的疑问：都过年了，为什么还吃黑面饺子呀？奶奶切白菜时舍不得丢掉外面的老菜帮，切的那点肉也总是让我失望。好在过年了，有别的热闹事吸引我们的兴趣。我会在这一天下午找邻居家二姑、三妈家堂姐玩一会儿跳房子、打毽子，或者看男孩子抽陀螺、打尖儿、放小鞭什么的。晚饭吃过，母亲将面板搬上炕，我们一家人开始包饺子。奶奶再三再四地叮嘱我们几个孩子不要乱说话。诸如油灯灭了，不能说"死了"，因为老母老母来家过年了。小孩子口无遮拦乱讲话，老母老母会生气的。我瞅瞅正间的北面桌上，蜡烛、香、贡品组成了祖宗的世界。祖宗正保佑着我们的平安康健和幸福美满。包饺子时，母亲找出八个硬币，又准备了四个枣条，四个栗瓣，四个糖块。往年夜饺子里包钱、糖什么的，是我们的习俗，至今仍在延续。年夜饺子里的钱，谁吃到了，意味着来年能挣到钱、能挣很多钱；吃到枣、糖什么的，也意味着来年会快乐、甜蜜和幸福。饺子包好了，我在灶头烧火，我母亲掌勺下饺子。这时候，差不多是晚上十点钟。常常是我们的饺子即将煮熟时，大爷家二哥、三大爷家三哥前后脚地各端着一碗饺子来我家。这是一年之中奶奶从她大儿子、三儿子那里得到的孝敬。母亲倒下哥哥们碗里的饺子，再顺手从锅里捞出我家的饺子倒进哥哥们的碗里，让哥哥们带走。之后，父亲带弟弟到院子里放鞭、发纸。院子里的天地诸神的供桌前，摆着特意蒸好的大饽饽。一串鞭炮放过，父亲在院子里天地诸神的供桌前，摆上特意蒸好的大饽饽和煮好的饺子，点上纸，祝祷。奶奶则往屋里供奉老母老母的桌上摆上盛饺子的碗，让老母老母们先吃饺子。对天地诸神及祖宗奉尽礼数后，我们七口人上炕吃饺子。我母亲把黑饺子大多盛到自己碗里，我的碗里也会有一小半。不管黑面白面都是饺子，我不能计较那么多。我们都放开肚皮吃。因为有八个包着钱的饺子，孩子们都怀揣着希望，兴致勃勃地边吃自己碗里的饺子边关注别人吃到钱了没有。我最希望父亲是第一个吃到钱的人，我最希望父亲多吃到几个带钱的饺子。奶奶、母亲肯定也跟我怀着同样的心思。但总共八个带钱的饺子，一家人，每年总会有人吃不到。在孩子们心中，吃不到钱，过年的乐趣会大打折扣的。初一早晨拜年时，邻亲长辈问你："嫚儿，五更里吃到了钱了吗？""没吃到。""唉！"邻亲长辈一声叹，更加重了自己的失望。如果大人吃不到会有什么感觉呢？那时候，我的小心思猜测不出。现在想想，大人吃不到也会失望的，毕竟在人们心目中，吃到钱是来年能挣到钱的好兆头呀！我有时能吃到，有时吃不到。我吃不到心里悻悻一会儿，失望的情绪只能自生自灭。

现在，虽然我生活的城市和婆家所在地都没有过年往饺子里包钱的习俗，但我年年都会包钱饺子。我常常包好多个钱。偶尔只有两人吃年夜饺子时，每人都会吃到五六个包钱的饺子，至于糖饺子、栗子饺子什么的，根本没去计数。吃得时候虽然挺狂欢的，但再也吃不出小时候年三十那顿饺子的滋味了。

多么希望回到童年，再跟奶奶、爸爸、妈妈、弟弟、两个妹妹围坐在炕上，吃大年夜的那顿饺子啊！如果能够，我愿意光吃那黑面的！多么害怕回到童年，大年夜里还吃黑面饺子啊！那种捉襟见肘的物质困窘，给一个成长中的孩子刻印下的心里阴影又是多么深刻呀，深刻得时过境迁仍忘不掉那个晚上的希望中的失望与愉快中的无奈！

多么希望儿子回国探亲的日子快点到来。能与儿子一起吃饺子，哪怕他仍用"嫌弃"的口吻说"又吃饺子啊"！他再这样说，我一定说他：别"烧包"了吧，忘了这些年你只能吃速冻饺子了？你妈用春初新韭和秋末晚菘包的饺子难道不比速冻水饺好吃？

多么希望我的萨摩亚日子过得再快一点儿。我愿意重入原来那道生命的辙，我希望听到那个"又吃饺子啊"的"60后"男人的声音，我愿意与他一起就着央视的"午间半小时"吃饺子、喝饺子汤。

（该文于2019年5月11日被孔子学院院刊公众号发表，

发表时有所修改）

作者与翁维捷公司员工一起包饺子

装修

今天是六月十四日，星期四，下午一点半。楼下的装修工人们正在边聊天边"叮叮当当"地干活儿。不断有"嘻嘻哈哈"的笑声传上来，不知道他们在畅笑什么。他们说的是萨摩亚语，我听得清清楚楚，但一句也听不懂。

这是NUS第一学期考试周的最后两天了。办公楼里冷冷清清，办公室里也不再热闹喧哗。我本想去离住处不过五分钟路的办公室看书查资料，但想到办公室里太热，有人时制造的萨摩亚人文环境，我挤不进去；没人时的冷寂孤静，又让人心里发毛。索性足不出户吧，就在家里看书备课做家务发呆吧。在自己住处看书备课的最大好处是想站就站，想坐就坐，"革命"的老腰不会长久承受久坐的压力。在办公室就不同了，坐下就忘了起来，有时两个小时不动一动，等到想起该站站休息休息时，已经腰酸背痛了。在家自然就久坐不住：一会儿想喝点水，一会儿想去个洗手间，一会儿想起该洗洗衣服。反正自己是户主且独霸一层楼，想喝水就站起来去厨房喝水，想在客厅里溜达溜达就在客厅里溜达溜达，想去阳台看看北面的海就去阳台站着看北面的海，想洗洗衣服就去盥洗间洗洗衣服，想躺躺就去卧室躺一会儿，想规整规整数量极少的几件东西就去规整东西，想拉开冰箱盘算盘算午饭吃什么就去拉冰箱门看看里面有什么。客厅偌大，落地窗东西相对，备课桌居中，在通风最佳处，即使室外三十多摄氏度，室内仍然毫无燥热之意，不用开空调，而能感受太平洋的风！假如备课看电脑眼累了而不愿起身，就靠着椅背，抬眼看看北面窗外的草、花、树和远处的山；假如忙忙碌碌中感到心累了，就闭上眼睛、发会儿呆或者看看窗外的云朵想想家乡的亲人，长吁短叹或微笑流泪都不用顾忌场所和人员。为了这份自由，为了可以身居一室放飞自我，宁肯忍受楼下装修的噪音和装修人制造的喧嚣。

以前，这座木质二层小楼的一楼还只有中间一间小屋子，有半间洗衣房、半间洗手间，其他地方是空阔的水泥地面，四周没有墙，只有撑楼的木柱。一个多月前，我看楼下有人转来转去，还在不断目测计算什么。我好奇地询问，他们说，要把一楼围上墙。我听聊城大学国际合作交流处领导说，孔子学院的资金到位后，这里的一楼会围建成电脑室。我想，可能领导说的事要落实吧。我问他们预计完成围建的时间。他们说，六个周。我在心里期盼着这六个周过得快一点儿。不过，第六周已过，现在已经是第七周了，他们还在慢慢悠悠地干着，我看，再有两个周也未必能完工。

在施工的过程中，我继续住在这座楼上。亲眼见证了一楼围建的整个过程。我认为，萨摩亚的工人其实是很幸福的。他们下午四点准时下班，周六周日和国家法定休息日都不工作，一个周最多工作五天，每天八个小时。我很清楚地记得，第一天，他们几个人就垒了一行半空心砖，当然，他们还立了一些钢筋，还砸了一楼房间里的洗衣台，撬走了抽水马桶。做这些事前，他们给整座楼断电断水，逼得我只好去办公室。走之前，我嘱咐他们，下班时一定给这楼恢复通电通水。下午五点后，我回屋，发现有水而没电。我是个从来没跟电打过交道的中年人，现在孤身在外，更得惜命，自然不敢对电闸动手动脚。我去找门卫帮忙。一个门卫带我去找后勤处。后勤处的一个女员工以为这座楼该买电了，就去南面的屋子买电。一个男职工拿着电卡来查看，知道是电闸没拉下来。拉下电闸，光明恢复，带来光明的人走回他的光明处。第二天，建筑工人走后，我下楼看看，竟然还没垒完第三层空心砖。这干活儿的速度就真跟草坪上鸡蛋大的蜗牛爬的速度差不多了。日子就这么一天天过去了，我在这不齐整的小楼里一天天地过过来了。我不知道楼下工程哪一天会竣工。在这两个月中，我看这些工人们，在劳动过程中体现出一些鲜明的特点。

慢工出细活儿

每天下午四点后，工人们下班了，我下楼像个监理一样溜达溜达，视察视察。在我的关注下，墙一天天加高，终于在第二周周末围建好了。工人们垒了十一层空心砖，留了六个窗户、两处门。围墙建好后，他们开始轧缝，在砖与砖之间的衔接处，抹水泥，压实。我经过时，看到有工人用木条一点点压实，细心耐心。砖缝抹实后，他们开始制作窗框。他们不是在加工厂把窗框加工好，拉来装上，而是拉来木料，用电锯"吱吱啦啦"地锯板切条，再装到窗洞里，这样，一天也做不好一两个窗框。不过，他们制作的那可是全实木的窗框，粗粗厚厚的，纹理清晰，质地坚实，闻起来有木头的清香味道。萨摩亚山上倒伏的树木貌似无人经管，说明这里不缺木料。工人们干了好几天，窗框嵌上了。货车又拉来了新材料。傍晚，我看是一盒盒的瓷砖，盒上赫然印着汉字，细看是产自东莞的瓷砖，中国制造啊！这让我这海外游子倍感激动与兴奋，赶紧拍图发微信朋友圈，告诉朋友们，在万里之外的小国萨摩亚，中国元素到处都有，大中华的魅力真是无处不在啊！瓷砖拉来了，这是要铺地面了。果然，第二天，工人们在一楼"吱吱吱"地锯地板砖。好在这施工噪音响响停停的，不是永不停歇，不然，楼上的我就得发疯。铺地砖的同时，工人们也在对原来的那间屋子进行大改。他们首先砸掉了原来的隔墙，卸下一扇门，挖出一个窗户，敲掉天花板上原有的灯管，然后把短缺的地方垒齐，凹凸的地方抹平，再铺上地板砖。大小房间的地板砖铺了三五天。期间有萨摩亚国庆节，公共假期从六月一日放到六月四日，工人们自然欢度假日去了。六月五日，工人们上班，继续慢工出细活儿地装修安建。首先，他们往里外墙体上刷黄色油漆——明明萨摩亚的多数建筑都是白色的，明明这座小楼的二层是白色的！怎么不刷成白色的，上下一致呢？我心里纳闷，不知道是哪位高人这样设计的！哈！在萨摩亚，必须使用逆向思维啊！刷油漆是个细活儿，几个人高马大的萨摩亚大老爷们耐心刷了两天，后来还不断有修修补补的粉刷行为，刷得倒是真均匀。因为空间大，因为不断的海风吹拂，油漆味儿对我没有造成困扰。这期间还有电与水的线路改造，大蓄水罐的北移和接水使用以及室外厕所的修建。前几天，货车又拉来了玻璃。这里的建筑基本都是玻璃百叶窗。玻璃要切成约十五厘米宽的长条，一条一条水平嵌进已装好的嵌夹里。于是，装修噪音再度响起。我住的这座楼编号是House 2，和南面的House 1同时装修一楼，切、锯的活儿都是在House 2下进行，所以，这三四天，楼下又不断响起锯玻璃的劳动噪音。我在敲这些字时，他们仍在锯着。好在，还有一个多小时，他们就下班了，忍着吧！他们装好一个窗子，就在外面钉上钢丝网。这钢丝网倒是提前整好的，拉来拧上螺丝就OK了。我看大的活儿已经趋入尾声，总不至于在这里边做门边安装吧？这里需要四扇门。门在预制厂做好，拉来装上就行了，但这是中国思维啊。不知道萨摩亚人是不是会按这一思路整门。这样按部就班、不紧不慢地干到今天，时间不短，不过，从这两个月的工作来看，萨摩亚人干活儿不赶工期。人家干得不紧不慢颇有章法和条理，不浮躁不冒失，一砖一石，认真对待。人家打着线坠儿找齐垒的墙一点都不狗牙豁豁的，人家装的窗子也恰如其分一点都不歪斜，人家铺的地板砖也平整好看，一点凹凸都没有，人家刷的油漆也均匀漂亮，一点刷痕都不见。放慢节奏，才能干出细活儿，国内有些施工人员是不是得向这些萨摩亚工人师傅们学习学习啊？！

不过，对于厕所，我想吐槽几句。本来室内有一处洗手间，完全可以留用。不知道为什么，他们在围墙外重建了两个洗手间，面积类似于国内景区的两间移动洗手间，外面还按了一个洗手池。建这处洗手间时，挖掘机开进来，在东北处空草坪上挖出一个大坑，在里面砌了一个长方体，后来又盖上盖子，我看不懂原理，应该是洗手间下水道设施。挖掘机的履带不仅压坏了草坪，还撞断了几棵花树，把被台风刮倒但还活着的一棵木瓜树撞到一边，动了树根，导致木瓜树断了命脉。不过，工人们修建的厕所倒是小巧别致。

快乐地劳动

萨摩亚人是一个快乐的群体，他们的口头语是 Just be happy。我们可以在很多地方、在很多时候领教到萨摩亚式的 happy 作风！而这些地方和这些时候，我们是不会有这些 happy 表现的。在这两个月中，萨摩亚式的 happy 表现集中在我的楼下上演：用音乐为劳动伴奏、唱着歌儿干活儿、边干活儿边大声说笑、爆笑声连绵不断！在国内，工作要讲究高效率，不能分心，很多工作场所要保持安静，自然不能播放音乐。而萨摩亚的这处施工场所是跟安静不沾边的，楼上的居民我需要安静，但楼下的工人们不断打破安静，他们用音乐愉悦劳动中的自己。在公开场合，萨摩亚人好像更偏爱那种重金属的类似于迪斯科和摇滚的音乐，我不知道这是什么音乐，反正"咚咚亢亢"的，节奏感极强。在国内，人们在公众场合听音乐一般都是戴个耳机，热情奔放的萨摩亚人却喜欢用音响放音乐。不知道哪个工人，每天都带来音响，放在一楼窗户那里。他们把音量拧到最大，音响于是震天响。萨摩亚人在公共场所说话的声音都不大，但是他们放音乐的声音却是出奇的大，他们不会考虑别人的感受。我一般上午去办公室，十二点多回家，下午在家备课写作。这一个多月来，我的心脏就在各种建筑声音和高分贝的音乐声中被锤炼得足够坚强了。不过，有两次，我的心脏实在经受不住音乐的震撼，就下楼提醒工人们把声音开得小一点。提醒也起作用，他们会把声音由一百调到八十，但不会关上，也不会让机器和人休息一会儿，基本上都是放到下午四点下班。可能那个特别喜欢音乐的人干完他那个工种该干的活儿，不来了吧？反正昨天和今天，只听到楼下有人有时唱歌，没再听到震天响的音乐。萨摩亚人喜欢唱歌，经常大笑、爆笑。楼下有的工人就边干活边唱歌或者边干活儿边聊天。他们用唱歌释放劳累、缓解疲劳，他们用聊天交流信息、沟通情感。在聊天过程中，不时有笑声传到楼上。不同的人笑声不同，但都是放声大笑、爆笑。那笑声真的很有感染力和穿透力。他们用大笑诠释性格的本真和率性，他们用爆笑释放生命的快乐和能量。当然，唱歌有唱累时，爆笑也有停歇时。

物匮不惜物

　　萨摩亚是个物资缺乏的国家，本国除了水资源丰富、植物资源相对丰富外，其他的资源相对贫乏，大多数物品依靠进口。整个国家的生存和发展都需要依靠国际社会的大力援助。就比如这些建筑材料，木料我不知道，其他的应该全是进口的，那铺地面的地板砖就是中国制造的。每一样东西都是从千里万里之外，靠货轮用集装箱装载着运过来，物价多么昂贵啊。民众该珍惜这来之不易的物资才对。不过，据我观察，这些建筑工人并不珍惜物品。这些物资其实是中国政府埋单的，因为萨摩亚国立大学孔子学院的楼房建设费用是从中国政府拨款中划拨的。我看工人们扔在建筑垃圾堆里的东西，不少是有用的。比如，废旧纸箱可以回收利用；木料可以聚集起来，作为下脚料，用于别的物品的制作，比如打制小凳子、做工艺品等。比如，工人们切割下的长方形和正方形的地板砖，是可以拼接使用的。比如，那切下来的钢丝网，有的都有三四十厘米宽，却被扔在垃圾堆里了，扔得一点也不心疼。还有那些切割下的玻璃，也被扔掉了。啊呀，我们虽然国内物资丰富，但仍然会有爱物、惜物之心，用物不奢不废。希望萨摩亚人也多珍惜、爱惜来之不易的物资，以后不要那么"大方、豪爽"了！

爬瓦艾阿山

来萨摩亚后，有一项运动吸引了我——爬山。

萨摩亚是个多山的国家。首都阿皮亚所在的乌普卢岛的中部几乎全为绵延起伏的山。这里的山没有高耸入云的气势，一般都在四百米左右。这里的多数山头无法攀爬，因为大都被原始的热带密林覆盖着。可攀爬的山头，我知道的就是瓦艾阿山。

瓦艾阿是萨摩亚语Vaea的音译。瓦艾阿山并不是萨摩亚最高的山。萨摩亚最高的山是萨瓦依岛的Mauga Silisili（西利西利山），高一千八百五十八米。童新女士和王雪峰先生给《唯文字永存》一书中的《山那边的世界》做注说，瓦艾阿山海拔是四百七十二米。爬瓦艾阿山的路径有二：近路和远路。近路路长只有八百米，以我爬山的速度，用时不到半个小时，体力好的人十五分钟就登顶了；远路路长是两千四百米，以我爬山的速度，需要一个多小时才能登顶，体力好的人四五十分钟准能登顶。

瓦艾阿山应该是萨摩亚最著名的山。

瓦艾阿山是一座文化之山，这座山的文化蕴含源于一个作家：史蒂文森。瓦艾阿山顶就是史蒂文森的长眠之地。

史蒂文森全名罗伯特·路易斯·史蒂文森（一八五〇年至一八九四年），英国作家。史蒂文森从小就酷爱文学，虽然一生多病，但文学创作力极为旺盛，其代表作有《金银岛》《化身博士》《诱拐》等。在世界文学史上，史蒂文森曾在很长时期内未得到公允的评价，以至于长期以来很多人并不了解他。直到二十世纪五十年代，他才因作品的独创性而重获公允评价，才有了恰当的文学史地位。在世界文学史上，史蒂文森是十九世纪末新浪漫主义文学的代表。他善于写新奇浪漫的事物，笔下常出现具有高贵品质的贫民、流浪汉、孤儿等形象。一八九三年，他曾创作了以萨摩亚岛民生活为题材的短篇小说集《岛上夜谭》，赞扬了岛民的纯真和智慧。

如果不是身体原因，史蒂文森是不会与萨摩亚产生关联的。史蒂文森从小体弱多病，所以，他很注意寻找有益于身体的气候和区域。从一八八〇年到一八八七年，他在美国、法国等地寻找。后来，他遵循医生的建议，尝试寻找一个气候与北半球完全不同的地方。于是，一八八九年，史蒂文森移居大洋洲的萨摩亚养病。一八九〇年，史蒂文森在Upolu岛上购买了四百英亩土地，建立了自己的栖身之所，他将其命名为"Vailima"（现在，这里建有史蒂文森纪念馆）。史蒂文森来到萨摩亚后，很快进入当地的政治圈子中，但他得到当地人的爱戴主要源于他的文学作品。他被萨摩亚人称为Tusitala（萨摩亚语：故事作家）。一八九四年，史蒂文森病逝在Upolu岛上。当地人抬着他的遗体，硬是踏出一条通往瓦艾阿山顶的路，把他安葬在山顶上，让他可以永生眺望他喜爱的大海，永远面向他热爱的一切。这条路就是现在登山者常走的那条远路。在史蒂文森墓碑上，人们镌刻上了他自己创作的《挽歌》："宽广的夜空繁星点点，星空下掘墓我躺得安然。我生也喜欢死也喜欢，我躺下之时有个意愿。请在我墓上刻上这几行：他躺在他向往的地方，如同出海的水手返回了故乡，上山的猎人回到了家园。"史蒂文森"躺在他向往的地方"了，萨摩亚人怎能不为长眠着史蒂文森的瓦艾阿山而自豪呢？

瓦艾阿山之所以有文化蕴含，还与一个萨摩亚人代代相传的传说有关。过去，有个叫瓦艾阿的巨人爱上了美丽的姑娘阿帕乌拉。后来，阿帕乌拉被人抢走，瓦艾阿伤心欲绝，心痛不已，最终化成一座山，站在海边。阿帕乌拉闻讯后，痛不欲生，天天以泪洗面，她的泪水汇聚成了河，从瓦艾阿山上流下来，汇聚成了山下的瀑布。

因为与史蒂文森的关系、因为蕴含着悲情的传说，瓦艾阿山成为萨摩亚人的骄傲，成为萨摩亚文化的象征。在萨摩亚的文学作品中，瓦艾阿山常常出现。如在二〇一五年的"史蒂文森小说大奖"的优秀作品集《海洋·家园》的第九篇"萨摩亚书写"中，就有三篇作品提到瓦艾阿山，它们是《老鼠和八爪鱼》《折翼天使》《梦回萨摩亚》。在《老鼠和八爪鱼》中，有这样的交代：布雷恩老师"决定今天的两节英语课带我们去爬瓦艾阿山，山顶上有罗伯特·路易斯·史蒂文森的墓，我们今天要学习史蒂文森墓上的挽歌"。在《折翼天使》里，母亲给儿子讲"巨人瓦艾阿变成一座山矗立在阿皮亚的中心"的传说。在《梦回萨摩亚》中有这样的叙述："她带我到山上去玩，去一个著名作家安葬的地方。那山上可真美……"再如，获二〇一六年的"史蒂文森小说大奖"的优秀作品集《唯文字永存》的第一篇是《山那边的世界》，里面有这样的语言："瓦艾阿山从太平洋第拔地而起，俯瞰阿皮亚全市。""站在山顶，阿皮亚城的美景尽收眼底。""要想看到这美景，你就必须克服一切艰难险阻，攀登到瓦艾阿山的顶峰。"

我是一个易于被文学"蛊惑"和牵引的人。今年四月一日下午第一次去爬瓦艾阿山时，我还不知道这山跟史蒂文森的关系。爬到山顶，与史蒂文森墓不期而遇，顿时有相见恨晚之念，亦生此生何幸之感！从此，每去爬瓦艾阿山，都感觉是去跟史蒂文森会晤，是去感受他的文学气息。站在山顶，看山间袅袅的雾霭，感觉那是一股股"文气"，感觉自己就被这"文气"环绕着、浸淫着。

除了作家史蒂文森的原因，我喜欢爬瓦艾阿山，还因为瓦艾阿山有自然优美的风景。一座山，缺了独具特色的景致，就不会对人类产生吸引力。瓦艾阿山的景色，可用野、秀、幽来概括。山间溪流灵动流淌着跌宕的美，山中气象舒爽自然。在通向山顶的路旁，各种植物完全呈现自然自由的状态：树木杂然，高大的乔木和低矮的灌木共处一方天空之下，各种藤生植物无序地攀附在它想依靠的树身上。树木粗细无均，高低参差，种类不一，颜色各异。高大的酸角树间旁，野塔罗壮硕地彰显生命的活力；附壁而生的铁线蕨丛中，野草花自由地开出个性的艳丽。走在路上，常见路旁或林间的一棵或几棵树倒伏在那里。有的树，枝干横着，枝头依然绿意盎然，树根处，新的树芽已颤颤巍巍地迎风送雨了。生——死——再生，自然的进程就这么演绎着。有的树干上长满了厚厚的苔衣，有的长出了璎珞般的树发，它们横斜出古怪却自由的样态。而瓦艾阿山并不雄伟高大，也无悬崖峭壁，它美在秀丽飘逸！站在瓦艾阿山顶往对面眺望，但见为丛林覆盖的群山连绵起伏，郁郁葱葱。某处上方水气充沛，则云雾与树头缠绵；某处上方艳阳高照，则林顶光亮葱绿；某处上方有云彩当头，则下方树林必有阴影，于是，几团色彩灰暗的林梢与亮光的林头巧妙地组接成色彩斑斓的图画。如果站在对面山头往这边看，景致肯定也是这般秀逸。当然，瓦艾阿山的美还在于"幽"：幽清、幽静、幽寂。这里无车马喧嚣，是典型的深林人少至处。爬山途中，走某一个路段，只听到自己的脚步声，偶尔会有人声传来，一副"空山不见人，但闻人语响"的意境被营造出来了。而走另一些路段时，会听到卢皮鸟"咕咕"的叫声，还有叫不上名字的鸟儿发出的"嘀哩哩"声，偶尔，从某处山凹传来一两声牛"哞"，雨季还有溪流的"哗哗"声。这一切，衬得整个山中气象愈发静寂。当卢皮鸟"咕咕"地和着林涛演奏森林和声时，一股清幽之气沁人心脾。走在路上，听着山间溪流淙淙之声，感受山风的轻抚，看铁线蕨似"少女的发丝"，寂然而雅致，顿生"寻胜在清幽"之感。再看酸角树、红豆树、蝎尾蕉在路旁站立千年的姿态，我真想停下来陪着它们感受这林中的静寂和幽然。无奈，瓦艾阿山的蚊子太"热情"，招呼得我不敢在路上"痴迷"太久。

哦，对了，瓦艾阿山还是一座天然森林大氧吧呢！其实，从自然环境看，萨摩亚就是个世外桃源，这里没有城市的喧嚣，没有工农业的污染，仅有的污染就是汽车尾气。不过，萨摩亚人口很少，公路上还能有多少汽车在跑？况且汽车尾气被风一吹，直接进入四周的海洋里去了。萨摩亚的地上除了房屋和公路，就是树木和草坪，整个国家的空气称得上"清新"，负氧离子浓度极高，空气质量天天为"优"。而俯瞰着首都阿皮亚的瓦艾阿山则更是一座天然大氧吧。瓦艾阿山只是乌普卢岛上连绵的山脉中的一部分，隶属于 Vailima Botanical Garden（威利玛植物公园）。进入其中，满眼都是蓊蓊郁郁的杂树野木、杂草野花。其空气中的负氧离子多得几乎可以伸手抓，而且一抓一大把，绝对有清肺排毒的功效。走在山路上，大口呼吸，甜润润、清寂寂的空气沁人心脾。毫不夸张地说，瓦艾阿山就是一座具备清新活力的养生山，就是治愈系的最佳环境。置身在清新的绿色中，呼吸着洁净的空气和林中负离子，感觉深入肺腑的美意和舒适。爬瓦艾阿山，真能让我放松精神。在这里，人人都可以尽情吸收负离子这"空气维生素"，接受"大气浴""森林浴"的洗礼，都能排出体内的浊气。这种独特享受，怎一个"爽"字可以概括？！在呼吸清新的自然空气时，不必承受太阳的暴晒，是爬瓦艾阿山的又一大好处。萨摩亚的大太阳白花花的，很毒很晒人。但是，爬瓦艾阿山绝对不用担心被晒着。爬山的近路和远路两边的树木都连天蔽日、簇拥成荫的，阳光晒不着人，而人在林荫下却绝不会有憋闷压抑之感。爬瓦艾阿山就是这么酷妙，这么美！

这么一座瓦艾阿山，怎能不吸引我这老驴友的兴致呢？自从4月1日第一次爬上瓦艾阿山顶后，爬瓦艾阿山就成为我与史蒂文森及其作品进行交流、欣赏自然美景、锻炼身体和愉悦身心的最好方式了。爬瓦艾阿山，需进Vailima Botanical Garden，进门就意味着进入瓦艾阿山植物公园了。这里，除了山下有人工修建的入口廊道和两三处房屋外，通往山根的小路基本是原生态的，路窄得并排走不得两个人，路面多的是火山岩碎石和杂树根。小路右手拐弯处，就是绕山溪流顺地势跌宕而成的瀑布。哦，那是传说中阿帕乌拉流的眼泪啊。瀑布汇成水塘，经常有人在水塘里纳凉。沿溪流岸边前行，走到溪上小木桥处拐弯上桥，过了木桥就进入登山小路了。我最初来爬山时，小路依山势蜿蜒而成，几乎呈现纯原始自然的状态。近路的右边是山坡，左边是山。路很窄，窄得不能并排而行。路上石头、树根很多，因为雨多，也很泥泞，需要时刻注意脚下，不然，会被石头或树根绊倒，或会滑倒。后来，管理部门不断派人修护，给原始自然的小路修砌上石梯或木梯，把横倒在路上的树拦腰锯开或挪开。这倒是方便了，也安全了，但我这样的老驴友却并不买账，我就喜欢爬那原始的路径，那样更新鲜、更刺激。除了路径维修过之外，瓦艾阿山没有任何商业气息，进门不要门票，爬山没有游览车，沿途没有食物与旅游物品售卖。

我们每次都是从近路爬上去，从远路走下来。尽管有国内数年的爬山历练，爬瓦艾阿山并不太费力，但还是必须有坚持到底的决心和攻坚克难的毅力以及恰当分配体力的科学方法，方能成功登顶。这大半年，跟我一起爬山的驴友还都很年轻，他们一般都会照顾我的体力，将爬山的速度控制在我能承受的速度内。我们一般是一鼓作气爬到一半距离处稍作休憩。那里正好有一段十几米长的稍微平缓的路，站在那里恰好可以俯瞰山下，或眺望对面的山峦。俯瞰时，山下人家、教堂等建筑、蜿蜒公路上的车子，都在仰视我们，甚至在小路上穿梭的流浪狗也向山而吠。眺望对面，热带雨林做衣裳的层峦叠嶂，起伏蜿蜒着自然的鬼斧神工。休憩后再前行，不久到达三分之二处。在那里，我们几次目睹一对老年白人夫妇。他们坐在两棵大树间的树根上休息。我们彼此都热情地打招呼。之后，再经过两个拐弯就到山顶了。这两个拐弯的每一折都有三四十米远，拔高频率较快。这一段路，我常常爬得汗流浃背、气喘吁吁。不过，只要稍稍坚持，就能顺利登顶。登上山顶的刹那，一股冲天豪气油然而生：我又一次登顶了！站在山顶眺望西面、东面，被绿意花式覆盖的山脉高低参差、空幽寂静。往南有下山的路，那是当年萨摩亚人用脚踩出的上山之路。而往西北望，首都阿皮亚尽收眼底。那里，彩色的大海因蓝天白云的陪衬愈发清澈平荡，海滨路如同一条缎带在各种风格的建筑物间穿插。港口在吐纳货物，那是萨摩亚开向全世界的窗口；政府大楼在运筹帷幄，那里有萨摩亚的精英在决策国事；各类商场在运转资本，书写出萨摩亚的商贸气象；餐饮场所在迎送顾客，那里有萨摩亚的人间烟火。这一切都与海边的椰林和建筑物间的繁花互相掩映，呈一副无与伦比的美景图画给山顶上的史蒂文森和登山客看。而我，能在已过知天命之年后站在史蒂文森长眠之地旁边欣赏萨摩亚美景、感受世事沧桑和人间美好，幸哉美哉！当然，我怕惊扰了史蒂文森，不大声呐喊，不多做逗留，一般十几分钟就沿远路下山。就这十几分钟的时间，山顶的一部分蚊子就基本上被我们几个人喂饱了。哦，对了，萨摩亚的蚊子基本上都是"哑巴"，咬人前基本不"嗡嗡"着发一通吸人血正确的议论，这让它们显得有些可爱；但被它们咬了后会痒痒好几天，这让它们显得非常可恶！

喜欢爬瓦艾阿山的人，不多也不少。据我观察，数量最多时也不会超过20人，不像在国内，不管去哪里，人都多得摩肩接踵的。常见的有：一对白人老年夫妇、一对白人青年男女、萨摩亚一些爬山爱好者（有男有女，有成人有儿童）。在萨摩亚驴友中，有一个爬山达人。据说，他曾去中国留过学，现在在萨摩亚经营二手车买卖。他那不叫爬山，他那就叫跑山。与我们同时起步，我们在二分之一处歇息时，他下山与我们相遇；等我们爬到顶，他已经坐在上面怡然自得了。我还在半山路上见到一个NUS女同事。她说，她爬山是为了减肥。后来她以离家太远为由不去了。

我们每次爬山的队伍人员不等。有时多，有时少。最浩浩荡荡的一次是我们与漂洋过海来看我们的亲人组团去爬山。那次的十一人拉成很长的爬山阵线。先登顶者已在赏景了，初次登山者还在半山腰处大口喘息呢。因为能感应到山顶亲人的召唤，山腰喘息的人咬紧牙关，憋足一股劲儿，大汗淋漓地登顶，体现出坚持就是胜利的精神和坚持就能胜利的现实！我们在山顶谈论史蒂文森的成就，我们在山顶指点萨摩亚的美妙江山，我们在山顶感受克服困难到达目的地后的快乐。

我有一个爬瓦艾阿山的忘年伙伴——一辰。一辰是乔老师的小女儿，今年才六岁。目前，一辰还没有她姐姐那样的学习压力，所以，乔老师每次爬山都会带上她。一辰爬山速度比我们任何人都快，每次她都是我们的"领头雁"和"带头羊"！而且人家一辰一路上基本不出汗，一路上都精力充沛，神情休闲自在！在路上的一辰，小嘴巴叽叽喳喳，如同山里的小鸟儿，说着她世界里的人事物景，给我们很多惊喜；在路上的一辰，细长腿儿蹦蹦跳跳在狭窄崎岖的小路上，像山间的小麂一样，跳跃她生命里的那份自然素朴与纯真，给我们很多震撼。每次爬山，只要有一辰在，我的心态就立马年轻三四十岁！在山路上，一辰走在前头，我跟在后头，听她的奶声奶气，如同听嘤嘤鸟鸣、淙淙溪响。

记不得我去爬了多少次瓦艾阿山。第一次去爬，时间是我来萨摩亚半个月后的四月一日下午。那次爬艾阿山，我知道了这山的文化蕴含，欣赏了这山的清幽景致，呼吸了这山沁人心脾的"空气维生素"，便爱上了这山，爱上了爬这山。最近一次去爬，时间是在十月十七日下午。十月十七日是农历的九月初九，是国内的重阳节，受重阳节古典情结"蛊惑"的我们去爬瓦艾阿山。没有茱萸条可插，我在头发上别了一朵黄色的素馨花；没有桂花酒可饮，在各自返家的路上，几名男士每人买了两瓶"Vailima"啤酒，回屋独自畅饮萨摩亚式过重阳节的浪漫去了。

曾想：当离开萨摩亚的日子临近时，我们要最后一次去爬瓦艾阿山，向它告别。谁知道呢，也许那一天真的来到时，我们会悄悄地离开，不去惊扰史蒂文森，不去惊扰瓦艾阿山。其实，告别不告别，瓦艾阿山都在那里。哦，我们这些爱爬山的过客，已经把瓦艾阿山保存在生命的硬盘里了。未来日子里，按不按点开键，瓦艾阿山，都在！

我的学生雷诺阿

雷诺阿是一个选修"初级汉语"课程的女学生。

雷诺阿就读于萨摩亚国立大学艺术学院。

雷诺阿是我按她名字的英文发音给她取的中文名字。

雷诺阿有一张鸭蛋形的脸，有光亮的额头，有尖尖的下巴。雷诺阿身材高挑，不胖不瘦。这些都让她有别于她的萨摩亚同龄伙伴。雷诺阿的皮肤也比多数萨摩亚女孩白。雷诺阿长发及腰，但发丝较顺直，不像她的多数萨摩亚同学的那么卷曲。

我注意并记住雷诺阿，并不是因为她的外貌，而是因为她在学习汉语时与众不同的表现。

雷诺阿从不迟到早退和缺课。萨摩亚学生有不少上课迟到的，雷诺阿每次都按时到教室来，从不迟到。NUS的汉语课和日语课是选修课。学生一学期基本上都选五门课。一旦必修课与选修课时间冲突，一些学生就放弃了选修的汉语课程。有的同学不愿意放弃，就第一节课上汉语课，第二节课去上别的必修课；或者第一节课在别的教室里听别的课，第二节课来学汉语。所以，"初级汉语"课堂存在早退或缺课现象。还有的同学因为家里或学校有事（比如要参加足球赛，比如要为Samoa Culture Day演出进行日常排练等），也会缺课。雷诺阿也选了五门课，但她没有缺过课，也没有早退过。即使在八月三十一日NUS举办Samoa Culture Day、全校学生都不上课的情况下，我去教室，她仍然在那里。她没有去看演出，而是在教室里等我上课。NUS第二学期的"初级汉语"课程，每周上三次，每次两节。现在已上了七周二十一次四十二节课了。在我的考勤表上，雷诺阿是班里少数几个不曾迟到、早退与缺课的学生。我想，从不迟到、早退与缺课的雷诺阿，学习汉语的态度是很积极的。这说明她一定是真的很喜欢汉语，真的想学好汉语！

　　雷诺阿永远坐在教室第一排靠窗户的位置上。因为学生少，NUS的很多教室基本都只有一大间。萨摩亚的大学生没有挑剔座位的习惯，本来他们也没有固定的教室。同学们走进教室，哪里有空就坐哪里。在学"初级汉语"的学生中，有四五个女生每次都喜欢扎堆坐，上课时，她们喜欢做小动作。还有一男一女两个同学，每次都是一起来、一起走。男的喜欢戴顶软布宽沿系带帽，女的不太爱说话，但很聪明，集体回答问题时，基本能说出来。他们每次都坐在最后一排。雷诺阿与他们都不同。因为她每次都是第一个来的学生，自然就选坐在她想坐的位置上。她就选坐在第一排靠窗户的位置上。我猜，坐在这个位置，离黑板近，能看得清我板书的笔画、笔顺，学习也不容易受后面同学的干扰。有的同学注意力不集中，喜欢说笑打闹，坐在她们前面的雷诺阿从不回头参与。我从她对位置的选择上看到的是她学习汉语的认真态度。

　　雷诺阿坐姿比较端正，书写姿势良好。从幼儿园开始，教师对萨摩亚学生的书写姿势并没有严格要求。在萨摩亚，常见用左手写字的人，在教室里看萨摩亚学生书写，就像看到一阵大风刮过后的麦田，此起彼伏：有的学生身子趴在课桌上，有的学生斜着身子歪着脑袋。有的同学捏着笔头写字，有的同学斜着本子写，有的同学更是将本该与身体平行的本子竖成直角写。汉字是方块字，很美。但书写姿势不对，写出来的字难免七扭八歪，很难看。我纠正过学生的书写姿势，但习惯已经成了自然，很难纠正。雷诺阿却与众不同。她的书写姿势基本正确，书写时，腰直身正，眼睛与纸张保持合适的距离，握笔的姿势也正确。虽然目前她写出的汉字，大小还不是很工整，但每个字都大致横平竖直，结构也较合理。这对于一个只学了不到两个月汉语的外国人来说，已经很了不起了。

　　雷诺阿上课基本不会分散精力。真正想学习汉语的人，真该好好珍惜汉语老师实地授课的机会。不过，在萨摩亚，一些大学生们对未来也没有太长远和深入的打算。他们出国发展，首选地是新西兰，其次是澳大利亚。去这些英语国家学习，不必重选一门新的语言。所以，有些人选修汉语，只是因为这些年在萨经商的华人越来越多，他们想了解一下汉语，掌握简单的汉语会话。有的学生就是想拿个学分。而且，萨摩亚学生学习讲究快乐为本，在学习时，他们有时表现得比较散漫自由。有时，当教室外面的足球场上有学生进行激烈的足球对抗赛时，一半以上学生的注意力就被那些奔跑着的"荷尔蒙"吸引过去了。雷诺阿就与众不同。她在课堂上，注意力一直都很集中，一直跟着我的节拍来。我领读的时候她跟读，我让学生自读的时候她自读；我让学生看我板书时的笔画和笔顺，她就看着，我让学生当堂写汉字她就写汉字；我教唱汉语歌她就跟着唱，我放汉语教学视频她就瞪大眼睛仔细看。在萨摩亚中学教学的老师告诉我，互动式教学在萨摩亚的中小学是行不通的，但在我的汉语教室里，雷诺阿是一个注意力集中、积极参与课堂活动的大学生。

雷诺阿会按时上交作业。我每个周布置一次作业，周五上交，成绩计入期末总成绩。而且，学生期末成绩的好坏，直接跟他们的奖学金相关，这在注册时，我就已经告知他们了。但有时候个别学生还是不写作业。雷诺阿学习汉语以来就没出现过不写作业的情况。每个周五下课时，她都及时上交作业，而且，她的作业基本上做到了保质保量。在我的萨摩亚学生群体里，她是与众不同的。与众不同的表现带来的是较高的学习效率和较好的学习效果。

比如听写拼音。为提高学生的听力，我每节课都会让学生做听写练习。我让两个学生到前边来，我用汉语发音，让学生往黑板上写听到的词语的拼音。在叫到雷诺阿时，每次，她都能写出绝大多数词语的拼音来，个别字的声调写错了，我重读一两遍后，她能够听出正确的声调来。与她一起听写的学生，相比较而言，听写的正确率就比较低。

比如汉字书写。在英语环境里教汉语，一个难题是怎样让学生愿意写汉字。我放视频让学生了解汉字之美，并举了包括我的姓在内的多个例子说明汉语学习不能止于拼音的掌握。我姓"隋"，这个汉字的拼音是"suí"，"suí"除了是中国人的"surname"，还有"随"（along with）和"绥"（pacify）的意思。不能见到"suí"只知道是"surname"，还得认识"隋"，知道"隋"不是"随"和"绥"。拼音只是汉语学习的基础，不是汉语学习的终点。只有认识汉字并能书写一定数量的汉字，才能真正理解汉语、学会汉语，并真正了解中国文化。为此，我在反复讲汉字的笔画、笔顺及书写规律后，每节课都让学生写一定数量的汉字。雷诺阿总是按我的要求去做，写出来的汉字布局较恰当，字形也挺美观，而且，她的书写速度也比其他同学快。

比如意思互译。为提高学生的理解和记忆能力，在课堂复习时段里，我会写出一个汉语词语，问学生英语中的意思；或者说一个英语单词，让学生说出对应的已经学过的汉语词语的意思。在练习过程中，有的同学茫然不知，有的同学需现查教材或笔记方能说出来。雷诺阿基本上都能较快地说出来，准确率也比较高。

比如阅读理解。学完一则会话，我会设计几个问题，让学生回答，以考察他们的阅读分析能力。比如，学完课文中的自我介绍后，我会设计选择题、填空题、问答题若干，课堂提问学生，让他们当堂回答。雷诺阿是最积极主动的发言者，而且，多数情况下，她的回答都是正确的。

任何一个老师，遇到态度认真、学习努力的学生，都会打心眼儿里喜欢。我就很喜欢雷诺阿这个萨摩亚女学生。在汉语学习方面，我不能预测她会走多远，但从她目前的表现来看，只要坚持下去，她的汉语水平一定会飞速提高的！

当然，雷诺阿也有小"缺点"，就是她说话声音很小很细。课下问她个问题，她回答时的声音，有时让我听起来有些费劲。

但其实这不是缺点，因为萨摩亚人喜欢那些"文雅娴静、柔声细语、轻脚慢步的姑娘"。在公共场所，萨摩亚人说话都是轻声细语的，而在私底下，萨摩亚人却喜欢放声大笑。但不管是在课上还是课下，雷诺阿都是浅浅地微笑。

作者与萨摩亚国立大学学习汉语的学生，上图前排左二为雷诺阿。

小精灵

在萨摩亚的中国援教队中，有一对夫妻：丈夫乔老师，妻子张老师。他们带来了自己的两个女儿：十二岁的乔一凡和六岁的乔一辰。乔一凡，乔一辰，一听这名字，就知道她们的爸爸妈妈肯定不是一般人，这名字取得那叫一个好啊！语音响亮好听，笔画量少易记，字形简洁优美，寓意清雅美好。

乔一凡、乔一辰的爸爸乔老师在 Somoa College 任教，教中学生数学，但他很多时候都是在给这所中学的老师解题、讲数学教学法。妻子张老师在另一所中学教数学，是学校的主力教师。这两位都是国内名牌大学毕业的博士。让两位数学博士教萨摩亚的中学生数学，你会立马想到明珠弹雀、牛刀割鸡、大材小用等成语。哈哈，我们队伍里还有一个研究爆炸理论和实践的诺贝尔的"徒弟"崔博士呢！另外，Ms 石和 Mr 曲也都是博士！这三位博士也都在萨摩亚的中学里教数学。乔老师、张老师来到了萨摩亚，他们的两件"小棉袄"一凡和一辰自然也跟着来了。她们在萨摩亚不同的学校里上学。

一凡、一辰的日常生活由她们的奶奶打理，学习由她们的爸爸妈妈辅导。一家人和和美美的，在萨摩亚过着神仙般的生活。

一家人都有着令人羡慕的好身材。不说乔老师的顺直、不说张老师的曼妙，且说一凡、一辰的身姿。其实，一凡、一辰都还处在身材尚未定型时，但这两个女孩，让人看一眼，首先不能忘的就是她们的外形。一凡正是豆蔻年华，像春风擎起的一枝花骨朵。一凡直而长的腿，羡煞拍照用"美颜"拉长腿部的女性；一凡骨骼适度均匀，目测是典型的舞者身材。一辰还只是个小女孩，是春风里刚破土摇曳的花苗。这株花苗没有同龄小孩的婴儿肥，修长的小身材是追着姐姐随风而长的。姐妹俩都留着长长的头发，都是瓜子脸，都是双眼皮，都有着比例协调、恰到好处的五官。姐妹俩是两朵好看而内敛、漂亮而不俗、完美而真实的花朵。她们来萨摩亚已经一年有余了。她们在萨摩亚的太阳下奔跑，在萨摩亚的风雨里生长，都把皮肤晒得黑黑的，健康自然、活泼灵动。虽然，我认识她们还不足两个月，但在我眼中，她们就像太平洋里游动的小鱼，自由而快活；就像萨摩亚天空中的云朵，轻盈而诗意；就像阿皮亚山间奔流的小溪，清澈而朗然。

啊，一凡、一辰！给你们插上翅膀，你们就是两个小天使；给你们带上花环，你们就是两个小仙女！在我心中，一凡、一辰就是我们援教队伍中的两个小精灵！

这两个小精灵年龄不大，却已经走过万水千山了。一凡不足十岁、一辰还吃奶瓶时，她们的爸爸妈妈就带着她们远涉重洋去了美国。二〇一七年初春，她们又跟着爸爸妈妈长途跋涉地来到萨摩亚。所以，与同年龄段的孩子相比，她们早已足行万里路了，见识自然是多而且丰的了。

与一凡、一辰接触，首先让我赞叹的是两人都能讲一口流利的英语。虽然，把一个小孩子扔到非母语的人群里，小孩子会很快适应，但我还是很想为她们点赞，还是打心眼儿里佩服她们！现在，一凡、一辰的日常会话是英语，但在家里，她们是用中文与自己的爸爸妈妈聊天的。在一凡看来，如果全用英语表达，恐怕她爸爸妈妈会跟不上的。小精灵般的一凡，已经可以在英语方面笑傲乔家、小觑她的博士爸爸、博士妈妈了。

其实，一凡、一辰的爸爸乔老师幽默而进取，是数科院的栋梁之材；一凡、一辰的妈妈张老师沉静而向上，是聊城大学女教师中的出类拔萃者。他们不仅把自己的学术研究做得有声有色，而且在教育两个女儿方面方法得当，措施得力。两个小精灵身心健康，正面阳光。

我们眼中的小姐妹，有深情厚谊。从前我不认识她们，现在，我看到的是她们在萨摩亚生活里的陪伴、关心、照顾和包容。这一点，姐姐一凡做得真好！她带着妹妹做游戏、唱歌，教妹妹跳舞，在妈妈不在家时，照顾妹妹的生活起居，俨然一个小大人。一辰也很乖，当五六个成人在那里高谈阔论时，一大一小两个小精灵在那里练习舞蹈：姐姐的舞姿娴熟优美、带动有方，妹妹亦步亦趋，舞蹈动作偶尔滞后于姐姐，但基本可以衔接起来。该转圈就转圈，该扭腰就扭腰。她们像屋檐下盘旋的两只燕子，叽叽喳喳着自得其乐的快意；又像枝头上摇摆的两朵花儿，晃晃悠悠着无忧无虑的诗意。听着一凡亲切叫妹妹的声音，听着一辰稚嫩的喊姐姐的童声，我的心都要化了啊！我想，一凡、一辰表现在萨摩亚生活中的这种依靠、包容、帮扶里的姐妹爱意和深情，一辈子都不会输给时间的！

一凡已经到了盈盈萌动心田的年龄，也就是到了爱美的年龄了。看她，照相也会摆姿势了，周日出游还穿高跟鞋呢。她已经开始审视现实的自我，期盼理想的自我的达成。一辰还小，正从幼儿期向童年期转变，这时，姐姐榜样的力量就是无穷的，而我们看到的都是一凡阳光般的笑容、天使般的行为，起到的都是正面的积极的作用。

一凡是个爱读书的孩子。因为勤于读书，已经戴上了近视镜，镜子遮住了她好看的双眼皮了。一辰还小，但在姐姐的带动和爸爸妈妈的引领下，已然养成爱读书的习惯。我记得有一次去她家，她拉着我去她床上坐着读书。双博士的女儿，耳濡目染的是父母勤奋读书的行为和形象，怎么能不热爱书籍呢？

我们知道，在现代，好看的小姑娘千千万万，走遍千山万水的孩子也不鲜见，但惹人怜爱、让人喜欢的不多。很多孩子只是爸爸妈妈眼里心里的宝宝，却是别人眼里的"熊孩子"。但是一凡、一辰是我们大家眼里的安琪儿，是我们心目中的宁馨儿。

比如，每当我们聚餐时，饭菜杯盘未曾放置妥帖前，姐姐一凡总是带着妹妹一辰做游戏唱歌跳舞等。我看到过不少饭菜刚上桌小孩子就伸手抓饭菜的场景，一凡、一辰却像两个小淑女，在一边自娱自乐地等着，准备还在进行中时，她们是不会围着饭桌转的。

比如，跟着我们出游时，一凡、一辰有什么意愿，因为种种原因不能达成，她们都不会大吵大闹。某周日，我们陪Apple一家三口出游。在一片原始森林的外面，乔老师停下车子，准备带我们去看"Ma Tree"。因为早晨起得太早了，一辰困倦了，躺在车上不想下来。本来嘛，成人与孩子对这个世界的看法是不一样的，成人和孩子对待本性的态度也是不同的。我们想看的"Ma Tree"，对一辰吸引力并不大。但是，一辰也就是不想下车，对着她妈妈撒着娇而已，并没有大吵大闹，没有一般小孩子的戾气和放纵后的放大了的焦躁。乔老师带娃特有经验，他让我们先走。在"TO SUA"（俗称天坑）那个景点，一凡想下去游泳。她特意顶着萨摩亚的大太阳回车里取来泳衣泳裤泳镜等物品。但是，我们几个成人都不会游泳，没人能陪着她下去，天坑又很深很陡。兴致勃勃的一凡有些丧气和失意，但她也只是郁郁地坐了一会儿，并没有发脾气。这样的克制和自律，是天生的性格的平和温婉使然，也是一种涵养啊！

在一个成人的队伍里，只要有了孩子，就增添了许多话题和欢乐，就有了无限希望和生机。所以，我们不仅把一凡、一辰看作孩子，还当成我们队伍中的一员。她们是乔老师、张老师的女儿，也是我们大家的宝贝儿。我们聚会时，一辰喜欢往她崔叔叔的怀里靠，偶尔也会靠到我怀里。每当她靠过来，奶声奶气地说话时，那份小爱娇，那种小天真，真的是能融化人心的啊！她和她姐姐是上天派给我们援教队的可爱美丽的小仙女、机灵聪俊的小精灵！

一凡、一辰的爸爸比我小十几岁，我不可能叫他"老乔"，我也不愿意把"大乔"的称呼送给他，因为那是我对一凡的专称。我常常在乔老师面前，叫一凡、一辰为"大乔""小乔"。但在心里，我更愿意叫她们"小精灵"。

因为史蒂文森，常成忘年攀伴。一辰与作者在登瓦埃山的山路上。

印象翁总

今天，我想写一个人——翁总。

翁总的名字是翁维捷。我听很多人叫他翁总，我也就叫他翁总了。

在萨摩亚，翁总是一个传奇，他来萨不足十年，却成为萨国商界的精英与风云人物。关于他的从商经历，他如何在惊心动魄的商业大潮中运筹帷幄并战胜各种惊涛骇浪成为商界传奇的故事，我的朋友石老师会以历史和学术的眼光，为翁总作传，详细爬梳本是普通人的翁维捷成为商界传奇人物翁总的来龙去脉。而我与翁总并无深交，只见过四次面，所以，我写的是翁总留给我的印象。我要尝试的是在已然成为传奇的翁总身上，寻找那些普通人应该具备却普遍缺乏的东西。

我其实并不是一个善于观察的人，我也很感性。细细思量，翁总给感性的我留下的总体印象可用两个字概括：有趣！

翁总说的一句话给只有几面之缘的我留下了深刻印象。他说："我喜欢跟有趣的人交往。"我不知道他所说的"有趣"的标准是什么，但我知道，你要让世界以有趣的面貌展示给你，你自己必须以有趣的灵魂展示给世界。换言之，喜欢跟有趣的人交往，自己必得是有趣之人！

一份调查证明，在英国，人们对一个人的最高评价是这个人有趣。在美国，人们不仅当有趣是人的一种性格，而且是一种可贵的品质。我教"中国现代文学"时，对那些有趣的作家总是情有独钟，多有留恋，总是讲了又讲。给许多读者留下斗士印象的鲁迅先生"是百年来中国第一好玩的人"（陈丹青《笑谈大先生》），被鲁迅骂过的夏衍说"鲁迅幽默得要命"。鲁迅其实是一个有趣的人！老舍、林语堂、钱钟书以及当代作家王小波、莫言等，都是有趣的人。我曾在一次改卷间隙，

翁维捷给聊城大学老师送行

问现场很多人：假如在《红楼梦》的金陵十二钗中，你只能选择一个你欣赏和心仪的人，你选谁？有的人顾左右而言他，我师弟却深情款款且斩钉截铁地回答：永远的林黛玉！我问为什么，他说，因为林黛玉虽然有小脾气，但她有趣！我因此而在诸多事情上为我师弟打call。可见，我自己喜欢有趣的人，才会在遇见有趣的人时，欣赏与赞美他（她）。

有趣是我对一个人的个人魅力的最高评价。

翁总是一个有趣之人。

有趣与无趣相对。有趣就是interesting，就是interested。有人说，有趣是对精神世界的深远的探求。说一个人的精神世界，总显得玄乎深奥，必得坐实在这个人的现实行为中，方显出说服力，方给人以现实感和亲切感。

从本质上说，有趣其实就是一场愉悦的意外，是一种惊喜。换言之，一个有趣的人能给初次相遇的人，留下意外的愉悦与非同寻常的惊喜。我在邂逅翁总时就感觉自己是邂逅了意外。由于职业与性格关系，我的朋友圈里只有少数人是商人。有的商人精明能干、开拓进取，但心思只对准挣钱用力，与钱无关的事都置若罔闻；有的商人自视甚高，傲慢无礼，与之交往，或者被其轻慢，或者被其利用。而我从书籍和视频中了解的商人要么太过理想化，要么太奸诈庸俗，均属无趣之人。今年二月底，当我确定了要来萨摩亚任教后，我就在网上搜罗与萨摩亚有关的信息。我看到Diasy和Coco发在公众号中的《结缘萨摩亚华人》（二〇一六年七月）一文，也读到了刘燕老师发在微信公众号里的文章《刚好遇见你：奋斗在萨摩亚的中国人》（二〇一七年十二月）。这两篇文章记录的主角都是翁总，我也因此知道了翁总的一些情况。这两篇文章都没有用"有趣"来概括翁总的品性和魅力，所以，我心目中的翁总主要是一个热情豪爽、勤勉进取的华商形象。但我偶遇翁总时，翁总留给我的第一印象却变成了"有趣"，这是一种意外。我不知道翁总对自己的总体评价是什么，我是觉得他是个有趣之人，而且不是一般的有趣！话说四月十八日下午，崔老师和我去阿皮亚飞机场接从瓦努阿图、斐济考察归来的石老师、曲老师、乔老师和一凡、一辰。停好车后，我们先去出港口处看了一眼。在出港口门外，有几张联排座椅，座椅上稀稀落落坐了几个人。崔老师一惊一乍地说，那个人好像是翁总。我不认识翁总，不能附和他，只是看了看坐在第一排连椅上的那个低头看手机的人。那人穿着天蓝色短袖衬衣、深色长裤和凉鞋。这幅装束就与萨摩亚人不同，也与来萨摩亚的中国人不太相同。因为飞机尚未进港，又因为下起了雨，我们离开出口溜达到别处避雨。当出港口开始显现乘客身影时，我们赶紧回来。这时，崔老师确定了站起来正看向我们这边的人就是翁总，于是跟他打招呼，并介绍我与他认识。翁总握了一下我的手。这握手让我对他产生了一种好奇心、一种意外感。因为以前有成就的人跟我握手，大多数是礼貌性地伸出保养得柔和无骨的手轻轻一靠旋即抽出，似乎我这普通人的手上有病菌。翁总不是这样，他是紧紧握住，有力量，有劲道。而在接到石老师他们之前的这一段短促的接触中，翁总的外貌与此行的目的让我确定这是一个与众不同的人。在萨摩亚巨无霸式的身材群中，翁总身材适中，体现着商界人士的精干，也表明这个人能恰到好处地管理自己的身材。一张似乎未经沧桑的类椭圆形（也是一张和谐型）脸上，有一双让人产生意外与惊喜的眼睛！从相学上看，眼睛与一个人的意志力与心地（良善）有关。作为商人的翁总在谈生意时，这双眼睛肯定是坚定锐利的，但在初次见面时，我看到的不是商人翁总眼里逼人的锐气，而是普通人翁维捷眼神的清澈与纯净。翁总笑起来会眯着眼睛，那笑容是美国人类学家大卫·吉文所称的"颧式微笑"。这种笑很真诚。大卫·吉文认为，当一个人真诚地绽放笑容时，可以增进感情，可以向对方表达亲密。正是翁总的温和亲切的笑容，毫无成功者的霸道和戾气的声音，不是敷衍塞责而是真心实意的握手，显示出翁总举止的优雅和涵养的深厚。于是，我判断翁总是个真诚的人。在现实中，经商之人要谋利，许多人在待人接物时体现的品性是跟真诚相反的虚伪和虚假，但翁总的眼神、声音、举止等，却都给我一种意外。假如我不知道他的职业的话，怎么也猜不出这会是个商人！我其实知道他是个商人，但没想到他是这般真诚！翁总有一双佛耳。据说，有这种耳朵的人，在生活中属于那种宽厚柔和的人。你看，性格的一部分是写在脸上的，是体现在五官中的。

当然，一个人聪明开朗、宽和厚道，必定跟其长期的心灵与行为的修为有关。在跟翁总寒暄时，我已经对这个传奇人物有了明确的评价——"有趣"。而跟我们寒暄后，翁总说，他是来接几个韩国人的。他说，他要开一家韩国料理店。他请了几个韩国方面的料理师来考察萨摩亚的饮食环境与料理食材。翁总说："我不做跟别人相同的事。"听到这里，我突然想起一首闽南语歌曲《爱拼才会赢》。翁总有着闽商"爱拼"的性格特征，积极进取、敢于冒险、勇于开拓。而敢于尝试与创新，本身就是有趣的，相反，不拼搏的人生是无趣的。有趣在本质上就是一种有限的反抗——反抗被"墨守"的"陈规"。翁总是开百货发达的，但他的商业触角伸向餐饮业、烟草业等。在餐饮业里，他有自己的主营餐馆（我不知道以中餐为主还是西餐为主，反正不是韩国料理），但是他愿意尝试新的领域。我想，在翁总心目中，开韩国料理店，固然要盈利，但更主要的是为了让萨摩亚的餐饮业变得更多元、更有趣。他其实在萨摩亚已经实现了自我价值，达到了马斯洛需求层次理论中的最高层面，但他仍然要突破，要反抗现状，以达到自我超越。这样的抱负，这样的追求，让我这个邂逅者倍感惊奇和意外。你看，一个人在公开场合显露出性格，在他自己，是个性的自然而然的体现，在另一个主体生命的眼中，却是一种意外，一种惊喜。你能说这个人是无趣的吗？可以说，与翁总的不期而遇，就是与有趣的邂逅。

接下来的十几天中，我又有机会与翁总接触了三次：第一次接触是在四月二十四日，我跟伙伴们应翁总邀请，去他的百货店外吃烧烤；第二次接触是在四月二十五日，梁老板设宴邀请在萨部分华人，翁总是重要客人，我忝列被邀者中；第三次是在四月二十八日，翁总邀从新西兰来的Apple一家三口和在萨的援教老师出游，我在石队长的率领下参与其中。在吃喝玩乐与民风考察的过程中，我认识了一个有趣的翁总。

其实，在这个世界上，有趣的人并不多。很多人选择了生活舒适区，他们在生活中感到愉悦，但他们很容易成为无趣的人。我认识很多忙而无趣的人，他们满足于安稳富足的生活，他们对天长地久的一周两次猪肉一次牛肉一顿鲜鱼一天三饭两倒的日子津津乐道，从不会想出门去爬爬山涉涉水，他们害怕出门会打破自己的生活规律，想睡个午觉都不能够，这样的人，即使家财万贯，在他人眼中也是无趣之人。有的人学富五车，拿奖无数，但从不敢邀人或被邀去卡拉OK一把，他以五音不全婉拒，其实是不想让人看到真实的自己。这样的人，即使已然是名家大咖，在别人眼里亦是无趣之人。有的人只顾低头做事，从不抬头看看云看看月亮，有的人只知道挣钱、数钱，从不会想着握一杯咖啡对着夕阳发发呆；

有的人不会为寒冬里狗的瑟缩而动容，有的人不会为春阳下蜻蜓的翅动而激动。这些人的人生很逼仄，生活在一条狭窄的甬道里，没有幻想，没有艺术，没有诗意，没有惊喜，没有意外。翁总全然不同于这些人。他的趣味的背后是理想，是好奇，是美感，是生命力，是人生艺术化。而这一切，都坐实在翁总的现实有趣的言行中了。

　　翁总乐观开朗、积极向上，永葆生活的激情和热情，且注重生活细节，善于发现生活细节中的有趣因素，善于把无趣的细节有趣化。翁总在经商道路上有过波折，比如他的商场被烧过，但我不知道具体情况。他驾车时说的"太阳落山之前把不开心的都忘记，每天都要开心"的话，让我发现了他对生活的积极态度和开朗乐观的性格。这话尤其能启发我。我放下国内熟悉的工作，来萨摩亚从事不太熟悉的汉语教学工作，离开国内舒适的生活来到异乡，孤寂中有怀疑，惶恐中曾失落，不快乐的音符夹杂在生命的协奏曲里。现在，翁总的"太阳落山之前把不开心的都忘记，每天都要开心"与萨摩亚人挂在口头的 Just be happy 俨然成为我的人生信条。它激励我在无趣的人生中寻找有趣瞬间中蕴含的永恒的意义。说到激情，人到中年，有些人对外部世界失去了激情与热情，凡事敷衍拖拉，人生常常死气沉沉。我想，翁总要开韩国料理店，其实应该是体现在商业中的激情与热情的结合。对几乎每位来萨的华人，翁总都邀饮邀聚，固然体现的是豪侠仗义与热情开朗，但更多的是以自己对人生的激情和热情来感染一众人等。他自己说，他已经去了不下二十次黑沙滩了，但他仍兴致勃勃地亲自驾车，穿越长长的崎岖泥泞的丛林小路，为 Apple 一家人和我们撩开黑沙滩的神秘面纱。这种激情与热情，真的能感染人啊！无趣之人怎会理解翁总在吃苦受累中的兴趣？在生活中，很多人不拘细节，可以杀伐决断，却无视细节的力量。而我个人觉得，一个男人既要杀伐决断，也应温和温情。温和温情往往体现在细节中。那一天晚上在翁总百货商店外面吃烧烤时，翁总特意离开去拿防蚊药液，并且躬下身子很自然地为我们喷防蚊液。在周六出游前，翁总嘱咐他的助理买婷为我们带防晒霜。当我们都忙着看海看瀑布时，翁总提醒我们看看法雷前五六个十几岁的打排球的孩子。我移动眼光，看到令我动容的画面：两个孩子举着一根杆子，充当排球网的横线，一个孩子穿着雨鞋，一个孩子光着脚。两边各有两个孩子在来回扣打排球。我为他们在因陋就简中寻找快乐的精神打Call。物质可以很简单很寒酸，但精神追求必须富足和令人震撼。我的这些情绪是在善于观察生活细节的翁总的提醒下才生发的。在看另一处瀑布时，我们淋湿在萨摩亚一日几次的雨中了。我个人已经适应了萨摩亚的多雨，如果哪一天不下雨，反而觉得不正常了。后来，我们在一个旧式的法雷里避雨。翁总靠着柱子坐着，唱起了《三月里的小雨》。翁总说，下雨多有意思啊。我很赞同他的感受。能对这普通人眼里无趣的自然现象做有意思的评判，自己就要活得有意思。是啊，天下不下雨、下大雨下小雨都不是我们人类能左右得了的，我们何不在下雨天，找个僻静处，听听雨打屋顶的噼啪声，想想自然的变换无穷，思忖人生风雨？或者就让眼神虚无在雨帘中，什么都不想，只是静静消磨这雨中的时光。这一天，我们还经历了雨中一群人推翁总车子出草地时，崔老师石老师和我被车轮飞溅的泥点湿了身的状况。崔老师脱衣换上翁总的短裤、石老师和我用水管冲洗裙子。看似狼狈的我们却在现场欢声笑语。一群年龄不同、国籍有别的华人合奏着一只雨中曲，而翁总就是这只曲子的指挥和主奏手。等我们老了，在国内的我们、在新西兰的Apple、在萨摩亚的翁总，会不会回忆起这一天的雨和雨中的情趣呢？

翁总热爱生活，雅趣甚多。他喜欢读书，喜欢品茗。而且，在做这些事时，自然而然。陈丹青曾说："鲁迅的好玩，在于不装。"是的，鲁迅不装。有趣的翁总也不是在装有趣。周日，我在他办公室的桌子上看到两本书。这两本书不是立在书橱里或插在书架上，而是随意地躺在桌子上，呈现出主人随时翻看的样态。我想，翁总生意多，人很忙，应该没有太多的时间读书。翁总对读书的迫切心情或许达不到陈寿所言"一日无书，百日荒芜"的程度，但懂得行万里路、读万卷书道理的翁总只要有时间，即会见缝插针地读读书。而读书是一种享受生活的艺术。读书的人在读书时是有一种宁静之美的。试想，一个人避开车马之喧，捧一本书，目光与一个个文字深情交流，内心修筑着抵御纷扰世事的篱墙，助养着谦逊包容的品性，这不是一种人生的美感吗？这不是趣味人生的美妙一刻吗？还是在周日那天，我们到翁总办公室小坐。我们进去，看到的是Cerina的哥哥在用翁总的雅致的茶具沏茶招呼周围的人。有此茶具的人，必不会牛饮杯茶。翁总喜欢喝茶，我听石老师说过。无论浓茶淡茶，不管邀饮自饮，我想，品茶的翁总会在细啜慢饮中，涤烦益思，八极神游，获得美的享受，成为人生艺术美的体现者，成为趣味人生的再现者。

翁总有敏锐的感知力，善于制造趣味，而且有执行力。一个人，制作趣味必须摆脱纯粹的实用主义的桎梏，必须有一种无功利心的闲情，在衣食无忧中培养自己的品位与格调。换句话来说，一个人要制造趣味，得有闲心，得有钱花，得会花钱，得花在点子上，得不让周围的人感觉出明显的意图来。四月下旬，三个疲惫的华人走进翁总的饭店。由于初入萨摩亚时遭遇过不快，由于工作的辛劳，由于寻找食物的不顺，三人的心境都欠佳。在等待点餐的过程中，翁总已与三人中的Y先生聊了起来。在这次偶遇和邂逅中，翁总敏锐地感知到萨摩亚给Y先生的妻子、从事传媒工作的Apple留下了不佳的印象。翁总是华人，萨摩亚成就了他的事业，他爱这片土地，他知道萨摩亚的有趣体现在它的自然风光和独特的文化上。他决定让萨摩亚的美妙与趣味感动Apple一家。于是，上周六，翁总制造了一次饶有趣味的聚游，我们也是被邀请者。翁总先是在早晨的鱼市上，买来萨摩亚最好最全的海鲜，让梭子蟹、海参、琵琶虾等来他店开会，准备晚上让我们大饱口福；然后，翁总出动两部车子，先带我们去一个景点参观，后来又拉着我们去Falevao村看望一个102岁的老人。在Falevao村，我们了解到这个老人的家庭与中国的渊源，也了解到了翁总对这家人的深情厚谊。我们在这里还品尝了萨摩亚的传统食物，欣赏了萨摩亚妇女或欢快热烈或温婉优美的舞蹈。后来，我们去看瀑布、看大海、看黑沙滩。自然的美景令人心旷神怡，翁总的无私奉献感人肺腑。及至后来雨中观景、泥里推车、家宴上品餐畅叙，一切的一切，都欢快有趣。这一天，萨摩亚的文化和自然美景，像一幅卷轴画，被翁总慢慢打开，被我们细细欣赏。Apple感动于翁总制造的趣味、有趣的萨摩亚文化与美妙的萨摩亚风光，转变了对萨摩亚的看法和态度。是啊，一个现实的存在就摆在你的面前，翁总以自己敏锐的感知力和执行力，制造了趣味之旅与文化之旅，让有理解力和感受力的初涉者感受到温情和温暖，感觉到不虚此行和恰到好处。有趣之人就是改变的力量啊！

对了，翁总是一个热爱萨摩亚的中国人！我不知道翁总心中有没有这种自觉，我从他的行为中感觉他其实愿意做萨摩亚人的朋友，愿意让萨摩亚人也觉得他很有趣。听说，在六月一日萨摩亚国家独立纪念日这一天，翁总会组织他的中国员工，举着中萨两国国旗，走在游行队伍中。翁总本性善良，又受基督教文化和萨摩亚文化的浸润，广散钱财，乐善好施。在Falevao村，当妇女们唱歌跳舞时，翁总很自然地付费感谢；当传统食物摆上餐桌时，翁总会分发小费。在黑沙滩交费时，两辆车子需交二十塔拉，翁总给了一百塔拉。等我们返回取找的零钱时，管理员给了翁总八十塔拉。翁总接过来，又马上把五十塔拉顺手交给管理员。这一切就发生在一瞬间，翁总没说一句话，接过钱又抽出钱递给那人，做得很自然。我们知道，翁总在萨摩亚实现了自己的人生价值，他也以自己的方式回馈萨摩亚。乐于分享的萨摩亚人一定会感觉出翁总的善良和慷慨。善良和慷慨就是不计较、不自私啊。有善良和慷慨支持的人，才会是永久的有趣之人。

我见过个别成功人士，往往有着严重的自恋情结，什么时候都要做人群中的太阳，让周围的人做星星。但翁总却谦逊低调，有幽默感，甚至不惮自嘲。比如，我们坐在车上或叽叽喳喳，或高谈阔论，而充当司机的翁总轻易不说话。其实，每个人都有自己的职业专长，谁说起自己的领域都能侃侃而谈。翁总要是说起经商之道，我们哪个能开口？但翁总只是静静地听着，丝毫没有个别成功人士的飞扬跋扈。当我们说到《红楼梦》时，翁总很诚实地说他没读过这本书。我真的很佩服翁总的真诚和坦白。翁总其实是商界的知识分子，本身学历起点并不低，但他特别尊重知识人，特别谦逊与低调。他说："我只开车不说话，因为你们的话有意思。"在酒桌上，翁总在幽雅舒畅地饮酒的同时，会开启某个话题，但他一般不抢话，不是话题的终结者，没有话语霸权。这样的成功人士才不给人以敬而远之之感。这样的普通人才易于成功，因为有趣是成功的基石。

在生活中，翁总有自己的爱好，有个性。我不知道我的看法对不对：翁总比较喜欢蓝色。因为我三次见到他，他穿的都是天蓝色衣服。在美国和英国，有"blue hour"之说，蓝色时间，指下班后的时间，也就是放松的时间。或许翁总是在休闲之时才穿蓝色衣服？也未可知。但至少说明，翁总偏爱蓝色。蓝色是天空的颜色，是海洋的颜色，也是宇宙的颜色。作为一种色彩意象，蓝色代表着纯净、沉稳、勇敢、冷静、诚实、博大、理智与高贵等。喜欢蓝色的人很重视人际关系，善于关照周围的人，与人交往彬彬有礼。而翁总痴爱萨摩亚，蓝色是萨摩亚国旗的主色彩，也是萨摩亚现实世界的主色调。喜欢穿蓝色的翁总是不是以对这种颜色的偏爱，显示着他对萨摩亚蓝天和大海的应和，传达出他对萨摩亚的一腔爱意呢？

张岱说："人无癖不可与交，以其无情也。"林语堂有癖好，嗜烟如命，屡戒不能。郁达夫有癖好，恨钱而置钱于鞋窠，名之曰："你压迫我，我压迫你！"可见，生活中，一个有趣的人也必定是有癖好乃至小缺陷的人，只有这样的人才是性情中人。林黛玉就爱使小性子，鲁迅有时也"睚眦必报"。谁没有点小脾气，谁会十全十美？我记得翁总两次说过大意相同的话：你们只记住我喝醉前美好的样子就行了，不要注意我喝多的表现。我没见过翁总喝醉了酒之后的样子，他自己可能有过酒醒后想起来自己羞赧的酒后表现吧？他对第一次参加餐聚的人说这话，体现的是真诚和实在，听话的人会觉得这人很坦白、很有趣，甚至有想等着看他到底酒后如何的心理期待。哈哈！翁总操着一口南方普通话，声调的"n""l"不分、"f""h"不分，听他的话有时会有一些理解的阻隔，好在我是学中文的，很快就能明白，明白后会有一种恍然大悟感。操福建普通话不是翁总的缺点，反而让人觉出他的亲切和平易，相信这样的人更易于和人接近吧。

有人觉得，工作太累人，哪有闲心去管月亮何时盈何时亏？有人觉得，生活太琐碎，哪有闲情去看花开花落？有人说："我没有幽默细胞，我没有才气，我也缺乏诗心诗情，所以我活不成有趣的人。"其实，大多数人的人生是平凡琐细的。大多数人都不是才子佳人。但是，我们只要有不墨守成规的心，我们只要对世间万物抱有好奇心，有一颗童心，就能发现这世界处处有惊喜，我们只要敢于怀疑所闻所见必定会有所思所感的意外。《浮生六记》中沈复的妻子芸娘，作为一个家庭主妇，制造了诸多趣味，羡煞沈复友人。作家钱锺书与杨绛的家庭生活，妙处在生活细节中，趣味在无限创造中。那么多年轻人围在鲁迅身边，因为他是精神导师，还因为他是有趣的人。他有闲钱，设宴，邀喝咖啡看电影。他空闲时，写诗驳一驳郁达夫对他溺爱儿子的"嘲讽"，或是指点指点萧红穿的衣裙的美丑。这些人的人生中处处有反抗，有意外，有惊喜，有创造！他们在人群中，因为环境与自身的特点，具备了超越同类人的特质，成为传奇。翁总就是朋友圈中的一个与众不同的人，一个有趣的人。试想，翁总为什么有那么多的偶遇，因为他有趣，才能在大千世界中与许多有趣的人相遇，才能拥有别样的精彩的人生。

我知道翁总并不在商言商，而是人脉广阔，三教九流的朋友无所不有。但翁总乐意与我们交往，可能觉得我们也是有趣之人吧？！另外，翁总对我们总是很客气、周到、体贴，这其中体现的也是翁总对知识者的尊重。而尊重知识就是尊重趣味，因为不同的知识领域有不同的趣味，翁总自己就是个有知识有文化的商人，但他不满足于自己的知识领域和知识积累，对已有知识之外的其他知识和拥有这些知识的人存有好奇心，愿意将触角伸出去，与我们这些对他职业隔膜的人多有交往，以获得意外和惊喜，以拓展人生的宽度和厚度，这是有趣之人才有的交友之道吧！

王尔德说："这个世界上好看的脸蛋太多，有趣的灵魂太少。"有趣，是一个人不可多得的情怀。有趣的人，肯定是有故事的人。翁总来萨摩亚九年，打造了自己的商业帝国。他在从商过程中，经历了一个又一个的或惊心动魄或趣味横生的故事，体现出鲜明的职业性格，而关于这些，我的朋友石老师在为翁总写的传记里会凸显得淋漓尽致。

有趣的人是太阳，能放射光芒，温暖世界，让我们在这有时寡情的世界里多情地活着。有趣的人是雨露，能滋润心田，滋养干枯灵魂，让我们在失意彷徨的瞬间焕发生机与活力。有趣的人是一本有趣的书，能充实寂寞的人生路，让我们在无趣的人生旅程中有趣地消磨孤独的时光。

被称为萨摩亚"萨翁"的翁总，就是人群中的太阳，是洒向萨摩亚大地的甘露，是一本值得细读的有趣的书！

成才萨摩亚
——记买婷

在认识买婷之前，我已经多次从志愿者老师的口中听到过这个名字，知道她是萨摩亚华商翁维捷的公司助理。第一次见买婷，还是在四月中旬的一次出游中。因为不熟悉，我与她全程几乎无交流。所以，买婷给我留下的印象只有两点：一是外貌姣好；二是车技高。就外貌而言，买婷的体型与肤色，恰如其名，属于亭亭玉立、肤如凝脂型。看到她，我就想起宋玉的"增之一分则太长，减之一分则显短。著粉则太白，施朱则太赤"的话来。买婷有一张巴掌脸。头发扎成马尾，额头连发迹处的美人尖恰到好处。五官基本属于精致型：双眼皮，眼睛不大不小，悬胆鼻，嘴巴小巧。就驾车技术而言，小女子买婷开一辆七座商务车，拉着一车人，游刃有余地在阿皮亚郊外不甚平顺的公路或泥泞崎岖的林中小路上奔驰，一车人都佩服她的大胆和果决。

后来，我跟买婷有过一次长谈，还一起吃过一次西餐。在这两次接触后，我梳理了这个女孩子的工作经历，也管窥到了她这五年多的心路历程，再结合她的公司老板和公司同事对她的介绍，我的眼前立起了一个比较全面的立体的买婷的形象。我认为，买婷是一个很励志的女子，因为她在萨摩亚成了才。

买婷，河南沁阳人，年二十四，现为萨摩亚翁维捷公司的总经理助理。翁维捷是萨摩亚华商中的杰出人物，他在萨摩亚开有 COIN SAVE SAMOA LTD 和 AMEI SAMOA LTD 两家百货公司，经营着萨摩亚最大的百货商场。除此之外，他的商业触角伸向餐饮业、酒店旅游业、烟草业等领域，其 SAMOA NIANDA ROUP LTD 主营餐饮与房屋出租，其烟厂 SUPER WING SAMOA LTD 生产的香烟已经推向市场。买婷就是翁维捷总经理的助理，主要负责公司各项对外业务和事务，是公司里的"二把手"。假如翁总有事，无论是去新西兰探亲还是回国旅行，抑或去萨摩亚的某个地方洽谈业务，都可以很放心地、轻松地离开公司，因为有买婷驻守，公司各项工作都能正常运转。

但是，买婷来萨摩亚也就不过五年多。她来时，高中还没毕业呢！那时，她才十八岁。想象一下，这么一个女孩子，父母怎么舍得并放手让她一个人来多数国人连听说都没听说过的萨摩亚？她一个小姑娘，刚到萨摩亚时，又是如何克服语言障碍的？她一个对公司业务陌生的新手，是如何勇往直前，达到目前的职业状态的？

五年前，买婷的表姐多次邀请尚在高中读书的买婷来萨摩亚闯闯世界，增长增长见识，积累积累经验，锻炼锻炼能力。买婷从小就有与同龄人不一样的地方，她生性较冷静与理性，能够较清楚地知道自己想要什么，而且，更主要的是她有一颗想看看外部世界的心，一颗驿动的心。买婷的这个"买"姓，在国人中并不多见，因为买婷是回族人，她应该是元朝时期西域东迁的人的后代。在中国历史上，元朝疆域广阔，民族大融合，所以，不少西域人迁居中原。祖先不过分迷恋家园的性格因子作为基因被买婷继承了。而买婷的父母与亲戚合作，开了家制作月饼和点心的厂子。他们并不重学轻商。在他们的理念中，两个女儿的未来，由她们根据自己的爱好和能力自由选择，愿读书就供着读书，愿早些找工作就早些找工作。所以，当在翁老板姐姐的店里工作得顺利舒心的买婷的表姐多次动员买婷去萨摩亚打工时，外甥女的工作状态和工作感受打消了买婷父母的疑虑和担忧，他们知道，自己的外甥女让女儿去的公司或许规模不如国内一些大企业大公司大，但这家公司有好的平台，公司所在的国家萨摩亚的自然环境又很适宜于居住和生存，何不放心地让小女儿买婷出去闯荡一番呢？父母同意买婷跟着表姐走了，但买婷自己还有些犹豫。她纠结于要不要像大多数想成才的同龄人一样，走那条考大学的正路和老路。买婷的姐姐就是走的考学的道路，是一名学幼师教育专业的大学生，买婷自己学习成绩也不错。但小小年纪的买婷有一颗较为理性的心。她评估了自己，认为自己高中三年努力学习的结果可能是上一所普通的大学。而上大学的目的是在学校掌握相关的专业知识、提高专业技能后，在社会工作中发掘自己的潜力，实现人生的社会价值。但村里有人上完大学，却并没能开阔眼界，也没有学到过硬的本领。在找工作时，有的人好高骛远、高不成低不就，总是埋怨社会不给他施展"才华"的机会，却不肯放下身段去做一份踏踏实实的工作，所以，大学毕业后，竟然还有人在家里"啃老"！这样的大学生，不当也罢！于是，经过困惑与斟酌，买婷与父母达成了共识：既然成才之路不是只有一条，何必去挤高考的"独木桥"？买婷决定放弃考大学，去走一条与大多数年轻人不一样的人生道路：去海外打工、到萨摩亚尝试成才。于是，二〇一二年十二月一日，经过两天多的跋涉，买婷跟着表姐来到了萨摩亚，成为萨摩亚翁维捷公司的一名新职员。

刚来萨摩亚时，买婷的英语还不是太流畅，业务更是没接触过。但买婷是个好学的女子，有一股不服输、不怕吃苦的劲头。她白天跟着公司业务熟手从事百货卖场的各种工作，观察业务熟手的售货过程，抢着摆货、熟悉与规整货物、给顾客介绍货物、与萨摩亚人对话练习英语听力与会话能力等。晚饭后，买婷就学习英语，看手头现有的书籍。那时，在阿皮亚繁华地段的**AMEI SAMOA LTD**里，人们经常看到一个着穆斯林服装的女孩子的忙碌的身影。由于工作、学习都积极主动，买婷进步得很快。来萨摩亚后不久，她不仅可以用流利的英语跟顾客交流，而且，卖场里的各种业务也都熟练了。在来萨摩亚后的第三年，翁总任命买婷当了一家商店的店长。职务的提升，意味着责任的加大。买婷很感谢翁总对她的工作能力的认可，也很珍惜店长这个工作机会。她全身心地投入其中，在全面主持商店的各项工作时，每天早晨七点半到百货公司，一直工作到下午五点。有时，下班后的买婷需自己回住处煮饭。吃过饭，再去仓库补货。一般情况下，找到第二天要补的货物，再清点登记好，时间就是晚上九点多了，这一天的业务才能完全处理好，回到住处还需学习英语，看感兴趣的书籍等。日子在忙忙碌碌中度过，买婷应对业务的能力得到全方位提升。从明确业务目标、组织商场运营、协调分店与总部的关系，到培养店员、处理店内突发事件、掌握商品销售情况、控制库存周转与损耗……没有一样不是买婷拎不起来的。三年前那个怯生生的小姑娘，已然成为翁维捷公司里出类拔萃的员工和中层领导。在这期间，买婷不是没有遇到过困难，也不是一直都坚强挺立如风中的椰树。但是，无论遇上什么事，买婷都不会打退堂鼓，都不会放弃。她要么向翁总请教，要么向其他员工学习，要么就自己揣摩。翁总"爱拼才会赢"的闽商的进取与拼搏精神，在言传身教的过程中，化为买婷等公司员工的思维定式，成为买婷等人的职业助推力，并形成了买婷等人各自的人格魅力。这个时候的买婷，假如站在你面前，你不要觉得这么个苗苗条条、白白净净的小女子，只是爸妈面前千娇万宠的公主，是父母心甘情愿环伺的宝贝，她已是翁维捷公司里一名拿得起放、得下的业务能手了。二〇一六年，由于各项业务熟练、处理事情果断、英语社交能力强、人品过硬，翁维捷总经理提拔买婷为总经理助理，全面负责公司各种业务的外联事宜。自此，翁总放手将公司里的很多重要事务，诸如与萨摩亚当地政府机关打交道、与萨摩亚的各地分销商进行业务往来、与国内欲来翁维捷公司的应聘人员沟通联络、与长期或短期租赁房屋的房客订立租房合约等，一概交与买婷去处理。买婷经手这些事情时，用心对待每一次与客户的接触与洽谈，严格对待每一笔关涉钱财的业务往来。不懂的事，耐心请教，勤勉去做。人的身子可以低到尘埃里，目的是抬头时可以看见一片蓝天。经过两年多的助理工作实践，现在的买婷已经可以轻车熟路地处理好职务内的各项事务了。

看到这里，你是不是觉得买婷就是个女汉子？买婷有着柔弱的外表，一点都不"女汉子"。买婷强大的是其内心。这颗心，还真有些"女汉子"味儿！

我曾跟买婷讨论过什么样的人是成功的人、成功的标准是什么等问题。俗人的心目中，成功的标准就是做高官、挣大钱。其实，这是俗世的成功标准。在我看来，成功意味着一个人根据自己的实际爱好和实际能力确立了人生目标并为之奋斗从而实现了这个目标。这样的人就是成功的人。我经常跟我的学生举我自己为例。我说，我从小就渴望当老师，人生理想就是教书育人。后来上大学，我报的是师范院校，毕业后留校当上了老师。几十年来，我送走了一批又一批的学生。虽然我没有多么高的社会地位，也没有多少钱，但是，我认为我的人生就是成功的。当然，人生可有小目标和大目标。无论确定的是什么目标，通过自身努力（努力方式必须不违法、不违背道德），实现了这一目标，就是成功者。在跟买婷交流时，她很赞同我的观点。在她看来，五年前，她的目标就是出来增长见识，练就能力。现在，她能在一家较大的公司里独当一面了，她人生的一个阶段性目标已经实现了。这一段人生就是成功的了。从这个角度看，你能说，现在的买婷不是个人才？

　　写到这里，读者诸君可能认为买婷有经商的天赋，才会迅速摸进商界门径。买婷自己不这么认为。她觉得自己这五年能够一步步踏踏实实地走来、取得较大的成绩，固然与自己的勤勉与努力分不开，但假如不是公司这个平台，她不可能有如此长足的进步。

　　我们知道，目前，国内的就业机会比较多。而翁维捷的商业经营从新西兰移师萨摩亚后，商业触角开始伸向多个领域，员工需求量开始增大，他需要招收来自国内的员工。要想让国内来的新员工留下来，公司就必须搭建一个好的平台。这个平台必须为员工发挥个人才能提供好的环境和条件。买婷认为，她的公司老板翁总就为员工们搭建了一个好的平台。

　　这个平台首先是为员工提供了好的居住环境和餐饮条件，这两项都是免费的。人要实现自我的价值，首先要满足衣食住行这些基本的需求。公司决策人深知舒适的衣食住行条件对员工的重要性，坚持为中国职员提供中国餐食。中国人的饮食结构与萨摩亚人不同，萨摩亚并不是食物丰富的国家，这里的蔬菜昂贵，有的蔬菜的价格令人咋舌。但公司老总翁维捷是个体恤下情的人，也是大方之人。他会让后厨调理搭配好膳食，让中国员工吃得满意、吃得舒心、吃得有营养。买婷和她的同事很享受这种福利。我来萨摩亚后发现，普通萨摩亚人充话费可能就充五块钱，因为没有钱。而翁总每月给员工提供二百塔拉的零花钱，可以充话费，也可买点个人日用品。干满两年，可以免费去新西兰旅行，并赠送一千纽币买纪念品。刚入职的新员工，月工资可以拿到五千元人民币。以后，每年涨一千，直到涨到一万。如果业绩突出，还有奖金。买婷现在的基本工资就是一万元人民币。这个工资待遇是高还是低呢？这么来对比吧，我是一个工作了三十年的大学老师，我的月工资也就是这个数目，这还得是正高职称。我的吃住费用都从工资中出。买婷比我年轻三十岁，工资跟我是一样的，吃住还是免费的。你说，翁总公司的这个平台在满足员工的基本需求这方面，水准是不是够高的了？

　　当然，更主要的，也是最令买婷满意的是公司领导的管理理念和对员工的培养方法，这是最能看出公司搭建的平台是好还是坏的主要指标，是体现公司水平的软实力。在国内，绝大多数单位和公司的领导招聘员工时，是希望员工一入职就是熟练的业务能手。他们没有耐心等待员工慢慢成长，他们不愿意支付这样的人力成本。但是，翁维捷不是这样。刚来他公司的员工，在业务上，基本上都是一张白纸。买婷就是高中还没毕业就入职的，当时的她对百货销售生意一窍不通。翁总安排专人专门带着她，几乎是手把手地教她。翁总曾亲自带一个刚来不久的新员工在AMEI SAMOA LTD百货公司门外摆摊，亲自指导他如何售货。而一个员工一旦把这一方面的工作做熟练了，翁总会让他去做公司里别的业务。有一个东北小伙子，刚来时做厨师。小伙子能在厨房里娴熟地煎炒炸蒸后，翁总让他去卖场工作，目的是开发他的潜力，让他不仅仅可以做一个好厨师，还能做一个熟练的销售员，从而成为一个职业多面手，为他将来开辟另一条生存的路径。小伙子一开始还不理解，干了一段时间后，明白了翁总的良苦用心。现在，这个小伙子的工作状态甚佳，对翁总的指引和教诲心存谢意。买婷也是如此。她从普通的售货员做起。有了售货技巧后，顺理成章地当上了店长。在她可以管理好一个商店后，翁总又提拔她做总经理助理。买婷在萨摩亚翁维捷的公司里，可以说实现了人生的自我价值。而且，翁总很有人情味儿，为了调动员工的积极性，他有很多的激励措施，除了提供好的居住和生活环境外，会按时增加工资。假如员工身体有大不适，公司医疗保障措施会跟进。翁总还经常开展餐聚和旅游，让员工的生存需求、安全需求、社交需求、尊重需求等都得到基本的满足，从而促使他们实现自我价值。在自我实现的道路上，买婷就是这样一步步走向职业的顶点的。买婷在萨摩亚五年多，已经深深爱上这个国家，这片土地。她认为，萨摩亚不光自然环境好，人文环境也不错。萨摩亚人不争不抢、待人温和和善，很容易成为朋友。国内不少人并不了解萨摩亚，他们认为，待在这么个巴掌大点的地方，有什么意思！买婷却在这里工作得顺风顺水，收入也远远高于她的同年龄段的国内朋友，能力更可以甩她不少朋友几条街！买婷可以说已然成才了。在一定程度上说，买婷的成才证明了几点：一是，成才，不一定非上大学；二是，成才，不一定非得在大型企业或公司里做；三是，成才，不一定非在国内。

不知道有没人关心买婷的业余生活。无论在国内还是在萨摩亚，抑或在美国，人必须在工作之余有自己的业余爱好，这样的人生才是充实的，才是有趣的。一个有自己业余爱好和兴趣的人，即使在萨摩亚这样的小国，也完全可以过上充实而有趣的生活。买婷喜欢读书、摄影、学外语、看大海。晚上有闲暇的话，买婷会跟着软件或捧着书本学英语和西班牙语，读承载中华五千年文化的书籍如《论语》等，或者看摄影材料，摆弄相机等。在萨摩亚，周日和公共节日，百货公司是不允许营业的。这一天，买婷和公司员工就可以休息一天。买婷出生在内陆省份河南，那里有太行山脉贯穿，有沁水河水流过。但当时忙着上学的买婷尚无闲暇游览故乡的美丽山水。来到萨摩亚后，买婷被萨摩亚的海吸引住了。翁总经常组织员工们在节假日去海边度假，买婷积极参与。在周日或其他节假日，一旦有闲暇，买婷就约上几个人去阿皮亚的海边。这次去这边，下次去那边，反正整个阿皮亚都被大海包围着，随便把车停在环岛公路的哪一处，就是美丽的太平洋海景。她喜欢在海边拍各种题材的照片，喜欢和小伙伴们在海水里嬉戏，喜欢安静地坐在海边发一会儿呆。虽然远离祖国，但萨摩亚的好山美水安慰了游子的思乡之情；虽然远离亲人，但诸多爱好填充了小女子业余孤寂的时光。因此，在萨摩亚，买婷的业余生活充实而快乐！

琢磨先生在《以幽默的方式过一生》中给年轻人提了一个建议：在三十岁前培养起自己独立的核心能力。买婷已经在二十三四岁时，培养起了自己的核心能力。她拥有了沟通协调能力、系统思考能力、应变能力、语言能力等，加上腿勤、眼明、耳聪、嘴闭、灵活，买婷可以在萨摩亚的商海里自由游泳了。

每个人的一生虽然有多条路可以选择，但是能实践的路，只有一条。一些人会遗憾那些没有选择的路。这说明，他对自己选择的道路有所后悔，至少是不太满意。五月十九日晚上，在给一个离职女员工送行时，我曾问过她一个问题：你现在要走了，后不后悔来萨摩亚翁总公司工作了两年？她说，不后悔。想想，一个高中毕业的女孩子，年方二十一二，在萨摩亚工作了两年，带着十几万人民币的收入回国了。跟着回去的还是一个不再胆怯、遇事冷静、善于应变的女子。与同年龄段的守在父母身边的一些女孩子比，这个女子没有虚度两年时光，不仅赚了钱，还提升了诸多能力，她当然不会后悔当初的选择了。假如不是父母因太想念她而催促她回国，她还愿意继续留在这里呢。这一晚，我还问过那个来翁总公司已经三年了的东北小伙子。当初，国内的亲朋好友都不理解他为什么要来萨摩亚。他们说，要出国打工，去美国、去韩国、去日本都行啊，为什么去萨摩亚？

但是，去年小伙子回国探亲时，国内的亲朋好友都改变了最初的看法，因为小伙子以焕然一新的面貌出现在他们的面前。这个小伙子谈吐有逻辑，工作有能力，亲朋们看出了他的成长与稳重，认为他来萨摩亚是来对了。我问他后不后悔当初的选择，他斩钉截铁地说："不后悔。我在这里真的是成长了！"这个问题，我也问过买婷。我说："买婷，现在让你穿越回五年前，让你重新选择，你还来萨摩亚吗？"她说："穿越回去是不可能的。但我可以以我个人的成长经历回答你：假如重新来选，我还来萨摩亚。我不后悔来这里。"我问为什么。买婷说："隋老师，我做三个比较。一是我把现在的自己和五年前的自己比，我现在的眼界开阔了，工作能力也有了，我还后悔什么？二是我把自己跟同年龄段的其他没上过大学的人比，五年了，我挣的钱比他们中的多数人都多，我去过的地方、经历过的事儿都比他们多和复杂，我的能力不输于他们中的多数人，我认为我这个人生阶段是成功的，所以，我不后悔。三是跟同年龄段上了大学的人比，他们刚刚大学毕业不到一年，少数人还在家里'啃老'，不少人的工作也不是那么称心如意，而我现在都考虑着要自己创业了，因为我有了经验和能力了，我为什么后悔呢！"哈，买婷小女子的话，蛮有逻辑性和说服力的啊！

读者诸君，买婷不是什么大人物。但买婷从一个懵懂的女孩子做到萨摩亚最大的百货公司的总经理助理，其人生经历应该能鼓励那些涉世未深的、对未来抱有理想的年轻人。所以，当我让她结合自己的经历给像她这般年纪的人提提建议时，她说了几条：

一是要大胆尝试，不惧怕困难。不管做什么事，只要认准了目标，都要勇敢面对，积极实践，不瞻前顾后。买婷当年以十八岁的年龄南下萨摩亚，又在一个个陌生的岗位上锻炼、实践、成长，缺了大胆尝试、不惧怕困难的精神，是不可能坚持下来的。

二是要求少于给予。老板可能会看一个人的学历和阅历，但一个人的能力最重要。你不要一进公司就希望老板给你优厚的待遇，你要想着怎么为公司创造价值。有了贡献，老板自然不会漠视你，自然会给你优厚的报酬。具体到她的公司，买婷认为，她的老板更看重一个人的学习能力。买婷说自己最突出的优点就是有学习能力。百度百科在解释学习能力时，有多种答案。其中之一认为，学习能力一般是指人们在正式学习或非正式学习环境下，自我求知、做事、发展的能力。买婷有强烈的求知欲。在这五年多，她从没有停下学习的脚步。不管是与职业有关的营销知识和沟通能力，还是与人的整体素养有关的人文知识和语言能力，她都孜孜以求。在她看来，一个人，不怕学不会，就怕不会学，学习态度端正了，学习效率才会提高。

三是要明确自己的人生目标，理性规划自己的未来。买婷有个姐姐，现在加拿大留学。她们姐妹二人，一个接受正规的学校教育，一个在职场上历练自己。二人走的道路并不相同，但她们的人生目标都很明确，那就是，希望自己有更多的见识，希望能提升多方面的能力，这样，将来才会遇见更好的人，过上自己想要的好日子。买婷今年才二十四岁，但她已经规划好了自己的未来，而且这种规划，我听起来，是理性而切实可行的。她希望找一个志同道合的人，恋爱、结婚，然后一起来萨摩亚打拼，开拓出自己的一方天地。

当我看着温柔的买婷用轻柔和缓的语气说这些话时，我真的感叹：买婷在萨摩亚的风雨历练中，成长了，坚强了，有很多识见了。在今后的人生道路上，买婷一定会从容面对或许避不开的沧桑，从而去成功驾驭自己的人生的。

因为，在萨摩亚的职场生涯里，买婷已经培养起自己独立的核心能力，她已经成才了。

买婷，我看好你！

青春 · 萨摩亚 · 正能量
——记雷坤

　　题记：有时候，文字的力量是强大的。萨摩亚翁维捷公司的翁总明白这个道理。他几次嘱我写写他公司里的青年员工雷坤。我在较全面地了解了雷坤后，写下了下面这些文字。

　　雷坤今年二十四岁了。

　　有人说，二十四岁，是一个尴尬的年龄：似乎已经摆脱了年少的稚气，但心态不成熟也是显而易见的；自己感觉不是"小屁孩儿"了，但各行各业的大咖们还没拿二十四岁的人当回事！

　　看看"知乎"里的关于二十四岁的讨论，不少题主还在迷茫着呢！

　　有些二十四岁的人，还每天挂着QQ，刷着微信，逛着淘宝，打着游戏，还在肆意挥霍青春呢！

　　可是，二十四岁的雷坤，没有迷茫，也不浑浑噩噩。他现在在萨摩亚翁维捷公司工作。他对自己的人生有目标设计，对未来充满信心，对从事的工作满腔热情，对公司的同事温暖如春。在萨摩亚的风雨长养下，雷坤长成了一棵有追求的青春树！

　　雷坤，祖籍河南信阳，七岁随家人定居广东。十九岁时应征入伍，在武警四川总队某支队服役两年。部队生活不仅练就了雷坤健壮的体魄和坚强的毅力，也养成了他认真执着的做事态度、机警冷静的应对能力和踏实牢稳的处事本领。他来萨摩亚翁维捷的公司不过两年多一点时间，却屡屡为翁总赞赏。翁总一直都说，雷坤是个充满正能量的青年。

百度百科说,"正能量"指的是一种健康乐观、积极向上的动力和情感,是社会生活中积极向上的行为。正能量既可以是一种处事或处世的心态,也可以是处事或处世的方法。翁总是从雷坤在公司中的为人处事体现的情感与处事方法中,看出雷坤的正能量的。

一

雷坤在来萨摩亚之前,有几年的职场经历。他曾在广告制作界工作过两年多时间。从部队转业后,雷坤去学习数控车床技术和CAD画图。在对职业方向和前程感到茫然时,翁总的哥哥向雷坤的父亲介绍了萨摩亚的翁维捷公司。雷坤的父亲与翁总的哥哥是多年的老相识、老朋友。雷坤父亲属于勤劳肯干型员工,为人踏实磊落,深得翁总哥哥赏识。因为对翁总哥哥的信任,雷坤的父母决定放手让雷坤来萨摩亚一搏。

到了萨摩亚,雷坤在广告制作、数控技术应用及CAD画图这三种职业中练就的技术技能是派不上用场了。但两年的部队生活和几年的职场训练,还是让雷坤与那些刚刚初中或高中毕业、一脸懵懂的初涉职场者,有明显的不同。最大的不同是,雷坤知道自己来萨摩亚的目的,那就是要抓住这一次出国的机会,见识见识外面的世界,在职场上练就过硬的多项本领,将来开辟自己的职业天地。应该说,雷坤的职业理想长远而切实,这是一个理智的人才会有的抉择。理想没有高低贵贱之分。选择的职业理想切实长远,显示出这个人的理智。理智是一个人用以认识、理解、思考和决断的能力。雷坤很清楚自己的短板是什么,也知道自己的长处在哪里。从前从事的广告制作、数控技术应用及CAD画图工作,入门容易,做得较好也不是不可能,但要想深入下去,做大做强,还需更多的专业知识积累。这不是雷坤的强项。雷坤的长处是肯学肯干,人勤快,脑子灵活,动手能力强。到翁总公司不久,雷坤就决定要在这里长长远远地干下去,练就从事销售、餐饮、公司管理等职业领域的各种本领,成为拥有真正自我职业特色和核心职业竞争力的人。可见,在确立职业理想时,不能意气用事,不能随波逐流,不能随心所欲,而是要实事求是、量体裁衣地选择与确定,这才能夯实正能量的根基。如此理智方可有正确的思想定位,而思想定位是能决定人生高度的。雷坤已然用理智为帆,树立了长远的职业理想之目标，并驾起了职业之船。走在自己理智选择的职业之路上，雷坤成为充满正能量的打工者。

二

我们在工作中会看到两种打工者：一种是觉得自己是给老板打工，给多少钱干多少活儿，绝不多出一分力，也不多操半分心；另一种是不管给谁打工，总是把老板的事当成自己的事来办，把单位当成自己的家，尽心尽力，不计报酬。雷坤属于后者。雷坤刚来时，因为曾有的军人经历，翁总安排他去烟厂做事。那时，翁总的烟厂刚开始兴建，还未进入卷烟生产阶段。雷坤到岗后，踏踏实实地去做每一件事：装货卸货、装修厂房、安装水电、清扫里外、安全保卫。对待每件杂事，雷坤都是眼明手快地应对与解决。后来，翁总调雷坤去"Farmers"百货公司门外出货摊卖物品。这项工作相当于国内的摆货摊，不同的是雷坤的货摊就摆在公司门外，这是公司货物的外延式售卖。售货员在门口摆上一些可以吸引顾客眼光的东西，比如儿童玩具、日用百货，引闲逛的行人临时起意，掏钱买货。每天工作前，雷坤都把货物的英文名字记在手臂上。他热情向顾客介绍货物，耐心对待顾客的询问。顾客挑剔货物时，雷坤不急不躁；顾客拒绝购买时，雷坤不急不怨。在摆货摊的每一天，雷坤都是眼观六路、耳听八方的。这一段摆摊售货经历锻炼了雷坤推销货物时察言观色的观察能力、介绍货物时言简意赅的表达能力、买卖过程中精确恰当的沟通能力、被拒绝时强大良好的心理承受能力等。这些经验和能力的获得让雷坤迅速成长起来。大约摆了三个月的摊儿后，翁总看雷坤可以应付销售工作了，又把他调到DMC里去。DMC是翁总开的餐厅，中餐西餐兼营。翁总先是安排雷坤去学做西餐，学了三个月后又把他调到百货公司里售货，然后回到DMC学做中餐。对雷坤而言，餐饮业是全新的、陌生的职业。为顾客提供精美佳肴，是厨师职业的主要目的。而烹饪本是一门技艺，具有服务性与创造性相统一、技术性科学性与艺术性相统一、体力劳动和脑力劳动相统一等特征。它要求厨师具备品德素质、业余素质和身体素质。当厨师，雷坤具备品德素质和身体素质，但是缺乏业务素质。于是，雷坤从零做起。他从熟悉原料入手，平均每两天和他人一起去市场采买各种食材一次。他从网上查询每种食材的营养价值、食材之间的最佳搭配原理等。他跟着师傅学习火候的掌握和调料的添加。没有客人时，就练刀工、钻研材料搭配、思考如何创新。第一次做比萨时，雷坤在师傅指导下，和面，轧饼，加果丁，上果酱，烘焙，一步一步地来。当第一个比萨出炉后，雷坤的幸福感爆棚。做海鱼时，从刮鳞到去鱼肚再到去黑膜，雷坤在细节方面一丝不苟。他烹饪食物，不论是蒸还是炸，烹饪方式的选择以营养最大化、科学化为准则。现在，雷坤爱上了厨师这一行。他认真用心地对待客人点的每一道菜，变着花样地为公司员工做好每一餐饭。哪怕只是蒸一锅米饭，雷坤也会用心蒸得恰到好处。

满打满算，雷坤到萨摩亚也就两年零三个月，可他已经在翁维捷的公司里转了五个岗位。在每个岗位上，雷坤都虚心向他人学习，用心听，用脑记，动手做，做好每一件事，也练就了过硬的心态。其实，翁总是故意这样历练他的，为的是让他学得各种能力，掌握多种技能，尽快做到能独立、可自立。翁总管理员工的一个理念：让员工在他的公司里轮岗。在几年的时间内，让一些员工去每个岗位学习、锻炼，目的是开发员工的潜力，让他们不仅可以胜任这个岗位的工作，也能担负起另一个岗位的职责，从而成为一个职业多面手，以便将来有多条生存之路。一个认真负责的人，总是力争做好每一件事，即使是很普通的小事也尽心、顺利地完成。小事做多了，必定有利于对大事的成功把握。雷坤深谙此理。他在每个岗位上，都克尽所能，努力做好每一件事，处处保持正能量，从而散发出满满的正能量。

三

其实，雷坤在公司里轮岗时，不是没遇到过困难。到了萨摩亚，谁都是没有伞的孩子，下雨天都必须努力奔跑！《孟子·告子下》有言："天将降大任于斯人也，必先苦其心志，劳其筋骨，饿其体肤，空伐其身行，行拂乱其所为，所以动心忍性，曾益其所不能。"雷坤懂得这个道理，所以，在频繁轮岗的过程中，雷坤屡屡成为职场新手。一些职场新手往往坚持不了几天就辞职不干。职场老司机会对职场新手说：都是这么过来的，不能动不动就想放弃这份工作，熬过去就好了。熬过去就好了，老司机说得倒是轻巧，似乎忘记了自己累成狗时的辛酸，而很多职场新手硬是熬不过去。那么，雷坤是怎么熬的呢？学习。遇上困难、遇上挫折，唯有学习、学习再学习。在学习态度这方面，雷坤说，他看书的习惯是受翁总的影响形成的。翁总给他们买了像《曾国藩传》《人格的魅力》等很多书，让员工没事时少玩手机多看书，因为，看书的收获一定比玩手机多。不少员工就是在来到萨摩亚后才慢慢养成了读书的习惯的。看书属于狭义的学习行为。翁总还经常对员工说，允许你们犯错，但是一定要有一个谦卑的心态去学习，希望每个人都有所收获。这应该指的是广义的学习心态和行为。在这方面看，雷坤有雷坤的做法。比如学习英语。为了尽快提高英语水平，雷坤晚上收拾完后就自学英语。怕影响同一寝室的其他人休息，雷坤总是戴着耳机听英语，常常听到晚上两点钟，第二天早上六点多就要起床做事了。学习英语过程中的艰辛唯有他自己知道。硬是凭着这股子狠劲儿与拼劲儿，雷坤克服了语言障碍，可以顺利地跟萨摩亚人交流，还可以给DMC的管理员钟姐姐当翻译。克服了语言障碍，雷坤进步了，这种学习劲头儿是能感染他人的。而在销售岗位上，雷坤知道，只有多读书、多学习，丰富自己的知识，不断提高自己的文化水平，才能在工作中拥有良好的表达力、机敏的反应力和遇事立判的处理能力。他是这样想的，也是这样做的，所以他成长了。在厨师岗位上，雷坤虚心向师傅学习，从食材的搭配到炒制的成色、从用料的多寡到添加的时机，都一一记住，逐一实践。而为了创新，雷坤更是多处搜寻材料，从营养价值到菜点造型，从刀法烹法到宴席摆布，不断尝试，悉心总结，力争出新。现在，雷坤在厨师岗位上干得有声有色的。他满意于自己的进步和成长。因为肯学习、爱钻研、不惜力气、乐于奉献，雷坤在每一个岗位上，都力争做好每一件事。在公司里，有理想的雷坤成长迅速，形成了核心能力，成为时刻散发正能量的人。

四

二十四岁的雷坤现在能够清醒地认识自己。我曾问过雷坤：你对自己目前的状况满意吗？雷坤说：满意。我问为什么，雷坤告诉我，来萨摩亚两年多，自己有了很多收获。我让他说说收获。他说，现在能认识自己，懂得自己，知道自己有哪些进步和成长。他跟我谈了他的一些进步和成长。比如，他现在已经有了独立的心态和独立生活、工作的能力了。在来萨摩亚之前，雷坤找工作是碰运气，看看碰到的工作是不是适合自己，不适合就辞职，反正有父母做自己的经济后盾，也就是有退路。到萨摩亚后，雷坤告诉自己，得尽快有独立生活和工作的能力。于是，他适应萨摩亚左舵开车法，学会了做饭，掌握了几种职业能力。他不仅可以照顾自己，而且可以照顾别人，可以以好的言行影响别人。比如，他从前性格中的突出的缺点，现在已经基本克服了。没来萨摩亚之前，他有一般男孩的不服输的劲头，遇事易冲动。到了萨摩亚后，在学习英语的过程中，在读一些书籍的过程中，在轮岗的过程中，雷坤得到了历练。他现在要做一件事，不再凭一股热情了，而是前思后想，考虑结果的好坏。两年多的萨摩亚生活和工作，让雷坤成熟了很多。我问雷坤："你觉得，你这一段人生是成功的吗？"他说了一些话，大意是，看人生某一阶段是否成功，不是看这一段人生中，你取得的成就的大小，而是看你在这一阶段中，是否有既定的目标，是否朝着目标努力去做事，从而发出自己的光与亮，走出属于自己的人生之路，实现自我的价值。比如，在轮岗时，工作是辛苦的。虽然是给公司干活儿，但自己有目标，就是要学到一些本领。自己是为公司工作，但学到的本领却是自己的，这个谁也夺不去。这两年，自己学到了不少的本领，收入也不少，这一段人生就是成功的。雷坤的话很有道理！相信他平时也经常跟同事讨论此类问题，也说过此类话。一个人唯有懂得自己，方才活出自我，方可在群体中传递出正能量。

五

当我告诉雷坤，他的老板翁总很赞赏他、说他是个正能量的青年时，雷坤说，自己身边很多人都有正能量。比如精干而和善、严格而开朗的钟姐姐；柔弱而强大、谨慎而大胆的买婷；勤快而幽默、灵活而坚韧的小崔等。公司里的中国员工，在公司的每个岗位上，都散发出了正能量。老板自己就是正能量的代表，他的正能量散发得最明显，对员工的影响也最大。雷坤很庆幸，因为他遇上了拼搏而乐观、进取而从容、大方而细致的翁总。在国内的职场上，雷坤跳了几次槽，这固然与他自己的易冲动和缺乏韧性与耐力等性格因素有关，但也跟公司老板有关。有人说，一个好老板必须具备三大特征：能力强大、愿意培养员工和放权、不吝啬。翁总的经商能力自不必说，他来萨摩亚九年，已然成为萨摩亚商界的杰出人物，这就是其能力强大的最好证明。

在人际关系上，翁总说，相遇是缘，我们都要珍惜当下，他愿意自己的公司员工像一家人一样，自己做这个大家庭的家长，年轻的员工都是这个大家庭的孩子。做家长的人，要让孩子们开心、学到本领并健康成长。这是翁总的管理理念，也是他处理与员工关系的准则。在福利方面，公司里的员工是包吃包住的。在吃上，翁总嘱咐雷坤，大家无论想吃什么，不管多贵，都要去买，前提是不能浪费。有的员工想吃某种东西，但在萨摩亚买不到，翁总会让人从国内或新西兰带来。即使对萨摩亚员工，翁总也给予优待，不仅为他们提供质量高的午餐，而且要让他们吃得有尊严。为此，雷坤给每个萨摩亚员工都准备了饭盒，让他们坐在座位上吃饭。在翁维捷总经理搭建的这个平台工作，员工们的工资高，福利好，人格得到尊重，个性得到张扬。他们有好的饭菜可吃，有数量可观的零钱花，节假日老板有时还带着大家一起出去玩，而且，老板让每个人都拥有多方面的技能。雷坤与其他员工觉得舒服、贴心，觉得活儿是给公司干的，也是给自己干的，每个人都把公司的事当成自家的事，不弄奸要滑，而是力争做好每一件小事情。有一次，雷坤仅从一个打扫卫生的员工的异样神情便判断他有可能偷了东西。监控证明了他的判断。这种管理过程中的警惕性和安全意识，是以公司为家的理念促成的。雷坤说："我做员工餐很用心，因为那是为家人做饭。"而每个人都是在为自己工作，自然都很珍惜获得经验、锻炼能力和快速成长的机会。雷坤他们不仅仅是在打工，还是在经营自己。

雷坤说，自己在一个具有正能量的团队中，天天感受正能量，自己也得成为他人的正能量来源。来萨摩亚两年多的雷坤依然有着白亮的皮肤，其敦实的身材给人一种踏实感。雷坤最突出的外貌特征是有一张圆圆的笑脸，大眼睛，双眼皮。他微笑的脸，总给人以向日葵般的温暖。翁总说：雷坤是个暖男，将来哪个女孩嫁给他有福气。的确，雷坤是暖男。他说话温和，办事稳重。在公司里，大事小情，他总是该出力时出力，无论是当钟姐姐的翻译，还是为哪个员工接送个朋友，排个什么忧、解个什么难的，雷坤总是没有二话，有求必应。即使对萨摩亚同事，他也温言柔语，从不颐指气使。二〇一七年圣诞节期间，翁总组织公司员工开party，大家都在唱歌跳舞时，一个萨摩亚男员工找到雷坤，送给他一个小礼物，说谢谢他，并给了他一个熊抱，这让雷坤很感动。其实，首先感动的是这个萨摩亚员工。在跨文化交往过程中，因为价值观的不同，不同文化背景下成长起来的人会有文化隔膜，会产生交际中的"善意的冲突"。雷坤不仅没有与萨摩亚员工产生什么冲突，反而以真心与善意感动萨摩亚员工，收获了真诚的感谢，这说明雷坤的人格魅力之大，也说明正能量的雷坤的影响力之大。

雷坤来萨摩亚两年有余。现在，那个初来时对业务一窍不通的小伙子，已然成长为一个在百货营销和餐饮管理方面拿得起、放得下的人，成为翁维捷公司里的有价值的员工。

在萨摩亚，雷坤的青春没虚度！

当过兵的雷坤必定崇尚英雄主义。他知道打工的艰辛与坎坷，他知道生活的不易和艰难。他在认清生活真相之后依然热爱生活，依然浑身散发着正能量，这是真正的英雄主义品质！这样的员工，是公司的宝啊！

萨摩亚的"白色星期天"

今天是二〇一八年十月十四日，是十月的第二个星期天。

这一天是萨摩亚的"白色星期天"。

"白色星期天"是萨摩亚儿童的教会日，也是他们的节日，相当于国内的儿童节。

萨摩亚人一年过五大节日，分别是四月的复活节、五月的母亲节、八月的父亲节、十月的儿童节和十二月的圣诞节。这些节日都有假期。萨摩亚政府规定，所有的节日如果是在星期日过，则假期顺延至星期一；如果连续假日中占用了星期日，则往后顺延一天。如果加上六月一日的国家独立日，萨摩亚人除了周六、周日休息外，一年中还有六个公共节假日。

萨摩亚"白色星期天"的假期有三天，从十月十三日至十五日。

第一次知道"白色星期天"，还是读小说《折翼天使》时。《折翼天使》的作者是萨摩亚的图伊洛玛·雷玛露·西娜·瑞茨拉夫。小说是《海洋·家园》（萨维亚·萨诺·马利法编著，童新与王雪峰合译）中的一篇。小说写了一出"家暴式"婚姻悲剧。身怀有孕的母亲长期遭受性别暴力。在萨摩亚"白色星期天"到来的头一天晚上，因需要准备儿童节食物和给牧师的现金礼包，母亲去找与朋友喝酒不归的父亲，被父亲当场打死。作者塑造的父亲像禽兽般粗暴、残忍与狠毒。小说以一出悲剧传达出对萨摩亚现实社会中存在的暴力现象的忧虑、愤怒与否定。

萨摩亚的"白色星期天"是由大约一百二十年前伦敦传教会的牧师开始的。之所以称为"白色星期天"，是因为在这一天里，孩子们的穿戴，从衣服到配饰，从衬衫到袜子，甚至戴在头发上的花环和别在耳上的花朵，都是白色的。

萨摩亚人特别看重和喜爱白色。白色是他们心目中的神圣的颜色，代表了他们对自己的最高要求。在他们看来，着装时一身纯白，代表着纯洁和虔诚。萨摩亚国旗上的五颗五角星也是象征着纯洁的白色。平时，萨摩亚人是不穿白色衣服的，只有上教堂的日子或其他特殊的日子，他们才会通体洁白，大人像移动的白塔，孩子则像白色的小天使一样蹦蹦跳跳。

在"白色星期天"之前，不少人要去萨瓦依岛。因为有些乌普卢岛的人，老家在萨瓦依。他们须乘渡轮回去看望住在萨瓦依的老人，如同国内外出之人春节回乡探亲一样。虽然中国与萨摩亚远隔万里，地处北、南两个半球，但孝亲寻根之举，"人同此心，心同此理。往古来今，概莫能外"（陆九渊《年谱》）。

萨摩亚的"白色星期天"虽是今天，但与之相关的准备活动早就开始了。首先是作为节日主人公的孩子们在热情准备着，满腔热情地迎接这一天的到来。他们都很兴奋，人人欢天喜地的。《折翼天使》里写道："全萨摩亚的孩子们都在为星期天准备着，他们背诵《圣经》里的赞美诗，学唱一些新歌，排演一些短剧和大家耳熟能详的《圣经》故事。"《折翼天使》是二〇一五年出现的小说，反映的是萨摩亚的当下生活。我曾就此描写问过我的萨摩亚学生Anni，得到的是肯定的回答。Anni今年二十二岁了，是NUS高年级的学生。她告诉我，她最近很忙，晚上基本没有时间写作业，因为每个晚上都要排练节目，准备在"白色星期天"时进教堂演出。我很诧异地问："你不是儿童了，这个节日还与你有关？"Anni说，许多萨摩亚人在还没结婚前，也都是这个节日的积极参与者。最近一段时间，我经常听到对面小学里的学生练习唱歌。他们的和声可美妙了。萨摩亚人有唱歌跳舞的天赋。前几天傍晚散步，在NUS大法雷边，两个等孩子的家长在那里哼唱着我们听不懂意思的歌曲，她们一唱一和，用的就是美妙的和声。其次，"白色星期天"需家长们大力操办。要顺利与美好地度过这一天，是需要数目较大的金钱的。《折翼天使》里说："白色星期天好像是一道关，妈妈有太多事要去应付：她要给孩子们做新衣服，要准备好多饭菜，还要给教堂牧师奉送现金礼包。"《折翼天使》属于"底层叙事"，缺钱的母亲要把大孩子穿过的白色衣服改给小孩子穿，但大孩子需要重新置备新的白色衣物。这就意味着，"白色星期天"也是一个消费日。除了去教堂要向教堂捐献外，其他消费品都需提前准备。所以，"白色星期天"只有一日，但在之前的周五、周六，人们已经忙于采购物品了。采购的高峰出现在周六。因为萨摩亚的周五是发工资日。这周五，NUS的部分staff已经举办了Pay-week Party。他们聚在办公楼前，三三两两地坐在木制连椅上，听着萨摩亚风格的音乐、吃着萨摩亚的传统食物、喝着萨摩亚生产的啤酒，优哉舒泰地谈笑、歌唱、欢呼。在萨摩亚，周五拿到工资，周六去各大购物场所尽情消费，已然成为思维定式和生活习惯了。

周六这天，C女士邀我去她的店里帮忙照看。

C女士是在萨摩亚经商的中国人，热情，细致，健谈，大方。

我上午十点动身去C女士开在阿皮亚中心黄金地段的百货店。在去商店的路上，我首次体会了萨摩亚的堵车盛况。似乎乌普卢岛上所有的车子都集中到阿皮亚来了，每辆车子里都满载着人，是全家总动员的态势。知道萨摩亚人为什么喜欢宽敞的车子吗？假如车子狭窄小巧了，怎么容得下两个大人一群孩子呢？在阿皮亚电影院东边的十字路口，一个胖胖的警察在跳舞般地指挥着交通。看我给他拍照，警察大哥朝我灿烂地笑着，那笑脸如同头顶的大太阳啊。

在"白色星期天"生意中，黄金时间段是上午十点至下午一点。在这段时间里，我在阿皮亚繁华区域的一家店铺的外面，见识了萨摩亚的车水马龙、熙熙攘攘的街景和摩肩接踵、人头攒动的购物潮，借机了解到了"白色星期天"购物者的狂热和欢乐。

C女士让我和一个二十二岁的萨摩亚女员工守着店外门北的摊位。其实，我对生意一窍不通。我的任务主要是留意着是否有人顺手牵羊带走物品。萨摩亚人并不多金，但萨摩亚的"白色星期天"却需要一大笔花销。萨摩亚家庭普遍孩子多，光是给孩子们准备新的衣帽首饰什么的，就需要不菲的资金。想办好节日而手中缺钱，怎么办呢？难免有人生出来售货摊"分享"物品之心。C女士说，平时，她的货物就常被偷，这一天，自然也怕有人来"大显偷手"。但我人痴眼钝，这一天，我没看到一个人路过时顺走物品。我想，既然是为神圣、纯洁和虔诚的"白色星期天"准备物品，骨髓里活跃着宗教因素的萨摩亚人，会以实际行动实现宗教原旨的。

我在照看摊位过程中，见缝插针地瞭望大街。哇，今天想在阿皮亚找个车位基本上是痴心妄想，好在我们的战友都知道萨摩亚风俗，这一天，大家都在家里备新课、看资料、搞学问。除了我，没人来凑热闹，自然，也感受不到车堵人挤的盛世繁华啦。哈哈！

C女士的店既是阿皮亚重要的华人百货商店，又地处通衢大道之旁。这里，既是萨摩亚人主要的购物场所，又是通往其他卖场的必经之地。而我，喜欢清静也喜欢热闹，有时候，还喜欢"研究研究"人。所以，这一天，我在照看摊位的同时，也观察到了形形色色的性情不一的购物之人。

我看到，来购物的顾客大都是拖儿带女一大帮，有的人怀里抱着、手里牵着、衣襟上还扯着。抱孩子的有女人，也有男人。有个男人怀里抱着一个婴儿，目测还没出满月！在风雨里长养的萨摩亚儿童，没有谁是温室里的花朵。

我发现，萨摩亚人购物基本不讲价，也基本上不对货物挑三拣四。他们一般是问一下价钱，觉得物品好，又支付得起，就掏钱换物，满意地离去。有带着孩子来买鞋的人，大方地付了钱后，当场让光着脚的孩子穿上新鞋。当然，也有个别人会讲价，而且对物品极为挑剔。比如，一个男人进店买儿童领带。那是傍晚时分，购物高峰已过。他把车子停在外面，进店看货架上的红红绿绿的领带。萨摩亚人很喜欢绿色，这一天，绿色领带卖的数量远远超过红色的。这男人反反复复地看那领带，似乎想从绿领带上看出塔拉来。他与店员用萨摩亚语交流，之后出店与抱着婴儿的女人商量，又进店查看另一处货架上悬挂的领带，又询问店员，又出店，之后，用刚从妻子那里拿来的二十塔拉买了两条绿色领带。C女士发着烧，仍然热情地表示谢意，并祝他好运！我看着他满足的神态，想象着他给孩子戴领带时脸上会有的身为人父的骄傲，于是收起了鄙薄他挑三拣四行径的心。毕竟，在购物场所，我所看到的萨摩亚人，虽豪爽地一掷"千金"，但实际上，他们多数人是囊中羞涩的。这个父亲为孩子们购买衣物花掉了手头的钱，可能下个周只能天天吃面包果和芋头了吧？

我看到，萨摩亚人着装很随意、很休闲，也很率性。萨摩亚常年是夏季，大街上、工作场所，人们脚上大都穿着人字拖，大多数人穿裙子。在NUS，我亲眼看到我的一个年轻同事赤着脚去上课！萨摩亚人穿的拖鞋一般是塑料的，裙子大都是化纤的。在萨摩亚，你很难从一个人的着装上看出他是大佬还是穷光蛋，是手中多金还是囊中羞涩，是政府要员还是普通民众。这一天，走在街上、进入商场的人，一如既往地随意穿搭着，自然而休闲。不过，也有人很率性。有一个怀抱婴儿的年轻男人引我发笑。他头戴一顶绿色的毛钱帽子。以前，我在百货店里看到货架上的毛线，心里好生奇怪：萨摩亚一年到头都很热，买毛线有何用？今天才知道，有用啊，可以织帽子戴啊。可我总替这男人觉得热，担心他捂出汗来。而那帽子的颜色着实让我偷着乐了大半天。来萨摩亚，得不断运用逆向思维。在国内绝对不好卖出的绿帽子，顶在萨摩亚男人的头上，成一道风景，成为这满世界绿意的绝好搭配！但我心里还是想，这男人，或许是在炫耀吧："看，老少爷们儿，我有一顶毛线帽子哎！你们有吗？"下午五点多钟，有一个来店里买东西的男人，更让我坚定了这想法。这男人身着T恤马裤，却穿着白色半筒线袜子和翻毛黄绿色半高腰的靴子，在满世界人字拖的人群中，他这样穿，鹤立鸡群，尽显个性！

我发现，在熙来攘往的人群里，没有老人，一个也没有！平时，在萨摩亚的大街小巷里，基本上见不到老年人。萨摩亚人特别尊老敬老。萨摩亚的老人都被晚辈奉养在家里。萨摩亚老人对外部世界似乎一点好奇心都没有，他们从不想也不去外面看看变化着的世界。或许，他们认为，不出去，我也知道那太平洋的海水是彩色的，瓦艾阿山的植被是绿色的，自然环境是优美的，萨摩亚的生活是可以自给自足的。他们安闲地住在家里，接受儿女们的探望，接受晚辈们的物质供给，接受老年人该享受的一切好处。从萨摩亚老人的生活起居现状里，我们其实是可以深思很多值得借鉴的东西的。此处不做深究。

我发现，这一天，人群里极少有白种人和黄种人。我只见到一对白人中年男女和三个黄种人。另外，远远望见了在国家医院工作的同胞Y女士和T先生。本来嘛，"白色星期天"的熙熙攘攘、水泄不通，是年年如此、岁岁不变的。不是特别需要，谁也不会在这一天来阿皮亚体会毒日头底下堵车的烦躁。当然，也有我这种想来"看热闹"的无聊之人，愿意来接受喧闹声响的"侵扰"，愿意来感受拥挤人群一掷千金、挥洒节日快乐的似火般的人文文化豪情！

这一天，我接待了一个买眼镜的父亲，感到很有意思。这人大约四十出头（当然，有时，人的年龄不能以相貌论定），有着萨摩亚人少见的不胖的身材。我见他试戴眼镜时，总挑那种卡通化样式的拿。我告诉他，眼镜五塔拉一副。他说，他要买六副，能否只收二十塔拉？恰巧C女士经过，同意收他二十五塔拉。他很高兴地挑选，我给他当参谋。我问他，这是给孩子们买的礼物吗？他说，是的。我问他，你有六个孩子吗？他说，是的。我帮他装好眼镜，并祝他的孩子们过一个快乐幸福的"白色星期天"！他很高兴地跟我击掌告别（萨摩亚人表示祝贺、表示兴奋之意时，喜欢跟人击掌或击拳）。我来不及仔细想象他在一圈孩子中间拿出六副眼镜时孩子们的兴奋之情和他的满足心态，因为人太多了，生意太繁忙了，但我还是快速想象了一下。

这一天，有个女人买lawalawa，C女士的女儿的表现很有意思。这女人把挑好的一条lawalawa搭在左胳膊上，又去挑另一条。她连挑了五条，还意犹未尽。C女士的女儿就用中文对刘老师和我说："这个女人把所有的lawalawa都买去了，我才高兴呢！"这小女儿又对着货摊上的lawalawa说："你再挑一条，再挑一条，千万别客气，再挑，再挑！"我笑着提醒她："说不定人家懂汉语呢！山外有山、天外有天啊！"事实证明，我是多虑了。对萨摩亚人而言，汉语太难了，不去中国，干吗要费力学汉语呢？不过，从这女人不吝金钱地买lawalawa来看，或许她是爱美之人，一次就为自己买五条裙子；或许她有五个女儿或侄女、外甥女，买五条裙子送给她们当节日礼物；或许她有五个姐妹，买了裙子，每人送一条以还报她们对自己平时付出的好。望着她远去的身影，我为她高兴，也祝福她快乐。

这一天，最受欢迎的物品有：白色衬衣、白袜子、白色首饰和发饰，儿童用的彩色领带。我有好几次被客人问到有没有白色发夹和白色头花。在萨摩亚，每个星期日都会用到白色衣物，"白色星期天"尤其要一身纯白。大人孩子们宛然一个个大天使、小天使。在彩色的萨摩亚，白色有着特殊的含义和特殊的用途，自然，白色物品就是节日最受欢迎的东西了。

购物高峰过后，我继续待在C女士的店里。一直待到傍晚七点多。期间，仍有顾客不断出入店铺，买这买那。或者，什么都不买，只是挨个货架看看，溜溜眼，饱饱眼福。大约八点，我回到家。萨摩亚"白色星期天"的序幕，拉上了。

今天是萨摩亚的"白色星期天"。现在是上午九点三十九分。外面，风在摇曳着面包果树和杧果树，鸟儿在飞往高处，乌云正在头顶聚攒，今天这一片区域已

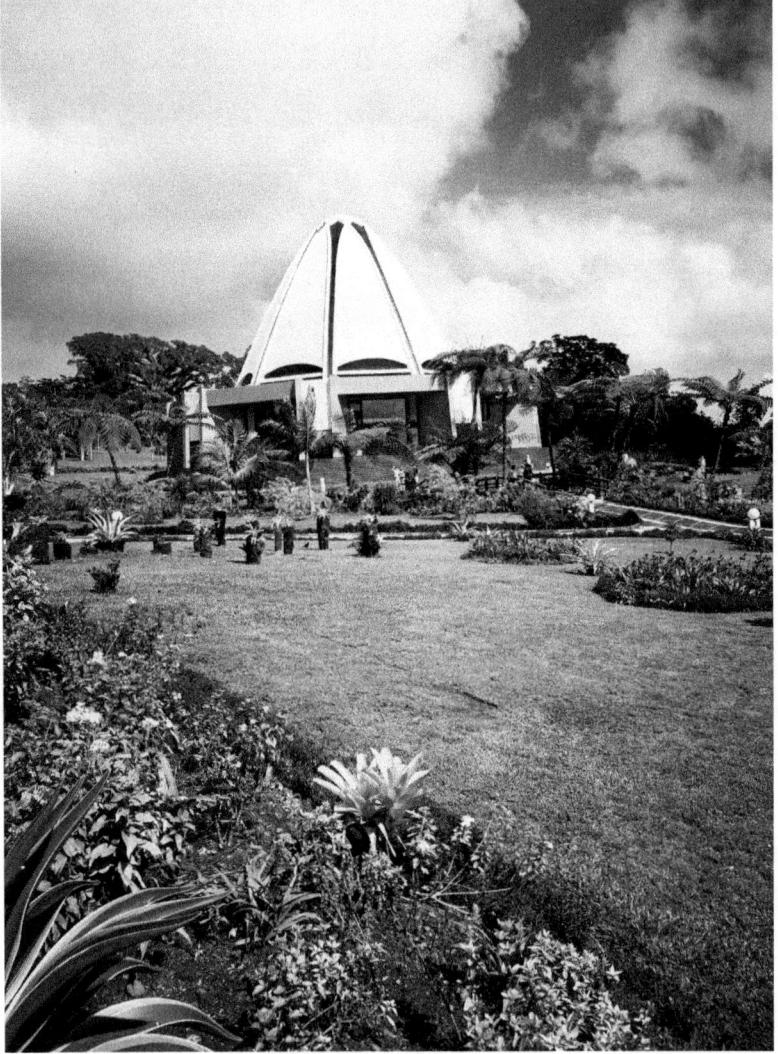

萨摩亚的巴哈伊教堂

经下过两阵雨了。南面村子里正传来阵阵伴着琴声的和歌声。九点四十三分，第三场雨来了。还不到雨季，这个周，老天已经在屡屡上演雨季才有的大戏了：天天下雨。而这雨，丝毫不会影响萨摩亚人庆祝儿童节的热情。今天，现在，萨摩亚大多数家庭的全体成员，都穿着白色的礼拜服，动身去教堂参加活动了。之后，他们会共进午餐，下午继续教堂里的活动。今天，在教堂里，孩子们是主角。每座教堂里都一定会洋溢着欢乐的气氛。萨摩亚儿童的聪明活泼和能歌善舞本领，在今天，会淋漓尽致地表现与发挥出来。他们会尽展"波利尼西亚"民族的优点。他们的行为预示的是这个太平洋国家的光明的未来。

今天，萨摩亚的家庭会有特殊的周日晚餐，食物的丰盛甚至会超过感恩节晚餐和圣诞节的假期餐。晚餐上会有传统食品如帕鲁萨米、烤塔罗、面包果和香蕉、牛肉、猪肉、鱼等，会有几乎所有萨摩亚人都喜欢喝的"可乐"类饮料。这一晚，男人们虽然不能喝他们爱喝的Vailima或Taula（萨摩亚啤酒，萨摩亚人星期天不允许喝酒），但他们会被和睦与融洽的家庭氛围陶醉，为真挚与浓郁的亲情陶醉——醉倒在法雷里。

在萨摩亚，今晚，孩子们可以先上桌吃饭，体会被家长们伺候的"一年一次"的小皇帝般的感觉。在萨摩亚传统里，一般都是家长和其他成人先进餐，孩子们在一边伺候着，家长们吃完了，才轮到孩子们吃。这一习俗，到今天仍然在一些家庭中保留和沿袭着，因为萨摩亚的家庭中有以年龄来划分等级的现象。所有的年长者都可以管教年幼者，管教的方式是多样化的——打，是其中之一。这一天，萨摩亚的孩子还可以得到父母的礼物。而在国内，许多孩子不仅餐餐饭都当"小皇帝"，其他时候也都是爷爷奶奶、姥爷姥姥、爸爸妈妈眼中的"阿哥"和"格格"。既然是"阿哥"和"格格"，那就几乎天天都有"礼物"了。

在全世界，大概只有东萨摩亚（美属）和西萨摩亚这两个区域将今天定为"白色星期天"吧？今天，萨摩亚几乎举国庆祝！侨寓萨摩亚的我，衷心祝愿萨摩亚的儿童Happy!Happy! Happy!祝愿萨摩亚的儿童年年美今日，岁岁乐今朝！祝愿萨摩亚的儿童能够天天都过儿童节！

昨晚，乔老师发朋友圈，说他的两个宝贝女儿强烈要求爸爸妈妈"入乡随俗"，带她们去阿皮亚最好的饭店，吃大餐庆祝儿童节！于是，乔老师夫妻二人带女儿去吃大餐。朋友圈里的朋友纷纷留言，坚决支持孩子们！

刚才，看到乔老师约"战友们"今天下午去爬瓦艾阿山，以庆祝萨摩亚的儿童节，几个爬山"老司机"纷纷响应。这些"老儿童"要向萨摩亚人学习，凡事讲究仪式感，要以实际行动为萨摩亚的"白色星期天"喝彩！不过，Just now，乔老师又宣布，家里来了很多小朋友，下午爬山与否，不能确定，因为不确定的因素很多。希望教统计学的博士，能统计一下，到底有几种不确定因素！不过，今天的"白色星期天"，几乎所有萨摩亚人都会快乐地度过，这是确定无疑的！

萨摩亚断想

　　周日，绝大多数萨摩亚人去教堂了，世界少了鼎沸的人声和"轰隆隆"的车声。室外，鸟儿婉转着寂静，狗儿撕咬着无聊。风摆树叶，草沐阳光。一只鸟儿在绿茵茵的草坪上散步，小脑袋一伸一缩的，煞是灵动；朵朵鲜花在骄阳之下开放得姹紫嫣红，似张翅停留在花枝上的蝴蝶，很是好看。泡一杯绿茶，念两句英语，敲几行闲字，心思散漫得很，灵魂没有对白，只有一些断想，是关于萨摩亚的。

断想一

　　萨摩亚是个多雨的国家，但萨摩亚文学中鲜见"雨"迹。这是写《萨摩亚雨中即景》时突然想到的文学现象。在中国，文人骚客爱雨成痴，他们观察雨、感悟雨，在文本中以雨抒情，故中国古代文学中因雨而生的诗意和美文之量多似牛毛。到现代，戴望舒"撑着油纸伞，独自彷徨在悠长、悠长又寂寥的雨巷"，希望逢上心爱的人和美妙的理想；施蛰存让《梅雨之夕》中的男子在雨中邂逅一位少女、借撑伞相送之举表现"现代人对现代生活的现代情绪"；张爱玲则让《心经》中的许小寒狂奔在大雨之中，试图进一步对父母实施"爱的凌迟"！这些作为文学意象的雨，在文学中，就像雨点一样繁多而密集。但在中国文学中不寻常的雨，在萨摩亚文学中，是不是常被作家邀来助势呢？萨摩亚文学，我知之甚少，只从《海洋·家园》和《唯时光永存》中了解到其近年的状况。这两部小说集的"萨摩亚书写"基本没有一个文本里有雨。这让我诧异，假如是中国作家写《折翼天使》这出悲剧，写到母亲惨死时，一般都会调出雨来，让倾盆大雨淋打在母亲的尸体上，以此创设悲剧氛围，凸显悲剧意蕴。我猜，萨摩亚人的词典里也可能没有那么多雨的别称吧，像什么甘霖、膏泽的，他们可能也不会赋予雨那么多的感情色彩，叫它为"好雨""淫雨"什么的。在现实生活中，萨摩亚人并不拿雨当回事。他们不会特别盼望雨，也不会特别讨厌雨。一切都是自然的体现，一切都是自然的安排！另外，在中国文学中，雨，更多时候是一个意象。《诗经》里就出现了雨的意象，《全唐诗》里有七千多处雨的意象，后世文人受影响的文学资源极其丰富。萨摩亚的纯文学起始于二十世纪六十年代。可见，萨摩亚没有源远流长的文学资源，自然没有太深厚深邃的可滋润后世文人情怀的文学遗产，当下文人的文学文本中自然也就较少有雨的踪迹了。

断想二

在萨摩亚，晚辈孝敬长辈是民族传统，是生命的本能和生命的自觉。这是看到一些现象后产生的看法。NUS艺术学院一个年过半百的老师，与姑姑、妹妹一家人住在一起。他回家后会主动拿出钱来给他八十岁的足不出户的姑姑，而这个老师还了车贷等之后，自己常常入不敷出；NUS一个婚后住妻子家、已有三个女儿的副校长亲口告诉我们：他每天上下班的路上，都先到自家母亲那里报到，看望和问候一下母亲；一个在南京留学五年、回国在政府部门工作的女子，每个月的工资都必须按母亲的要求购置家庭用品。这些人我都认识。是什么让萨摩亚人对长辈至爱至孝？引发了"科学史上最激烈的争论之一"（一九二五年至一九二六年，美国学者玛格丽特·米德在塔乌岛做了九个月的田野调查，一九二八年，她将自己的调查报告出版，名字是《萨摩亚人的成年》。一九八三年，澳大利亚学者德里克·弗里曼出版了《玛格丽特·米德与萨摩亚一个人类神话的形成与破灭》，在世界尤其是美国媒体和学术圈激起千层论战之浪，引发了一场行为科学领域持续二十余年的争论）的《萨摩亚人的成年》一书中有这样的话："人们不希望在婆婆与儿媳之间产生任何冲突，儿媳必须尊重婆婆，因为她是户中的长者之一；媳妇若粗暴无礼，那是绝对不能容忍的，就像不服管教的女儿或侄女一样不能容忍。我们文明社会中至今尚存的、习已成俗的婆媳不睦现象，在萨摩亚人看来不啻为一种可鄙的笑料……如果年轻人住在岳父家里，事情也是如此。如果岳父是玛泰，他对女婿可以行使全部权威，即使岳父只是一介平民，女婿对他也得恭恭敬敬。"这是萨摩亚传统文化在家庭人际关系中的体现。在萨摩亚家庭中，等级是以年龄来划分的，长者本位。在接受外来文明时，萨摩亚人特别注重保护自己本民族的传统文化。在二〇一六年太平洋岛国小姐选美大赛上，即将卸下桂冠的上一届太平洋岛国小姐在告别感言中说："我的根教会我尊重长辈、正直做人；我的根教会我热爱家人，与家人同甘共苦，与邻里守望相助；我的根让我从小就懂得要坚守我们民族的价值观，长大后才不惧生活中大风大浪的考验。"这就是萨摩亚人拥有的共同的价值观。所以，萨摩亚不存在虐待老人现象，人人都是孝子贤孙。有人可能会说，萨摩亚人行的是愚孝，我想，天下绝大多数的父母，都愿意享受这种"愚孝"。按说，中国有着源远流长的孝文化，既有《孝经》这样的理论纲领规范人们的行为，又有"二十四孝"这样的至孝实践引导人们，但当下中国的孝道情况只能说差强人意。萨摩亚没有中华文明中根底深厚的孝文化，但萨摩亚人孝敬长辈、家庭第一、民族文化至上的共同理念和社会心理，真的值得我们学习和借鉴。

断想三

做萨摩亚的动物，也是不错的，因为它们自然、率性、自由！这是萨摩亚原始、自然的动物生存状态引发的感慨。以萨摩亚的猪、鸡、猫为例。萨摩亚的猪跟国内的同类长相不同，它们像野猪一样，有着长而尖的嘴巴，体型比较精瘦，肚子没有触地的趋势。一两头猪慢悠悠地穿过公路、一头猪一群猪在房前草坪上悠闲地觅食等现象司空见惯。路上不断有车辆驶过，猪们不会抬头。它们没有什么好奇心。对它们而言，吃饱肚子是最高的追求和最大的真理，有没有异类经过，它们并不关心。在人类的眼里，猪们很安闲很自在。萨摩亚的猪很容易让人想起王小波笔下那头特立独行的猪。不过，这里的猪看起来都是自由的，所以，"特立独行"的猪其实是不存在的。虽然，萨摩亚的猪的命运也是被人类设置了的，但在走向命定结局的过程中，它们是自由率性的。有一次，在萨瓦依岛码头边，我们在等餐饭时，看到公路上一头猪悠闲自在地过马路，后面跟着一条狗、三只鸡。路上的车子都为猪的队伍放慢速度，"礼让"家畜家禽们。萨摩亚到处都是农

萨摩亚路边的猪

村，养鸡是萨摩亚人的爱好。笔者小时候每天早晚都要管理鸡——晚上把鸡们赶进鸡窝睡觉，早晨打开鸡窝门，让鸡们出来觅食。在萨摩亚，养鸡的人家大多不制鸡笼、不搭鸡窝，鸡们处在散养状态中。很多人家就住在路旁的树丛中，鸡们上树飞草的，主人才懒得搭理呢。有搭理鸡的时间，还不如睡个大觉呢！至于母鸡下不下蛋、蛋下到哪里了，主人大都放任自流、疏于管理。在萨瓦依海边"joe over resort"里，我们正在吃早餐，一群鸡熟门熟路地走进大厅，到处巡视。早餐是西餐，一楼地面整齐干净，餐桌布置疏密得当，食客彬彬有礼。就是这么一个环境，一群鸡昂然挺进却无人理会。鸡们昂首挺胸地在大厅里巡视着，吧台女生兀自站立，添加食物的服务员熟视无睹。我们只有诧异的份儿了。那一刻，我就想，萨摩亚的鸡任性放达得让人羡慕！国内有人拿猫当宠物来豢养。萨摩亚的不少地方有流浪猫的踪迹。在小区里，猫儿出没的现象屡见不鲜。我短期寄住的"Le Rosa"小区里就活跃着几只猫。我长期居住的NUS房屋的草坪上，常有散步或觅食的猫儿。它们都是流浪猫。流浪猫的生育能力极强，似乎刚几天不见，再见时，母猫身后就跟着五六只小猫。让我心动与感叹的是阿皮亚西北部海边的几只流浪猫。这里是人们游玩的地方。萨摩亚人喜欢一家人乘车呼啸而至，或下饺子似的跳进海里嬉戏，或木雕似的在海堤上坐着发呆。几只野猫以这片区域为家，随意活动。没有人伤害它们，没有天敌攻击它们，虽然有时也有人带着狗来海边玩，但猫狗和平共处。猫们就那么自由自在地生存，饿了吃点游人吃剩的残渣剩饭或袭击石缝里的海味以裹口腹，饱了就在海堤石堆上或石缝里睡觉。人来了，它也懒得搭理。狗过了，它也无动于衷。花开蝶飞，它想看就看，想追就追。不想看不想追就做思鱼履足的春秋大梦，任天上流云匆匆飘逝，任身外海浪翻卷汹涌，任耳旁人类笑语喧哗。

安全缆上的海鸥
——美属萨摩亚华人黄强华的人生意象

一

二〇〇五年十月一日。傍晚。美属萨摩亚帕果帕果港口。

船只进了葫芦状的港口，就进了帕果帕果这个又深又长的天然避风海港。海港三面环山，海水碧波荡漾。在港湾的右岸，有一艘靠岸停泊的中国台湾远洋渔船。在渔船前甲板边缘的一根诱鱼灯杆旁，一个小伙子已经站了半个多小时了。他的眉头拧得很紧很紧。

这个小伙子身材中等，方脸，额头宽阔，线条清晰的下巴显得坚定刚毅，黝黑的皮肤是常年海上生活的体现。他叫黄强华，是这艘渔船上的"老"船员。其实，黄强华才二十五岁，船东和其他船员都叫他强华。说他"老"，是因为他是有三四年远洋捕捞经历的老船员了。

强华是四川简阳人，家里祖祖辈辈都与土地打交道。因为有"80后"思想多元、视野开阔的共性，强华不愿意走父母的人生老路。他想走出四川盆地、去外面广大的世界里闯一闯。十七岁那年，强华中学毕业，恰好有一家中国台湾远洋捕捞公司去四川简阳招收船员，他说服父母，出川上船，开始了与大海打交道的日子。他跟随渔船去北太平洋捕捞过秋刀鱼等，去大西洋海域捕捞过大马哈鱼、鳕鱼、鱿鱼等。对强华而言，渔船每一次离岸，都意味着新一轮漫漫航程的开始。在船上的日子，他逐渐克服了晕船这一船员都会遇上的难题，在忍受寂寞、思念家人的煎熬中，学会了渔船作业的许多活计，如下网、收网、给捕捞品分类、装箱、冰冻等。被海水冲刷、被风吹日晒、被汗水和血水浸泡的日子，强华一过就是三年。三年后，强华下船回川，娶妻生子。

二〇〇二年底，当儿子八个月大时，以前的渔船老板电联强华，希望他来南太平洋群岛捕捞金枪鱼。强华对妻儿依依不舍，但生活压力让他决定再次外出一搏，他第二次跟中国台湾的这家渔船公司签了合约。二〇〇三年四月，强华含泪告别妻儿，与另外五个老船员一起出川，乘飞机辗转斐济、萨摩亚，来到图图依拉岛。强华六人被分配到三艘渔船上，带领新船员捕捞金枪鱼。强华所在的这艘船上有十五个新船员，每天，他们都在波谲云诡的大海上迎风斗浪，用延绳钓方法捕捞金枪鱼。在图图依拉岛帕果帕果港口岸边，建有美国投资的金枪鱼罐头加工厂，在南太平洋海域捕捞金枪鱼的渔船可以把收获出售给金枪鱼罐头加工厂。船东的三艘船每次装满金枪鱼后，就驶进帕果帕果港口。这一次渔船进港，就是来卖货并补充给养的。这一次进港，船员们都很期待，因为，这一次进港售货完毕，船东会给船员发工资。这是三艘渔船上的船员在离家十八个月后，第一次领工资。

半年前，与渔船公司签合约时，强华六人没有在工资一栏里附加任何要求。等工资发放完毕，强华六人很诧异和吃惊，他们六个老船员拿到的是每月一百七十美元的工资，而新船员的工资是每月二百五十美元。强华等人怎么也想不明白：经验多、业务熟练的他们，不比新船员工资高也就罢了，为什么还会低八十美元？发工资本是船员最快乐的日子，这一次发工资却让强华等人气愤，他们有种被愚弄、被欺负的感受。于是，六人推举一向敢于担当的强华做代表，去跟船东谈判，要求增加工资，要求新老船员待遇平等，不然，老船员就集体辞职离船。大家态度坚决，颇有六人同心、其利断金之势。强华找到船东，说了他们的想法和诉求，但船东以渔船燃油、船员工资、出航生活用品花费，尤其以合同为由，拒绝了强华的要求。强华说：

"老板，在船上，贡献大的是我们这几个老船员。你这样对待我们，你觉得公平何在？我们不求别的，只求待遇公平。如果待遇不平等，那我们没有信心和理由再干下去了。"

船东说："黄强华，你威胁我？"

黄强华说："老板，我们只要待遇公平。没有公平，我们只好辞职了。"

船东拍着桌子吼起来："你这还不是威胁？你们如果一定要集体辞职，我也没有什么话好说，但我不会改变决定。"

　　船东知道，在离祖国万里之遥的美属萨摩亚，强华等人是轻易不敢离开他的渔船的，因为他们没有护照，下船等于自寻绝路，况且，辞职等于违约，违约就拿不到他们上船前交付的押金和这十八个月的工资。船东望着气愤地摔门而去的强华，冷笑起来。

　　果然，强华跟其他五人商量时，他们胆怯了。辞职，不仅意味着一万元押金白白扔到了太平洋里，也意味着十八个月的汗水泪水都白流了。更要命的是，他们的护照还押在渔船公司里，辞职离船后怎么生存？商量来商量去，五个曾信誓旦旦地要共进退的老船员要留在渔船上！强华欲哭无泪。他冲到甲板上，不知何去何从。

　　强华想：自己年纪轻轻，却已经是第三次做人生的选择题了——十七岁时，是选择留在家乡打工还是做船员漂泊天涯？为了让父母过上好日子，他选择了当船员；二十一岁时，是选择上渔船继续人生的动荡和危险还是留在家乡过现世安稳的生活？为了妻儿，他选择了上船；二十五岁的今天，是选择继续留在船上还是下船寻找新生路？留在船上，做过"出头鸟"的他今后的船上日月就变成了船东的"施舍"，跟着而来的或许会是更大的盘剥和蔑视；下船上岸，固然意味着漂泊动荡的海上生活的结束，也意味着异国他乡陌生世界里的生存方式和前景的不确定，就如同在陌生的海上作业时，不知道哪片水域有暗礁、哪片水域有深流一样，也就像他只知道这帕果帕果港是个深水避风港，却不知道它到底水深几何一样。这是一次让他痛苦和焦心的选择。

　　强华站在这里已经有半个多小时了。他的心像刚下过雨的地面一样潮湿，而帕果帕果也突然下起雨来。习惯了海上生活的他没有把雨放在心上。衣服湿腻是船员作业时的常态，那上面有雨水，更多的是汗水。现在，帕果帕果沿岸的公路已经由喧闹趋于安静：中小学学生三点左右就放学了，金枪鱼罐头加工厂的工人四点钟也下班了，现在正是人们准备晚餐的时间。港口右岸是连绵的山，山头被雾气围绕着。山下公路上有色彩绚丽、形状类似大卡车的公共汽车和美系、日系的私家桥车。此时的帕果帕果港口及沿岸的山景、建筑与车、人，叠加起来，万花筒般，在强华的眼前旋转，他只好收回视线。渔船上空盘旋着几只海鸥。强华被它们吸引了。常年在海上作业的他对海鸟有特殊的感情，对海鸥更是情有独钟。他羡慕海鸥的自由飞翔，也迷恋它们的群飞嬉戏。强华看到一只大胆的海鸥在甲板上走走停停，好像是在寻找可食之物；还有一只海鸥盘旋着飞来，小心翼翼地落到细细的安全缆上。虽然帕果帕果港无风无浪，但渔船本身仍随着海水轻轻摇动，那只海鸥也随着安全缆的晃悠而晃悠。强华想："你这生灵，快飞走吧，安全缆不是你待得住的地方啊。"但这只海鸥不肯飞去，继续在缆绳上晃悠着身体，寻找身体与缆绳的平衡点。几十秒后，这只海鸥终于找到了身体与缆绳的平衡点。它已经适应了船身的摇晃，可以站在那里兀自不动了。

看着安全缆上的海鸥，强华怦然心动。他知道，今夜，渔船停泊不走，如果愿意，这只海鸥可以保持这种姿势度过它的漫漫长夜。他突然泪流满面。他想：自己不就是这只海鸥吗？一旦下了船，自己就成了独自生存的海鸥，东萨这片土地就成了自己人生之舟的缆绳。自己能像这只海鸥这样寻找到自己的平衡点吗？

"嗨，人活一口气！"看着稳稳停在安全缆上的海鸥，强华跺了一下脚。他知道，海鸥对各种环境都有非凡的适应能力，而自己还年轻，跑船练就了自己吃苦耐劳的精神和超出常人的毅力。有了这些素质，自己可以重新开始。只要咬住牙根，坚持住，总能找到人生新的平衡点的，总能像海鸥一样适应新的环境的。他想："船员的苦都吃得了，船员的险都克服得了，还有什么能难倒我？上岸，打工！不信我活不下去！"强华看了那只海鸥一眼，快跑几步，然后一个健步，从甲板跳到了岸上。他摸摸口袋，知道自己只有五美元，一种置之死地的悲壮感油然而生，同时生出的还有一种弃旧迎新的兴奋感。

这一跳，强华跳向了自己新的人生。

二

二〇〇八年九月十四日。星期天傍晚。天下着小雨，强华站在帕果帕果港口右岸一家超市外的一棵面包果树下。他要给妻子打个电话。因为这一天是国内的中秋节。此时的强华已经在这里打工三年了。

三年前的傍晚，强华从中国台湾渔船上跳下来。没有护照，怀揣5美元的强华不知何去何从。他走了很远的路，直走得疲乏地瘫坐在一家中国超市的门外。

亏得萨摩亚没有冻寒之虞，这一晚，强华就蜷缩在廊下，一条流浪狗陪伴着他。第二天早晨，一个40岁左右的女人打开了店门，强华赶紧跟她搭讪，希望她能雇佣自己。女人正是这家超市的老板静姐。静姐简单询问了强华的情况，就让他进了门。静姐是个苦命的女人。几年前，夫妻二人来美萨打拼，但三年前丈夫去世了，留下她一个人支撑这个超市。超市的规模不大，卖的是日用百货，静姐还雇了另一个男员工小凌。目前，静姐正缺一个看店、盘货、卖货的店员，于是就留下了强华。强华突然有一种天无绝人之路之感。他从内心深处感谢静姐对他的收留，也暗暗庆幸老天并没断绝他的人生之路。因为感谢静姐对自己的收留，在静姐超市打工的九个月里，强华忍受着她的乖张和霸道、自私和苛刻。他把静姐的严苛当作历练人生的教材，当作升华自我的台阶，当作见到彩虹前必须经历的风雨；因为想多赚些钱，多积累些资金和经验，强华节衣缩食，玩命工作。他每天工作十六个多小时，点货、上货、洗碗、做饭、打扫卫生、收银等，忙得像陀螺一样，几乎没有时间想其他的，除了想家，除了想办法躲过移民局的官员。父母在农村侍弄几亩薄田，勉强度日；妻子在一家餐厅打工，收入微薄；儿子由外婆帮忙照顾，会说话了，作为爸爸的自己却远在天边。想到这些，强华的心像刀剜针扎一样疼，但他没有时间为四年前跳船的选择悔恨，他只想着不浪费现在的一分一秒，只想着为未来一家人团圆的梦想而不放弃现在的努力和奋斗。没有亲人陪伴，没有朋友倾诉，这个异国流浪者把一切都藏在心里，跑船练就的意志力让他像躲在岩石缝里等着晴天的海鸥一样，忍受着无尽的孤独和不知何时天晴的绝望。因为没有护照，没有合法身份，强华成为一个"黑"在了这里的华人。他只能"隐藏"在华人社区，而不能"曝光"在阳光下。这样"黑"着的日子长达三年。三年来，为了不被移民局发现，强华的活动都在自己工作的超市200米范围以内。夜深人静时，他会想起渔船安全缆上的那只海鸥。他不知道，这个晚上，那海鸥是不是还在某条航船的某条安全缆上过夜，而自己这只孤独的海鸥，寻找人生平衡点时的风吹雨打、渴望在这里立足过程中产生的乡思与孤独，没有人倾诉，也不知怎么倾诉，只能自己惆怅地吞下去。

　　三年前，强华跟妻子约定：重要节日、结婚纪念日和儿子生日时，一定给她打电话。

　　强华的妻子小唐有四川女子漂亮能干、开朗贤惠、吃苦耐劳、坚忍顽强的特性。强华结束第一轮船员生活回四川后，认识了小唐，并与她结了婚。三年来，每一次通电话，都是小唐在那头抱着电话哭个不停，但她从不埋怨强华当初的破釜沉舟，也极少报说家中的忧烦。每次听完强华的倾诉后，小唐都用泪声告诉丈夫家中的情况：公婆身体尚好、儿子很活泼、自己不太累。每次，小唐都安慰他、鼓励他。每通一次电话，强华都增加十成奋斗的动力。为了父母，为了妻儿，为了明天，他没有打退堂鼓的可能，没有萎靡不振的资格，没有畏缩不前的理由！

　　强华现在的老板是中国台湾人，很善待他。强华知道，昨天晚上，他的老板去参加了当地华人为庆中秋而举办的party。他没去，虽然他已经取得了在美萨合法居住的资格，不用再躲躲闪闪地生活和工作了，但他想先把这好消息告诉妻子后，再参与华人的活动。况且，这一次，他还有其他好消息要与妻子分享。

　　现在是国内的中午，正是妻子饭店最忙碌的时候。作为服务员，小唐要为客人端茶续水、送菜上饭。不过，善良的老板告诉小唐，不管强华何时打来电话，都可放下手头的事情，先接电话。

　　强华倚在面包果树上，拨通了妻子的手机。

　　这里距离中国一万多公里。

　　手机铃声只响了两下小唐就接了。强华知道小唐正等着他的电话。小唐"喂"了一声，强华突然哽咽了，一瞬间，他不知道该先说什么。小唐在那头又"喂"了一声，并喊了他的名字。强华突然开了闸门似的说了一通话。他知道妻子的工作场所人声嘈杂，他知道远方的妻子听电话里的声音要延迟一会儿，所以，他放慢语速、提高音量道出了他胸中长久郁积后的满满的兴奋："小唐，你记得我跟你说过的那只渔船安全缆上的海鸥吗？你记得我说过我只要路过海边就会看海鸥的话吗？你记得我说过我就是一只海鸥吗？你一定记得。今天，我告诉你，我这只海鸥终于在萨摩亚这艘渔船的缆绳上找到了我的平衡点：昨天我拿到了居留证，我昨天就有了在萨的合法身份了。而且，我老板把店卖给了一个萨摩亚老板查里亚，要带我另辟新店。不过，查里亚强烈要求我留下帮他。查里亚说，如果我不留下，他就不买李老板的店，他甚至说我想要多少薪水他就给我多少。所以，我留下帮查里亚老板了。小唐，今天是中秋节，我特别想你们。我明天就着手帮你们办来萨摩亚的手续。老婆，咱们团聚的日子快到了。你不用担心我，能吃下船上的苦，我在陆地上工作的苦根本就不算苦。你和爸爸妈妈还有儿子在家再等一些日子，我们就会团圆了。辛苦你了。感谢你对我父母的照顾，感谢你对儿子小杰的抚养。我在这里等着你们。"

黄华强说的是四川话。这些年，只有用家乡方言跟妻子通电话，他才能释放胸中的郁积。他知道，正是自己不惜力气、没日没夜的工作才让查里亚欣赏并挽留自己，而在南半球的苦苦挣扎、顽强奋斗的强华为的是北半球的家人啊。

强华说话的过程中，听到电话那头小唐的抽泣声，他也流泪了。妻子告诉她，今晚老板准许她带着儿子回家陪公公、婆婆过中秋节。小唐说，她要把这些好消息统统告诉公公、婆婆，让他们也高兴高兴。小唐还说："等我去了那里，我一定常陪你去看海鸥。"

三

二〇一〇年十一月七日，星期日。帕果帕果飞机场。强华正在航站楼迎客厅外面焦急地站着。

一场大雨刚刚下过，空气更加清新了。头顶上一大朵一大朵的白云探头探脑地似乎想跟强华打招呼。虽然强华很喜欢这里的白云，但今天他可没有心思看云彩。不远处就是大海。靠近岸边，有一群海鸥在忙着觅食，它们不时"呕呕"叫着，尖尖的声音高亢嘹亮，透出了欢快的调子。

不用计算，强华记得牢牢的，他跟妻儿分开已经整整七年。七年，两千五百多天，他在美萨打拼，妻子小唐在家里打拼。现在，他们的儿子小杰已经上小学二年级了。在给父母妻儿办来美萨手续时，父母怕不适应美萨生活，愿意留在家乡。强华拗不过父母，嘱咐他们不必像以往那么辛苦，做儿子的会让他们有一个充裕安定的晚年。今天，三十岁的强华要在这里迎接他二十九岁的妻子和八岁的儿子。他们一家三口终于要团聚了。

自从获得美萨居住证后，强华常去港口看海鸥。他知道五年前下船时的那只海鸥看不到了，但他眼中的每一只海鸥都飞翔出他心里的痛，每一声海鸥的鸣叫都启迪他人生要奋斗。每当寂寞孤独时，强华不是去健身房健身，就是来港口看海鸥,他常常把自己看成别人眼中的"独吟光景情何限,犹赖沙鸥伴寂寥"之意境。他认为,那些停停飞飞的海鸥一定同情他的孑然,懂得他的孤寂。

一年前,也就是2009年初,在积累了较为丰富的经商经验后,强华决定向他的萨摩亚老板查里亚辞职,自己开店做生意。那时,在图图依拉岛开超市的华人并不多,这里特殊的社会环境和商业环境很容易让勤劳的中国人脱颖而出。因为有优越的自然条件,绝大多数萨摩亚人安于现状、知足常乐、悠闲"懒散",他们普遍缺乏华人吃苦耐劳的精神;美国国民的身份让他们享受政府提供的各种福利,如食品补助、公费医疗和中小学免费义务教育等,他们衣食无忧,普遍缺乏华人的竞争意识和经商智慧。萨摩亚特有的分享文化形成了萨摩亚的社会心理:有钱大家用、有食物大家吃,个体收入归家中所有人。他们的理念是家庭第一、工作第二,萨摩亚人愿意花心思和精力陪伴家人而普遍缺乏华人的拼搏和进取的劲头。而强华坚韧、勤奋、聪明、敢于尝试,有经商的经验和能力,有创新和冒险精神,他希望社会环境和商业环境生成的"力",能让他这"好风"扶摇直上,在美萨永远立稳脚跟。于是,二〇〇九年二月,二十九岁的强华在图图依拉岛开了一家中国超市,雇了六个员工:三个中国人,三个萨摩亚人。强华当起了老板。经过一年多的经营,他的生意开始红火起来。

强华有一个特点,就是一旦实现了某个目标,马上确定下一个目标。他已经看好了一个地方,就在萨摩亚金枪鱼罐头加工厂斜对面。他计划把妻儿接来。等妻儿安定下来后,动手盖一座新的规模大的超市。他要把自己活成生活的奇迹!

妻儿的这趟航程极其折腾:从成都飞到北京,从北京飞到洛杉矶,再从洛杉矶飞到帕果帕果机场。

与他当初想获得美萨居留证的艰难相比,给妻儿办来萨的手续就容易多了。买好妻儿的飞机票后,他给妻子打电话。那一刻,强华有一种守得云开见太阳之感。轻易不流泪的他,那天竟然在面包果树下哭了大半天。

头顶一阵"嗡嗡"声响,从东北方向飞来的一架飞机进入帕果帕果飞机场上空。强华的心跳突然加快。七年了,七年!只在电话里听到声音的妻儿终于要真实地出现在他面前了。阳光晃花了他的眼,仰头看看帕果帕果天空大团大团的白云,强华感觉此时此刻的自己好像是在做梦。

有乘客出来了。

强华睁大眼睛寻找人流中的妻儿。过尽众人皆不是！他恨不能冲进去，一个个拨拉着找出他的小唐和他的小杰。

正当他心急如焚时，一张亚洲女人的脸出现在强华的视线中，那是小唐的白皙的、好看的圆脸。小唐有中等匀称的身材。此时，她左手拉着旅行箱、右手牵着一个小男孩。强华忘记了萨摩亚人小声说话的习俗，大声喊起来：

"小唐！小唐！小杰！小杰！"

正往出口处张望的小唐拉着儿子快跑上来。

与所有久别重逢的人一样，强华夫妇在帕果帕果飞机场出口外紧紧相拥，幸福的泪水奔涌而出。这拥抱和泪水化解了七年的相思。而此时，港口右岸的造雨山又下起雨来，这雨水很是应景，似乎是老天为这对患难夫妻相聚而流了幸福的泪水。啊，在梦中、在心里的妻儿，让自己无畏前进的妻儿，终于来到了身边！曾经多少次梦回简阳，曾经多少次在梦里拥抱亲人，曾经多少次梦醒后让惆怅和无奈化成黑夜里的泪，一流到天亮。现在，这一切结束了，一家人再也不分离了，一家人再也不用南思北念了。

"爸爸！"正抱着颤抖得像风中的椰树叶子一样的妻子的强华，听到了儿子小杰怯怯的叫声，他的心，一下子化成了太平洋的水，泪也像造雨山的雨一样"刷刷"而下！他哽噎着说：

"儿子，爸爸终于见到你了！爸爸想你都快想疯了，你知道吗？"

他一把把儿子抱起来。

不怕雨的强华怕雨淋了妻子儿子。他拉起行李箱，对小唐和儿子说：

"走，咱们回家！"

四

二〇一五年八月九日，星期日，下午五点。萨摩亚本地居民都去教堂了，帕果帕果华人经营的各类店铺也关门休息了。

这一天的帕果帕果，不出意料地下着雨。造雨山被雨雾笼罩着，缥缈得仿佛仙境似的。水面是白茫茫的一大片。海岸处，几只海鸥聚集在岩石缝里躲雨。

萨迪滨海宾馆（Sadie's by the Sea）的小法雷下面就是海水。有五个人坐在小法雷的木椅子上。他们每人面前有一杯柠檬汁。

这五个人中的年长者是陈先生。陈先生是20世纪70年代由中国台湾派往萨摩亚的公务人员——警察。现在，陈先生早就退休了，但他和儿子、女儿经营着岛上最大的百货批发生意。此时，他的大儿子陈景赫（Ganhall Manua Chen）就坐在对面。坐在陈先生左边和右边的分别是强华和林行松。林行松是从汤加来萨的华商，经营食品批发生意。在强华和陈景赫之间坐着的是汪国芳，他在这里也有自己的百货销售生意。

今天，这五个人是为商量成立华人协会的事聚齐在这里的。

成立美萨华人协会的发起人是强华。产生这个念头，源于内外两因。

从内因上说，强华是一个懂得感恩的人，也是一个有责任心、有担当的热心人。他愿意有一个便于华人交流、互助、发展的平台。他还清楚地记得，当初自己准备开店时，手头只有一万八千美元的启动资金。正值美国金融风暴时期，强华一度彷徨焦虑、左右为难，不知道怎么去创业，家人也劝他回去，免得开店亏得血本全无。当强华把他的苦恼说给一个华人朋友时，朋友说："你干吧，有我在你背后，你怕什么？"是这些话给了他力量，是朋友的支持让他下定决心，决定做一只飞翔在帕果帕果区域的海鸥，在商业的天空中飞出自己的姿态和美妙。是强华的诚信肯干、机敏勤奋、知恩图报征服了朋友！在后来的生意中，这位朋友给了强华物质与精神的双重激励和帮助。是他，让强华由一个打工者变为一个商人。强华认为，这位朋友是帮助他改变命运的人！当然，支持和帮助过强华的还有很多华人，比如他的老板中国台湾人李宏基等。不仅如此，萨摩亚人也给过强华温暖。因为生存艰难，初来这里时，虽然美萨风光优美、气候宜人，但强华的心里常常是湿嗒嗒的，灿烂阳光下彩色的海水和鲜花彩植很难与他的感受和谐一致。不过，一个善良的萨摩亚老人却成为他人生的一缕阳光。强华还清楚地记得，自己刚做生意时，就是这个批发食品的萨摩亚老人让强华拿走了他好几万美元的货物。老人的女儿问："假如黄欠钱不还偷跑回国了，你怎么办？"老人说："我相信黄不是这样的人！我可以赌一次，我赌黄不会跑！如果他跑了，损失算我的！"这是多大的信任啊！一个萨摩亚人对一个中国人如此有信心，只能说是这个中国人的人格魅力打动了他！强华是个普通人，却有着不普通的人格魅力。他与这个萨摩亚商人成为忘年之交。这萨摩亚老头像父亲提携、教诲儿子一样，教强华经商之道及做人之理。每当想起这些人，强华总是心头温暖。在异乡的土地上，他像那只海鸥，在竭力寻找人生的平衡点时，所有支持和帮助拧成那根安全缆，让他可以在风雨中摇摆着身体支撑住。这些人永远温暖着他，也永远激励着他。他要以他们为榜样，在能力许可的今天，去帮助那些需要帮助的人。而一个人的力量是单薄的，一个平台的存在更有助于每个人以自己的力量去提携别人、去回报社会。因此，成立一个民间组织的念头，在强华的脑子里转了好长时间了。

从外因上说，是一次新闻里的广播促使强华下决心要牵头成立美萨华人协会。强华经商有头脑、肯尝试，但他不是一个在商只言商的人，他关心时政、关心社会、关注在萨的其他华人。他有很多爱好，像健身、唱歌、游泳、旅游等，他还喜欢开车时听当地的新闻广播。有一次，他听到当地一位女议员的发言，大意是这里中国人只知道赚萨摩亚人的钱，赚到的钱都寄回中国，从不为当地社区做点贡献。女议员的话有些激进，因为那时的华人没有组织，没有平台回报所在的社区。必须成立一个华人组织，建立一个跟萨摩亚人和政府沟通的平台。

强华知道，世界华人协会早在一九九二年就成立了。这个以"和平、友爱、发展、共赢"为宗旨的非政治、非宗教的华人华侨民间组织，起到了凝聚世界众多华人华侨力量、弘扬中华文明的作用。而目前在美萨的几百上千华人尚处在零散和缺乏凝聚力的状态中。美萨华人如何融入当地文化又弘扬中华文化、如何与当地萨摩亚居民共创美好社会、如何在美萨合法经营生意、如何提升和巩固在美萨的地位、如何与美萨政府联络和沟通、如何聚集力量妥善处置意外事件等问题，摆在所有华人的面前。到了该有人出面协调组织的时候了。一直在关注华人在萨的生存和发展的强华对当地的自然资源、文化习俗、经商环境等都已相当熟悉，如同帕果帕果水域的海鸥对港口的熟悉一样。他不仅希望自己把生意做得风生水起，他还希望联络与帮助其他需要帮助的华人，希望带领华人给当地政府和萨摩亚人留下正面的、积极向上的印象。他不是忘记了当年作为代表与船东谈判却被朋友背叛的教训，他是相信在萨华人中一定有像他一样热心、敢于担当、知恩图报的人。他联系了以前打工认识的中国台湾人李宏基老板、福建人林行松老板、广东人叶国享老板以及陈老先生等热心的同胞，询问他们是否同意成立华人协会。李宏基、陈老先生等人的答复如出一辙，令人兴奋：同意！赞同！于是，他们约好在三月二十九日星期日来萨迪滨海宾馆集合，商讨华人协会成立事宜。

因临时有事，李老板、叶老板等人来不了了。坐在这里的五个人基本上都是T恤、中长裤的打扮。这里属于热带雨林性气候，气温适宜，降水丰富，所以，人们着装都很休闲和随意。在这里，以衣品人基本行不通，富翁鲜见锦衣绣服，穷人也不鹑衣百结。

强华先谈了自己发起成立华人协会的想法，之后请陈老先生谈谈自己的看法。

陈老先生虽然年已七十，但身板硬朗，谈笑风生，说起话来声若洪钟。他说：

"强华的这个建议太好了。咱们华人在这里几十年了，现在人数越来越多。没有个组织，都单打独斗、各自为战的，一旦有什么应急之需，就会像这海滩上的沙子，因缺乏凝聚力而事难办成。我很赞同强华的提议。我老了，愿意做你们的后盾。需要财力支持，我一定不推辞。"

陈老先生言毕，大家纷纷鼓掌。

强华接茬说："感谢陈老的支持。陈老一直以来都是咱们华人存善心、行善事的实践者。美萨华人协会能得到您的支持，真是太好了。"强华所言不虚。他忘不了一件事：二〇〇六年七月，他去陈老家打工。因为商店起火，他只工作了短短半个月，陈老太太却发给他四百美元的薪水，这相当于他在前任老板那里工作一个月的报酬。善良的陈老先生一家人让下船后的强华第一次感受到了来自图图依拉岛上的华人的温情和暖意。后来，强华常常咀嚼这份温暖，让这份温暖化作他前进的动力和勇气。

陈老先生的大儿子陈景赫出生在美萨的马努阿岛，名字也叫马努阿。虽然他对中国的情况并不了如指掌，但他父亲陈老先生从小就不放松对他进行家国教育，在夏威夷上大学期间，他娶了一个上海女子。所以，他内心一直涌动着高昂的中国热情。而几十年栉风沐雨在萨摩亚这块土地上，马努阿身上的萨摩亚文化因素还是很明显的，突出表现是热情、无私和服从与尊重长辈等。他说：

"我的情况大家都了解。我不会说话，也不喜欢多说话。我爸爸认为对的事，我全力支持。大家认为有益于华人的事，我也倾力参与。"

在岛上,林行松是做食品批发生意的。他在汤加打拼过几年,后来移师萨摩亚,艰苦创业,经历二〇〇九年海啸时海水淹没货仓之灾后,广开货源、勉力而为,如今他的生意做得蓬勃兴旺。对来美萨求发展的华人,林行松的热心像美萨的太阳,光芒四射的。比如,有新开店的华人来他这里进货,如果资金有缺口,他总是让人家先拿走货,卖了后再来还钱。要知道,他一次发出去的货物的资金可能少则几千美元,多则几万美元!这一次,当强华征求他成立华人协会的意见时,他第一时间回复强华:"我举双手赞成。"他说:

"我没有别的本事,做生意还有点经验。我除了自己做一个守法讲诚信的生意人外,还愿意尽最大能力帮助来萨的所有华人,也愿意为协会做所有该做的事情。"

一直很健谈的法学硕士汪国芳是个知趣识进退的人。四十出头的他聪明机敏、热情幽默。听了大家的话,他说:

"首先我跟各位一样,很赞同强华的主张。我是学法律的,我太太是华人公证员。法律事务,我俩比较熟悉。我愿意承担起协会法律方面的诸多事务。"

当由汪国芳的话引起的掌声停下后,强华说:"陈老先生和马努阿都比我来萨时间长、资历丰富。行松和国芳是我这些年来在岛上打拼时认识的兄弟般的朋友。客气话不多说了。对于成立华人协会这件事,既然咱们几个人已经达成了共识,今天这就算是开了第一次筹备会了。具体事宜如协会的宗旨、成员、会费、管理、组织活动等事宜,需要咱们以后再深入讨论,共同商定运作方法和途径。今天咱们回去后分头去做。这里属国芳学历高,你负责制定协会章程吧,辛苦你了!咱们回去跟华人朋友宣传美萨华人协会之事,希望大家都参与进来。三个月后,咱们举行成立大会,怎么样?大会成立后,咱们就可以着手准备美萨华人二〇一六年新春联欢晚会和二〇一六年图图依拉岛庆游行等事了。大家想想,还有什么问题吗?"

陈老先生、陈景赫和林行松都表示没问题了,对于协会运转需要的主要"润滑油"——资金,他们表示会大力支持。而协会诸多细致的事务都需固定在纸面上,做到有章可依,这工作就需要汪国芳的倾情投入了。汪国芳愉快接受了任务,信心满满,如同扬帆待发的船。强华兴奋地站起来,说:

"谢谢大家!谢谢大家!来,让咱们以柠檬汁代酒,预祝华人协会顺利成立!

干杯！"

"干杯！干杯！"五只手高高举起五个高脚玻璃杯，五张笑脸拼成帕果帕果港口上空温暖明亮的太阳。放下杯子，五双大手紧紧地叠握在一起。

不知什么时候，雨停了。在火山岩石缝中避雨的海鸥飞起来。强华想：一只海鸥单独行动，总显势单力薄；成群的海鸥集体游泳、觅食、低空飞翔，就是一道亮丽的风景，就能给大海带来无限的生命力和无穷的魅力。他站起来，目光望向帕果帕果的葫芦状出口。那里，一群一群的海鸥在飞翔。强华其实已经不是那只渔船安全缆上的海鸥了。他是帕果帕果港口海域上空那群潇洒自如地盘旋的海鸥中的一只。那些海鸥发出优美、嘹亮的叫声，它们在蓝天下飞翔出自然的壮丽和美好，它们在天空中飞翔出生命的自由和亢昂！

题后记

我只见过强华两面，相处时间加起来也不过几小时。

我写下强华的人生意象和人生片段，是因为他的经历打动和感动了我。

强华是多数来萨华人的缩影和代表。每个来这里的华人，都有跟强华相似的经历，只不过，强华的经历更传奇一些、更典型一些，而传奇和典型总能打动我。每一个漂洋过海、出外谋生的人，都想让生活好一点，都想改变自己的命运。他们走过的路可能不尽相同，但过程中的泪水都是咸的，惆怅都是涩的。那些笑语中的悲伤，那些欢畅时的惆怅，道出人生本苦的真相。但就像时间永不停歇、大海永远扬波一样，人生总要前进！

强华用普通人的方式活成了自己的传奇，这让我感动。强华的人生底色就是奋斗！就像那海鸥，安全缆不是它待的地方，可是它却凭毅力与恒心，找到了立身的方式。当年怀揣5美元的强华凭奋斗找到了自己在这里的立足点，成为华商中的后起之秀。作为一个普通人，强华将自己的思想和心意化成了行动，成就了作为平凡人的不平凡的人生。

强华是生活的奇迹，而他生命的内芯是善良、热心、真诚、坚韧、顽强、百折不挠、有责任心、懂得感恩，这让我感动。三十五岁之前，强华的人生就像图图依拉岛的海岸线那样曲折，就像帕果帕果港口外的大海一样波谲云诡。但他成功了，而成功的人生是离不了善德的。因为有善德，成功后的强华热心于华人协会的创建、热心于组织和张罗协会的各项事宜，将生命芯子里的善德化成了美行，进而传递出了满满的正能量。

作为"80后"，强华靠努力改变了命运，成为美萨土地上成功的华商，他的人生经历应验了一个道理：人生一树梅，傲霜成幅画；曲折会有终，努力更无价。

左起：美萨华人协会秘书长汪国芳、作者、美萨华人协会副会长黄强华、聊城大学石莹丽、聊城大学曲升

最后一堂汉语课

二〇一八年十月二十六日，星期五。这是NUS（萨摩亚国立大学）二〇一八学年第二学期的最后一个上课日。我有两节初级汉语课，时间是十二点到十四点。

这是这学期我的最后一堂课。

NUS执行的是新西兰的教育体制。每学年都起始于二月份，终止于十一月底十二月初。一般而言，第一学期结束于六月底。学生休息两周，教职工继续上班。所以，对Staff而言，NUS没有暑假。今年的第二学期的学生课程注册从七月九日开始，老师全天候地在"GYM"大厅里守桌待生一周，七月十六日正式上课。下周，学生复习，下下周开始考试。

这最后的一堂课，应该是一堂复习课。怎么复习呢？经过思考，我决定进行课程总结，教学方法以课堂问答式为主。我要带领学生总结这学期所学内容，我要串起学生脑海中的知识珍珠，唤醒那些已经进入他们"前意识"里的汉语字词、句型、语法等，帮他们打包一学期汉语学习的收获，让他们信心满满地迎接即将到来的考试，并满怀期望地选修中级汉语课。

目前，在萨摩亚教汉语，没有自由选择教材的可能。初级汉语课教学能用的只有前任老师留下的《新实用汉语课本》（上），好在这本教材内容编排科学，实用性、趣味性兼顾。这学期我带着学生完整地学完了前七课。在学习课本内容的同时，我还穿插补充着教了一些汉语知识，如数字的汉语拼读与写法、日期星期的拼读与写法以及教师课堂用语、人体器官用词、中国食物用词、颜色词等的拼读与写法，还学了《登鹳雀楼》《静夜思》《断章》等诗和《月亮代表我的心》《康定情歌》等歌曲，对诗与歌里的每一个字的字音、字义都做了解释。要全面、

211

条理地总结这些内容，还真不太容易。写作学告诉我，文章结构美在于凤头猪肚豹尾，我就把这堂课当作一篇文章来写了，目的自然是写成美文。

实物引领式开场

宣布上课之后，我拿出两块八月份爱人漂洋过海来看我时带来的巧克力，问学生这是什么？导瑞恩记得我八月底给她们吃过这东西，抢答说"chocolate"。我问："'chocolate'用汉语怎么说？"她忘了。我说："我用汉语发音，请你们写出拼音。谁写得对，就奖励给谁巧克力。"班里共十五个学生，塞尔维亚去中国了，还剩下十四人。我特意为这最后一课留了一些巧克力，准备送给每个学生两块。当我发"qiǎokèlì"的音时，多数同学能写出声母韵母，但声调判断得不太对。我把"qiǎokèlì"写在黑板上，当场分给每人两块巧克力，然后指着手里的两块说："同学们，这是'qiǎokèlì'。'qiǎokèlì'的汉字是'巧克力'。今天，咱们的课程总结就从巧克力说起。"我边说边在"qiǎokèlì"拼音下写上汉字"巧克力"。

在同学们津津有味地吃巧克力（萨摩亚人普遍喜欢吃甜食，巧克力更是他们的至爱）时，我的课程内容总结正式开始。

串珍珠式内容总结

这学期教学的汉语内容包括六方面：拼音、词汇、汉字书写、句型、语法、文化知识。这些内容是珠子，我用"巧克力"做线，将它们一一串了起来。

一、拼音。我指着黑板上的"巧克力"的拼音问学生："每个音节的声母是什么？韵母是什么？声调各是几声？"个别同学在回答声母时，说的是英语字母的发音"Q、K、L"，多数学生能发出这三个声母的呼读音"q（欺）""k（科）""l（勒）"。我心里挺满意的。我继续问："谁还记得这学期咱们学习了多少个声母？"导瑞恩准确地说出了"二十一"个（y、w不算作声母时）。我跟大家一起齐读了二十一个声母。我问"谁还记得这学期咱们学习了多少个韵母"时，学生的回答就七七八八了，他们都是在猜啊。我笑着说："你们都猜错了啊。我们学了三十五个韵母啊（共三十九个）。"我让学生们读"qiǎokèlì"三个音节的韵母，学生倒是都读对了，我展开韵母教学挂图，让学生齐读，学生也基本都读对了。我很高兴。我们这学期还学了声母韵母的拼合规律，我知道这规律对学生来说还有些难，留待他们今后继续去熟练吧。我接着问："普通话有几个声调？"这个问题难不倒学生，他们齐答："四个。"他们用英语说第一声、第二声、第三声、第四声时，我在黑板上写下了四声的记号："‑""ˊ""ˇ""ˋ"。我让学生告诉我"巧克力"三个音节的声调，并能准确发出这三个音节来。看来学生从知识层面已经基本掌握声调了，只是在语言实践中还不能准确判断和正确发音。我问他们："刚才谁给你们的巧克力？"爱大笑的萨摩亚学生"轰"地笑起来："老师啊。"我让学生告诉我"老师"的声母和韵母以及声调，学生们有的说对了，有的说得不对。我在黑板上写了"老师"的拼音和汉字。我指着拼音问学生："'老'是第三声，'师'是第一声。当三声后面是一声时，三声的声调要有所变化。大家还记不记得咱们学过的'三声变调（Third-tone sandhi）'？"同学们大都很茫然。于是，我迅速在黑板上画出了声调示意图，带着学生重温四声的读法，并以"老师""老人""老伴""老板"为例复习了三声变调的发音规律。我读"老师""老人""老伴"时，第一遍用原声调读"老"，第二遍用变调来读"老"。我读了三遍，让学生选择正确的变调的"老"的发音，并在声调示意图上指出变调"老"的发音是从音高二降到一，即发二十一音。然后，我读"老板"，读了三遍，让学生听听"老板"的"老"与"老师"的"老"，在发音上有无区别。学生能听出区别，但解释不清。我告诉学生，当两个音节都是三声时，第一个三声要读得近似二声，在声调示意图上音高是从三升到五的。站在教师的立场上看，这学期，除了"一"等音节的变调（需在中级汉语课上教）外，我基本上是把拼音教透了。我甚至也教给学生儿化音的发音（朗读）了，只是他们还没有掌握得像吃巧克力那么顺滑。

二、词汇。这学期，我们学习的《新实用汉语课本》的前七篇课文涉及大约二百个生词，课后练习涉及的生词有一百多个，我补充教学的内容里有一百多个词语，随堂即景、随情而教的词语有三四十个，比如，窗外运动场的橄榄球比赛或足球比赛吸引了学生注意力时，我教他们"橄榄球""足球""比赛""观众""汽车"等词语。NUS初级汉语课的课程代码是HCN100，其教学描述里有这样的教学目标："Students will master about 500 vocabulary"。我在黑板上写下十个词语，让学生识读并说出英语意思，他们大都能说出来。尤其是常用的

"我""好""很""学生""老师"之类的词语，他们还掌握得挺熟练的。我又指着"巧克力"三个字，让他们正确发音，结果还不错。在一堂课上，我们不可能跟每个词都"见面握手"。我只带着学生齐读了第六、第七课两课的生词，便进入下一个内容的温习。

三、汉字书写。对于习惯于以ABCD思考和书写的外国人而言，汉字认读和书写确实是汉语教学的难点，不少老师打怵而放弃了汉字书写这一教学环节。对于初学者，从拼音和汉字笔画笔顺开始，打好这两项基本功，将终身受益。大学生是成年人，是有理性的人，汉语教师不能只顾忌他们的畏难情绪而放弃汉语教学应遵循的教学规律，由着学生性子，只教他们想学的东西，比如只教拼音。我在教学时，特别强调汉字的认读和书写。假如我只教到学生认识拼音为止，那是我这学汉语言文学专业的老师不负责任的表现，也是偷懒之举动。汉语拼音只是汉语学习的工具和拐杖，会读拼音只是可以读汉语，但不一定能理解汉语的意思，更谈不上会用汉语。因为，很多汉语音节存在一音多字多义现象。比如，"bù"这个音节，学生会读了，但是不一定知道意思，因为，这个发音至少有四个汉字与之对应，是"不""布""部""步"。这四个汉字都是常用字，意思各不相同。假如只学到拼音为止，学生只知道表音的拼音"bù"，不认识表意的汉字"不""布""部""步"，怎可能真正学好与之相关的词汇、语义？推而广之，也不可能学好汉语。所以，我特别重视对学生的汉字认读的训练。更进一步的，我重视汉字书写的教学。在一个学期中，我不可能尝试使用多种方法去教汉字，只能因地制宜地选择一两种。这学期，我都是在NUS的FOA教学楼一层的三个教室给学生上课的。作为"国字号"的NUS并没有特别先进的教学条件：教室里没有多媒体，只有一块黑板，还没有板擦与粉笔。我终于明白前任蔡老师为什么把一块黑板擦那么仔细地包裹好留在抽屉里了。感谢蔡老师！我到办公室要了粉笔，每次都自带板擦和粉笔进教室，在课堂上，我因陋就简地采用书写汉字示范的方法，在教每一个生词时，都让学生看我写这生词。这些年的国内多媒体教学方式，已经让我疏远了板书，没想到，来到萨摩亚，板书成了最重要的教学方法，好在我的黑板字写得还不太丑。我往黑板上一笔一画按笔顺写汉字，边写边讲笔画笔顺，以给学生造成强烈的视觉刺激。我坚信，汉语教师长期对学生进行视觉刺激，

作者在课堂上

会让他们在潜移默化中克服汉字书写的恐惧心理。当然，学生光看不练，也不会有好的学习效果，所以，我每堂课（两节）都给学生十分钟左右的时间写一定数量的汉字，这种练习名为课堂作业。学生写，我检查。发现自由率性书写汉字的同学，我一定给他再讲一遍书写规则，并动笔纠正其笔顺。在这最后一堂课上，我让雷诺阿和提瑞莎往黑板上写"汉语""学院""京剧""工作""哥哥""喜欢""巧克力"等词，其他同学看着她们书写。哈哈，提瑞莎吃巧克力不费劲，写"巧克力"的"巧"的右半部分时，竟然把那一横放在最后写！我不得不再次告诉她书写的规则。

四、句型。初级汉语班这学期共学了大约十五个句型，类型涉及问好、问候、问需要、问国籍、请求允许、问姓名、自我介绍、找人、问地点、道谢、道歉、评论、提建议、请求重复、婉拒等方面。这些句型在日常交际中会经常用到。我用英语逐个句型提问学生，让学生用汉语回答我。如，我问："If I want to know where the dinning room is, how do I ask in Chinese?"白拉告诉我："餐厅在哪儿？"我对她竖起大拇指："你太棒了！"她马上眉飞色舞！我一个句型一个句型地问，学生一一回答。答不上来时，我就让他们去课文中找。多数同学找得到。找到了，回答出来了，我及时表扬她（他），她（他）会啧啧而叹！我想，复习这一遍后，这十五个句型不在学生脑海中留下印象是不可能的！这样系统化地复习一遍，也可为下学期学生继续学习汉语句型打下基础。最后，我问道："'你要巧克力吗'，这是个什么句型？"雷姿张口就答对了："Asking what someone wants。"

五、语法。基本上，《新实用汉语课本》中的每一篇课文后都有不止一个语法现象。我尽量依据教材依次讲解，并带学生做了练习。只有一两个语法现象太难了，我暂时搁置了，准备在中级汉语教学时再去讲，反正下学期我们还是用这本《新实用汉语课本》。这个学期我教了汉语的语序、形容词谓语句、动词谓语句、用"吗"的是非问句、是字句（1）、用疑问代词的问句和正反疑问句。这些语法现象中的某些在中级汉语学习过程中还会学到，在初级汉语教学中只是涉及，因学生的词汇量小，我也只能给学生举简单的例子，如"我很好"（形容词谓语句），"我是老师"（是字句）、"我喝咖啡"（动词谓语句）等。在这堂总结课上，我给出这些句型的英语名称和句式要求，让学生用汉语举出简单的例子来，他们大都能举出例子。但他们习惯于用英语来回答，而我让他们译成汉语时，他们翻译的语序有时出错，我再解释汉语语序要求。最后，我问他们："'我要巧克力'是什么句？"白拉回答："Verb-predicate sentence（动词谓语句）"。哈，答对了！

六、文化知识。汉语教师不仅承担着汉语教学任务，还要传播中国文化。《新实用汉语课本》介绍了一些中国文化知识。在课堂教学中，我选择性地给学生介绍了中国人的姓氏与称呼、汉语普通话、汉语词典和京剧四方面的文化常识。在讲中国人的姓氏与称呼时，我以自己的名字为例，介绍中国人姓名的取法、文字的排列法等，并希望学生能称呼我为"隋老师"而不是"Ms."。在讲京剧常识时，我用挂图和视频做辅助简要说明，并给同学们唱了《苏三起解》的头几句："苏三离了洪洞县，将身来在大街前，未曾开言我心头惨，过往的君子听我言，那一位去往南京转，与我那三郎把信传，就算苏三把命断，来生变犬马我当报还。"我知道学生听不懂，我也是京剧的门外汉，只是小时候看村里京剧团排演跟着学了这么几句，现场演唱只是想让学生感受一下，但同学们给了我热烈的掌声。中秋节时，NUS的孔子学院举办了"庆中秋"中国文化宣传活动。我先在课堂上教同学们朗读李白的《静夜思》一诗，再带他们去"孔院"中秋节活动现场，让他们从主持人的讲解中，了解中国中秋节的来源，听中国老师朗诵跟中秋节有关的诗词，猜汉字，写汉字，品尝中秋专用食物：月饼。在后来孔子学院举办的"孔院日"活动中，我让学生们欣赏中国老师的现场书法、文学材料朗诵等。这些教学活动，都让学生对中国文化有了一些了解和感受。而在这最后一堂课上，我带领学生再一次朗诵了与中秋节相关的诗《静夜思》。诗朗诵将课堂气氛带入高潮。当大家热烈鼓掌时，我又给每人分发了一块巧克力。

哦，当我和学生们梳理与复习了所学内容后，时间下午已是一点半了。我给学生十五分钟，让他们做最后一次课堂作业：抄下我写在黑板上的十个例句。这些例句是：您好！请问，您贵姓？您是哪国人？你爸爸、妈妈都好吗？餐厅在哪儿？请再说一遍。明天我们去游泳，好吗？昨天的京剧怎么样？请问，王小云在吗？对不起，我明天恐怕不能去。已经习惯于在课堂上做汉字书写练习的学生都在纸张上写起来。当然，他们虽然知道汉字的书写规律，但写时常表露出萨摩亚人的自由与率性。比如，有的学生写"人"总是先写捺后写撇。我检查时看见了，就再讲一遍书写规律，并在其练习本上给他示范一遍。学生们完成课堂作业后，我让雷诺阿总结一下这学期学习汉语的收获。雷诺阿的总结用的是英语，大意："这学期，我们学习了汉语拼音，知道汉字书写要讲究笔顺；我们学到了很多词语、很多常用句型；我们也学习了一些语法现象，还了解了一些中国文化知识。这学期，我们收获很多。这学期的汉语学习让我爱上了汉语。下学期，我要继续选修汉语课。我代表大家，谢谢老师的教学付出！谢谢老师的巧克力！"

"谢谢老师的巧克力！"哈哈，今天，我这巧克力还真发挥了作用了！我拿巧克力当水晶线，串起了汉语知识的珍珠；我把它当希望送给学生，愿它能带给学生快乐、包容心以及探索汉语知识世界的勇气！

宣传鼓动式结尾

在上这堂课前，我计算过，这学期的"初级汉语"课上了十五周，每周六节课，我共上了九十节课。这么多课时的授课，我是取得了一些教学成绩的，所以，今天这堂总结课，我是带着满满的成就感来上的。但认真反思，也还有些许的遗憾。我想弥补遗憾，但时间到了，我该下课了。于是，在跟同学们说"再见"前，我说了这样一段话："同学们，中国有五千年历史，中华文化源远流长；中国陆地面积有九百六十万平方千米，地大物博；中国有五十六个民族，民族文化异彩纷呈；中国有美丽风光，魅力无限；中国经济增长迅速，潜力巨大。你想去中国留学吗？你想去中国旅行吗？你想去中国品尝美食吗？了解中国，汉语先行。学习汉语，体验汉语魅力，感受中国文化，拓展人生视野，实现人生梦想。同学们，你们正年轻，正处在人生吸取知识、了解世界的最佳时期，学习汉语，舍你其谁？请大家下学期继续选修汉语吧。祝你们期末考试取得好成绩，希望大家都能获得中国大使馆发放的汉语课程奖学金。考试那天，我再给你们发巧克力！God bless you（萨摩亚人的习惯用语）！二〇一八学年第二学期最后一堂汉语课，We have finished！同学们，现在下课！"

美属萨摩亚一日行

早就计划去美属萨摩亚（以下简称"美萨"）看看。学期末，结束了课程，办好了手续，可以成行了。原计划在那里待两天，因美国中期选举，行程压缩为一天。

在去美萨之前，我对它的认知来自文献和网上材料。通过郑方圆（北京大学）的论文《全球化背景下人、制度和文化变迁——以美属萨摩亚为例》（二〇一四年），我知道美萨在地理环境、生活现状及人文文化等方面与萨摩亚独立国基本一致，只是多了一些美国元素而已。而我们的美萨之行只是走马观花。近视加花眼的我浮光掠影地参观了图图依拉岛的景观，了解了岛上华人的生存和发展情况，获得了精神的愉悦和心灵的超越，感觉不虚此行，因为过程很享受。

航程之中趣味无穷

美萨是美国在南太平洋的无建制属地，称"东萨摩亚"，又称"美属萨摩亚"（American Samoa）。美萨面积一百九十九平方千米，包含萨摩亚群岛东部的图图依拉、奥努乌、罗斯岛、斯温斯岛和马奴亚岛群五座崎岖不平的火山岛和两座珊瑚环礁。东萨人口不足六万，首府是帕果帕果（Pago Pago）。

十一月九日（萨摩亚时间。国际日期线分割了两个萨摩亚。西萨摩亚是世界上最早迎接太阳的国家，美属萨摩亚是世界上最后一个送走日落的国家，两地时间相差二十五小时），我们一行三人在萨摩亚独立国（原名西萨摩亚，习惯称萨摩亚）的法加利机场乘十二点三十分的飞机飞往美萨帕果帕果机场；西萨摩亚时间十日下午五点三十分我们乘飞机从帕果帕果飞回。从西萨摩亚的法加利机场到美萨的帕果帕果机场，每天有好几个航班往返。这一来一回的旅程，有趣之事还真不少。

一是来回飞行时间不同。从西萨摩亚的阿皮亚到美萨的帕果帕果的距离不足一百二十千米。不到法加利机场，真不知道通往候机厅的过道和候机厅里的冷气能开得那么充足，叫人直打哆嗦。看看空调，十六度，头顶的两部吊扇还"轰轰"转动。不到法加利机场，真不敢相信世界上还有如此简陋小巧的国际机场！整个停机坪都没有一个足球场大（倒是帕果帕果的飞机场大得多，停机坪可起降大型客机，美国前国务卿希拉里曾经光临此地，墙上有其照片为证）。而从法加利机场往东飞往帕果帕果机场大概需要四十五分钟，从帕果帕果机场飞回法加利机场则只需约三十分钟，这是不是很有意思？大概是因为地球自转造成的吧？

二是小飞机飞行。因为旅程短，承运的自然是小飞机了。因为一天有好几班，我们乘坐的小飞机被常来常往的人们称为"小公交"，是隶属波利尼西亚航空公司的十八座DHT Twin Otter飞机。有意思的是，来回"check in"时，值机员要求每个人都得带着行李上上称。网上有材料说，从二〇一三年开始，西萨摩亚航空开辟西萨摩亚和美属萨摩亚之间的航线时，就开始根据乘客体重而非座位收费。据说，西萨摩亚航空是世界上第一个根据体重收费的航空公司。哈哈，有意思，所谓"活久见"，大概这是一例吧。想想也是，西萨摩亚国民肥胖问题的确应该被重视，世界卫生组织二〇〇七年的调查结果就显示，西萨摩亚是世界上肥胖人口最多的国家之一，这不，连航空公司都跟着操心呢！不过，很多西萨摩亚人认为，胖是生活安逸、身体健康的标志；瘦，说明没饭吃或者身体"sick"了。这不，刚刚在北京落下帷幕的二〇一八年全球胖美人选美大赛的冠军就是萨摩亚姑娘Tina。哈哈，这下，萨摩亚人更有理由维持肥胖现状了。更有意思的是，DHT Twin Otter飞机小到你不乘坐一次绝对想象不出它能小到何种地步！停在机坪上，这飞机就像一只大蜻蜓，机身大约十米长吧。登飞机的悬梯只有七八阶，窄得仅能竖着放开两只脚。进入舱门，我这种身高的人都不能站直，座位更是拥挤狭窄。我们去美萨时，坐在飞机的第二排，回来时坐在第一排。哇，运气真是好到爆啦！坐在这架飞机上，一切都是全新的体验。不要想什么漂亮的空姐空少——一个也没有！不要想飞机餐——吃喝全没有！不要想洗手间——几十分钟都能坚持！飞行舱的面积不见得比一辆皮卡的驾驶室大。正驾驶员、副驾驶员并排坐着，中间有大约三十厘米的宽度，下面摆放着本次航班的飞行单。驾驶舱与乘客之间没有任何遮挡。如此，一来一回，我们可以全程关注飞行员的驾驶，清楚而不明白地瞅着飞行员的操作。我们兴奋得给飞行员又是录像又是拍照。以往乘飞机时，飞行员工作的那种高端神秘，化为这次乘坐的普通开放。而且，萨摩亚的飞行员也平易近人，一点都不高蹈，石老师要跟他们拍照留念时，人家帅帅的副驾驶员把阳光般的笑脸定格在石老师的脸旁，这真的很有趣。而在飞行中，除了螺旋桨的噪音大一点外，这么小的飞机做到了起降平稳，真了不得！在起飞时，我充分感受到小飞机扶摇直上的神奇；在降落时，我也真切体验了小飞机接触地面的安稳。在飞行途中，乘客完全可以闭目做"至人无己"式的逍遥心游，因为它很安全。现在想想，这都是很有趣的体验和感受呢。

三是美景醉人。波利尼西亚的小飞机每排只有三个座位，乘客可以通过悬窗看到窗外的美景。因为是在热带地区，又是小飞机，应该是在平流层的底部巡航，离地表的距离大概是十千米左右吧。这样，乘客既可以清楚地观赏空中变换的美景，又能较清晰地看到地表的万千景象。但见机翼上方是连绵无尽的白云。机翼斜下方，白云分散，或如丘山，或如棉絮，或呈方形，或呈圆形，更多是不规则型。它们飘悬在自己的位置上，安闲悠然。而机翼下方，只有两种地表形态：一是萨摩亚的山区和帕果帕果城城区，二是浩瀚的大海。在萨摩亚的上空俯瞰地表，连绵无尽的山峦，蓊蓊郁郁，蜿蜒起伏着俊秀与多姿多彩的风韵。山间零星的人家的房屋点缀林间，释放出人世间的生机与活力。那"野马"（林泽中的雾气，词出庄子《逍遥游》）是群山的呼吸，那"尘埃"是人间的气息。在进入美萨帕果帕果前，飞机是在大海上空巡航。弯曲的海岸线、海岸线处彩色的海水、深广平荡的海面，都清晰可见，都美妙醉人。

谁说飞行过程中只有枯燥与乏味？我们这次美萨之行的航程只有惊艳与趣味！

图图依拉"走马观花"

美萨之行，只在图图依拉岛停留二十四小时，故不可能"一日看尽长安花"，尤其遗憾的是不能去我向往的玛格丽特·米德待过的塔乌岛，但知足常乐的我在走马观花中，欣赏到了美萨独特的美景，感觉不虚此行。

我们到达帕果帕果飞机场是下午一点半。美萨华人协会顾问Jeff.Wang（以下称汪先生）在百忙中，热情周到地安排我们游图图依拉岛。他开车拉着我们沿着海岸线向东北方向游览。虽然美萨与西萨摩亚周围都是海洋，地理风貌基本一致，但图图依拉岛的海岸线极其曲折蜿蜒。与之相较，西萨摩亚的各个岛的海岸线都比较平直，都向海洋敞开着胸怀。而图图依拉的海岸线有太多的凹凸，逶迤出大小不一的多个海湾和半岛，海岸线总长大大超过相同面积而海岸线平直的海岛。这是美萨与西萨摩亚地理环境的区别之一。汪先生的车子在沿海公路上驰骋，我们尽情领略图图依拉岛海岸线的委婉绵长。某个瞬间，我都产生了数一数图图依拉岛大小海湾数量的冲动。汪先生说，他也不知道有多少个海湾，而且，西北沿岸都是临海的悬崖式地形，根本没有公路，无法实践数海湾数量的遐想。我只能按捺下好奇心，透过车窗看空阔、清澈、静寂的大海，看远处的大海扬波，看更远处的天接海涛。看美妙的大海总是让我心旌旗摇，产生投身进去做一朵小小浪花的冲动！汪先生说，我们很幸运，前几天每天都下瓢泼大雨，根本看不成景，我们来了，帕果帕果的雨走了。天空虽无太阳，海面也缺少缤纷的色彩，但没有了太阳和云层的作用，海反而显现出了自然清澈的底子。这一日，云彩满天，虽颜色偏暗不显靓丽和变幻，但却让游人少了烈日曝晒的燥热感，一切都显得温柔温和而宜人。汽车驶过的许多路段之下，都有或大或小的金色沙滩，显示出与西萨摩亚白沙滩、黑沙滩不同的颜色。而且，所有的沙滩都洁净地静寂着，那些细碎的颗粒，没有被温热的脚底揉搓和摩擦，只有皱纹般的海浪，涌上来又退下去，亘古不变地持续运动着自然的耐性和恒心！在经过情人岛时，汪先生放慢车速，让我们拍下大自然的恋爱蓝本。传说这两座巨石样的小岛本是来自斐济的一对夫妻，丈夫叫菲米尔，妻子叫法土，他们因留恋帕果帕果的美景而化作石头永远留在了这片海域。这是人爱恋海洋的传说，而游客看那天长地久的并肩站立和深情凝视，会瞬间代入自己，让浪漫的温柔和热烈的真情充溢心间。

车子拐过Fatumafuti进入图图依拉最大的港湾。其实，我们一路都是在依山傍海的公路上，公路内侧没有多少平地，基本是拔地而起的山峦，蓊蓊郁郁的。迎面而来的花树建筑等都显出勃勃生气。不过，较之西萨摩亚的乌普卢岛和萨瓦依岛沿海公路边的花树彩植，图图依拉的就逊色了。在乌普卢岛和萨瓦依岛沿海公路的很多路段，两旁的鲜花彩植，美到令人窒息，车子如同在彩带中间行驶。图图依拉则因沿海多是峭壁，稍微平坦的地方，一定会有一座建筑矗立其上，路边植物量少而缺乏培植，纯自然的样态缺少规划就缺少了茂盛之美和艺术之美。我们在港口最里端附近下车，这里就是美萨首府所在地的帕果帕果。帕果帕果的银行、便利店、教堂、餐馆及政府部门包括教育部、旅游局等就在海湾公路的两旁。严格说来，这里的建筑结构与布局，让人看不出哪儿是城区哪儿是郊区。从海港两旁的建筑和海港人来人往的景象可知，帕果帕果与阿皮亚相比，经济要繁荣得多。汪先生带我们参观海港。这是一个巨大的天然海港，从最外端进入这最里端，需先往北走很远再折向西去很远，港区有两个码头泊位。这又是一个天然深水港，最大水深达四十五米。汪先生说，航母都可停靠在这里。我们看到了港区的装卸设备及大量的色彩不一、形状不同的集装箱。集装箱里装满运往世界各地的鱼罐头、椰干、香蕉及金枪鱼等，而粮食、燃料油及工业品等也源源不断地运进来，满足美萨居民甚至西萨摩亚人的物质需求。从远方驶来的旅游船只载来全世界不同国家和地区的观光客，他们下船观光体验，给美萨带来热闹和忙碌。因为是美属萨摩亚，这里的美国元素不少，不必说出生在这里的人都可享受美国国民待遇，就我所见，海港美需品货箱的部门标识、墙上的美式风格的涂鸦、路边的麦当劳快餐店、街上一些美国制造的物品、美军军营等，都是美国元素在美萨的实际体现。

离开帕果帕果，汪先生拉我们出海港，继续沿海边公路往东北方向行驶。记得来之前有人说，美萨没有什么可看的，风光、文化都与西萨摩亚一样，甚至街上跑的公交车都是一个风格和样式的。我不信。我知道，世界上绝没有两个相同的地方，正如同世界上没有两片绝对相同的树叶一样，每一个地方都有其独特之处，去任何地方游览都不会没意义，只要你有一双善于发现的眼睛和一颗诗性的心灵。这一路，我就因蜿蜒的海岸线、金色的沙滩、清澈的海水及车子内侧为密林覆盖的起伏嵯峨的群山而兴奋不已。及至通奥努乌岛的航船码头处，汪先生停下车，让我们看看眼前的海，瞭望瞭望二点五美元即可到达的奥努乌岛，我就更为兴奋地踩着火山岩堆砌的海岸，远看云水苍茫处，近听海浪拍岸声。遗憾的是不能在这安谧美妙之处托腮发呆，或自由自在地瞄云卷云舒，任世事变换，"从明天起，做一个幸福的人"，钓鱼，看景，沿海散步！我正痴迷，岸上的十几个中学生模样的少年登上了小船。小船在大海中真的是一叶扁舟，我们看着它在水中掉头启航，为孩子们捏一把汗，可活泼豪爽的萨摩亚少年站向涛头，活跃出一副海浪拍岸、岸边人与飞沫不相干、"弄潮儿则于涛头且不在意"（鲁迅：《三闲集·柔石作〈二月〉小引》）的图画！

下午五点多，我们住进了萨迪滨海宾馆。我们的房间当然是海景房。第二天一早，我去房间外拍景。一条细长的金色沙滩上只有我一个人在踟蹰，还有两朵毛茸茸的粉红花，在诗意地静立着。我捡起一朵，与它对视半晌，复又放下它，让它仍然美艳在金色的沙滩上。我赤脚站在水边，近岩石岸边的彩色海水，轻轻摇荡着大自然的旋律。涌潮下细沙一棱一棱的，清晰可见。任涌潮一波又一波地覆涌过我的脚面，又一波又一波地撤退回去，在四周清寂和空旷里，我心灵颤抖着感受海水抚肤的柔情与温和。我动手拍帕果帕果港的葫芦口景观，拍帕果帕果三面的山，竟然拍到了造雨山（MOUNT RAIN MAKER）。拍到造雨山也不奇怪，因为Sadie's by the Sea的前身就是造雨山宾馆。很幸运的是造雨山就危立在我的对面。造雨山是帕果帕果很著名的景观。据说，山脚周围几乎无日不雨，明明是艳阳，可一转眼，一场不小的雨被造出来，而且，常常是东边下西边不下，西边下而东边不下，很有趣。此时，造雨山的山顶正雾气缭绕，可能那里正下着雨吧。

十日上午，我们参观了五六个华人经营的超市或商场后，于十二点赶到飞机场，但"check in"已经结束了。我们误了十二点半的飞机，只好改签下午四点半的航班。汪先生办完事情后，又拉着我们上了阿拉瓦山（Alava）。很庆幸这次误机，不然就没有机会上到美萨的阿拉瓦山上。汪先生带我们到了峰顶一处建筑物的残垣旁。他告诉我们，此处本是一处大建筑，以前有重大节日或活动时，这里是party的场所。二〇一九年，萨摩亚群岛所在的海域发生八点一级地震，这座建筑被震塌，只剩了一面墙的几处断墙。地震引发的海啸严重破坏了帕果帕果当地及附近的一些村庄，造成了大量的人员伤亡。帕果帕果城里立有二〇〇九年大海啸死难人员纪念碑。站在这里，我们感叹大自然的威力，祈祷灾难远离人类。就观景而言，站在这里，我们能够俯瞰到帕果帕果港全景和造雨山的美景，心中生出莫名的激动与感动。后来，汪先生拉我们爬高穿越了几个村庄。假如不是误机而多在美萨多停留了三个小时，我们就不会知道汽车可以开到这别有洞天的山顶，在山顶竟然有成片的平地，在平地上建有萨摩亚人的村庄。村庄的建筑一如西萨摩亚，路上行人的穿着面相也与西萨摩亚人一般无二。试想，在绵延高耸的火山顶上，有充沛炽烈的阳光，有雾气腾升的热带雨林，有梦幻般的绿树鲜花，有彩色绚丽的大小房屋，有嬉戏的孩童和悠闲的成人，一切都是那么和谐自然、浑然天成。如果没有飓风、地震和海啸等天灾，山顶平原就是为上帝格外垂青的世外桃源了。

美萨华人高情厚谊

遇见独特的人，是旅行最大的收获。这次去美萨，我们就认识了一些独特的人。

这些人都是华人。他们跟我们一样是外出闯世界的人。跟我们不同的是，他们都是有故事的人，而且他们的故事大都很传奇。不过，不管是年长的老者还是年少的朋友，美萨华人无不热情好客、大方周到，无不心系祖国，热爱华夏文化。他们的高情厚谊如同帕果帕果的雨前风，凉爽而温暖，强劲而舒适。

到美萨之前，汪先生帮我们办理了美萨入境许可证，改签了机票。到美萨后，汪先生和他太太及美萨华人协会会长Ganhall Manua Chen在机场接上我们，去一家中餐馆吃午饭。刚坐定，汪先生就拿出手机信号发射器，让我们用它上网。我并不是手机控，一两天不上网没有"能死"之感。不过，汪先生把细节都考虑到了，他的热情细致、周到全面感动得我几乎落泪。汪先生是以萨摩亚国立大学孔子学院学术考察团之名为我们办入境卡的，大家交流时，自然会关注美萨华人子女的教育。在座的每一位华人都期望国家汉办能尽早在美萨建成孔子学堂，因为美萨目前尚无一处汉语教学机构。华人子女要学习汉语，只能以他们的父母为师。一旦父母忙于事务，或父母中一方是萨摩亚人，则华人子女的汉语学习便难以正常化，所以，有些"华二代""华三代"不能流利地说汉语。如果美萨有孔子学堂，华人子女便可接受正规的汉语教育。在华人的热切期望中，身为国家汉办公派汉语教师，我为自己归期将至、不能为美萨汉语教学做实际贡献而心生愧疚。饭后，汪先生带我们游图图依拉岛。开车的他不仅是好司机，还是好导游。关于图图依拉的自然风貌、海港状况及文化商贸等，他都一一道来，让我们在赏海景山景的同时，尽可能多地了解到我们想知道的东西。

晚上，美萨华人设宴招待我们。汪先生一家三口和原籍河南的侨胞、慈善家陈亮珊老先生都参加了。另外，美萨华人协会现任会长Ganhall Manua Chen（陈亮珊长子）及其家人、副会长黄强华及其夫人也参加了宴会。另一个副会长林行松因为忙于其他事务分不开身，没能前来参与。陈老先生今年七十多岁了。见到他，我就感叹和赞叹：岁月真是饶了他。警察出身的陈老先生红光满面，腰板硬朗，精神矍铄，谈兴甚浓，根本不像七十多岁的样子！他的记忆力之好，让我等惭愧。让我们感动的是，陈先生一大家人、黄先生夫妇和汪先生一家人都陪着我们，要知道，他们都很忙。当地居民闲适安逸，但美萨华人却必须靠勤劳和智慧才能生存和发展！在座的每位成功的华人都有自己的传奇经历，像黄先生的经历就足以拍一部励志电影，其中的辛苦和辛酸不足向外人道，但异乡他国奋斗的艰辛，我们想象得出，并因此而佩服他们的胆识和魄力。宴席中间，本来在另一张桌上吃饭喝饮料的五六个孩子归拢了桌椅，三个女孩要为我们表演舞蹈。其中大点儿的两个女孩十四五岁吧，小一点的女孩也就七八岁的样子。她们是陈老先生的孙女和外甥女。三个女孩表演了两段萨摩亚舞蹈。她们的表演惊艳了我们！孩子们精心准备和卖力表演的行为震撼了我们。从孩子们的角度看，表演展示出她们对美的艺术的追求，表现出她们对同胞客人的热情与尊重，也体现了驻萨华人子女的热情和真诚。从陈先生、黄先生、汪先生等成人角度看，安排孩子们展示才艺呈现的分明是美萨华人的精神状态：自强不息、团结友爱、积极向上！这怎能不让我们感动和振奋呢？心潮澎湃的我们举杯感谢他们，并祝愿美萨华人的明天像孩子们表演的舞蹈一样美好美妙！

十日上午，汪先生拉着我们去参观美萨华人的商品经营场所。我们去了汪先生、黄先生、余女士、封女士、林先生、陈先生等华人的超市或商品批发地。每个场所都有与其他场所相同的地方也都特色独具。这些华商就是美萨商业天空中的星星，既各自熠熠闪光，又互相辉映着连成一片，形成星多夜空亮的景象，给图图依拉岛乃至美萨的商业带来了繁荣，让美属萨摩亚人的生活更多样化和便利化。而无论在哪里，我们都能直接了解到华人开基立业的艰辛和波折，了解到奋斗中的华人互相之间的提携与互助，感受到华人进取过程中的坚韧和百折不挠。在美萨，获取ID是华人奋斗的目标之一，但封女士说："我永远不会改变我的身份，我对美国护照不感兴趣，我永远是中国人。"这个在美萨待了十六年的中年女士，在语言不通、文化不同、政策不利的情况下，放下身段，从打工开始，在困境中自立坚持，在艰辛时随遇而安、知足常乐，做到面朝大海谈笑风生。听听她的创业经历，观观她的生活环境，听听她的心里话，我一点都不觉得她在谈国籍问题时说的话是唱高调。其他已经获得了ID的华人，无不保存着中国心，无不眷恋着故乡情。他们利用华人春晚等活动，宣传中国文化、弘扬民族精神。他们利用先来者对美萨的熟悉，对来自国内的每一位同胞都给予热情接待、鼎力相助、大力支持，彰显中国人的精神和气魄。认识这样一群华人，我感到不虚此行，尽管我的美萨之行来去匆匆。

旅行中与文学相遇

在西萨摩亚工作期间，我有三本纸质案头书：美国学者玛格丽特·米德于一九二八年出版的著作《萨摩亚人的成年》；萨维亚·萨诺·马利法编著，童新、王雪峰翻译，二○一七年和二○一八年出版的小说集《海洋·家园》和《唯文字永存》。读《萨摩亚人的成年》，我就想去玛格丽特·米德考察了九个月的塔乌岛看看，寻访米德当年的踪迹。而我在《海洋·家园》和《唯文字永存》中读到了美萨作家坡·麦乔创作于二○一五年和二○一六年的短篇小说《阴差阳错》和《谁知我心》。另外，我还读过英国小说家威廉·萨默塞特·毛姆根据自己在美萨的经历、创作于一九二七年的短篇小说《雨》。虽然时间短无法去塔乌岛，但因去阿拉瓦山，在山顶见到很多萨摩亚人家和萨摩亚人，感觉是遇上了《阴差阳错》中的塞妮娅的养母卢卡，理解了为什么有那么多萨摩亚人会来到美萨生活——卢卡是从萨摩亚来美萨的；仿佛看到了《谁知我心》中的母亲阿嘎正在打自己的女儿萨拉。其实，现实生活中的萨摩亚人纯朴、友好、谦卑、无私、乐于分享。但文学永远不止步于对现实的歌颂和赞美，文学的力量是在直面人生时产生震撼人心的作用。所以，坡·麦乔的小说既写到了人性美也写到了人性丑，但更主要的是表现了人性的复杂。而我是个容易为文学左右的人，我知道世界上所有的人都有着复杂的人性，我也知道同是波利尼西亚人，萨摩亚当地居民和美萨当地居民的文化传统相同，人性也大差不离，但亲历美萨，亲眼见到活生生的美萨人，感觉是遇上了文学中的人物，对《阴差阳错》和《谁知我心》的理解更深入了一层，所以，美萨之行，又好像是一次文学之旅。更巧的是，汪先生帮我们预定的萨迪滨海宾馆与网上一个叫"萨迪汤普森旅馆"的联系电话是同一个号码，资料也一致。或许它们不是同一家旅馆，但我愿意把它们当成同一家旅馆，如此，可以满足我一个文学追星人的愿望。因为当年英国小说家威廉·萨默塞特·毛姆在这里住过，并因此而写了小说《雨》。我本来还不知道《雨》与萨迪·汤普森旅馆的关系，晚上上网浏览材料时，知道我在的地方，当年毛姆也来过。《雨》写麻疹爆发，开往萨摩亚的轮船上的神父戴维森及其夫人、医生麦克菲尔及其夫人和风尘女子萨迪·汤普森都下船来旅馆避难。宗教偏执狂戴维森神父努力想要拯救萨迪·汤普森的灵魂，结果自己却淫欲大发，强奸了她，最终因羞耻自杀。"萨迪·汤普森旅馆"的名字就来自于小说中的萨迪·汤普森。这让这家旅馆名声大噪。想想看，毛姆是二十世纪英国最受欢迎的作家之一。《雨》的发表标志着毛姆在经过二十年创作空白后继续进行短篇小说的写作了。而九十年后，我到过毛姆到过的帕果帕果港，我住过毛姆住过的萨迪旅馆，恰巧我还读过毛姆的这篇《雨》，我是不是很幸运？虽然这一天帕果帕果难得地没下雨，但毛姆的《雨》里一直都下着瓢泼大雨。这雨是帕果帕果的自然之雨，这雨是《雨》中的艺术之"雨"，是"雨"的意象。这"雨"下在二〇一八年十一月九日帕果帕果萨迪滨海宾馆里的一个中国游客的心里，这个游客又恰好有一个为文学浸润的灵魂，这个灵魂遂生出此生在美萨与文学大师毛姆"相遇"的幸运之感！哦，文学追星族的这种感觉，有趣而美妙吧？

同行者三人：石老师、曲老师、我。美萨之行，石老师要访谈美萨的华人，曲老师为寻找美国在美萨的存在元素，我为闲适而闲适地要东看西逛一番。石老师获得了华人的第一手材料，曲老师发现了美国在美萨的诸多存在元素，我则是方鸿渐（《围城》主人公）游学欧洲（我游美萨）——兴趣颇广，心得全无！唉！

萨摩亚，带不走的你

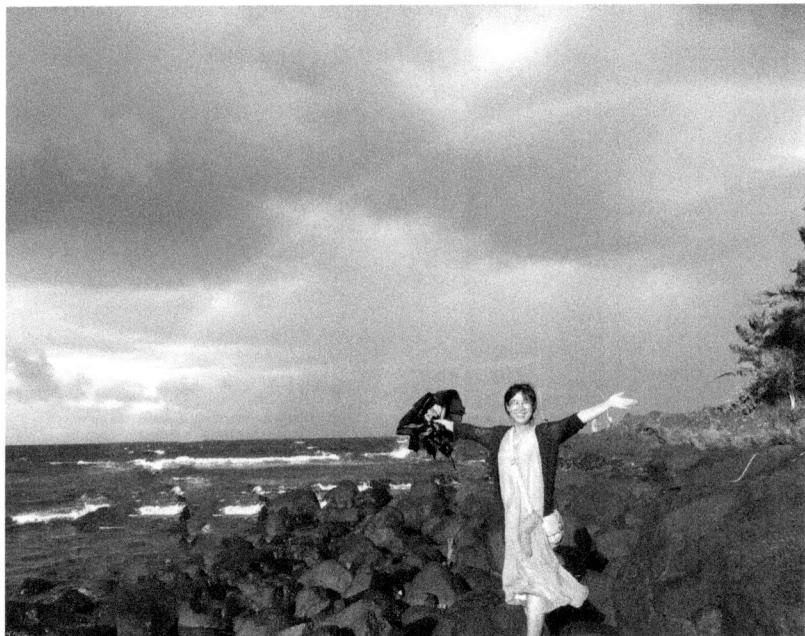

雨后彩虹

到了快离开萨摩亚的时候了。

那些该带走、能带走的，都已经打好包了。

带走萨摩亚的特产，带走萨摩亚的情意，带走萨摩亚满满的回忆。

还有那些带不走的萨摩亚，就轻轻地挥手作别吧。

带不走你，萨摩亚的美景！萨摩亚彩色宽广的海，带不走；萨摩亚变幻多态的云，带不走；萨摩亚过海穿林的雨前阵风，带不走；萨摩亚美仑美奂的雨后彩虹，带不走；萨摩亚重峦叠嶂的如黛群山，带不走；萨摩亚葱郁茂密的热带密林，带不走；萨摩亚特色独具的沙滩瀑布，带不走；萨摩亚常年绿意的绚丽自然，带不走。

带不走你，萨摩亚的独特物品。萨摩亚深海野生的龙虾们，带不走；萨摩亚高树生长的杧果们，带不走；萨摩亚出的大芋头，带不走；萨摩亚酿造的"Vailima"啤酒，带不走；萨摩亚隆重场合敬献的卡瓦酒，带不走；萨摩亚传统食物的文化蕴含，带不走。

带不走你，萨摩亚的民族风情。萨摩亚的民族舞蹈尤其是火舞，带不走；萨摩亚的歌声尤其是众人的和声，带不走；萨摩亚的树皮画、木雕技艺，带不走；萨摩亚的文身法、织席技术，带不走；萨摩亚全民花衣裙子的衣着风俗，带不走；萨摩亚人前赤脚光背的行为习性，带不走；萨摩亚家庭甘苦与共的精神，带不走；萨摩亚民众杯羹分享的文化，带不走。

带不走你，萨摩亚的"Just be happy"。萨摩亚人哈哈大笑的欢然，带不走；萨摩亚人歌舞抒情的陶然，带不走；萨摩亚人"Don't worry"的悠然，带不走；萨摩亚人驱车驰骋的率然，带不走。

带不走，萨摩亚的心平气和！萨摩亚看景办事无须排队的气定神闲，带不走；萨摩亚交易操作常常不称量的无须算计，带不走；萨摩亚无监控不虞隐私被侵的泰然安然，带不走；萨摩亚无寒冷不虞风雨冷冻的恬然坦然，带不走。

带不走你，萨摩亚的"free"！萨摩亚多雨，老天是免费洗车工，这个，带不走；萨摩亚树上有果，成熟时摘个面包果、杧果、木瓜、柠檬吃吃不算偷，这个，带不走；萨摩亚满世界常开不败的花朵，随手摘一朵别在耳旁"臭美"一下不算偷，这个，带不走；萨摩亚的公路环岛而建，车开向哪里都不收费，这个，带不走；萨摩亚的多处海岸可免费泊车并下海嬉戏，这个，带不走；萨摩亚的多处海水绿波荡漾，是天然的免费游泳场，这个，带不走；萨摩亚这座大花园里处处鸟语花香可随便欣赏，这个，带不走。

带不走的，还有萨摩亚自在世界的神秘安闲。

带不走的，还有萨摩亚人文领域的多元交融。

带不走的，还有萨摩亚正在发生和即将发生的故事。

带不走的，还有萨摩亚人民的豪爽热情和知足常乐。

带不走的，其实就是萨摩亚本身啊！

哦，萨摩亚！还未曾离开，先已怀念了。或许后会无期，不知相聚的距离，所以，愈发留恋。

留恋时，挥挥手，道一声：再会吧，萨摩亚！那一声"再会"里有蜜甜的忧愁！

Tofa solfua（萨摩亚语"再见"）！

中国国家汉语国际推广领导小组办公室师资处赵处长、项目负责人曲老师视察萨摩亚国立大学孔子学院

遇 见 萨 摩 亚

Meet Samoa

诗
歌
篇

星期天

　　题记：今天是星期天。我来萨摩亚已经三个月了。萨摩亚的自然环境真美，蓝天白云，如诗如画；萨摩亚的生活、工作节奏都很慢，适宜我这个中年人的生存理念。可是，我的心却一直都空虚着。我的同事是海子研究专家，他又恰恰知道我最爱的海子的诗歌是《日记》，他说，萨摩亚就是我的"德令哈"。今天早晨，看到我刚刚参加完毕业典礼的研究生王婉写在微信朋友圈里的话，对我的研究生，我是有内疚之心的。我离开他们，感觉像抛弃了自己的孩子。王婉的话，自然勾起我对家国和亲人的"才下眉头，却上心头"的无休无止的绵绵思念。在泪眼婆娑中，一点诗意流于笔端。

又是星期天，教堂的钟声召唤信徒的虔诚

妈妈，现在我在萨摩亚

这是太平洋包围着的一个国

蓝天的蓝逼我的眼，白云的白花我的眼

妈妈，现在我在阿皮亚

这个城处处绿意，处处烟萝

烤塔罗的人间炊烟和谐着鸟儿的啼乐

妈妈，此刻我在寂寂的NUS

妈妈，我是一朵降不下来的云朵

想在太平洋边与轻柔的海浪一起体验慢时间
唰唰，一闪而过的时时是大汉的高铁
呼啸着眼前的孤寂与空阔

想在瓦艾阿山顶与史蒂文森一起体验慢节奏
隆隆，萦绕脑海的刻刻是华夏的车轮
碾压着心中的寂静与安妥

沉迷，与贾岛一起慢慢推敲思念的方块字
妈妈，我在淅沥的雨水中想你
雨帘前荒凉着握不尽的泪落

这是星期天十点零八分的阿皮亚
妈妈，我在阳光的阴影里
扳着手指计算归期还有几多

抚摸你，目光代手

题记：人在外，百爪挠心想亲人。对在萨摩亚的我，不下眉头永在心头的是对孙儿的思念。孙儿被亲家悉心照料着。亲家母善良热情，照顾孙儿间隙，时常发孙儿照片和视频于我，以慰我相思之苦。一遍遍地看照片和视频，让孙儿的一颦一笑扣动我心弦，让孙儿的稚嫩呼唤在我的萨摩亚生活中溢出蜜甜的忧愁。

一遍遍地抚摸你，目光代手

轻轻 轻轻地

抚摸你的小脸蛋

一轮满月的粉嫩

化成柔柔的水

隔着时空我的心

为你

消融，消融

一遍遍地抚摸你，目光代手

轻轻 轻轻地

抚摸你的大眼睛

两颗明星的熠熠

辉映亮亮的路

隔着时空我的心

向你
倾倒，倾倒

一遍遍地抚摸你，目光代手
轻轻 轻轻地
抚摸你的小嘴巴
一颗樱桃的红润
嘟着琅琅的爱
隔着时空我的心
被你
甜醉，甜醉

一遍遍地抚摸你，目光代手
轻轻 轻轻地
抚摸你啊小可爱
永远太阳的温暖
滋润暖暖的春
隔着时空我的心
与你
共振，共振

鹊桥仙 · 遥祝同学聚会

题记：七月十四日，高中同学相识四十年聚会。我在萨摩亚，不能赴会。遂口占一词，聊表念远与祝贺之情。

土泥小路，平房青瓦，公社驻区绕岭①。青衿梦话尽欢颜，清风月，少年花影。

四十载逝，今朝相会，晏晏醉言别醒。萨国无尽念远情，许明月，还家诉净。

---

① 绕岭：原莱西县绕岭乡政府驻地。笔者的高中就是绕岭高中。

今天星期五

题记：今天是星期五。这是二〇一八年九月的第一个星期五。这一天的傍晚，我朝朝暮暮盼望着的孔子学院的中方院长梁国杰先生和孔子学院另一个老师柳锦女士就抵达萨摩亚了。我一个人独居 NUS 的日子即将结束了。

星期五终于来了
疯长的芍药悄然凋零
太阳吐着龙舌兰的热情

明眸穿不过悲伤的河流
雏菊开着暗夜的惴惴与漫长
从星期一走过，走过星期二
走过星期三，走过星期四

把那株米红的康乃馨空虚成
光阴门槛里的标本吧
九月的第一个星期五
我一个人的星期五
听太平洋大潮
正澎湃着星期五的高蹈

239

作者在萨摩亚国立大学孔子学院组织的“孔院日”活动中

光阴隧道中的这个星期五

丢掉了星期四的黄昏与晦暗

像丢掉虫蛀的记忆

像丢掉一株罂粟花，那份艳丽里的绝望

在这个星期五

黄色的素馨花开成

天空与希望齐飞的鸟儿

在这个星期五

红色的木槿花笑成

心中与坚持共鸣的音符

在这个星期五

紫色的牵牛花绕成

未来与蔓香翩然的趣味

星期五的世界被绿意浓烈了

眸子里百里香的忧伤

瞬间消融在太平洋的炫目里

今天星期五

今天是星期五

回家吧

题记：夜空中，一颗流星划过；人世间，一个生命倏忽消失了。夜空中，无数星星闪烁；人世间，每个生命个体都在思索"向死而生"。飞鸟飞过天空没有留下痕迹，人到世间走一趟留下行踪。游弋的灵魂，回家吧。你来过了！你一路走好！

灵床冰冷着，寂然无思
照片微笑出，鲜活生动
死生暌违的不只
蓝天白云，欢声笑语

八九月交接的那个夜晚
血红的曼珠沙华盛开
僵硬在半死的月下
你一只坠跌的黑蝶
一片残阳溅血的秋叶
一只狂风怒号中扑火的蛾

彩色的海呜咽出白色浪花奏一曲
你二胡凄婉的雨霖铃
绿色的山静默出黑色音乐听一支

242

你归雁悲伤的离亭怨

这里啊没有萤火虫
没有季节更迭的期盼
这里啊没有粉蝴蝶
没有时令变迁的惊喜
这里没有你的沙漠玫瑰
吸引迷迭香的不是合欢
罂粟花盛开艳丽的诱惑
载歌载饮的生命不过是
死神唇边的笑

回家吧，你生命的萤火虫
依然闪烁着
遥远的海的思念

回家吧，你故园的羊肉馍
依然散发着
浓烈的家的相思

回家吧，你灵魂的音符里
依然合奏着
无尽的爱的启迪

太平洋鼓动送行的浪潮
瓦艾阿山站成送行的姿态

回家吧

遇见萨摩亚

祈愿你抖落一身的尘埃

回家吧

祈愿你归途上有星星点灯

回家吧

祈愿你灵魂开出千瓣莲花

戊戌中秋三吟

题记：戊戌中秋佳节，我在萨摩亚。如梦日子，必将随风而逝。慰藉如梦心绪，幸有诗章。

庆中秋

佳节聚首月华朗，

感谢翁总情意长。

斟酒频频邀月醉，

扶栏屡屡笑君狂。

中秋萨地同欢日，

风雨声声满庭芳。

且喜今生长好夜，

婵娟共待沐新光。

注：八月十四晚，华人翁维捷邀请萨摩亚国立大学孔子学院教师、阿皮亚援萨志愿者教师、阿皮亚援萨医疗队队员与其公司中国员工相聚其餐厅DMC，庆祝戊戌年中秋佳节。宾主包饺子、打牌、唱歌、饮酒，叙友情，抒乡情。尽欢。以诗记录与纪念。

待婵娟

笑脸迪蓉圆月映，

良言一众待婵娟。

遇见萨摩亚

今生几许良佳夜，

共醉冰轮亦是缘。

注：农历八月十五白天，我们在萨摩亚国立大学举办了主题为"故乡月·客乡情"的"庆祝孔子学院二〇一八年中秋节"活动。大家忙碌了一天。晚上，受邀去华人曹女士和倪先生处，赏月叙情过中秋。"迪、蓉"是曹、倪伉俪的一双小儿女的名字。这二人活泼健谈、热情率真。曹、倪一家人的热情似天上的满月，温暖孤寂的游子的乡心。在我看来，人生相识，大抵是缘，故以诗惜缘并致谢。

中秋思亲

异乡月圆人不圆，

思亲无寄奈何天？

徘徊举首怨玉镜，

何事常向别时圆？

注：农历八月十五晚上九点，回到NUS校园。举头独自望明月，佳节异乡倍思亲。低吟徘徊听犬吠，婉转侵怀无限事。蓬草戚戚泪沾巾，窗外夜声犹自在。一曲吟罢，意，仍难释。

清晨

清晨，透过窗户看世界

草静静地在感谢土地的抚养

山牵牛、木槿花和素馨花

在静静地吐纳晨间的清新

在浅浅地笑着风的心思

四周的屋舍寂静着夜间非理性的余温

满世界的树都在默思站立的价值

黑灰色的云朵是拉在日神窗上的帘子

在安祥静寂中保护着太阳的晨梦

近处的海在坦荡地酝酿下一轮的潮汐

远处的瓦艾阿山在静默涵养和大度

清晨的一切，好像都是静默的

世界，还在睡着

清晨，张开耳朵听世界

公鸡在炫耀它生物钟的精准

狗儿正领着世界之声的高音部

壁虎们零星叫出对情敌的警告

而车轮隆隆宣告着人类前进的急切

屋檐下，剪草机轰鸣着萨摩亚式的勤劳

遇见萨摩亚

巡逻着校园的空空荡荡的门卫啊，

提着小型音乐播放器制造安静里的喧响

满院子的鸟声，在飞舞着叽叽喳喳

鸟儿啊，你是在诉说你的心思

还是在释放你的活力或无聊

清晨的一切，无处不是动态的

世界，从未睡着

此刻，我不想别的

我就想把热闹的人声物态关在窗外

闭上眼睛去寻梦

在梦中，静的世界好比配了框子的画作

唯美的一切，给我片刻的窒息

此刻，我不能想别的，

我只能把热闹的人声物态请进屋里

听它们各执一词的演讲

在倾听中，让动的世界变成摇曳的竹林

涤荡出心空，让我永恒自持着

NUS那些花儿

那些花儿

不是朴树的那些花儿

那些花儿无关风月

那是开在NUS的

很多与美丽相逢的故事

无数与独语对白的心跳

一段伤感岁月的慰藉

一次明日远行的送别

那是开在NUS的

许多永不删除的记忆

多色的单瓣重瓣的朱槿花

黄红白的鸡蛋花

粉色柔柔的节荚决明花

都是摇曳在雨前风中的美丽

串串明黄的腊肠树花

双色的使君子花、龙船花

圆圆的紫的绣球花

都是太阳底下艳丽的光芒

这些花儿的故事

遇见萨摩亚

诉说着生命的美丽相逢

在跌跌撞撞的日子里
我在狗牙花前独语它的清纯
那洁白是太平洋潮水的颜色
失落在马樱丹有毒的孤影中
在无处安放灵魂的时刻
别一朵黄蝉花的快乐
希望山牵牛花来缠绕我的梦
在梦中猜那花开花落的情绪
彷徨着茕茕孑立或惆怅着泪眼婆娑

哦，羞涩的七里香把白色的小花
藏在繁茂的枝叶间
风送出它沁人心脾的芳香
在叶子花长春花的娇艳里
我迎来七月短暂的欢声笑语
那些开在NUS的绣球花、鸳鸯茉莉
在姹紫嫣红的时分分享了我的快乐

我爱合欢树无数的花开
那蓬枝绿羽上的醉人的彩云啊
我恨合欢树无数的花开
那惆怅枝头上的恼人的爱意啊
无数的希望支撑着孑然的灵魂
无限的凄美嘲讽着单只的形影
伴晚霞望彩云兴致勃勃地去
随归鸟悟爱意意兴阑珊地归

哦，十一月了，我要走了

你却开成一片片火红的云

你为什么灿烂在这个季节

与毕业相关的凤凰木啊

难道你视我为毕业的学子

将那一地落英撒成不舍我的红泪

啊，你这开在NUS的

一个个伤感的、离别的意境啊

在NUS

还有紫薇花美蕊花锦鸡儿花

羊蹄甲花海杧果花赪桐花

那一树一树的芳年

巧笑嫣然在NUS的每个季节

那一朵一朵的芬芳

收藏我记忆深处的全部美好

长长久久地摇曳

生命在每个季节都会香得醉人

那些花儿

不是朴树的那些花儿

那些花儿无关风月

那是开在NUS的

很多与美丽相逢的故事

无数与独语对白的心跳

一段伤感岁月的慰藉

一次明日远行的送别

那是开在NUS的

遇见萨摩亚

许多永不删除的记忆

告别NUS的那些花儿

学一学徐志摩的潇洒吧

轻轻的，挥一挥衣袖

作别那些艳丽那些芳香

悄悄的，悄悄的我走了

不带走，我不带走你无数摇曳的芬芳

使君子花

遇 见 萨 摩 亚

Meet Samoa

小说篇

伞

题记：本故事纯属虚构，如有雷同，也是巧合。

一

清早。一轮大太阳，散射着炫目的光。阳光下的五月的萨摩亚，绿意葱茏，到处鲜花盛开。

CionSave卖场外面的面包果树枝头的鸟儿天一亮就开始滴滴溜溜地鸣唱生命的热情，那边杧果树间的鸟儿也在叽叽喳喳地活跃鸟类的灵动。一只长嘴鸟儿伸着长脖子，在草坪上迅跑，鸭子一般的嘴巴抵着地面，探测仪似的搜寻虫子和种子。街上，不断有流浪狗经过，它们不紧不慢地东闻西嗅，寻找一切可以果腹的东西。

卖场内。骆英看看表，七点半。她站起来，离开餐厅，向工作间走去。

整个大卖场里，除了货物，尚无人影。餐厅里的中国员工们有的还在吃饭，有的吃过后回宿舍了，有的去洗手间了。骆英是制衣组的组长，她习惯于早早到岗，做一些准备工作。现在，她穿行在货架间，远远望见工作间靠东的窗户明晃晃的。她知道，外面肯定是阳光灿烂。她也知道，岛国已进入旱季，不会有那么多雨了。不过，萨国的天似小孩儿的脸，说变就变。别看现在阳光灿烂，一片灰云飘来，突然降一阵雨是萨国常态。而阳光啥时隐在灰云后、一天下几次雨，骆英其实不太清楚。她是公司制衣间的主力裁缝，一天到晚忙着给顾客量体裁布、制衣熨衣。公司里管着员工的吃住，制衣区就在大卖场的最里边。除了节假日跟老板与员工们一起出去看海玩沙，来萨摩亚一年多了，骆英自己很少外出，来萨摩亚时带的雨伞，到现在没用过一次呢。

骆英走进自己工作的天地。这里，东西边靠墙立着两排顶到天花板的货架。西边货架上码放着成捆成捆的布匹，旁边一个大衣架上挂展着的很多样布，花色齐全，热烈明快。东边靠墙架子的最上面也是布匹，中间往下的格子里整齐叠放着做好了的衣服。这些衣服里有白色衬衣（那是萨摩亚男人周日去教堂必须穿的正装上衣）、花衬衣及各种颜色的lawalawa（那是萨摩亚人的日常裙装）。两排架子中间的空间并不大。最里面靠窗户的是一张熨衣台，最外面有一张裁衣长桌，上面有划粉、软尺、剪刀、本子等。熨衣台与裁衣桌之间有两排共六台电动缝纫机，机与机之间的空间逼仄，两个盛着碎纸废布条的大垃圾筐，挤在两台机器脚边。

骆英对着玻璃百叶窗呼一口气。啊，新的一天开始了。自从儿子钢子来到身边，骆英天天像加满了油的汽车，前进的动力巨大。每天启动马达，干劲十足，不大的工作间成了她驰骋的广阔原野。她把一块块布料变成一件件款式各异、大方合体的衣服。当她展着一件成衣时，好像母亲举着一个新生儿，打心眼里觉得日子有奔头。

现在，骆英在盘算今天要做的事。骆英今年四十五岁了，却依然保持着江南女子的身材，不胖不瘦。瘦长脸，皮肤白白的，有一双新月眉，双眼皮，眼睛不大不小。平时，骆英的话不多，语速不急不缓的。骆英不会像本地人那样哈哈嘀嘀地大笑，高兴了，她只是微笑，微笑时露出不甚整齐的牙齿，显得很羞涩。

最近，骆英常常微笑。工友娄大姐问过她："小骆，最近常见你笑。有什么高兴的事啊？"骆英反问："有吗？"娄大姐打趣道："咱俩又不是一天两天了。你高兴，我还能看不出来？是不是钢子爸在微信视频里喂你糖吃啊？"骆英脸红了，羞涩地说："哪有啊，娄姐就会开玩笑！"

娄大姐的话当然是玩笑话，骆英最近心情大好，原因不是老公说过什么甜言蜜语。老公不是善于表达的人，他也没有那番心情：他在国内的一家装修公司里工作，一天到晚忙得很，也累得很，只能每周微信视频通话一次。每次通话的内容都是公公的身体、老公的工作和儿子的表现等。骆英高兴的原因是儿子的变化。最近儿子跟刚来萨摩亚不同了：不仅不再吵着要走，还每周一早早起床，和萨摩亚员工瓦阿一起检查车辆，然后开车去码头，乘轮渡到萨摩亚最大的岛屿萨瓦依送货物，周三晚上回来后，去老板办公室汇报三天的行踪及货物批发情况。钢子平时吃住在老板设在阿皮亚市中心的"Farmers"百货公司的餐厅和职工宿舍里，只有周日会过来，跟骆英一起吃晚饭。不过，老板会把钢子的情况及时告诉骆英。

最近，老板经常在骆英面前夸钢子。有一次，老板说："钢子现在每周去萨瓦依岛各个售货店后，都是忙着搬货、跟店主交代货物、收取货款等，人能干了，表达能力和沟通能力都有很大进步。刚来时，他跟我说话，都不敢看我哦。"

想到老板夸钢子的话，骆英笑了起来。她感觉自己现在很幸福，因为自己很幸运地遇上了热情善良的W老板。老板不仅给自己提供岗位、解决食宿，还帮助自己让曾让自己头疼的儿子发生了转变。

"叮铃"，骆英听到手机响，她回过神来看手机，是钢子发的微信："妈，今天晚上，我去你那里吃饭。不用问为什么，好事！我六点半过去。等着我。再见！""嗬，这孩子，堵着我的嘴了。可今天是周六呀。为什么今晚要过来？还好事，啥好事？别给我惹事就谢天谢地了。"想到"惹事"，骆英轻声"呸呸"了两下，既在心底祈愿钢子别惹啥事，又相信钢子不会惹啥事。想到这里，她又笑起来，还轻轻哼起了钢子喜欢的那首《我在人民广场吃炸鸡》的歌。这是骆英背着钢子偷偷学的哦。

"哟，英子，啥事？这么高兴！"娄大姐走了过来。娄大姐是骆英的同乡，比骆英大六岁，但是比骆英来萨摩亚晚三个月。在国内，她们曾在一个轻纺厂打过工，算是老相识了。

"啊，也没什么了。钢子说，晚上到这边吃饭，说是有好事。这小子，啥好事，还不说，神神秘秘的。"骆英笑着说。娄大姐一听，也笑起来，她麻利地收拾一台缝纫机台面："钢子说有好事就是有好事啦。你等着吧。钢子这孩子最近很听话哈。"骆英听娄大姐这样说，心里像喝了蜜水一样。

"马楼！骆！马楼！娄！"萨摩亚员工昆拉大着嗓门跟骆英和娄大姐打招呼。二人也"马楼，昆拉"地问候昆拉。昆拉是老板为制衣间招的当地女员工的名字。其实，昆拉是她本名的音译的前两个字。萨摩亚人的名字实在太长了，骆英和娄大姐记不住，就只叫她昆拉。昆拉有着一般萨摩亚人的温和随性，叫昆拉就昆拉啦，并无异议。骆英看一下表，七点五十五。昆拉今天没迟到，还行。于是，她笑笑。三个人讨论了今天的工作量和工作安排：娄大姐继续裁制一个中学定的校服。骆英负责给顾客量身并敲定款式，没有新顾客就做校服。昆拉负责给萨摩亚顾客介绍布匹、花色及制衣价格，没顾客时，跟着娄大姐、骆英学着裁衣。

这一天，骆英常常咧开嘴角笑。大约上午十点时，骆英偶尔抬头往外望看，外面正下着雨。午饭后，娄大姐上洗手间回来，也说外面在下雨。娄大姐说："这萨摩亚的天，说变就变，明明有好太阳，一块云彩飘过，嗬，一阵雨。"

下午五点，昆拉下班了。晚了，她就坐不上回家的公交车了。

六点整，骆英正在给一件男式lawalawa缝带子，钢子拿着一把雨伞、背着包从外面走进来。"妈，娄阿姨！下班了！"钢子一进来就嚷着。

钢子本来挺内向的，当着别人的面一般不大声说话的。骆英发现钢子最近说话声音大了，语速也比以前快了，而且说话时眼光不再盯着别处或游移不定了。

骆英抬起头，说："你这孩子，嚷什么呢？你知道我们的下班时间啊。"

钢子说："我当然知道你们是九点下班了。不过，今天老板说了，你俩都可以六点下班。走吧，咱们吃饭去。"

"噢，今天是什么日子？"骆英和娄大姐都有些奇怪。

"今天是个好日子。"骆英觉得钢子今天似乎变了个人。

骆英想了想，今天是星期六，是五月十二日。在国内，这一天是"五·一二"汶川大地震纪念日，清早，教汉语的S老师在朋友圈说起这事，骆英看到了。而在萨摩亚，骆英想不出今天的日子有什么特别，以至于钢子破例从市中心的卖场过来，跟自己吃饭，而且，W老板还让她和娄大姐六点下班。

三个人一起往餐厅走。钢子说："哈，妈，你知道今天萨摩亚下了几次雨？下了五次，我数着来。"娄大姐说："哟，钢子这么细心，连一天下了几次雨都数着了。"骆英心想："做事时这么心细最好了。"不过，她没有说出口。

餐厅里。卖场里的员工陆续过来了，聚齐了有十二三个人。厨师雷坤正麻利地端汤、上菜，其他人帮着分筷子、盛汤。今天的伙食与以往没有太大差别，还是七菜一汤、一份米饭。骆英看到桌上陆续摆上了清蒸螃蟹、猪肉炒芹菜、温拌海螺肉、煎鱼、烤猪肉片、木瓜片、鸡蛋炒圆葱、排骨冬瓜汤和一长屉白米饭。

遇见萨摩亚

骆英想起雷坤说的老板嘱咐他的话，"想吃什么，无论多贵都去买，不用在乎钱，大家要吃好，前提是不能浪费。在萨摩亚，浪费食物是犯罪啊。"在萨摩亚遇见这样的老板，员工们都觉得自己很幸运！所以，很多员工在国内打工时，总感觉是给老板打工，五点下班，四点半，心里就盼着快熬完最后的半小时。现在不一样了，员工们觉得是在给自己打工，有使不完的劲儿。

大家陆续就座，钢子从背包里拿出一瓶葡萄酒，放到桌子上。

雷坤很诧异："哟，钢子，怎的这是？"

钢子说："这是老板让我给大家带来的。"

"为啥？"大家都纳闷。骆英更是奇怪：这不年不节的，老板为什么给大家送酒喝呢？

看着大家纳闷，钢子问："今天是周几？"

几个年轻的女员工七嘴八舌地抢着回答："今天是周六啊。"

钢子说："对啊，今天是周六。明天是周日。"

"周日怎的了？"雷坤性急，一听钢子不紧不慢说话，就着急得恨不能撬开他的嘴，像用勺子挖米板一样，一下子把他的话挖出来。

"哥，你急什么？"钢子似乎有意卖关子。"今天是周六，五月的第二个周日是明天。明天是母亲节啊。老板说了，他明天要带员工中的母亲们去白沙滩度假，晚上请母亲们吃大餐。"

几个女孩子马上插话："我们什么时候才能享到这种福利呢？"她们羡慕地看着骆英和娄大姐。

钢子说："钢子我今年十九岁了，人生第一次想起给我妈妈过母亲节。所以，老板让我今天晚上过来，让大家用这酒敬娄阿姨和我妈。"骆英看着钢子，奇怪，平时讷言的儿子，今天说话这么麻溜利索！

"哦——好，好！"几个小姑娘在座位上扭动身体。骆英和娄大姐的脸都笑成了朱槿花儿。两个年近半百的母亲，生平还从来没过过这洋节呢。

雷坤说："那好，既然老板吩咐了。这里面我年龄最大。大家都听我的。我们都把酒倒上，敬娄阿姨和骆阿姨。"于是，雷坤下座，先给年龄最大的娄阿姨倒酒，然后给骆阿姨倒上，再给其他人分别倒上。

258

"好，咱们大家借老板的酒，敬娄阿姨和骆阿姨。在萨摩亚，我们都是你们的儿女，预祝两位母亲节日快乐！干杯！"雷坤一向幽默风趣口才好，几句话说得骆英和娄大姐心里很受用，也很感动。

"干杯——"大家站起来，举杯就口。骆英平时基本不喝酒，这一口洋酒进肚，也品不出好坏，但想到这是老板送的专门祝贺自己和娄大姐节日的酒，心里如同大热天喝了冷饮一样舒服和快乐。

饭吃到三分之一时，钢子站起来，走出座位，从背包里拿出两个小盒子。大家看着钢子，不知道他葫芦里卖的是什么药。

钢子先走到娄大姐面前，打开一个红色小盒，拿出一个瓶子，说："娄阿姨，你孩子不在这里，我替你孩子给你过节。送给你一瓶防晒霜。在萨摩亚，出门最需要的就是它。明天你们跟老板去白沙滩，你就可以用了。祝你永远美丽！"骆英奇怪：钢子是从什么时候开始说起话来像"景德镇的瓷器——一套一套"的了呢？

娄大姐赶紧站起来，声音有些发抖地说："啊呀，钢子，你真有心，还给我买礼物。谢谢你，谢谢你啦！"

钢子说，"应该的。这卖场里，就你和我妈是母亲啊。"

骆英仰脸看着钢子，眼眶有些湿润，这是从前那个一天到晚拧着眉头、见了她黑着脸、说不上三句话就发脾气的钢子吗？

"钢子，那你给骆阿姨准备了礼物了吗？"雷坤快人快语。

"当然准备了。"钢子冲雷坤一笑，又冲骆英一笑。骆英发现，儿子的笑还很羞涩呢。这一点，钢子真的是遗传了自己。

钢子打开另一个盒子。大家都把目光投上钢子手里的盒子。钢子小心翼翼地用拇指、食指和中指挑捏出一样东西来。大家一看，是一根带坠儿的白金项链。

钢子走到骆英跟前，说："妈，这是我第一次给你过节，也是我第一次用我挣的钱给你买礼物。我把这条项链当母亲节礼物送给你。祝你健康快乐！"钢子边说边把捏着项链的手伸向骆英。

"钢子，给你妈妈戴上项链。"雷坤领头叫起来，其他人都附和着："戴上，戴上！"

骆英眼含泪花，嘴唇嗫嚅着，不知道说啥了。她突然觉得：儿子长大了！儿子不再是五个月前那个闹着要回国的钢子了。骆英的耳边似乎还响着五个月前钢子埋怨她的话："妈，你为什么骗我来萨摩亚？你说的萨摩亚的好工作在哪里？就是摆摊吗？我要回国！你给我买票，我要回国！"

"妈，我给你戴上。"钢子的话，把骆英的思绪拉回来。她赶紧擦擦眼睛，说了声"谢谢钢子"，就哽咽了。

钢子撩起骆英的长发，笨拙地往她脖子上戴项链。娄大姐看他扣搭扣时，怎么也扣不上，就过来帮忙。有个女孩问钢子项链的价钱。钢子说："一千二百塔拉。"女孩子听了伸伸舌头。骆英的心也跳得快了：一千二百塔拉，不是个小数目啊！

这一顿饭，骆英吃的是甜蜜和快乐。饭后，钢子搭员工的车回住处了。这一晚，躺在床上，骆英失眠了。

二

骆英记得一篇微信文章中的一句话："失眠无非两种：手里有个手机，或心中有个剧场。"她没有睡觉前看手机的习惯，但是今晚她的心中有个剧场。她在床上辗转反侧，眼前是一个个镜头和画面。它们是十几年来自己、老公与儿子相处的悲喜剧的片段。在这个夜晚，这些片段蒙太奇成一部小电影。

一九九八年的一个雨天，二十五岁的骆英生下一个儿子。夫妻俩满心欢喜，公公婆婆也高兴。为了让儿子坚强勇敢，他们给儿子取乳名为钢子。

钢子一岁时，骆英给他断了奶。这一年来，骆英照顾儿子和几亩水田，钢子爸在装修公司打工，一年的收入也就仅仅能维持基本生活。骆英和丈夫商量着也想外出打工赚钱。可是孩子怎么办呢？公公婆婆身体都不好，公公能帮忙照顾家里的水田已经心无余力了，婆婆的身体也就只能做做饭。但是，没办法，骆英不得不把钢子留给公婆外出打工。钢子爸在家附近流动打工，晚上回家帮忙照顾钢子，但骆英打工的轻纺厂离家很远，一周才能回家一次。两三年间，骆英在家和轻纺厂之间奔波，一颗心也分成两半：一半在工厂里，一半在老家的钢子身上。

其实，在乡村，像骆英这样把子女放在公婆处、自己外出打工的母亲，比比

皆是。南方是多雨之地，每每周末，人们会看到，一个年轻女子撑着伞，走在城乡相通的道路上，

二○○一年，钢子三岁。婆婆身体状况已很糟糕，生活仅能自理，实在不能照顾钢子了。怎么办？骆英陷入两难困境中：不打工，钢子爸一人的收入难以支持一家人的开销；出去打工，钢子没人照看。过日子，哪哪儿都需要钱，而且钢子该上幼儿园了，将来上小学、中学、大学，都要钱。他们有大多数父母的思维模式和人生理想，认为不趁年轻出去赚钱，将来孩子大了，上不起学，可怎么得了？骆英和丈夫都是初中毕业就进厂打工了。他们心心念念的，就是让儿子好好读书，将来上大学，有大出息。而没有钱，这些都是白日梦。夫妻商量的结果是将钢子寄养到表姐家。表姐和表姐夫也出去打工了，一女一儿由爷爷奶奶照顾。他们答应帮忙照顾钢子。就这样，钢子被寄养了出去。每周一至周六，钢子白天与表姨家的姐姐哥哥一起上村幼儿园，晚上回表姨家。表姐公婆照顾自己的孙子孙女和钢子时，很难周全无偏袒。骆英每周去看钢子时，钢子总哭闹着要跟骆英回家。骆英不是想象不出儿子在表姐家可能受到的慢怠和白眼，但她很无奈。每次都是把儿子推给表姐的婆婆，转过身走掉，一路上掉的眼泪几乎打湿路边的蔓草。钢子爸则忙着装修、种地、照顾年迈多病的父母，根本无暇过问钢子。

骆英知道，钢子从一岁起，就基本上是留守儿童了。等到把他寄养到亲戚家，钢子不仅是留守儿童，还像孤儿般过着寄人篱下的生活。钢子还不到三岁啊！骆英只想着自己还年轻，要赶紧多赚点钱，没有想更多的深层次的东西。

这样的日子过了四年。

这四年，骆英慢慢发现，钢子越来越不爱说话了。她没太当回事，以为儿子是遗传了自己的性格特点，因为自己也不是多话的人。但是钢子有时当着她的面，又很容易发脾气。她每次去看他，都会给他买吃的和玩的，钢子一开始很高兴，但不知道为什么，会突然暴躁起来，随手扔掉手里的东西，随之哇哇大哭。骆英不知道，缺乏陪伴的钢子，心灵像被车轮碾压过的小草，虽然有春风吹佛，但过早感受寄人篱下的滋味，长得总是很委屈很羸弱。每次，骆英要走时，钢子总是问她，我什么时候跟你回咱家。骆英总是说："钢子，你听话哈。妈妈去赚钱，赚钱买了房子，就接你一起回家。"可是，骆英知道，凭自己和丈夫的打工收入，照

顾公婆之外，想在城里买上房子，真得到猴年马月。

二〇〇五年八月底，骆英在县城里租了一室一厅的房子，把钢子接到身边上小学。钢子回到父母身边，小脸常常漾着笑。上小学的第一天，下着雨，骆英撑着伞，牵着儿子的小手，送他到学校。钢子蹦蹦跳跳地跟妈妈说再见。骆英松了一口气，心想：儿子在自己身边了，自己可以陪伴着他了。骆英换了一家离住处近点的工厂，便于照顾钢子。钢子上小学的六年间，骆英每天的日子过得都像在打仗：早晨，早早起床，做好饭，叫醒钢子。钢子洗漱后，吃饭。饭后，钢子爸骑电动车送钢子上学，然后去上班。骆英收拾好，也赶去工厂。周六，钢子在家写作业，骆英和丈夫继续上班，骆英中午匆忙回家给钢子弄点吃的，很快又走了。周日，他们则需回乡下看望公公婆婆。六年来，钢子的学习成绩在班里一直居上游，性格也日渐开朗起来。骆英和丈夫累但充实着。他们觉得，一切辛苦都是为了家，为了钢子，为了他将来有出息。等他大了，有工作了，自己就可以歇歇了。

二〇一一年九月，正是初中开学季。骆英电动车上捆着新被褥和一把雨伞，钢子爸用电动车载着钢子，三人一起去十五里外的初中报到。作为住校生，钢子一周回一次家。初中三年，只要周末回家，骆英和丈夫就会问钢子最近的学习情况，嘱咐他务必好好学习。问的次数多了，钢子的心里有些烦，但他很少公开顶撞父母。在骆英的心里，钢子温和听话，学习成绩也不错。不过，钢子回家后，喜欢待在自己房间里，很少主动跟骆英交流。常常是骆英问三句，他答一句。有时，问多了，他会没好气地说："妈妈，你能不问了吗？"骆英不是强势的母亲，她张张嘴，无奈地叹口气，就去给钢子张罗吃的去了。

二〇一五年，中考结束后，钢子回家跟骆英说，很多同学都去杭州玩，自己也想去。骆英算一下，去趟杭州，来回得好几百块钱，就劝钢子说："儿子，咱不去杭州了，改天妈妈带你去动物园。"钢子说，"妈，我都多大了，要去动物园，还用你带？我就想去杭州，别人都能去，为什么我不能？"钢子爸说，"钢子，你奶奶身体不好，咱们都没有多余的钱带她去杭州治。你去杭州玩，合适吗？"刚才一听，拉下脸说："算了算了，不去了！"说完，冲进自己的房间，甩上了门。

不久，钢子收到县二中的录取通知书。骆英很高兴。儿子上了二中，等于一只脚迈进了大学的门槛，因为二中是本县重点高中。但是，高兴之余，想到每年的学费和食宿费，他们还是有些焦虑。不过，儿子能考上，自己砸锅卖铁也得供他去念，将来儿子上大学，自己的梦想也就实现了。

开学之前，钢子说要买手机。骆英两口子有些犹豫。钢子说，"没有手机，怎么跟人联系？没有手机，就不去上学了。"骆英一听，没再说二话，冒着雨，带着儿子去了商场。

二中在离家三十多里的地方，钢子是住校生。与初中不同的是，上高中的钢子两周才回一次家。

从初三时，骆英发现儿子嘴唇冒出了胡须。儿子长大了。上高中时，儿子已经长得跟他爸爸一样高了。

第一次接到钢子班主任老师的电话时，骆英正在厂里赶制样衣。下班后，骆英没来得及带伞，骑着电动车，淋着小雨赶到了学校。班主任老师一见面就没好气地说："这位家长，你儿子在学校经常翻墙出去打游戏，上课也玩手机。真不知道你们为什么要给他买智能手机？你们当父母的，一天到晚光顾着赚钱，不关心孩子的成长。"这番训斥让不善言谈的骆英恨不得找个地缝钻进去。班主任又说："你儿子的表现已经严重影响到其他同学，也容易带坏其他同学。他这次月考成绩在班内倒数，已经影响班级的总体成绩。不是吓唬你，再这样下去，你就把他领回去算了！"骆英完全被老师唬住了，不知道该怎样回答。周末，骆英一见儿子，气不打一处来。她质问儿子在学校里都干啥了？为什么上课玩手机？为什么考试成绩那么差？钢子开始还有些发怔，但看妈妈挣红着脸、连珠炮式的向他发问，就说："又不是我一个人出去玩！"骆英一听，更生气："你能跟别人比吗？别人再混账，我不管。你不能。爸妈容易吗？这么辛苦赚钱，不就是为了你安心学习、考大学吗？"骆英质问儿子怎么不争气，害自己被老师抢白训斥了一通。骆英不知道，这种话不一定激励人，反而会让叛逆期的孩子反感。果然，钢子说："那我不上了，反正学习也没意思，我也考不上重点大学。你们也别辛苦了。"骆英和丈夫一下子被儿子的话吓住了。他们辛辛苦苦地打工，不就是想让儿子上大学，将来改变命运吗？

后来，骆英经常接到班主任老师的电话。只要一看手机显示出班主任老师的号码，骆英就头皮发紧，心也跟着揪起来。她不知道钢子又惹什么事了。但她又得去接受训斥。为了不让钢子被开除，骆英先是去超市买上东西去见班主任老师，后来干脆去超市买购物卡送给老师，有时请老师吃饭或去做美容。骆英希望老师能对儿子费点心，让他恢复上进心，好好读书，顺利考上大学。但老师说，钢子现在对学习缺乏热情，根本没有进取心。老师让骆英做好心理准备。听到这些话，走在春天阳光下的骆英，心里分明感受到了深秋的寒意。

终于，当班主任老师又一次训斥骆英后，骆英对钢子大发脾气。她不知道，处于叛逆期的钢子根本不理解父母的苦心。母子叮叮当当地碰撞起来。骆英问钢子："你到底想干什么？"钢子说："我不想干什么，我就是不想上学了。"骆英气得扬起手来想打他。钢子伸过头来，说："打吧，打吧。你们反正也看我不顺眼。你们从小就不管我，把我送给人家养。你们知道吗？那次我感冒咳嗽，晚上咳得睡不着。我死在人家那里，你们都不知道。你们根本就不爱我！"骆英扬起的手无力地放下了。她没想到，寄养生活像一把刻刀，已在钢子心里刻下了深深的创伤痕迹。

夫妻二人独自相对时，反思钢子的表现，只有叹息、流泪、无力和失败感。他们掂量钢子的话，心里为自己辩解：我们怎么不爱你了，我们所做的一切都是因为爱你啊！

这次冲突后，钢子又上了几天学。有一天中午，骆英回家吃午饭，看到钢子已经把上学的被褥什么的都拿回家了。他说，他不上学了。那一刻，骆英欲哭无泪。她看外面天上的大太阳，仿佛在嘲笑她的无能。她恨自己无能，竟然连儿子也管不了。这一天，是2016年6月的一个周三。

辍学后的钢子先是野马般地和一帮小伙伴到处窜逛，回家就倒在床上看手机，生活规律脱离家庭的轨道：晚上不睡，早晨不起。妈妈做的饭，想吃就吃点，不想吃就不吃，反正兜里揣着钱，饿了就去超市和饭店。没钱了就跟爸妈要，给慢了、给少了，都没有好声气。骆英感觉自己过的日子就像被雨淋湿了的衣服，穿在身上湿嗒嗒的，不舒服。

骆英一天到晚皱着眉头。老家的婆婆又病重了。骆英工厂、家、老家三头跑，暂时没顾上管钢子。她自己也觉得无力管他。下半年，婆婆去世。办完丧事后，骆英夫妻俩把公公接到自己家。骆英到处打听，在一个厨具加工厂给钢子找了份活儿。钢子去了不到一个月，就不干了，说，太累，挣钱少。他出去跑了几天后，决定跟一个同学去绍兴的一家电子元件加工厂上班。骆英说："这回是你自己选择的，你去吧。好好干！有一篇微信里说过，不要害怕辛苦和压力，它们是你用来交换成长和成功的筹码。"钢子说："得了吧，妈，你还哲理起来了。"这话噎住了骆英。一个多月后，钢子又拎着包回家了。他说电子元件加工的活儿太累，工资太低。骆英忍不住吼了一句："你到底想干什么？"钢子马上反问："你说我能干什么？"钢子的辍学对骆英夫妻的打击很大。他们人生的理想就是自己辛苦打工赚钱，供钢子上学，将来，钢子能考个好大学，有个好前程，走出跟父母不同的成功的人生路。没想到，这理想像梅雨季受了潮的糖塔一般坍塌了。每每想起这些，骆英就心里发紧、发慌。她不明白，自己为钢子所做的所有的努力，在钢子眼里一文不值。叛逆的钢子不仅顶撞她，而且有时索取无度，完全不体恤父母赚钱的辛苦。他一个人过着晨昏颠倒的生活，一天到晚只跟手机亲密无间。骆英不知道这样的日子什么时候是个头，有时做事也提不起精神。

　　二〇一七年四月，骆英听一个老板说，萨摩亚的W老板的公司缺熟练的缝纫工。那个公司包吃包住，还给高于国内同等工种的工资。这时的骆英早已经是厂里的技术能手，负责制作样衣。她对样衣制作，从打版，到做出样衣，再到跟踪指导，整个流程烂熟于心。可是，打了二十年工的骆英，每个月的工资也就三四千元，除了用于吃住，一个月剩不下多少。辍学在家的钢子一点也不靠谱。钢子爸自己赚的钱不足以支付日常开支。骆英看清了现实：自己就是水田里的牛，命运的绳已经套在脖子上了，只能挣扎着往前奔，做事提不起精神是要栽更大的跟头的。于是，骆英和丈夫商量，决定去萨摩亚打拼打拼。三天前，钢子去杭州学网络设计了。这是他换的第N份工作了。骆英算算杭州的食宿和学费，觉得难以承受。儿子辍学半年多，一会儿心血来潮地去学这个，过几天又不学了；一会儿头脑一热又去学那个，学几天又不学了，根本没有个长性。可是，不让他去，就看着他一天到晚抱着手机打游戏或是半夜三更追剧不成？骆英和丈夫咬咬牙，凑了钱让钢子去了杭州。钢子走前，骆英绝望地想：假如这次钢子还是三心二意的，就不管他了，他爱干啥就干啥吧。一个钢子，真把骆英折腾得心力交瘁了。

遇见萨摩亚

　　骆英去萨摩亚前，特意去杭州看了钢子。钢子信誓旦旦地说："妈，这回我会好好学，好好干。"骆英的心稍感宽慰。她从上海乘机，经中国香港、斐济楠迪到了阿皮亚。这一天，是二○一七年五月五日。

　　来萨摩亚后，骆英在W老板的公司的制衣间工作。公司里就像一个大家庭，员工都像家人一样。有二十年国内轻纺厂的工作经验，在萨国，骆英工作起来驾轻就熟，顺利顺心。但是，晚上躺下来，她就会想到在杭州的钢子，不知道他工作得怎样了。

　　二○一七年九月初，骆英看到儿子钢子的微信留言："妈，我不想学网络设计了。"刚吃完早饭、准备进制衣间的骆英看到这句话，心立马像塞满了乱麻。曲指算算，钢子学了四个月的网络设计，怎么又闹着不学了呢？心乱的骆英情绪低落下来。她想跟钢子爸商量商量，可是，钢子爸可能刚刚睡觉，实在不忍心叫醒他。再说，钢子肯定也给他爸爸留言了，只是累了一天的钢子爸可能早早睡了，没看到夜猫子儿子的留言。还是等下午再找时间联系吧。自己给钢子筹钱去杭州学网络设计时，曾在心里发狠："你要是再不正干，我就不管了。"可是，真能放手吗？骆英感觉心里堵得很，仿佛被塔罗噎着一般。工友娄大姐看骆英的脸色不好看，问她怎么了，是不是不舒服，骆英摇摇头，说："没什么。"下午，W老板来这边给骆英交代一笔业务：一个中学要做二百套校服。W老板交代任务时，发现骆英的目光很漂浮，有些心不在焉，就问她：

　　"小骆，你怎么了？有心事？"

　　"没有，老板。"骆英觉得这是家丑，不能让老板知道。

　　"不对，你肯定有事。有什么事，说出来，看看我们大家能不能帮到你？再说，你带着心事工作，效率也不会高，还会影响其他人的情绪。"老板的话说到这份儿上，骆英咬咬牙，决定把儿子的事说给老板听听。可是，她又怕老板笑话她，就只是说了儿子辍学、不好好打工、天天玩手机、很让父母头疼的大概情况。

　　其实，W老板也就比骆英大一岁，但他闯荡社会、兴办实业这些年，历练得精明强干又不失热情善良。他听了骆英的话后，安慰她说："你别着急，会有办法解决的。你儿子会变好的。"骆英怔怔地看着老板，不知道老板这话的依据在哪里。她觉得，自己就像雨天里没伞的孩子一样，浑身湿透，只有抱着肩膀在风雨

266

中打哆嗦了。

第二天下午，W老板来到制衣间，对骆英说："小骆，昨天我仔细想了你儿子的事。你要是不嫌弃我的公司小，就让他来我这里干吧。这样，你可以及时掌握他的情况。"骆英不是没有这个想法，但她怕给老板添不必要的麻烦。现在，老板主动提出来，骆英还能说什么呢？不过W老板给骆英提了一个要求：

"我安排他干什么，你都不要干涉。萨摩亚是个多雨之地，要让钢子锻炼得没有伞也能在雨天里行走。"

晚上，骆英跟钢子爸商量。钢子爸说："那就试试吧。希望他去那边能有变化。"骆英又联系钢子。骆英嫌输字慢，直接用视频通话。她给钢子介绍了萨摩亚美丽的自然环境，介绍了自己的公司老板，介绍了这家公司的经营范围，介绍了这家公司的人际关系，介绍了公司平台的优越性。骆英没想到，自己可以滔滔不绝地说那么多话，以至于钢子都很难插上话。其实，骆英太想给钢子撑一把遮挡风雨的伞了。

三

二〇一七年九月二十日，骆英去阿皮亚飞机场接钢子。钢子从飞机落地机场的那一刻起，就有些失望：萨摩亚的飞机场就这么一点点儿？不过，见到母亲的那一刻，他还是很高兴。从飞机场回阿皮亚市中心的路上，骆英不断向他打听路上的情况，而钢子的心思都在窗外的异域风光和景象上：一望无际的蓝色大海、高大成排的椰子树、无墙只柱的房子、草坪上拱草的猪、路边溜达的鸡、一些光着上身在草坪上玩球的孩子、一些走在路边的穿花裙子的男人。路边的人都热情地向路过的每一辆车打招呼。突然，下雨了。走路的人仍然慢慢吞吞。钢子很奇怪，他们为什么不打伞？他们为什么不快跑？

晚饭在DMC吃。十几个中国人组成两桌。桌子上摆得满满当当的，饭菜很丰盛。W老板特意留下来吃饭。当骆英把钢子介绍给老板时，钢子紧张得不敢跟老板对视，更不知道说什么。他想："这就是我妈反复说过的好老板吗？老板会让我干什么呢？"W老板没有多说话，只是嘱咐骆英，让钢子先休息三天，倒倒时差。老板让雷坤工作之余带钢子去阿皮亚各处转转，去公司的各个部门走走，熟悉熟悉阿皮亚的部门布局，了解了解公司的工作环境。在跟着雷坤转阿皮亚和公司部门的过程中，钢子心里满是失望和疑问：阿皮亚真是个弹丸之地啊，在这里，能有什么发展？老板的百货公司能被杭州的大商场甩出几条街，在这样的公司里打工，前景在哪里？

钢子逛了三天，失望了三天，心里也打了三天的鼓。第四天，老板安排在DMC做西餐的雷坤带着钢子在阿皮亚市中心的卖场外面摆摊售货。雷坤二话没说，但钢子满肚子意见。雷坤告诉钢子，公司新来的人一般都要从练摊做起。他耐心地告诉钢子摆摊的注意事项，钢子却在行人经过货摊前时，恨不能人间蒸发。他虽然学过英语，但人前却张不开口。他看雷坤泰然坦然、自如利索地向顾客推销货物，心里只有羡慕的份儿。这一天，制衣间里的骆英心里忐忑不安，她不知道钢子会有什么想法、什么表现。晚饭时，她收到钢子发的信息："妈，练摊儿就是你说的好工作吗？要练摊儿，我还用来萨摩亚吗？"骆英回复他："钢子，工作没有贵贱。最不想做的事儿，你试着去做好，才显出你的本事来。"骆英最近看了一些微信鸡汤文，她觉得有些话很有道理。她接着说："带你的雷坤刚来时也是摆摊儿售货。公司里的男员工基本上都干过这话。人家能做，咱为什么不能做？儿子，坚持住。你叫钢子，你就要有钢一般的意志。"

第一天过去了，第二第三天过去了。第一周过去了。这期间，钢子每天晚上都发微信，大意还是不愿意摆摊儿。钢子让骆英跟老板说说，给他调个岗位。骆英没答应。她知道，钢子在国内换了好几种工作，说明很多工作不适合他，更主要的是他缺乏恒心和毅力。在国内时，他有退路，不行就回家啃父母。在萨摩亚，骆英不愿意再给他撑这把遮风避雨的伞。她明白，只要来到萨摩亚，谁都是没伞的孩子，都必须学会在风雨里奔跑，或者在风雨里忍受雨淋的湿腻。骆英把这意思告诉了钢子，并反复鼓励他坚持住。

一个月后的一个周日，钢子来到骆英这里。晚饭后，钢子埋怨骆英："妈，你为什么骗我来萨摩亚？你说的萨摩亚的好工作在哪里？就是摆摊儿吗？这工作干得真没劲。我要回国！你给我买票，我要回国。"骆英刚想说什么，钢子不耐烦地说："算了，算了，别说了。你明天给我买票。我要回国。"

骆英突然感觉心里很慌乱。无奈，她给老板发微信，说了钢子的情况。老板回复他："你让他过来，到我办公室里来。"骆英对要回"Farmers"百货公司宿舍的钢子说："老板让你去他办公室一趟。"钢子甩门而去。

钢子回到"Farmers"百货公司，去了二楼老板办公室。老板问他：

"钢子，摆了一个月的摊儿，有什么想法？"老板有一张笑脸，但钢子见到老板就紧张，根本不敢看老板的脸。老板这一问，他舌头打转，不知该怎么说。老板盯着他。钢子知道老板正看着他，便越发紧张，豆大的汗珠子沁出来。嘴巴嗫嚅半天，挣出一句话：

"练摊儿，不会有出息。"

"好！那你说说，怎么才算有出息？"老板问他。

"有出息，就是出人头地，就是像你这样呼风唤雨。"钢子被老板问急了，说出了这样的话。

老板笑了："你拿我当目标，胸怀还不算大哟，但也不小哦。不过，你知道吗？我刚来时，也是在路边摆摊儿赚钱的。"钢子抬起头来，看了老板一眼。这一眼，他看到了老板笑眯眯的眼睛。一刹那，他觉得，老板也没有那么可怕。

"人，得知道自己能吃几碗干饭。你在国内干了好几份工作。你选择网络设计工作，你觉得它神秘和高大上，但是你干不了。因为那种职业要求的专业知识和专业能力，你都不具备。那种工作，你入门容易，但想有深入发展，是不可能的。假如你轻而易举就能在网络设计领域里大有作为，那还要那些计算机硕士、博士干什么？你明白我的意思吗？"

钢子张了张嘴，没说话。他心里明白，老板是说凭他的学历和知识不足以让他在那些看起来高大上的公司里谋到职位。他低下头，右手食指划拉着桌角。

"现在我告诉你，我为什么让你们这些男孩到公司后先去卖场外摆货摊儿。摆货摊儿是最基础的买卖活动，要在商界有所作为，最好从摆地摊儿做起。你没有专业知识和专业技能，而我的公司主要是从事商业活动，所以，你只能从摆地摊儿学起。摆地摊儿，第一，可以锻炼你的勇气，让你战胜自己，走出经商的第一步；第二，摆摊儿时，你会明白，没有哪个行业的钱是好赚的，摆摊儿里有商业学问；第三，我要让你知道，做任何事，看起来起步卑微，但用心做和不用心做，得到的结果不一样。"老板说话时，语调温和，但是有理有力，钢子无言以对。老板接着问："你干了一个月了，你自己感觉，你有进步吗？"

钢子小声说："我不知道，好像没有吧。"

老板又笑了："不用谦虚，我知道。你有进步。我来问你，你现在晚上还用手机打游戏吗？"

钢子这回露出了笑脸。他说："哪有时间呢？不得学英语吗？"

老板问："你现在能听懂顾客的询问了吗？"

钢子说："差不多吧。"

老板站起来，走过来拍了拍钢子的肩膀，说："有进步，小伙子。现在，你就可以去北京秀水街向老外推销中国产品了啊！哈哈。那你现在能主动跟萨摩亚行人推荐咱们的货物了吗？"

钢子说："离坤哥还差得远。"

老板说："钢子还挺谦虚的嘛！其实，我知道你已经敢于主动跟行人沟通了，一天也能卖出一些货了。你赚钱还不多，但你赚了经历，赚了经验，这就是进步嘛！"钢子发现，老板就是老板，光是这滔滔不绝的口才，自己就望尘莫及了。

"现在，我跟你说实话，没有哪个公司是养闲人的。我让你进公司，主要是因为你妈妈。我也是有私心的。你妈妈是个熟练的裁缝，我想长期聘用她。另外，我也想试试，我能否帮助你妈妈改变你，让你'顽石成金'。所以，我给你成长的时间，容忍你第一个月赚不了什么钱，但你今天晚上回去必须好好反思，想想你自己到底能干什么，想想你这一个月到底赚了什么，还有什么不足，要怎么学习才能弥补不足。这些问题想好了，再决定要不要回国。如果你最终还是要走，我给你买票，让你走。"

老板一口气说完这些话，就让钢子走了。回到宿舍，钢子刚要洗漱，听到外面一阵"唰唰"的树叶响，一阵风吹进百叶玻璃窗。他知道，要下雨了。

第二天是周一，下午五点，老板处理完手头的事情后，去了卖场门口。他看到钢子正在给一个萨摩亚人介绍玩具。老板走过去，从钢子手里拿过玩具，亲自给顾客介绍起来。钢子在一边看着，几分钟后，货就出手了。顾客边掏钱边向老板伸大拇指，说："Weng，good！"钢子还不知道，在阿皮亚，他的老板大名鼎鼎，大人孩子几乎都知道中国"Weng"。

周一晚上，骆英没有收到钢子要回国的信息。周二也没收到。后来就一直没收到。

三个月后，W老板给钢子调了岗位，让他去搞批发。具体工作是与瓦阿一起，每周去萨瓦依岛批发销售一次货物。钢子在送货的过程中，学会了开车，并慢慢能听懂一些萨摩亚语。瓦阿与店主交流时，他也基本能听出店里最缺什么货、什么货物最受欢迎等内容。他把这些信息及时反馈给老板，让老板准备相应的货物。骆英看着钢子一天天改变，心里喝了蜜一般。她的眉头终于舒展开了。她把钢子的变化及时告诉钢子爸。两口子都为儿子的进步和成长高兴。

有一个星期天，公司组织员工在DMC聚餐。这一天是卖场员工的休息日，老板让骆英和娄大姐也一起过来。因为时间还早，钢子陪骆英去海边散步。母子俩坐在一棵诺丽果树下，看着平荡无垠、自然无际的大海。纵目远眺，云朵缝合海天，海天一色，深蓝色的海面上，一处一处的白浪涌起又消失。近看海面，淡蓝色的海水清澈透明，白云倒映水中，鱼儿摇头摆尾地游动。骆英感慨萨摩亚的海美得无与伦比。后来，骆英对儿子说："钢子，你知道吗？现在我可高兴了，可满足了。我现在觉得很幸福啊。"

钢子看着骆英的脸说："你当然高兴、满足了，你当然幸福了。因为，你儿子变好了呗！"别看钢子不怎么爱说话，但他心里还真有数，他知道妈妈以前的不开心，全都是因为自己。现在，他知道妈妈很开心，还是因为自己。他说："妈，你放心，我会好好干的！"

骆英听钢子说这些话，心里更亮堂了。她知道，钢子会在萨摩亚的风雨里长成一棵挺拔的椰树的。骆英站起来，冲着大海的西北方向说："老公，你听到了吗？你儿子长大了！"钢子看旁边有人，赶紧拉骆英坐下，说："妈妈，淡定，淡定！"

接下来的几乎天天下雨的萨摩亚日子，骆英过得有滋有味。转眼就到了二〇一八年的五月十二日。这一晚，在萨摩亚W老板大卖场的职工宿舍里，骆英失眠了。失眠的骆英，脑子里过电影一般过了一遍十几年来自己的人生之戏。这出戏始终围绕着儿子这一主题。她为儿子笑，为儿子忧，而今天钢子给她送母亲节礼物的行为，只让她不断地流泪。这是幸福的泪水，是感恩生活的泪水。

第二天是五月十三日，是母亲节。老板请公司里的母亲们去白沙滩玩了一天。因为只有骆英的儿子在身边，老板破例带上了钢子。一路上，老板还不断表扬钢子最近的进步和变化。钢子羞涩地笑着。骆英也羞涩地微笑着。她把老板的话发给了老公。回来的路上，下起了雨，好在大家都在车上，也没淋着。老板对钢子说："在萨摩亚，即使是晴天，出门你也得带把伞，要是你不想被淋着。不过，天上下的雨，淋着你就淋着你，反正也不冷。人生的风雨，要是淋着你，你怎么办？"钢子有些懵懂，不知道老板这是借雨讲的何理。骆英明白。她从心里明白，钢子还需要更多风雨的洗礼和生活的历练，才能真正成长起来。

四

母亲节后的第一个周日，骆英和在NUS教汉语的S老师聊了好几个钟头。聊天的话题是钢子。骆英很少这样敞开心扉地跟一个不太熟悉的人聊儿子成长的点滴，聊自己在教育钢子时的教训以及现在自己对钢子进步的喜悦，也聊到自己对性情尚不十分稳定的钢子未来之路的担忧。S老师认为，以前，骆英夫妻俩太希望钢子成为出人头地的人，把他当作完成自己未曾实现愿望的工具，加上屈从于生活的重压，不能很好地参与他的成长，让他小小年纪缺失父母之爱，导致他形成内向的性格，自卑冷漠、脆弱任性。这不是钢子的过失，是家长的过失。骆英夫妇与中国绝大多数家长一样，都喜欢用名人成功的路数绑架子女的成长，结果，家长和孩子都体会不到成长的乐趣，反而出现诸多的成长碰撞和生活失败。不过，事情过去了，骆英能反思自己，其实也等于成长了。至于今后钢子的人生路，那肯定是靠他自己走。

S老师劝骆英："世间多数人是普通人。你只把钢子看作一个普通人就好。普通人只要根据自己的爱好和能力确定人生目标，努力追求后，实现目标，就是成功了。你不能期望钢子成为比尔·盖茨那样的人。你只期望他在公司里，能成为一个有用的人、一个有价值的人就行了。当然，如果他将来能像老板发展得那么好，那是意外之喜。现在你不用太担心，钢子已经进步了。他未来的路，会遇上坎坷，但他只要能应对就行了。"

骆英听了S老师的话，心里敞亮了很多，但还是不十分安心。

其实，最了解儿子的还是母亲。骆英的担忧，也不是空穴来风。有一天，老板对骆英说："我发现钢子最近有些飘哦。"

骆英说："老板，你不用总是表扬他，对他要求严一点。不是说玉不琢不成器嘛。"嗬，老板认真看了骆英一眼。他发现，骆英也变了。

一个周三下午，钢子和瓦阿从萨瓦依送货回来。这一次，他们回来得比以往要晚。停下车后，钢子去敲老板的门。老板看钢子垂头丧气，预感到发生了什么事。钢子说，在萨瓦依港口，瓦阿把车从轮渡上开下来时，他还看了看货箱里的货物。但是，车开了十几千米，到了第一家商店门口时，下车卸货的他发现绳子开了，一包成衣不见了。他们跟这家商店交接货物后，开车重走了那十几千米路，没发现丢失的货包。至于货物是丢在哪里、为什么会丢，钢子说他并不清楚。

钢子站在老板跟前。当他说，自己不知道货丢在哪里、为什么会丢时，老板打断他的话：

"我们辛苦做生意是为了赚钱。你把货丢了，还不知为什么丢、丢哪里了，这种态度怎么行？你得从根源上想。假如周日装货时，你码放得紧实规律，假如下轮渡时，你检查一下货物的捆扎情况，假如你在车上能多注意后视镜，货物就不会丢了。"老板很严肃，说话时，脸绷得很紧，嘴角没有丝毫笑意。

"钢子，我发现你最近有点飘哦。你是不是觉得自己做得不错了？年轻人，你还差得远呢。大家表扬你，不是因为你已经做到极致了。你跟你自己比，确实有进步。但你跟老员工比，还有很大的差距。你记住，你负责货物运送。这次的错是你出的，你得负责。这也是你人生中的风雨，你必须自己承担。"老板的话，让钢子感到惭愧。老板表明了态度："你丢了的这一捆货物，价值五百塔拉，你得为它埋单。我要从你下个月的工资里扣除五百塔拉。"

钢子走后，老板在微信里告诉骆英钢子丢货物的事，并说："今天，我要罚钢子，希望你不要有意见。"骆英赶紧回复说："不会的。"老板说：

"我要让钢子吃一堑长一智。当然，钢子如果能吃一堑长多智，就更好了。"

晚饭后，骆英给钢子发信息："钢子，听说你今天丢了一捆货？"

钢子回复："妈，我在想是哪个环节出了问题呢？"

骆英正想着怎么回复钢子，突然，窗帘被吹得晃动起来，窗外的面包树叶哗啦啦响。骆英知道，一场雨即将来临。在萨摩亚，自然界的风雨，有伞无伞都无所谓，但人生遇上风雨，必须有一把"伞"。而这把"伞"，得自己撑着。

　　骆英想起中学时读过冰心的一首诗："母亲呵！天上的风雨来了，鸟儿躲到它的巢里；心中的风雨来了，我只躲到你的怀里。"以前，她觉得冰心说得真好。现在，她觉得冰心歌颂母爱有些绝对化了。她不想让这么大了的儿子遇到风雨就躲进自己的怀里，不管是自然界的风雨还是心中的风雨。母爱伟大，像把遮风避雨的伞，但这把伞不能给子女撑一辈子。风雨来了，让他自己去想办法吧！

　　于是，骆英回复了钢子四个字："好好想吧！"

故事主人公与作者。穿白色T恤的女子是故事的主人公

一根骨头

"孩儿们，快来，快来！看爸爸给你们带回什么了？"

孩儿们——四条宠物狗——迅速聚拢来。它们扬起头，狗眼巴巴地看着五大三粗的主人手中的长条状东西。

"骨头！"杜宾洛奇"嗷嗷"着跳起来。

"对了，聪明！"

"宝贝们，谁最听话，我就把骨头给谁。"

喉咙里哼哼着，杜宾洛奇张着嘴巴，垂着涎。

贵妇玛丽摇着头摆着尾，走过来蹭主人的裤脚。

博美美美眼瞅着主人手中的东西，身子围着主人的腿打转转。

金毛金吉利则就地打起滚，但眼睛却始终盯着主人的脸。

主人将黑皮包丢到桌子上，把自己摔到沙发里。沙发呻吟着。

洛奇趁主人不注意，张开嘴就想咬住骨头。

"讨厌！洛奇，你不乖。骨头不给你！"

"呕呕，我乖，我乖。"玛丽跳起来，爪子搭到主人的膝盖上，狗头往主人的怀里拱。

主人那只没拿骨头的大肉手抚摸着玛丽的头，玛丽和主人的脸都很陶醉。

"我也乖，我也乖。"美美试图将玛丽挤到一边。但它的个子太小，狗头够不到主人的怀抱，只好伸着狗舌头，"呱嗒呱嗒"地舔主人的膝盖。

金吉利见打滚不起作用，便爬起来，用两条后腿蹬地，站起身来，合拢两只前爪，不停地给主人打躬作揖，嘴里的哈喇子流个不停。

"给你。"主人把骨头伸向玛丽。洛奇在脚边打着转，美美昂起头，金吉利的爪子不再晃动。

"给你。"主人把骨头伸向洛奇。玛丽、美美、金吉利一齐"呕呕，呕呕"着。

"给你。"主人把骨头伸向金吉利。洛奇、美美、玛丽拽裤腿的拽裤腿，作揖的作揖，叫唤的叫唤。

"给你吧。"最后，主人把骨头伸向玛丽的狗嘴边。洛奇、美美、金吉利一起"呜呜、呕呕"地抗议。

"你们这些狗东西！骨头只有一根，让我给谁？啊，玛丽，你说。啊，美美，你说。啊，洛奇、金吉利，你们说。给谁？嗯？"

洛奇跳起来，嘴张得大大的，骨头离它的狗嘴不过两公分。但主人没下令，它不敢咬。玛丽摇头摆尾地蹭主人的裤脚。美美试图再舔主人的膝盖。金吉利则不停地打着拱。

"算了。这根骨头，今天你们谁也别想了。明天，明天我看看你们谁表现得好，我再决定给谁吧。"

主人按着沙发扶手，站起来，将骨头塞进食品袋，拉开冰箱扔了进去。

"好了，睡觉了，狗儿宝贝们。"

洛奇、玛丽、美美、金吉利还想与主人腻歪腻歪。主人不耐烦了，抬脚做出要踢它们的样子。狗儿们悻悻然，回到了各自的小窝。

一会儿，主人鼾声似雷。

金毛金吉利失眠了。它绞尽了脑汁，也想不出好办法讨好主人，以便明天可以顺利地得到那根骨头。

贵妇玛丽失眠了。它绞尽了狗脑汁，最后终于想出了一个好办法讨好主人。但为万无一失，它还需要制订细致的实施方案。

博美美美没有失眠。它有个特异功能。一旦有事需要想办法，就赶紧睡觉。因为好办法会在睡梦中呈现，而且忘不掉。第二天，好办法会帮助它解决掉棘手的问题。屡试不爽！

杜宾洛奇没有失眠。它在就寝前就告诉自己，明天不管别的狗儿怎样巴结主人，自己以不变应万变：主人把骨头给谁，自己就从谁嘴里把骨头抢过来！毕竟，自己是四条狗中力量最大的。狗"拳"硬的是哥哥!"哼,明天,等着瞧吧!"它毒毒地点了点头,又满意地摇摇头。之后,把狗头搭到前爪上。半秒钟后,洛奇就应和着主人的鼾声进入黑甜香中了。

　　后记:NUS附近新一轮夜晚狗吠模式开启。再写一篇文章,跟狗狗们开开玩笑。

两只公鸡

两只公鸡，一红一白。

天要亮了。红白公鸡"喔喔喔喔"地咏叹着，人们被唤醒，纷纷起床，投入到白天的理性与秩序中。

一天清晨，红公鸡准时站在门前的大石头上昂头报晓。白公鸡没有来。它正在鸡窝边打理它的白羽毛。它想："有红公鸡叫唤就行了，我得好好整理整理我的衣服。今天与隔壁花母鸡约好了见面，不能只顾得叫醒懒人而仪表邋遢，那样，花花会嫌厌我的。"

第二天早晨，红公鸡依然准时司晨。白公鸡踪影全无，原来它正在隔壁与花母鸡相依相偎着。

主人似乎发现了白鸡的疏于职守，喂食时多看了它两眼。

第三天一大早，白公鸡对着主人的窗户高声"喔喔"了许久。

一个月后的一天早晨，红公鸡刚站到石头上，忽然身边有一个低弱的"喔喔"声响起。红公鸡遍寻各处，发现石头边有一部手机，声音是从这个器物里发出来的，而白公鸡依然无影无踪。红公鸡有些摸不着头脑，犹豫片刻后，仍然高声啼叫，叫出生命原本的节奏，叫出人间黑白的更替。它的高声合着手机发出的弱声，不失为感动上苍的歌吟。

红公鸡司晨完毕，刚想回窝，白鸡从隔壁出来擒走手机。红公鸡好奇地追过去问，白公鸡不耐烦地说："前些天花花抱窝，我得陪着它。这几天花花在孵蛋，天要亮时正是它最困倦时，我不也得陪着它？今天是花花孵蛋最后一天了。我不出来叫主人有意见，我把声音录下来放放不就行了。正好，你知道了我的秘密，你拿着这手机，以后每天早晨你按时播放，主人就不会怪罪我了。好了，花花叫我了，拜拜了！"红公鸡目瞪口呆。"亏你想得出！"它摇摇头，把手机藏在翅膀里。

下一天早晨，红公鸡强劲的虬爪登在石头上，扑打着翅膀，大声"喔喔"着。在它爪旁，手机发出白公鸡的司晨声音，白公鸡则在鸡窝里，用翅膀盖着花花孵出的小鸡们，香甜地睡着。它知道红公鸡不会把自己的事密报给主人。

看，冠峨扑翅的红公鸡，正依着本性，呼唤太阳快快升起，高歌生活红红火火！

一只母蚊子

题记：萨摩亚蚊子很多，一天24小时都有蚊子在活跃着。蚊子可引发登革热和丝虫病，这让来萨华人忧虑。我常常对住在Village的萨摩亚人生出疑问：他们不怕蚊子吗？虽然他们晚上有蚊帐，但蚊子白天也不休息啊。萨摩亚人的正屋并不严实，Fale更是有柱无墙的，嗜血的蚊子和有血的人几乎共处苍穹之下。我们去看海，去爬山，去进行文化考察时，常常被蚊子围追堵截。坐在桌前看书写字，蚊子趁机来"亲热"，腿肚脚踝或胳膊的许多地方遂痒到令人绝望。当年，梁实秋住在重庆的"雅舍"里，虽然"每当黄昏时候，满屋里磕头碰脑的全是蚊子"，但"冬天一到，蚊子自然绝迹"。萨摩亚没有冬天，所以，蚊子一年到头都很猖獗。作为百无一用的书生，我只能摇摇笔杆，在遭蚊祸时，写写蚊子，诅咒诅咒它们，表表痛恨之意。

"六点多了，太阳都要晒着你们了，还不起床？"一只母蚊子在屋外菜地的黄瓜架间无力到低回盘旋，虽然它是在自言自语，但声波还是传到一只正在吸茄棵里的汁液的公蚊子耳朵里。

"你们晚上又没出去，干吗还赖在床上不起？"这只公蚊子极善思索，看到母蚊子焦灼的神态，禁不住叹气道，"上天真是奇怪，我们是同类，可我们公蚊子只采植物的花蜜，或者喝点儿果子、茎、叶里的液汁。所以，没有人类，我们照样可以悠哉悠哉地活下去。并且，我们对人类来说还是有特殊贡献的传粉专家。哪像你们母蚊子，只是偶尔尝尝植物的液汁，大多数时候都要吸血。这儿是居民小区，没有其他动物的血可供给你们，所以，你们总那么惦记着人类，就好像人类中有些男性惦记恋人一样。你是个女性，你这样巴望着这家的男主人出来，不是打翻他老婆的醋缸吗？喊！"

母蚊子本在饥饿中，听了公蚊子的一通议论，不仅火冒三丈："闭上你的臭嘴吧！要不是你，我用得着这样急吗？前两天，不是你猴急着跟踪我，对我甜言蜜语，海誓山盟，哄得我趁了你的心，就抛下我不管了，独个儿跑到这儿来享受，让我自己承担生儿育女的责任。我不找人喝点儿血，让我的卵巢发育得更好一点儿，怎么让你的种儿发芽长大。你们这些臭公蚊子，只作孽而不肯负责的东西，真叫我看不上！"

"什么？"公蚊子本是个好斗之辈，正要还几句嘴，只听母蚊子暴躁地大喊："你死一边儿去！少在这儿找不痛快！"

"好，好，好男不跟女斗。"公蚊子看母蚊子气势汹汹的架势，摇着头，"现在的世道，女的都说不得了！你自己等你的情人吧，我不奉陪了，走嘞！"说罢，公蚊子飞到正怒放的一朵金花上大块朵颐去了。

母蚊子正余怒未消地拿头撞黄瓜叶，只听"咚咚"的脚步声传过来。母蚊子赶紧飞离黄瓜架，快速飞到玻璃窗户外，眯着眼睛往里看。只见男人穿着短裤，睡眼惺忪地从楼上下来。昨天晚上，母蚊子很恨这个男人，因为自己差点儿命丧他手。事情的经过，母蚊子一辈子都不会忘记：男人出来拿他白天晒的袜子。他一出门，母蚊子的一对触须和三对步足上的感觉毛，马上感知到空气中男人身体散发出来的二氧化碳，它在千分之一秒内做出反应，敏捷地飞到男人裸着的后背处。她用传感器探查男人身体的湿度、热度以及其汗液里的化学物质，发现这是个体温高、爱出汗的人，他身上分泌出的气味中含有较多的氨基酸、乳酸和氨类化合物，正是自己最喜欢的大餐。母蚊子得意地将含有抗凝素的唾液注入男人的皮下与其血混和，它没有可吐的未消化的陈血，因为它已几天没有进食了，现在是又饥又饿。它顾不得亲吻男人几下，而是迫不及待地吸食男人的新鲜血液。没想到，这个男人心细如丝，而且感觉敏锐，他在出门之前顺手拿了一把破蒲扇——这把蒲扇比济公的那把好不到哪儿去——不断地在身体前后左右甩扑。母蚊子刚喝了一点儿血，男人的蒲扇甩到身后，这把破蒲扇的一角触到母蚊子的一只翅膀，它本能地一挣身，差点儿从男人的后背上跌落下来。母蚊子正准备重新扑到男人身上，男人拿着袜子打开纱门回了家。母蚊子恨这个男人："你有那么多的血，我只需要一点点，你都不舍得给我。不给我也就罢了，干吗故意伤害我？要知道，我是一个孕妇。孕妇是什么！孕育未来者也！你竟然想谋杀孕妇，我要去法院告你，看公正的法官不判你个重刑，嚓嚓！"

虽然脑子里储存着这一幕恐怖电影，但现在母蚊子已经恨意全消，只希望男人快快出门到院子里来，自己好美美地与他"亲热"一番。母蚊子的表姐告诉过它：这家的男人挺勤快的。他每天早晨都趁凉快出来刨刨地、薅薅草、捉捉虫儿什么的，就是没活儿可干，他也要出来欣赏欣赏他种的菜。他家的女主人你就别打主意了。我听见她跟邻居说过，她当初考大学的唯一动力就是离开农村不再种地——她从小种地累怕了——所以，女人一般不在这里转转，除非她家没蔬菜了，她才出来拔一点现成的菜。所以，表姐到现在都不知道女人血的味道怎样。

"吱嗒"，门响了，男人出来了。母蚊子用一只触须按住咚咚急跳的心，迅速靠拢男人。

"咦？怎么有一股怪味儿？"母蚊子哪里知道，男人下楼前，女人已在他的前胸后背处都淋上了花露水——还是"六神"牌的。母蚊子深吸了几口气，差点儿晕过去。她想起表姑的话："人类为了对付我们，将一种叫'伊默宁'的东西加到了花露水中，为的是让我们闻到这个味道后产生错觉，丧失对人叮咬的意识。我听我三姨说——我三姨老家在河北石家庄，她听她北京的大妗子说——这个什么天杀的'伊默宁'，还是德国人发明的。可叹我的寿命太短、能力有限，不能搭东方航空公司的客机去德国把那个洋毛子剐了。"

母蚊子记得她当时对表姑说："发明'伊默宁'的人恐怕早死了。"

表姑在临死前还把"伊默宁"的味道描述给了母蚊子，并且提醒她："一旦闻到这股味道，马上离开。不然的话，轻者昏迷数天，重者丧命——我们蚊子的寿命太短了，要尽量规避危险，及时行乐。像我一样，多谈几个男朋友，逗它们玩儿玩儿，不是挺有意思吗？"现在，母蚊子想听从表姑的金玉良言，离开这个男人，到别处去寻找血源。但这只母蚊子不像她表姐那样懦弱，相反，她性格倔强，别的蚊子撞了南墙马上回头，她不，她是撞了南墙，南墙应该倒下让她过去的主儿。所以，她不想耗费体力，加上两天没补充营养了，她已经没有能力飞到别处了。况且，她也不想放过这个男人，昨天晚上，这个男人让自己险些丧命，自己还没报仇来——有仇不报非君子，可不能让别的蚊子看不起——而且，作为即将做母亲者，为了孩子，冒次险是值得的。母蚊子拿一只触角扇了自己一耳光，为的是提醒自己，不要被"伊默宁"冲昏头脑。她先飞到男人侧面，离男人的身体直线距离大约50厘米，她嘱咐自己，先别急着咬他。先让晨风吹淡他身上的"伊默宁"味儿，在适当的时候再作业，反正他不会马上进屋。母蚊子的这番猜测不错，男人要把地翻翻晾晾，过几天种萝卜。过了有五六分钟的时间，母蚊子感觉到空气中的"伊默宁"味道不是那么浓了，她振作精神，趁男人蹲在地上薅草的空儿，悄悄绕到他脚踝处，伸出嘴就叮。刚把嘴贴到男人的皮肤上，只听屋里传出女人的喊声："老公，你快进屋来吧，大清早的，干吗又出去喂蚊子？"

男人对着窗户说："我还要翻地呢。"

男人说完，站起身去窗户下拿过一把铁锹，翻起地来。因为动作大，男人的整个身体都在运动中，母蚊子很难停留在某处作业。她勘察了几秒钟，发现男人的后颈处，相对说来还算稳定一点儿。于是，她小心翼翼地飞上去，伸出嘴就去亲吻。她还没来得及把唾液涂到男人的皮肤上，男人的大巴掌就抹到了后颈上——幸亏是抹，要是拍，母蚊子知道，自己的命即休矣。然后，男人继续劳动，母蚊子不敢再轻举妄动了。很快，地翻完了。这期间，母蚊子没有找到下嘴的机会。男人拍拍手，准备回屋了。母蚊子想做最后的努力，但男人的两只手一直不停地前后甩动，不给母蚊子一点儿机会。母蚊子眼睁睁地看着男人进了屋，心里的那份懊悔与失意，让她恨不能一头撞到篱笆上。但母蚊子还有一股韧劲儿，她飞到纱门外，看能不能找个空隙钻进去。真是苍天不负有心蚊。母蚊子瞅到纱门上有一个小洞。"足矣！"母蚊子心想："有这个小洞我就能进去了，男人啊男人，我不放过你。我要对你纠缠如恶鬼！"

母蚊子进屋后，看到女人已经将饭放在茶几上。母蚊子一看，很生气："饺子，你俩大清早吃饺子！我知道你俩喜欢吃饺子。你们想吃就吃，为什么我想喝你们点儿血就这么难？好，你们等着吧。"

母蚊子躲到沙发背后，看到男人打开电视，和女人一同坐下吃饭了。男人因为翻过地，出了汗，所以吃饭时不停地用蒲扇扇着风，女人不愿吹电风扇，却愿意享受男人扇出的柔和的风，所以大热的天，还跟男人腻在一处。母蚊子对女人的做派嗤之以鼻："缺乏独立性，好像离了男人就不行似的——真的就那么恩爱吗？"电视上正播着早间新闻。有的新闻还是昨天的重复报道。但男人自命是关心国家大事的人，一天到晚霸着电视遥控器，追踪不同频道的新闻看。

几分钟后，女人吃完了。离开时顺手带她的碗筷去厨房了。男人继续不紧不慢地扇蒲扇、吃饭。

母蚊子耐心地等着。终于，男人吃完了，女人收走了碗筷儿。男人将腿抬到沙发上，半躺在那儿看电视。电视里正在播出有关世乒赛团体赛的赛事。在瑞典的哈尔姆斯特塔德，马龙VS波尔，男人盯着电视机里的波尔不眨眼。母蚊子知道，人类中高个儿俊朗的雄性很受欢迎。其实，男人主要是羡慕波尔的与众不同及其高超的球技。虽然他正被马龙"修理"，但作为一个德国人，能把乒乓球打得神乎其神，怎不让爱好乒乓球的男人衷心崇拜？男人看得入了迷，不再挥动蒲扇。母蚊子抓住时机，落在他左肩膀的后面，贴上身体，伸出嘴，吐出唾液，开吸血液。一切都是快节奏的，比年轻人喜欢的"Robo"音乐的节奏还要快。在这一点儿上，母蚊子自认比人类高明。男人看完了马龙和波尔比赛的第一局。这段时间不长也不短，正够一只母蚊子饱餐一顿。等到男人觉出痒，母蚊子已经撤离到男人的头顶。男人别着胳膊抓挠左肩后，站起身来，在墙上找，嘴里还对过来的女人说：

"真气人，大清早的，蚊子咬了我。"

女人说："快抹点儿牙膏，止止痒。"

母蚊子得意地在他们耳边哼哼："你们愿抹什么就抹什么吧。多抹点儿，实在不行抹点儿云南白药。我累了，拜拜。"看着女人去洗手间找牙膏，母蚊子赶紧跟上去："洗手间正是我要找的休息的地方。"

母蚊子带着大肚子，跟着女人进了洗手间："啊，他们家的洗手间还不小！太好了，老太爷真肯怜惜我，我可选择的余地太大了。"

母蚊子自言自语，只可惜人类的听觉不够发达，不然，女人会关上门，找遍每一个角落也要找到这只吸食她老公血的母蚊子。女人拿了牙膏后离开了洗手间。母蚊子这才放心大胆地在其中盘旋寻找。但她很难找到一个合适的地方，因为洗手间整理得干干净净，没有隐蔽、阴暗处。母蚊子很沮丧，她想："我还是离开这儿另找个休憩地吧。"但她发现已经不能够飞出去了，因为女人把门带上了。母蚊子只好在墙壁上逡巡，最后她好不容易发现最里面的墙缝的下端掉了泥，勉强可做栖身之所。而且，因为是在底端，男人女人每天洗澡时流过来的水，让这里很潮湿。对母蚊子来说，这是不幸中的万幸了。于是，她爬过去，预备在那个缝隙里啄一个点并产下她的卵。

母蚊子在墙缝里停安稳后，先闭目养神了几个小时。在这几个小时里，洗手间外的空间里空荡荡的，男人女人都忙他们的事去了。大约中午时分，睡梦中的蚊子嗅到了男人的体味。她知道男人回家了。她的身体已经得到了男人血液的滋养，不再需要追踪他了。于是，她打算继续做她的美梦。不过，房间里到处都有男人体内分泌出的氨基酸、乳酸和氨类化合物的味道，这股味道刺激得母蚊子连打了十一个喷嚏。

"好了，我不睡了吧。"母蚊子打了个哈欠，伸伸细腰，准备完成上帝赋予她的神圣的养儿育女的责任。于是，她就着这墙缝，啄了一个很小很小的空，然后，小心翼翼地把她身体里的一部分卵排到小空里。她愿意做个称职的妈妈，所以，她不打算马上离开。她要在这里停留几天，亲眼看到这些卵孵化出来，毕竟，这是她第一次做妈妈。

"做妈妈，就要有个妈妈的样儿。"母蚊子想到这里，不禁自我崇高化起来，"哎，就像我这样，多么称职！多么伟大！"

母蚊子伏在墙缝里，这样想着想着，不禁打起盹来。朦朦胧胧地，她似乎看到她妈妈向她竖起一只触须，她知道妈妈是在表扬她。她得意地笑出声来。

不知过了多久，母蚊子再一次闻到了男人的体味。不大一会儿，一股浓重的"伊默宁"和丙炔菊脂味儿，熏得母蚊子几乎一个跟头儿从墙缝里跌出。原来，黑天了，男人和女人正在往各处喷洒杀虫气雾剂。现在，男人就在洗手间里。只见他手里拿着一筒"枪手"杀虫剂，正向空中喷洒。母蚊子赶紧合并两只触须，向空中祷告：

"王母娘娘呀，快来救救我吧，快让这个男人住手吧。如果你让我逃过这一劫，我一定说服七仙女的三哥当你的御前侍卫队长。"

母蚊子正在病急乱投医地祈祷，只听"嗤嗤嗤嗤——嗤嗤嗤嗤嗤——嗤——"，刹那间，母蚊子的头、脸和触须都湿了。男人用喷雾剂给母蚊子洗了个淋浴，接着男人又往别处"嗤嗤"了几下，才关上洗手间的门离开了。

洗手间里一片黑暗。母蚊子不怕黑。黑夜，给了她一双猫眼睛。但她怕这到处氤氲的杀虫剂的气味儿。这股味儿让她大脑一片空白。她提醒自己不要眩晕过去。但是，没办法，她的脑子越来越不清醒了。她使用了种种定神的办法，甚至不惜自残到碰断一根触须，好让自己不沉迷下去。但到后来，她终于坚持不住了。她恋恋不舍地看着她产下的卵，她希望它们中能有卵侥幸存活下来，然后成孑孓，再成蛹，再成蚊子。到那时，一定要来这家，找这个男人报仇。她想嘱咐它们几句，但她已没力气了。最后，她用尽最后的力气毒毒地点了点头，心想："我死没关系，我们子子孙孙是没有穷尽的，男人，你等着吧！几天之后又是一个好汉！不，是好蚊！"

后记

没有想到自己学术文章之外的文学作品，尚有结集出版的一天。这集子中的所有文章都写作于二〇一八年。

许多人有辉煌的二〇一八年。

我的二〇一八年，不轰轰烈烈，自然没啥可骄傲和自豪的；仔细想想，有些平淡中的传奇，值得一己感念和感动。

二〇一八年，年初，放飞自我；年底，重回生命那道辙。

二〇一八年，身体大挪移，心灵大波动。

二〇一八年，在陌生的环境里，有过焦灼，有过感动。

二〇一八年，品味分离的痛苦，感受相聚的快乐。

二〇一八年，孤独成为生命的骨头，坚强勃发生命的绿意。

二〇一八年，肉体肉搏现实，精神审美存在。

二〇一八年，震撼在异域文化里，坚守于中华文化中。

二〇一八年，认识了许多新朋友，在其乐融融的相处中，取长补短；不敢忘许多老朋友，在千金难买的交流里，切磋琢磨。

二〇一八年，在热带岛国萨摩亚，做熟悉而陌生的工作，有大收获，也有小不足。

二〇一八年，有意料中的收获：读了几本书，写了几篇文章。

二〇一八年，有意料外的收获：加入了山东省作家协会，向往于大家的大作，无奈于自己的笔力不逮；加入了聊城大学"太平洋岛国研究中心"，为大家的成就鼓掌，为个人的渺小惭愧。

二〇一八年，有最独特的收获：收获了一个"围城"式的生命意象——萨摩亚！只此一得，证明我的二〇一八年，并未虚度！

没虚度的，还有一些，是在这集子字里行间。

感谢中国海洋大学出版社的编辑老师。他们愿意把这不成样子的文章给予出版发行。

此书得以出版，还得到聊城大学"太平洋岛国研究中心"的大力支持与帮助。研究中心的陈德正主任欣然为本书作序，给予我很多美誉。在此，我对"太平洋岛国研究中心"主任陈德正教授、中心其他领导和同事表示衷心的感谢！本书的出版也得到了聊城大学国际合作交流处、国际教育交流学院、文学院领导和老师的鼓励，感谢他们的厚爱和关注！

本书写了感受，写了生命，写了孤独而灿烂的灵魂。我无大才，集中诸文或有肤浅之处。在此，我诚惶诚恐地期待读者的评判，希望不要愧对读者。

隋清娥
二〇一九年五月于聊城